LE LYS DE FLORENCE

DU MÊME AUTEUR

La Saga des Médicis :
I. Contessina
II. Le Lys de Florence
Éd. Albin Michel

La Symphonie du destin, 4 vol.,
Élisabeth, Antonia, Marie d'Agoult, Cosima Wagner
Éd. Sylvie Messinger

La Belle de Philadelphie,
Éd. Lieu commun

Mieux guider vos enfants
grâce à l'astrologie
Éd. Ramsay

SARAH FRYDMAN

La saga des Médicis

**

LE LYS DE FLORENCE

ROMAN

Albin Michel

22, rue Huyghens, 75014 PARIS

ISBN 2-226-03823-X

A Marc Gutkin de Butslav

PREMIÈRE PARTIE

Automne 1434-automne 1438

I
LES PROSCRITS

— EH BIEN, comte Vernio ! Si vous laissiez là ce pauvre Rinaldo, et nous donniez quelques nouvelles ? demanda Francesco Tornabuoni, pour séparer les deux hommes qui s'affrontaient, le verbe haut, plus que par un intérêt véritable pour ce qu'il savait déjà. Vous revenez de la Seigneurie... Que dit-on là-bas ?

Un instant, le comte Vernio de Bardi et Rinaldo des Albizzi s'immobilisèrent, surpris de l'intrusion cavalière de leur hôte.

— Il faudra bien céder..., dit le comte Vernio en s'inclinant, visiblement soulagé.

Son entretien véhément avec le bouillant Rinaldo des Albizzi l'ennuyait au plus haut point, et sans l'intervention de Francesco Tornabuoni, peut-être eût-il planté là son interlocuteur sans autre façon.

— La Seigneurie a voté à l'unanimité le retour de Cosimo, dit-il. Et croyez-moi, c'est pour beaucoup un immense soulagement. Le peuple sera heureux...

Il eut un petit rire devant le visage furieux de Rinaldo des Albizzi qui, visiblement, ne partageait pas son avis, et il ajouta mi-railleur, mi-provocant :

— Ce n'est plus un simple citoyen qui revient d'un exil injuste et stupide, mais c'est un maître auquel Florence va s'offrir comme une femme à l'homme qu'elle aime !

Le comte Vernio de Bardi avait ce charme fascinant que donne l'intelligence. Une intelligence peu courante dans cette classe aristocratique dont il était issu. Dépourvu de la morgue hautaine qui dissimulait mal la bêtise de la plupart des gens de sa caste, il savait se rendre sympathique. Cependant il méprisait trop ouvertement les gens de sa « consorteria[1] » pour espérer faire une carrière politique, et s'il l'avait pu, il aurait choisi tout comme Francesco Tornabuoni ou Luca des Albizzi, le propre frère aîné de Rinaldo, de prendre le parti de Cosimo de Médicis.

Bien qu'officieusement il en fût tout autrement, cela ne lui avait guère été possible. Ses finances laissaient beaucoup à désirer et il était lié corps et âme au clan de sa petite épouse Lisetta Caffarelli dont les parents, aristocrates tout-puissants, soutenaient aveuglément l'ambition de Rinaldo des Albizzi.

C'était un bel homme, qu'un maintien élégant, une minceur inusitée parmi ces gros mangeurs faisaient paraître plus grand qu'il ne l'était. Son visage fin, au front haut, barré de sourcils épais, était toujours empreint d'une certaine mélancolie railleuse. Parfois un sourire enfantin illuminait brusquement ses traits, qui perdaient alors toute trace de cynisme. Peut-être était-ce ce sourire brusque, fugitif, qui lui gagnait tous les cœurs ? Son pouvoir sur les personnes qui l'approchaient était indéniable. Même ceux qui ne l'aimaient pas, et ils pouvaient être féroces, ne le sous-estimaient pas.

Rinaldo des Albizzi avait suivi à contrecœur le comte Vernio et Francesco Tornabuoni.

— Bande de lâches ! tous ! Ah ! c'est une belle journée de dupes que nous avons vécue ! Elle est belle notre conspiration !...

— Mais vous avez déposé les armes, Rinaldo ! répliqua sèchement le comte Vernio. Pourquoi avoir cessé le combat ? Rien ne vous y forçait, si ce n'est la volonté du peuple... et le peuple n'a aucune importance pour vous...

— Il aurait fallu combattre contre mon propre frère Luca... qui a su où se trouvait sa gamelle, dit-il dans un murmure inarticulé.

Rinaldo des Albizzi était rempli de cette rage folle, incontrôlable, qui est souvent le propre des jeunes gens — même si, contemporain de Cosimo, il avait déjà près de quarante ans —, qui agissent avant de réfléchir sur les conséquences de leurs actes. La conspiration dont il était l'instigateur n'avait pas vraiment réussi. Ses ennemis, les Médicis, revenaient d'exil en force, plus popu-

1. Groupe ou famille d'un homme politique.

laires que jamais, et sa propre vie ne tenait qu'au fil de l'épée qu'un bourreau abattrait prochainement sur sa tête s'il ne prenait pas la fuite cette nuit même. Il ne pouvait compter sur personne pour reprendre la lutte. Le parti des aristocrates était décimé, et jusqu'à sa propre famille le désavouait.

Son frère Luca avait, depuis des années, compris que lutter contre Cosimo était une chose vaine et que quiconque ne voulait pas être abaissé, et aussi, plus noblement, servir la République de Florence, n'avait d'autre moyen que de se rallier loyalement aux Médicis. Avec courage et une certaine hauteur, il était allé les rejoindre quelque temps à Venise.

Sa présence, le matin même dans le palais Alessandri, ne s'expliquait que par l'insistance du pape Eugène IV qui, de Bâle où le nouveau Concile s'enlisait, lui avait demandé de faire cesser toute opposition au retour de Cosimo et de veiller à ce qu'aucun « accident » fâcheux n'arrivât à ce dernier.

— Puis-je prendre la parole quelques instants ? demanda Luca des Albizzi d'une voix forte.

— Eh bien ? qu'avez-vous à dire, Messer des Albizzi ? fit le prince Peruzzi avec froideur. Allez-vous nous signifier notre condamnation ?... notre exil ? ou pire peut-être ?

— Je désire vous mettre en garde... tous ! La popularité de Cosimo de Médicis est plus grande qu'au jour de son départ. Vous avez échoué. Votre tentative de renverser la Seigneurie la semaine dernière a également échoué... Lorsque j'ai pris le commandement des troupes que la Seigneurie avait levées contre mon frère Rinaldo, contre vous tous, vous m'avez haï et méprisé sans tenir compte de ma conviction profonde. Vous étiez prêts à fomenter une guerre civile pour satisfaire votre vanité ! Contre qui voulez-vous continuer à lutter ?... Contre le peuple de Florence ?

Il se tut un instant, vérifiant d'un regard circulaire l'impact de ses paroles sur son auditoire. Apparemment satisfait, Luca des Albizzi reprit :

— Vous vous dites du parti des Nobles ? Mais où est votre noblesse ? Dans votre morgue ? Dans votre goût de la guerre ? Dans votre volonté d'écraser les malheureux en les pressurant davantage ? Est-ce là le parti des Nobles ? Quant à Cosimo, que pouvez-vous lui reprocher ? Il est intelligent, libéral, aimé de chacun, généreux, il n'existe pas un artiste, pas un écrivain qui n'ait à se louer de sa munificence... Si vous vous opposez à lui, c'est par vengeance. Mais ce n'est pas avec le désir de vengeance que l'on gouverne la République de Florence ! C'est avec le désir d'aider son peuple à être heureux, à ne pas désespérer les plus défavorisés... C'est avec ces sentiments-là que l'on devient populaire... Cosimo mettra en application le décret voté en 1427[1]. C'est cela qui vous met en fureur ! Payer l'impôt sur votre fortune et vos revenus ! Et vous avez l'audace de vous dire chrétiens !

— Es-tu venu ici, mon frère, pour nous faire le panégyrique de Cosimo de Médicis ? interrompit Rinaldo. Tu as oublié ta caste... Pour moi tu es un traître ! Si je ne me bats pas contre toi, ce n'est que parce que tu es mandaté par le pape. Même le pape vient nous demander de laisser la place à notre pire ennemi ! Ah ! que Dieu damne Eugène IV !

Les deux hommes se toisèrent, laissant percer la haine qu'ils éprouvaient l'un pour l'autre.

Alarmé, l'un des conjurés s'interposa et saisit Rinaldo par le bras.

— Chut ! Vous blasphémez, mon ami ! s'exclama le prince Peruzzi. Nous sommes tous de votre avis, vous le savez bien ! Mais que faire ? Le peuple a voté !...

Et devant le silence méprisant de son interlocuteur, le vieux prince répéta :

— Je vous assure que nous partageons votre avis !

— Oui ! En paroles ! éructa Rinaldo. Seulement en paroles ! Mais je suis bien certain que dès le retour de Cosimo et de sa famille, vous serez chez lui !

De nouveau, la haine l'étouffait. Que son ennemi pût revenir à Florence en triomphateur lui était intolérable.

— Le gonfalonier Minerbetti qui a rappelé les Médicis est un de leurs hommes. C'est un complice de Cosimo ! Plutôt que de céder à ses ordres, il fallait le jeter par-dessus les remparts !

1. Le 22 mai 1427, tous les citoyens appartenant aux classes dirigeantes furent contraints de déclarer l'état exact de leur fortune et de leurs revenus. Sous peine de dures sanctions, il leur fallait révéler la valeur de leurs joyaux, tableaux, immeubles, investissements commerciaux, jusqu'au nombre des serviteurs et esclaves qu'ils employaient et des bêtes domestiques qu'ils possédaient.

— Et la plèbe aurait pris les armes contre nous ! répliqua Luca des Albizzi. Je n'ai jamais ouï dire que l'intelligence et le sens des affaires politiques soient vos qualités premières...

Il y eut des murmures hostiles. Quelques menaces furent exprimées à voix haute. Luca allait trop loin. Lui aussi était des leurs, même s'il reniait ses origines !

Excédé, Rinaldo se tourna vers le comte de Bardi qui s'était approché :

— N'est-ce pas, comte Vernio de Bardi ? Vous le connaissez bien, ce nouveau gonfalonier Minerbetti ? Ne me dites pas le contraire ! Je vous ai vu parler avec lui, sur le Ponte Vecchio... Un complice de Cosimo ! Vous négociiez votre prochaine candidature ?

Le comte Vernio ne daigna pas répondre, se contentant de hausser les épaules. Il n'envisageait pas une seconde de se battre. D'ailleurs, bien qu'il eût la réputation, méritée, d'être invincible aux jeux de l'épée, il avait horreur des duels et trouvait cela tout à fait absurde.

Une quinzaine d'hommes qui craignaient pour eux-mêmes, leurs familles et leurs biens s'étaient réunis en hâte chez Francesco Tornabuoni, dont la modération et l'extrême intelligence des affaires politiques lui valaient la confiance de tous ; en effet bien que membre actif du parti des Médicis, ceux de sa « consortiera » d'origine se rendaient souvent chez lui, au palais Alessandri, soit pour lui demander conseil, soit pour y délibérer, soit, même, pour lui demander asile.

Certains étaient venus avec leur épouse, comme le vieux prince Peruzzi, ou le marquis Guidicelli, jeune écervelé de seize ans dont la compagne, âgée de treize ans, paraissait s'amuser follement.

L'agitation inquiète qui régnait dans la grande salle ensoleillée excitait joyeusement la petite Giovanna Guidicelli, qui n'avait retenu de tout cela qu'une chose. Elle partirait cette nuit même en exil avec son très jeune époux qu'elle adorait. Et pour elle, le mot « exil » sonnait comme une délivrance.

— Plus loin nous serons de ma famille et de celle de Giuseppe, et plus nous serons heureux ! disait-elle à qui voulait l'entendre. Songez donc que ma belle-mère, la marquise Guidicelli, vient surveiller si Giuseppe passe toutes les nuits avec moi! Elle n'accepte qu'il ne me rende visite qu'une fois par semaine! « Cela n'est pas bon pour la santé de mon pauvre petit », prétend-elle. « Mais c'est bon pour la mienne! » lui dis-je régulièrement.

Perplexe, Selvaggia Tornabuoni écoutait le bavardage animé de Giovanna. « A un an près, elle a l'âge de ma fille Lucrezia, pensait-elle. Cela les tourmente-t-il donc dès cet âge? »

Le vieux Palla Strozzi éleva fortement la voix, espérant sans doute ainsi clore une discussion oiseuse.

— Voyons! Rinaldo! Arrêtez de vous monter la tête! Vous savez bien que nous haïssons les Médicis autant que vous! Soutenir le contraire serait nous faire injure! Vous entendez, jeune homme? Mais nous opposer à lui de la manière que vous aviez choisie était suicidaire. Nous avons agi comme si la majorité populaire était avec nous. Or, nous ne l'avons jamais eue. Et chaque fois que l'on s'oppose au peuple, celui-ci se retourne contre vous... Nous avons oublié cette règle élémentaire.

Il s'arrêta un instant pour reprendre haleine, puis poursuivit :

— Bien sûr, nous allons tous être condamnés à mort! Nos biens seront confisqués! Bien sûr! Pourquoi le Médicis ne se vengerait-il pas? Quelqu'un peut-il me le dire? Hein? Pourquoi?...

Personne ne répondit. Chacun connaissait la règle. Etre vaincu c'était aussi être ruiné, exilé, et pour certains... décapité.

Palla Strozzi s'effondra sur une chaise et s'épongea le front, le regard absent. Compatissant, Francesco Tornabuoni s'approcha de lui. Il avait de l'affection et de l'estime pour l'illustre vieillard, dont l'érudition avait franchi les frontières. Il aurait aimé le sauver de la vindicte populaire qui allait certainement le frapper.

Le vieil homme leva les yeux vers lui, presque implorant.

— Tout perdre ainsi... tout perdre ainsi! n'est-ce pas terrible?... balbutia-t-il à voix basse.

Son palais regorgeait de collections précieuses de manuscrits, de livres, de tableaux, de sculptures... Il avait toujours rivalisé avec Cosimo dans cette passion des arts.

— A votre avis, mon bon, quelle a été ma grande erreur? Avoir considéré Cosimo de Médicis comme un dictateur qui réduirait Florence à sa volonté — parce que c'est ce qui va se passer! vous le savez, n'est-ce pas? — ou bien avoir suivi ce fou de Rinaldo?... Ne me donnez pas la réponse! Je la connais.

Francesco hocha la tête.

— Vous n'auriez jamais dû vous mêler de politique. Jamais... Comment un homme comme vous, si profondément attaché aux libertés, si au-dessus de toute corruption, avez-vous pu vous laisser entraîner dans cette aventure? Vous attaquer à la Seigneurie, c'était vous attaquer à Florence...

Accablé, Palla Strozzi baissa le front. Distraitement, il regardait ses mains qui tremblaient.

— Je deviens vieux..., dit-il enfin à voix basse, pour lui-même. Je deviens vieux... Là est ma plus grande erreur. La seule... A vingt ans, on peut se tromper mille fois, rien n'est joué, rien n'est définitif. Les jours et les mois à venir se pressent, pleins de promesses, d'indulgence aussi pour les fautes commises... Quand on est vieux, on n'a plus le droit à l'erreur...

Francesco Tornabuoni vit les larmes brusquement rouler sur les joues striées de rides profondes de celui qui avait été à la tête de l'Université florentine, qui avait fondé l'une des plus belles bibliothèques du monde, et dont l'intelligence, le rayonnement intellectuel était universellement reconnu.

— Il n'est pas possible que vous soyez exilé, murmura Francesco Tornabuoni, le cœur serré. Cosimo de Médicis pardonnera sans doute. Je lui parlerai dès son arrivée, poursuivit-il tout en sachant, en son for intérieur, que jamais Cosimo ne pardonnerait.

Furieux et impuissant, Rinaldo des Albizzi observait ses anciens amis, ceux-là mêmes qui maintenant l'injuriaient, et qui l'eussent célébré comme un dieu s'il avait réussi.

Mais plus que la fureur ou la haine, c'était une immense lassitude qui le submergeait en cet instant. Il savait qu'il avait perdu une bataille essentielle. C'est à peine s'il eut une réaction un peu vive lorsque Palla Strozzi l'interpella sans aménité :

— Et maintenant? hein? Maintenant... qu'allez-vous faire? Cosimo vous fera pendre sans aucun doute!... Au mieux aurez-vous le choix : pendaison ou décapitation.

— Je ne lui laisserai pas ce plaisir... Mon départ est prévu pour cette nuit. Mais je ne resterai pas en exil, croyez-moi! J'ai des amis à Naples! Et à Milan, Visconti lui-même ne dédaignerait pas reprendre la lutte contre les Médicis!

Croyait-il lui-même à cette affirmation? Ceux qui l'écoutaient, avec commisération, ou une certaine irritation, n'en paraissaient pas convaincus. Cosimo de Médicis n'avait jamais passé pour un homme compatissant ou clément. Au contraire ! Tous ceux qui l'avaient un jour approché en avaient gardé le souvenir d'un homme, certes affable, courtois, profondément humaniste et tolérant, mais aussi rusé, cynique, qui ne pardonnait jamais une offense faite à sa famille, et a fortiori, à lui-même. « Si Rinaldo des Albizzi avait deux ducats de jugeote..., pensaient la plupart de ses amis, il serait déjà loin de Florence, loin de sa famille et ses biens... Et il ne devrait pas songer un instant à un possible retour. Du moins, tant qu'il y aura un Médecis vivant à Florence... »

— Nul ne peut prévoir l'avenir, dit Palla Strozzi qui s'était ressaisi et parlait maintenant d'une voix ferme. Nous sommes tous menacés de mort ou d'exil. De mort sans doute ! Le Médicis sait très bien que vous avez voulu le faire assassiner ! Que dit Messer Pagolo [1], votre astrologue ?

— Des sottises ! (Rinaldo haussa les épaules.) Je ne peux souffrir ces gens-là.

— Peut-être ! Mais encore ?

— Si je dois l'en croire, mon exil serait définitif ! Croyez-vous que j'accepterai de vivre loin de Florence sans espoir de retour ?

— Si vous y êtes forcé !... grommela Palla Strozzi qui ne pouvait pardonner à Rinaldo des Albizzi d'avoir entraîné toute l'oligarchie aristocratique de Florence dans une situation sans issue.

— Si j'ai perdu contre les Médicis, ricana Rinaldo des Albizzi, c'est parce que je n'ai pas trouvé l'aide prévue du côté de mes alliés ! Et quels alliés ! Plus pressés d'aller servir la soupe à mes ennemis qu'à me venir en aide ! Que vous en semble, Francesco ?

Ainsi apostrophé, Francesco Tornabuoni prit un air sévère. Songeur, il cherchait visiblement à dominer une colère qui faisait trembler sa voix :

— Il est vrai que vous aviez beaucoup à perdre en cas de défaite et peu à gagner en cas de victoire... Et vous avez perdu ! Définitivement perdu !...

Il savait, tout comme le comte Vernio de Bardi, qu'il n'aurait pas à craindre de représailles de la part de Cosimo. A peine quelques remontrances publiques pour faire taire les mauvaises

1. Astrologue célèbre qui s'efforça toute sa vie de faire de l'astrologie une science morale.

langues. Leur adhésion au parti des Médicis datait de quelques mois, dès lors qu'ils s'étaient rendu compte que Rinaldo des Albizzi allait entraîner Florence dans une impasse. Nul ne connaissait, pas même leurs épouses, leur choix politique et ces deux derniers mois, ils avaient œuvré en toute discrétion pour le retour des Médicis.

Rinaldo des Albizzi fulminait en silence. L'expression boudeuse de son visage le rajeunissait.

— Il reste que nous pourrons toujours lever une armée contre le Médicis ! dit-il enfin d'une voix lasse. Le duc de Milan ne pense qu'à éliminer cette famille de la surface de la terre jusqu'au dernier... Pourquoi ne pas faire alliance avec lui ?... Visconti est un homme puissant !

— Vous oseriez lever une armée contre Florence ? s'écria le comte Vernio.

Il s'arrêta brusquement, comprenant que son indignation se heurtait à quelque chose de plus puissant que l'amour de la patrie : l'amour du pouvoir.

— Et qui pourrait m'en empêcher ? dit Rinaldo sans élever la voix, mais en le regardant fixement. Qu'en pensez-vous, Peruzzi ?

Le prince Ridolfo Peruzzi baissa la tête. Il était blême, brisé, visiblement à bout de forces. Pourtant, il espérait donner le change et ne rien laisser paraître de sa déroute intérieure.

— Je regrette, Rinaldo ! dit-il fermement. Je serai sans doute, comme vous, condamné à l'exil, mais jamais je ne m'associerai à une action contre Florence...

— Vous préférez la laisser aux Médicis ? Si nous avions été unis, si aucun de nous n'avait trahi sa caste...

Le comte Vernio, agacé, intervint :

— Allons, mon cher. Cela suffit !... Pourquoi ne pas être beaux joueurs et admettre notre échec ? Et puis, soyons francs ! nous voulions le pouvoir. Pourquoi ?... Eh bien, je vais vous le dire. Pour rétablir la totalité de nos privilèges mis à mal par Cosimo lorsqu'il était à Florence !... Maintenant bien sûr, il va rétablir les taxes et les impôts qui nous insupportent, et grâce à cela la faveur populaire dont il jouit ira grandissant... Très franchement, mon cher Rinaldo, bien que j'aie quelques craintes pour les biens de ma tendre Lisetta, je ne peux m'empêcher d'avoir de l'estime pour ce diable de Médicis... Le peuple acceptera tout de lui, même le pouvoir absolu !

Radouci, il s'interrompit pour reprendre plus bas :

— Vous pensiez que l'on pouvait impunément, indéfiniment profiter d'une situation acquise grâce à notre naissance ? Vous pensiez vraiment que le peuple n'était pas las d'assister sans protester aux trafics d'influence, au favoritisme dont bénéficiaient vos amis ?

Le prince hocha la tête. D'un air navré, il regardait tour à tour le comte Vernio et Rinaldo des Albizzi.

Rinaldo émit un ricanement, s'éloigna du groupe de ses ex-amis et salua Francesco.

— Je pars à Naples dès demain. A peine aurai-je le temps de prendre quelques sacs de ducats et de florins, et quelques lettres de change. Je n'attendrai pas une minute de plus ! Je suppose que les Médicis seront à Florence dès le début d'octobre... Ma condamnation suivra l'heure de leur retour...

Il s'inclina devant Selvaggia.

— Adieu ma belle amie... (Il hésita, puis à voix basse :) Je vous en prie... Je n'irai pas au palais Cavalcanti voir Ginevra... Ce serait trop cruel. Le retour de son mari va être pour elle un calvaire ! Elle aurait dû suivre mon conseil et le faire assassiner lorsqu'elle l'avait sous la main, chez elle, au palais Cavalcanti. Pour moi... Dites-lui combien je regrette... mais dites-lui aussi que je reviendrai...

Selvaggia Tornabuoni, confinée au palais Alessandri, et que toute histoire d'amour émoustillait, prit un air apitoyé. Elle haïssait Rinaldo et se réjouissait en secret de tout ce qui lui arrivait. « Ginevra est une petite dinde ! pensa-t-elle. Elle n'aura qu'à se réconcilier avec son mari Lorenzo, et se tenir tranquille, sinon elle finira au couvent et ce serait une fort bonne chose pour elle... Quant à ce fou de Rinaldo, il semble oublier qu'il a pris femme ! Qu'espérait-il encore ? Faire de Ginevra sa maîtresse ? Elle se serait fait massacrer par son propre père ! »

A voix haute elle demanda :

— Et de quel message me chargez-vous pour votre charmante épouse ? A moins qu'Alessandra ne vous suive en exil ?

Rinaldo haussa les épaules.

— Non. Elle restera à Florence. Il semble qu'elle attende un enfant et préfère rester auprès de sa mère... Les femmes sont ainsi...

Dès que Rinaldo des Albizzi eut disparu, les conversations reprirent plus librement. Certes, il fallait s'allier aux Médicis! mais il fallait que cette adhésion se fît sans que cela parût une reddition pure et simple.

— Que faire? Que dire maintenant? dit le prince Peruzzi, perplexe. Mon carrosse est prêt! Ma famille et moi-même partons dès demain matin en France, du côté d'Aix-en-Provence. Nous avons là des cousins qui nous hébergeront quelque temps... Et vous, Francesco, qu'allez-vous faire?

Un peu gêné, Francesco Tornabuoni ne répondit pas tout de suite. Quitter Florence? Pourquoi l'aurait-il fait? Il n'avait, vis-à-vis des Médicis, rien à se reprocher. Bien mieux, sans en souffler mot à quiconque, son fils aîné Giovanni était fréquemment allé à Venise afin de tenir Cosimo au courant des événements.

Francesco avait fait un choix, qui l'obligeait maintenant à se séparer officiellement de sa consorteria. Cela lui coûtait beaucoup. Il n'oubliait pas ses origines aristocratiques, cette vieille famille des Tornaquinci dont il était issu et qui pouvait s'enorgueillir d'avoir été l'une des fondatrices de Florence. « Mais!... pensait-il. Il faut vivre avec son temps!... et maintenant l'avenir est du côté des Médicis... Je les aime et les estime, alors que Rinaldo des Albizzi, Giuseppe Strozzi et Luca Pitti ne m'inspirent que du dégoût et de la haine. »

— Nous ne pouvons passer notre temps à nous entre-déchirer! dit-il vivement, pour tenter de clore une discussion sans issue et se dégager d'un débat qui l'ennuyait. L'heure est grave pour la chrétienté. Le Concile de Bâle est un échec, et le pape doit d'urgence en réunir un autre! J'ai des informations alarmantes. L'empereur Jean VIII Paléologue craint que son empire ne soit pas en mesure de résister aux Ottomans! Les Turcs pourraient reprendre la guerre. Et si nous ne sommes pas unis pour lutter contre eux, Florence pourrait connaître le même sort que Salonique! L'Europe peut tomber aux mains des Ottomans musulmans!... Rinaldo a eu grand tort de provoquer ainsi la colère des Florentins! Son ambition était de dominer Florence. Il ne pensait qu'à lui, à sa famille! C'est un homme sans réflexion! Il se bat d'abord et réfléchit ensuite. Maintenant, Cosimo sera le maître absolu de Florence! Il demandera et obtiendra les pleins pouvoirs... Pourquoi s'obstiner à lutter contre lui? Est-ce sage? ou seulement prudent?... Personne n'osera se mettre en travers de sa route. Mieux vaudrait nous mettre au travail et préparer des propositions concrètes.

— Que pensez-vous que le Médicis réservera à ses ennemis? Les fera-t-il pendre? Je risque beaucoup dans ce cas!

Palla Strozzi s'efforçait de sourire, mais il avait peur, et cette crainte se devinait sur son visage.

— Nous risquons tous d'y passer. Tous! rétorqua le prince Guidicelli avec humeur.

Francesco protesta :

— Cela ne lui ressemblerait pas. Cosimo n'est pas cruel. Je suppose qu'il fera confisquer vos biens et qu'il vous infligera la même peine. L'exil. Sauf si vous faites allégeance... Pourquoi ne pas se montrer beaux joueurs et ne pas faire la paix avec le camp adverse? Après tout, nous sommes tous florentins.

Nul ne releva que Francesco Tornabuoni s'exprimait comme s'il était convaincu que rien de ce qu'il énonçait ne pouvait le concerner.

Avec un ensemble parfait, le jeune Guidicelli, fils du prince, et sa jolie et jeune épouse protestèrent vigoureusement :

— ... Mais nous ne voulons pas prêter allégeance! Nous choisissons l'exil! Nous aussi nous partirons demain!

Cette commune sortie arracha quelques sourires. Tous savaient que dans le drame qu'il était en train de vivre, le jeune couple saluait avec joie le malheur qui fondait sur lui.

Selvaggia Tornabuoni, qui visiblement n'avait pas entendu la brève intervention de son mari, et qui surtout ignorait les choix politiques de Francesco — celui-ci s'était bien gardé de lui en souffler mot, convaincu qu'alors tout Florence aurait su dans l'heure qui suivrait sa confidence —, intervint avec véhémence :

— Si nous faisions allégeance,... dit-elle, nous confisquerait-il nos biens malgré tout?

Francesco fronça les sourcils et lui intima rudement l'ordre de se taire et de servir quelques rafraîchissements.

Le prince Peruzzi s'approcha et demanda à mi-voix :

— Et vous ? Vous êtes beaucoup moins compromis que nous ! Seule notre présence chez vous en ce moment peut vous mettre dans une situation délicate... Tout Florence sait que vous étiez contre les décisions qui ont nui à Cosimo !

Francesco murmura :

— Mais je faisais partie de la même consorteria !

Puis, se détournant du prince Peruzzi, il s'adressa à Selvaggia, avec cette note de tendresse bourrue que toute femme reçoit comme la reddition d'un époux, qui vient de commettre une maladresse :

— J'espère que tu n'as aucune crainte, ma douce ?

Selvaggia garda le silence quelques instants. L'expression inquiète de son visage trahissait sa préoccupation.

— Et nous ?... questionna-t-elle à mi-voix. Messer Strozzi a raison ! et le prince Peruzzi lui-même... Nous sommes compromis du fait de leur présence ici ! Si jamais le Médicis apprend qu'une réunion s'est tenue chez nous quelques jours avant son arrivée, il pourrait croire que... que... que nous sommes toujours contre lui... Et nous en vouloir jusqu'à nous ruiner... Que penses-tu qu'il puisse nous arriver ?

— Nous ? expliqua Francesco à voix basse. Nous n'avons pas pris position contre Cosimo... Il le sait. Je me suis toujours opposé à son exil. Cela aussi il le sait. Il ne peut donc rien me reprocher... Et puis n'oublie pas que notre fils Giovanni lui a rendu maints services, et des plus importants. Nous ne risquons rien ! Mais pour l'amour du ciel, tais-toi ! Veux-tu mettre tous nos amis contre nous ?

Un instant il observa Luca des Albizzi qui s'était retiré dans l'embrasure d'une fenêtre et regardait ostensiblement vers l'extérieur, pour bien manifester son désaccord avec les personnes présentes.

— Luca nous aidera..., murmura Francesco.

Il s'interrompit. Une ombre de sourire éclaira son visage.

— Et notre petite Lucrezia ? demanda-t-il soudain, passant à un sujet qui visiblement le tourmentait. Dommage que Filippo de Médicis soit mort ! J'avoue que j'eusse aimé voir une union de ce genre. Cosimo sera puissant, et son clan ne peut que bénéficier de cette puissance...

Puis il regarda dans la direction de Luca des Albizzi. Les deux hommes échangèrent un long regard d'intelligence.

Selvaggia Tornabuoni en voulait à son époux d'exprimer à voix haute ce qu'elle-même éprouvait parfois avec violence... La cupidité propre à sa caste l'avait toujours attirée vers les Médicis. Mais l'éducation reçue au sein de cette même caste ne pouvait que l'éloigner de ce qu'elle était censée mépriser. Il lui arrivait parfois d'envier ses amies, Contessina de Bardi ou Ginevra Cavalcanti qui, bien qu'aristocrates, s'étaient vues contraintes d'épouser des Médicis. Elles étaient aujourd'hui riches, puissantes et comblées... Leurs coffres et leurs armoires regorgeaient d'incalculables richesses...

Tandis que son époux continuait à lui faire part de ses réflexions, persuadé qu'elle buvait ses paroles, Selvaggia suivait ses propres pensées sur ce qu'il conviendrait de faire dès le retour des Médicis. « Surtout ne pas me précipiter chez Contessina pour l'assurer de mon amitié. Elle ne me croirait pas et elle aurait bien raison. Mais peut-être pourrais-je lui demander une entrevue à propos de Lucrezia ? Après tout, son défunt fils a déshonoré ma petite fille ! Une enfant de douze ans !... La petite sotte ! Si elle souhaitait tant être déniaisée, pourquoi n'avoir pas choisi l'aîné des Médicis ? Un mariage aurait tout arrangé, même par procuration ! Un amant de son âge !... Un enfant de treize ans ! Où a-t-on vu cela ? Certes il est bien malheureux que Filippo soit mort. Sans doute aurait-il épousé Lucrezia ? Et maintenant ? Que puis-je faire ?... Lucrezia n'est plus vierge... et cela ne peut que lui nuire désormais, bien qu'elle soit superbement dotée. Peut-être le cousin de Rinaldo ? Mais ce jeune Giuliano des Albizzi n'a d'homme que l'apparence, et encore ! Qui d'autre l'acceptera comme épouse ? Qui, en vérité ? »

Rêveuse, Selvaggia regardait sans les voir certains de ses hôtes la saluer et disparaître. Elle ne pouvait se défaire de son anxiété. « ... Cela demande un entretien... Je ferai en sorte que Contessina se sente un peu coupable. Sans doute alors interviendra-t-elle auprès de Cosimo pour que ce dernier n'exerce pas de représailles contre nous ? Voilà une très bonne idée. Je vais aller voir Contessina. J'irai à Careggi car les Médicis n'auront sans doute pas encore le droit de réintégrer Florence avant les élections. Tel que je connais Cosimo, il se mettra à l'ouvrage tout de suite et le temps m'est compté... » Elle tendit un plateau de pâtisseries au comte Vernio de Bardi.

— Irez-vous voir votre nièce Contessina ? demanda-t-elle avec un sourire. Votre nièce ou votre cousine?... Il y a si peu de différence d'âge entre vous ! Six ans je crois ? Eh bien ? Irez-vous à Careggi ?

— Sans doute. Elle fait partie de mon clan ! Son mariage ne l'en exclut pas le moins du monde. Même si la consorteria de Cosimo est opposée à la mienne, son épouse fait partie des nôtres !

Bien qu'il s'exprimât à mi-voix, la réponse du comte Vernio attira vers lui certains regards chargés de rancune. Non à cause de ses choix politiques, mais des bruits couraient sur son compte... Aucun homme de Florence ne pouvait être tranquille lorsqu'il savait le comte Vernio de Bardi auprès de la femme qu'il convoitait. Sa propre épouse, la jolie petite Lisetta Caffarelli, était plainte et considérée comme une sainte par celles-là mêmes qui n'avaient qu'une idée en tête, se faire séduire par le comte Vernio et se l'approprier... Bizarrement, alors qu'il n'aurait dû soulever sur son passage que haine ou réprobation, le comte Vernio suscitait le plus souvent l'estime, l'amitié, et parfois même, l'amour... Un amour sincère et profond. Il était rare que ses maîtresses se détachent de lui d'elles-mêmes.

— Eh bien, comte, vous vous découvrez bien vite des liens de parenté ! éructa le prince Palla Strozzi avec humeur. Je suppose qu'en cela vous obéissez à notre Saint-Père Eugène IV qui nous recommande à tous de nous aimer les uns les autres...

— Vous avez entendu ce qu'a dit Francesco ? Et puis, que vous dire ? Rinaldo nous a tous entraînés dans une voie sans issue ! Nous avons fait trop... ou trop peu !... A vous de choisir, mon cher Palla ! Mais croyez-moi, l'heure n'est plus à nos sottes querelles... Laissons donc Rinaldo aller se vendre au duc de Milan ! Visconti sera ravi de trouver un prétexte pour se lancer dans une nouvelle guerre contre Florence ! Comme tous nos princes, le duc fera une lourde erreur. Nous aurons bientôt un ennemi commun qu'il nous faudra combattre. Notre cité, que dis-je ? toute l'Italie, toute l'Europe est menacée par les Turcs musulmans. Constantinople a failli tomber aux mains de Bajazet en 1401... Demain, la ville de Jean Paléologue pourrait être anéantie... La division et l'imbécillité de nos prélats, plus préoccupés de règles de bienséance, ne pourra faire face à la puissance des musulmans. Un jour nous serons heureux de faire alliance avec Milan ou Rome... Pensez-vous qu'il ne vaut pas mieux nous unir face à l'ennemi commun ?

— Est-ce certain ? ou bien sont-ce seulement des bruits qui courent ? demanda Selvaggia Tornabuoni. J'ai peine à croire que ces sauvages puissent menacer sérieusement l'Eglise.

— Ces sauvages, dites-vous ? s'exclama le comte de Bardi en riant. Eh bien, ma chère, comme vous y allez ! Les musulmans sont implantés partout dans le monde ! Et il y a deux ans, ils se sont emparés de Salonique... Ils ont de grandes visées sur toute l'Europe. Croyez-moi, leur ambition est sans limites ! Ils sont puissants et déterminés ! Et leur croyance des plus dangereuses pour la paix ! Connaissez-vous l'un des versets essentiels du Coran ?

Selvaggia Tornabuoni écoutait avec cet air à la fois exaspéré et poli qu'arborent certaines personnes, ennuyées par le discours d'un importun, et qui ne savent comment s'en débarrasser avec tact. Son regard se portait malgré elle du côté des femmes dont les voix animées parvenaient jusqu'à elle. Selvaggia mourait d'envie d'aller les rejoindre, de mêler ses litanies aux leurs, et de faire la liste de tous les malheurs qu'elle endurait à cause de ses enfants, et notamment de sa fille Lucrezia...

— J'ignore tout de ces gens-là..., dit-elle en secouant la tête avec impatience. Prendrez-vous un peu de sirop d'orgeat ? proposa-t-elle pour mettre fin à la conversation.

Le comte Vernio eut un mince sourire amusé.

— Merci, avec plaisir ! Il fait si chaud aujourd'hui ! Nous avons là un automne superbe... (Son visage s'assombrit.)... J'ai vu comment vivaient ces gens, dit-il. Leurs femmes, car ils ont le droit d'en avoir plusieurs, sont masquées, voilées et marchent en troupeau, gardées par des eunuques. Un instant j'ai cru qu'elles étaient enchaînées les unes aux autres...

— Dieu ! dit Selvaggia incrédule. Mais ce n'est pas possible !... Etaient-elles vraiment enchaînées ces malheureuses ?

— Non. Il n'y avait pas de liens ni rien de ce genre. Mais elles étaient soudées l'une à l'autre par la pire des chaînes. Celle qui, invisible et sans doute plus destructrice encore, est dans leur tête, dans leur éducation, dans leurs coutumes...

Avisant le prince Peruzzi qui s'épongeait le front, le comte Vernio de Bardi le regarda fixement. Avec cette promptitude d'esprit qui caractérise les hommes rompus à la diplomatie, Peruzzi comprit sur l'instant le désir du comte Vernio de se voir débarrassé de son interlocutrice.

— Je vous en prie, comte ! dit le prince en le prenant par le bras. Dites-nous le verset du Coran dont vous venez de parler. En quoi est-ce exceptionnel ?

— Il ne s'agit pas exactement d'un verset, mais d'une pratique, la Djihad...

— La... quoi ?

— La Djihad... la guerre sainte, si vous préférez. Il est dit dans le Coran que tout guerrier mort en combattant pour la foi musulmane va directement au paradis, toutes ses fautes étant remises !

Selvaggia Tornabuoni éclata de rire.

— Et c'est là ce qui vous effraie ? Par ma foi, des gens assez sots pour croire de telles sornettes ne peuvent nous effrayer...

Le comte de Bardi la dévisagea avec stupeur en hochant la tête. De nouveau un mince sourire ironique éclaira son visage. Le spectacle de la bêtise l'amusait toujours, et parfois même l'attendrissait. Surtout lorsque cela émanait d'une jolie femme, fût-elle un peu mûre. « D'ailleurs, pensa-t-il, même mûre, voilà une femme avec laquelle on ne doit guère s'ennuyer au lit ! Pour ce qui est de l'esprit, ma foi, mieux vaut n'y point songer. Sacré Francesco ! J'échangerais volontiers ma femme contre la sienne... Elle est sans doute aussi sotte, mais au lit je n'ai entre les bras qu'une fillette apeurée... Tandis que cette Selvaggia... j'en ferais volontiers mon affaire !... »

— Nous autres chrétiens croyons aussi en des sottises qui nous en font commettre mille ! dit-il à voix haute. Prince, avez-vous la réponse de l'empereur Jean Paléologue au Saint-Père ?... Vous avez été l'un des émissaires du pape à Constantinople...

Le prince Peruzzi ne répondit pas tout de suite. Il prit un air pensif, un peu lointain, comme pour signifier que ce qu'il allait dire n'avait, en somme, que peu d'importance, en comparaison de ce qu'il aurait pu dire, mais que sa charge lui interdisait de mentionner.

— ... Vous n'ignorez pas que le pape n'intercédera en faveur de Jean Paléologue auprès des princes chrétiens de l'Europe que si lui-même et ses sujets se soumettent à l'Eglise romaine.

— Sinon ?

— Sinon Eugène IV laissera les Ottomans s'emparer de ce qui reste de Byzance.

— Que va faire Jean Paléologue ?

— Venir supplier le Saint-Père de lui apporter son aide ! Pensiez-vous sincèrement qu'il agirait autrement ?...

Bien que le prince Peruzzi eût pris l'air pincé et de bon aloi propre à sa fonction, une légère lueur ironique illumina un instant son visage, révélant ainsi une intelligence pénétrante que n'avaient pas usée des années de diplomatie stérile.

Le comte Vernio eut un ricanement irrépressible avant de répliquer :

— Allons ! la foi chrétienne laisse beaucoup à désirer ces temps-ci ! Qu'elle soit orthodoxe ou latine, c'est le plus fort qui a raison ! Ainsi, nous aurions droit à une autre croisade ? Quelle stupidité !

La grande salle où se trouvaient les membres les plus éminents de l'aristocratie florentine était l'une des plus belles du palais Alessandri, dont Selvaggia Tornabuoni avait hérité et qu'elle occupait depuis la naissance de sa fille Lucrezia. L'épouse de Francesco Tornabuoni vouait à ce palais, qui avait été construit pour son arrière-grand-père, le prince Luca Pitti, une passion sans bornes. Indifférente en apparence jusqu'à paraître sotte, son visage ne s'animait, ne s'éclairait et ne devenait véritablement séduisant que lorsqu'elle faisait visiter le palais Alessandri dont les murs s'ornaient de nombreux tableaux de Giotto. Elle éprouvait alors une émotion vraie, une ferveur presque religieuse, et ses visiteurs admiratifs avaient alors devant eux une femme cultivée et passionnée...

— Eh bien, mon amie, voilà une bonne minute que j'attends ta réponse ?...

La voix forte de son époux fit sursauter Selvaggia. Ils étaient seuls dans l'immense salle, maintenant silencieuse.

— Je réfléchissais..., balbutia Selvaggia.

— Peux-tu m'écouter un instant ? J'ai une idée à te soumettre. Je me demandais s'il ne conviendrait pas que nous fassions une visite à Cosimo et à Contessina aussitôt que possible. Après tout, il vaut mieux sans doute qu'ils apprennent par nous que leur fils a déshonoré Lucrezia...

Selvaggia sourit. Elle enveloppa son époux d'un regard affectueux.

— Je pensais exactement de même. Nous irons les voir dès qu'ils seront installés à Florence. Quand doivent-ils arriver ?

— Leur retour est prévu pour le début d'octobre. Une réception aura lieu à la Seigneurie... Nous y serons sans doute.

— Contessina sera heureuse de me revoir, dit Selvaggia. Nous étions amies autrefois...

II
UN RETOUR TRIOMPHAL

L'AUTOMNE de l'année 1434 fut certainement l'un des plus beaux que connut Florence. La politique qui ramenait Cosimo de Médicis n'y avait sans doute qu'une part restreinte, mais certains allèrent jusqu'à affirmer, que même le ciel et le temps se rangeaient du côté des Médicis. De mémoire de Florentin, jamais l'air n'avait été aussi doux, jamais les arbres jaunis n'avaient été aussi resplendissants... Parfois même, la sensation de plénitude et de beauté qui se dégageait de la ville éveillait une émotion si puissante que l'on pouvait rester là, immobile, à savourer un moment d'absolue félicité. Bref, le retour de Cosimo de Médicis et de sa famille ne pouvait se faire sous de meilleurs auspices.

En ce 5 octobre, venus de tous les coins de la ville, les Florentins se pressaient de part et d'autre de la via Larga où devait passer le cortège des Médicis, chacun voulant être le premier ou l'un des premiers à saluer Cosimo et les membres de sa famille.

En l'honneur des proscrits, toutes les femmes avaient revêtu leurs plus beaux atours. Elles s'épiaient mutuellement, évaluant, avec des hochements de tête, leurs toilettes respectives, chacune d'elles, en son for intérieur, étant persuadée qu'elle était la plus séduisante ou en tout cas la mieux parée des Florentines.

— Un an d'exil ! exultait un passant. Il avait bien dit qu'il ne resterait qu'un an en exil ! Ce diable d'homme a tenu parole !

L'homme qui parlait ne s'adressait à personne en particulier, aussi parut-il surpris qu'une matrone lui donnât la réplique :

— On dit que le pape Eugène IV lui-même est intervenu auprès de la Seigneurie...

Une bousculade précipita quelques personnes les unes contre les autres. Une voix masculine protesta :

— Allons, poussez-vous un peu, Signora. Nul n'est besoin d'occuper ainsi toute la place... N'a-t-on pas idée d'être aussi grosse !

Le bruit d'une gifle bien appliquée déchaîna les rires de la foule.

— Voyez ce malotru qui bouscule tout le monde !... Je disais donc ? mais où en étais-je ?

— Le pape... le pape serait intervenu... N'est-il pas à Bâle ?... Serait-il revenu ?

— On le dit ! Cela va mal pour le Saint-Père ! Il a grand besoin du retour de Cosimo. Sans les Médicis, le pape n'est plus rien ; il faut bien le reconnaître...

— Et pas seulement le pape !... le peuple...

La matrone maugréa à mi-voix :

— Oh le peuple... le peuple...

Le reste de la phrase fut perdu pour son destinataire. Des cris s'élevaient dans la foule déchaînée : « Les voilà ! les voilà... Ils arrivent... », « Viva les Médicis ! Viva Cosimo !... » Affolés, les chevaux se cabraient devant la bousculade qui précipitait les gens presque sous leurs sabots. Il y eut des cris terrifiés... : « Attention ! Voulez-vous ma mort ?... », « Mais ne poussez donc pas comme cela ! A-t-on jamais vu ça ? »

Enfin, le cortège parut. Alors ce fut comme si le délire s'emparait de la foule. On courait de droite à gauche, on criait et on se congratulait comme si chacun était en quelque sorte l'artisan de ce retournement de l'histoire.

Et sans doute étaient-ils véritablement heureux, ces hommes si versatiles, mais si épris de liberté et de démocratie que la moindre menace qui aurait pu porter ombrage à la République de Florence était aussitôt balayée. Et quelle plus forte menace de dictature que celle que Rinaldo des Albizzi avait fait peser sur la ville ?

Se frayant difficilement un passage dans la foule qui se pressait le long de la via Larga, un vieil homme et une toute jeune fille attiraient les regards et parfois des quolibets chuchotés à voix basse. C'était un couple étrange, disparate, et pourtant soudé par une tendresse profonde qui se devinait dans la manière dont le vieil homme entourait de son bras les épaules de l'adolescente, presque une fillette encore, qui marchait à ses côtés.

Lucrezia Tornabuoni et son grand-père feignaient ne rien entendre, ou peut-être d'ailleurs n'entendaient-ils rien, tant le bruit alentour était assourdissant... La jeune fille ne participait pas à l'allégresse générale. Son joli visage était empreint d'une tristesse profonde qui lui donnait bien plus que ses treize ans. Elle tenait fermement le bras de son aïeul, et parfois, le couple s'immobilisait, attendant qu'on lui laissât le passage. Le vieil homme suscitait du respect et même de l'affection, et si sa petite-fille était souvent l'objet de remarques moqueuses, il y avait également de la compassion dans la plupart des réflexions qui se faisaient autour d'elle... Parfois, une passante plus effrontée et plus sotte la dévisageait avec mépris et jetait un « Gourgandine ! » à mi-voix, qui faisait pâlir la fillette sans cependant la détourner de son chemin.

— Dépêchons-nous, grand-père !... Plus vite s'il te plaît ! dit Lucrezia Tornabuoni en entraînant le vieillard. J'entends les tambours et les trompettes ! Ils ne vont plus tarder maintenant !

— Sans doute... sans doute... Mais pourquoi te presser ainsi, ma pauvre petite ? Qu'espères-tu donc encore ?

— Je ne sais pas..., dit Lucrezia avec tristesse. Je ne sais pas... Apprendre comment cela s'est passé ? Filippo est mort depuis plus de six mois maintenant, et je ne sais pas vraiment...

— Piero de Médicis te l'a fait savoir dans cette missive. Avec tous les détails...

— Oui. Je sais. Piero est si bon ! Sa lettre était pleine de tendresse. Il aimait son frère... (De grosses larmes coulaient maintenant sur le visage de la jeune fille.) Il faut que je lui parle...

— Cela ne peut que te faire encore plus de peine, ma pauvre petite ! Filippo est mort noyé... Et toi...

Le vieillard s'interrompit devant le regard de sa petite-fille.

— Et moi je suis déshonorée, et je viens tout juste d'avoir treize ans. Je sais... (Elle redressa la tête avec orgueil.) Mais cela m'importe si peu, grand-père ! Je ne regrette rien ! Rien ! Je t'assure que si c'était à refaire, je referais de même !...

— Chut ! ne parle pas ainsi ! Si on t'entendait ?...

Effrayé, le vieil homme regardait autour de lui. Mais les

Florentins étaient maintenant bien trop occupés à hurler des vivats et des bénédictions sur le cortège qui franchissait les portes de la ville pour prêter une attention soutenue à ce couple insolite.

Lucrezia répéta avec force :

— Je me moque de ce que l'on peut dire de moi ! Oh si tu savais comme je m'en moque !... J'ai trop souffert, grand-père ! Comprends-tu ?

Le vieillard soupira. « Souffrir si tôt n'est pas bon pour l'avenir..., pensa-t-il. Pourquoi faut-il que le désespoir atteigne un être si jeune ? » Une expression soucieuse attristait sa longue figure au dessin aristocratique. Son amour pour sa petite-fille avait protégé Lucrezia de la fureur de sa famille lorsque celle-ci avait appris par la rumeur publique que la jeune fille avait, avec toute l'ignorance et la fougue de son extrême jeunesse, cédé à Filippo de Médicis quelques jours avant le départ de ce dernier pour l'exil. Selvaggia Tornabuoni, épouvantée par le scandale, avait exigé que la fillette subisse un examen qui, elle l'espérait, prouverait l'innocence de l'enfant.

L'examen eut lieu, et bien qu'elle se débattît avec rage, couvrant d'insultes les matrones, celles-ci vérifièrent qu'effectivement Lucrezia n'était plus vierge et, deux semaines plus tard, au grand soulagement de la famille, qu'elle n'était pas enceinte. Aussitôt, Selvaggia Tornabuoni parla de couvent... ou de mariage au plus tôt. Issue de l'une des plus prestigieuses familles de Florence, famille qui ne plaisantait pas avec ce genre de déshonneur, Selvaggia était effondrée. L'amour maternel, dans sa souffrance, se conjuguait à la colère et à l'humiliation. Un mariage ou le couvent. Mieux valait un mariage... mais vite ! N'importe qui ferait l'affaire ! Mais qui voudrait de Lucrezia comme épouse !

Lorsque, folle de fureur, Selvaggia parla sérieusement de faire de Lucrezia une nonne, le vieux Tornabuoni s'y opposa avec force et menaça même de déshériter toute la famille si sa belle-fille passait outre. Mais entre l'honneur et la fortune personne ne résiste longtemps. Et Selvaggia Tornabuoni moins que toute autre. La rumeur publique disait qu'elle était infiniment plus attachée à ses cassettes pleines de ducats d'or qu'à sa famille. On ferma donc les yeux sur un péché de jeunesse et on ne fit même pas semblant d'être peiné lorsqu'on apprit la mort, à Venise, de Filippo, qui s'était noyé en voulant porter secours à un jeune enfant. Peu de temps après ce regrettable incident, Selvaggia Tornabuoni envisagea un mariage entre Lucrezia et le jeune cousin de Rinaldo des Albizzi, Giuliano, bel éphèbe de seize ans plus préoccupé de ses atours et de garçons que de jeunes filles. La dot de Lucrezia avait été doublée. Cela seul importait aux Albizzi. Le bruit de ce prochain mariage courait déjà dans Florence et les langues allaient bon train. « Le jeune fiancé irait-il jusqu'à consommer son mariage ! » Certains adolescents, parmi les plus féroces parieurs, savaient par expérience que seul l'amour de ses semblables comblait le jeune garçon.

Personne n'avait songé un instant à demander leur avis aux futurs fiancés.

— Quel beau spectacle ! dit Lucrezia à voix basse en prenant la main de son grand-père.

Des chevaux harnachés aux couleurs des Médicis encadraient une demi-douzaine de carrosses superbes, rutilants, qui avançaient au pas. Les « Vive les Boules ! » fusaient de tous côtés, se mêlant aux « Vive les Médicis ! », « Vive Cosimo ! », « En triomphe à la Seigneurie ! »

Des jeunes gens ouvrirent les portes du carrosse et s'emparèrent de Cosimo qui riait... Tant bien que mal, les plus solides des gaillards le juchèrent sur leurs épaules, et c'est sous les acclamations de la foule que le cortège se dirigea vers la piazza della Signoria, où une somptueuse réception attendait le futur maître de Florence. Cosimo ne devait y faire d'ailleurs qu'une halte brève. Il avait décidé que la villa de Careggi, ravissante villa appartenant à son frère Lorenzo, serait sa résidence jusqu'aux élections qui, à n'en point douter, feraient de lui le gonfalonier de la ville. Il savait déjà, bien qu'il n'en eût soufflé mot à personne, qu'il n'accepterait pas cet honneur suprême.

La foule envahissait la chaussée, immobilisant parfois le cortège. C'était à qui serrerait la main de Cosimo de Médicis, ou celle de Contessina son épouse, blottie à l'intérieur du carrosse, et qui de temps à autre se penchait par la portière, inquiète de voir son époux en position instable sur les robustes épaules des jeunes Florentins. C'était à qui approcherait des enfants Piero, Giovanni, Giuletta ou Nannina. Faute de pouvoir toucher les principaux membres de la famille, on embrassait les alliés, les serviteurs, les familiers qui avaient suivi les Médicis en exil... Et, faute de mieux, on s'embrassait entre soi. L'important était de participer à l'allégresse générale. L'enthousiasme était indescriptible. Florence saluait le retour du maître qu'elle s'était choisi.

Lâchant la main de son grand-père, Lucrezia s'élança vers le carrosse où se tenaient Piero et Giovanni. Jouant des coudes, négligeant les réflexions indignées ou désobligeantes, elle parvint enfin à la portière. Elle ne savait pourquoi elle agissait ainsi. Peut-être, éprouvait-elle ce besoin de voir et de parler avec les témoins du drame qui avait brisé sa vie. Le seul qui avait manifesté une réelle compassion était le frère aîné de Filippo, Piero de Médicis. Aussi, tout naturellement, elle se dirigea vers lui.

— Piero ! Piero ! cria-t-elle.

Le jeune Médicis la regarda, surpris, et un instant parut ne pas la reconnaître. Son regard se voila lorsque enfin il mit un nom sur le jeune visage, encore si enfantin, qui se levait vers lui. Elle avait grandi, maigri, pâli, et son regard était chargé d'une interrogation triste qui la vieillissait. Il resta silencieux un moment, en proie à une émotion qu'il avait peine à contenir.

— Lucrezia ! Lucrezia Tornabuoni !..., dit-il enfin.

Et une rougeur violente envahit son visage.

Lucrezia s'agrippa à la main qu'il lui tendait à travers la portière :

— Piero !... Je vous en prie ! Pourrais-je vous voir demain ? Je vous en prie...

Lucrezia ne retenait plus ses larmes. Elle courait le long du carrosse, comme un an plus tôt elle avait couru derrière la voiture qui emportait Filippo.

— Oui ! oui bien sûr ! Venez demain ! Venez, je vous attendrai !...

Alors un léger sourire détendit les traits de la jeune fille. Elle ne s'immobilisa, soulagée d'une tension trop forte, trop poignante, que lorsqu'elle sentit la main puissante de son grand-père s'emparer de la sienne.

— On te regarde ! Je t'en prie, mon enfant, un peu de tenue ! On pourrait jaser ! Si ta mère apprenait ?...

Mais Lucrezia n'entendait plus rien. Très pâle, elle chancelait, et serait sans doute tombée si son grand-père ne l'avait recueillie dans ses bras, à demi évanouie...

Piero de Médicis se rejeta sur les coussins du carrosse. Il était blême, en nage, ses membres douloureux et difformes le faisaient affreusement souffrir, et bizarrement, il se sentait heureux. « C'est singulier... tout de même ! » pensait-il, surpris par cette agitation que rien ne motivait. Son cœur battait à tout rompre. Petit à petit, il se calma et mit cet accès, ce curieux malaise qui était loin d'être déplaisant, sur le compte de sa maladie. « Lucrezia ! Lucrezia Tornabuoni !... » Il allait la revoir, cette petite fille passionnée, la jolie petite amoureuse de son frère Filippo. Comme il avait envié ce frère plus jeune, si beau, si entreprenant... Comme il aurait aimé avoir eu, lui aussi, une amante qu'il aurait chérie de toute son âme, de tout son corps difforme. « A mon âge, je n'ai même pas été encore déniaisé... », pensait-il honteux d'être encore vierge à dix-neuf ans.

Vaguement, de temps à autre, d'un geste de la main, il répondait aux acclamations de la foule. La chaleur de l'accueil réservé aux Médicis ne le surprenait pas. Il adorait son père, et trouvait normal que tous partagent cette adoration... Jamais il n'avait été jaloux de Filippo qui, bien que son cadet, avait été choisi comme héritier par Cosimo. Parfois, Piero se demandait si la mort de son frère allait le désigner, lui, comme unique héritier des Médicis ? Mais une douleur familière le ramenait vite sur terre. « Je suis si mal portant !... Quel rôle pourrais-je tenir dans cette cité ? Giovanni sera héritier, cela est certain !... Il ressemble tant à Filippo ! Et c'est lui que père préfère... même s'il me le cache pour ne pas me peiner... Moi, je ne ferai pas de vieux os... Tout le monde le dit. »

Depuis l'enfance, Piero souffrait d'une déformation articulaire affreusement douloureuse. Ses genoux, ses chevilles, sa colonne vertébrale étaient perpétuellement enflammés, et il lui était difficile de dissimuler que la vie lui était, parfois, une torture.

Comme il avait envié Filippo ! Comme il avait désiré, lui aussi, l'année précédente, cette petite Lucrezia si fière, si indépendante, si parfaitement originale... Sans le savoir — il était encore si ignorant des choses de l'amour —, il s'était passionnément épris de Lucrezia. Elle était encore une enfant, mais tous la traitaient déjà comme une petite adulte, tant elle manifestait de détermination et d'intelligence, venant régulièrement voir les Médicis, avec ou sans chaperon, dédaignant les usages en vigueur dans sa famille, étudiant les lettres, l'algèbre, les langues, l'astronomie. Piero s'interdisait de penser à elle, se jugeant avec sévérité d'oser porter son regard et ses désirs secrets sur celle que son frère considérait comme sa fiancée. Et puis il y eut cette année d'exil, et Piero n'avait jamais cessé de penser à Lucrezia. La mort de Filippo avait renforcé ce lien ténu qui lui faisait battre le cœur.

La pensée de Lucrezia le poursuivait. Il voulait cacher son émotion, mais ne parvenait à dissimuler ni sa rougeur ni une sorte de joie timide, inquiète, qui malgré lui le faisait trembler. Il s'efforça de se concentrer sur la foule qui entourait son carrosse, et dans le même instant de répondre à son frère Giovanni qui lui demandait quelques explications :

— N'était-ce pas la petite Lucrezia Tornabuoni ? Son père n'était-il pas contre les conspirateurs qui ont chassé papa de Florence ? Papa le reverra sûrement. Il parle des Tornabuoni avec beaucoup d'amitié... Que te voulait-elle ? Il y a un tel vacarme que je n'ai rien entendu !...

Piero répondait d'une voix distraite, mais son esprit était ailleurs. Plus il cherchait à se cacher à lui-même ce qu'il éprouvait, et plus ce constat s'imposait à lui :

« J'aime Lucrezia Tornabuoni... J'aime Lucrezia... »

C'est de la villa de Careggi qu'au cours des mois suivants toute la politique future de Florence fut élaborée. Il ne se passait pas de jour sans que quelque émissaire vînt ou partît avec un parchemin contenant des ordres, des instructions ou des lettres aimables, plus dangereuses peut-être pour leur destinataire que ne l'eût été une franche hostilité.

Ces derniers mois, Cosimo avait vieilli. A quarante-cinq ans, il en paraissait dix de plus... Plus maigre que jamais, le visage ridé, le teint olivâtre, seuls ses yeux étaient restés jeunes, bienveillants ou rusés, mais toujours aux aguets. Il commençait à souffrir du même mal dont son fils Piero était atteint depuis son enfance. Cela rapprochait ces deux hommes, que tout séparait. Maintenant, quand Cosimo s'irritait de la lenteur à se mouvoir de son fils, il retenait ses propos acerbes, se souvenant dans son propre corps de ce que Piero endurait depuis des années.

Ce fut l'une des suprêmes habiletés de ce politique merveilleusement intelligent et adroit que de laisser à d'autres le soin de se charger des représailles... qui furent atroces. Seuls échappèrent à la mort ceux qui purent s'enfuir à temps. Le parti au pouvoir se déchaînait, prenant une éclatante revanche sur les vaincus. Officiellement, Cosimo n'était pas à la Seigneurie, rien de ce qui se passait ne pouvait lui être imputé.

Vers la fin du mois de novembre, une réunion, vivement souhaitée par le comte Vernio de Bardi, eut lieu dans la villa de Careggi. S'y trouvaient présents Francesco Tornabuoni, Lorenzo de Médicis et Piero, le fils héritier. Cosimo, mieux que personne, n'ignorait pas que tout homme est versatile, qu'il va là où souffle le vent du pouvoir et de l'argent, et que toute conscience est vénale... Il avait besoin que certaines « consciences » restassent à Florence au moins jusqu'à ce qu'il mît bon ordre dans la Seigneurie.

— Voyez, mon cher, avait-il dit, peu de temps après son retour aux affaires, au comte Vernio qu'il avait fait mander afin d'avoir avec lui une explication définitive. L'exil pour mes ennemis était peut-être nécessaire, mais je peux désormais me dire qu'en chacun des bannis j'ai un ennemi personnel qui n'hésitera pas à comploter contre Florence et à la détruire pour m'abattre. Je vous sais intelligent, et j'ai toujours pensé que vous aviez de l'amitié pour moi. Vous perdre me serait pénible. Pourquoi ne pas travailler pour moi... et me tenir au courant de ce que vont faire vos amis ?...

La proposition surprit le comte Vernio qui haussa les sourcils.

— Messer Cosimo, avait-il répondu, glacial, vous vous méprenez... Pensez-vous que l'amitié réelle que j'ai pour vous pourrait me pousser à trahir mes amis ?

— Non. Ce n'est pas au nom de votre amitié que je demande cela... mais pour Florence... Tout homme est mortel. Seule Florence pourrait être éternelle et porter témoignage de notre vie. C'est sur ses remparts, dans ses murs, dans ses rues, que, dans les siècles futurs, nos descendants retrouveront nos traces... Florence détruite, il ne restera rien de nous... Et Florence n'a toujours pas d'armée...

Huit jours après cette conversation, et après mûre réflexion, le comte Vernio de Bardi avait fait entière allégeance à Cosimo de Médicis. La seule condition qu'il mit à sa volte-face fut que jamais nul ne lui demanderait de trahir ses amis. C'est pourquoi les cinq hommes se trouvaient réunis en cette fin d'après-midi, froide et pluvieuse, dans le vaste cabinet de travail de Cosimo.

Dès la première phrase que prononça le comte Vernio : « Que ferez-vous de vos ennemis?... Vous avez promis qu'ils auraient tous la vie sauve... », le silence s'abattit sur la pièce...

Cosimo prit son temps pour répondre. Son visage s'était durci.

— Le bannissement..., dit-il d'une voix rauque, détimbrée par la colère contenue qui lui remplissait la bouche de haine. Le bannissement, répéta-t-il à mi-voix.

Puis, comme pour enfoncer ces mots dans l'esprit des quatre hommes qui restaient interdits, il répéta une troisième fois :

— Le bannissement... A jamais.

Un silence suivit cette sentence sans appel. Le comte Vernio pâlit.

— Les plus vieilles familles de Florence..., balbutia-t-il, les Peruzzi, les Guidicelli, Palla Strozzi... notre plus éminent philosophe... Palla Strozzi... Ils sont parents de votre épouse...

— Ont-ils pensé à cette parenté lorsqu'ils m'ont fait jeter dans un cachot pour y mourir comme un chien empoisonné?...

Le comte Vernio baissa la tête.

— Il ne faut jamais pardonner à ceux qui vous ont fait du mal! reprit Cosimo avec véhémence. Jamais! L'Evangile ment en prétendant le contraire... mais l'Evangile n'est pas à un mensonge ni à une sottise près! Moi je ne pardonnerai pas! Je n'oublierai jamais... Jamais... Qu'ils crèvent tous, ceux qui m'ont trahi, blessé dans ce que j'avais de plus cher, sali dans mon honneur! Qu'ils soient maudits, ceux à qui j'ai dû tant de souffrances. Qu'ils soient maudits jusqu'à la cinquième génération... Avez-vous déjà été dans un cachot, comte Vernio? Savez-vous ce que cela signifie de ne pouvoir manger un croûton de pain sans se demander s'il n'est pas empoisonné? Jamais de pardon! Il n'y a que les imbéciles et les fous qui pardonnent. Moi je n'oublie rien et ne pardonne rien... Palla Strozzi? Tant pis pour lui!... Je n'y peux rien. Mais ceux qui entourent Strozzi ont voulu ma mort et la veulent encore. (Il se tourna vers son frère Lorenzo.) Tu veux toujours faire valoir ton moralisme et l'oubli des offenses!... Pas moi. Je sais à qui j'ai affaire. Que crois-tu qu'ils feront si je fais preuve d'indulgence? Ils auront tôt fait de comploter et de me faire assassiner. Ils ont déjà essayé, et ils recommenceront ! Non ! pas d'indulgence ! Pas de pardon ! Ces coquins doivent payer...

— ... Tous ne sont pas des coquins, dit Francesco Tornabuoni.

— Tous ont travaillé main dans la main... et tous sont prêts à recommencer !...

— Que vas-tu faire ? demanda Lorenzo. Vas-tu accepter la magistrature suprême pour te venger ?

— Non. Pas la magistrature. Ce n'est là ni ma place ni mon désir. Me venger, oui. Mais je refuserai toute fonction à la tête de la Seigneurie. Peut-être plus tard accepterai-je le poste de gonfalonier de justice. Rien d'autre... Et pas tout de suite. Andrea Minerbetti remplit fort bien son office ! Pourquoi prendrais-je sa place ?

Lorenzo eut un ricanement amer.

— Andrea Minerbetti ? Tu plaisantes ! C'est ton homme ! Il t'est dévoué corps et biens !... Il croit qu'il te fait plaisir en organisant ces représailles...

Cosimo hocha la tête et considéra les quatre hommes. La pâleur de son fils Piero le surprit et il s'adressa plus particulièrement à lui :

— Me faire plaisir ?... J'ai horreur du sang et des larmes. Mais j'ai, plus encore, horreur des hypocrites et des lâches. Ne t'y trompe pas, Piero — ni vous, messieurs... Toutes les grandes familles de l'oligarchie n'attendent qu'un retournement de situation pour me poignarder dans le dos. Avez-vous oublié leur férocité ? leur hypocrisie ? Il s'en est fallu de peu que les miens et moi-même ne fussions massacrés. Je ne dois la vie sauve qu'à un malheureux gardien qui m'apportait un morceau de pain en prison... Si je n'y prends garde, tous ceux qui ont voulu ma mort l'année dernière la veulent à présent plus que jamais. J'ai des fils à protéger, mais aussi et surtout, il y a le peuple de Florence qui croit en moi. Il sait, lui, que je lui suis sincèrement dévoué et que c'est pour plus de justice que je lutte. Pour Florence...

Lorenzo eut un ricanement amer.

— Allons... pour toi aussi, n'est-ce pas ?... Le pouvoir est grisant, si grisant ! Mais Dieu ? Mais ta conscience ? la morale ?

— Allons donc! ce n'est pas avec des patenôtres que l'on gouverne un pays!... Il faut vider Florence de ses rebelles! Et Andrea Minerbetti fera en sorte de décimer nos ennemis sans que je trempe le petit doigt dans cette affaire...

Cosimo fit comme il l'avait dit. Toutes les grandes familles furent frappées.

Au cours des huit semaines qui suivirent son retour, de longues cohortes de chariots, de carrosses, de chevaux surchargés s'empressèrent de quitter Florence sous les quolibets des passants. Il suffisait d'être soupçonné de sympathie envers la caste abattue ou d'hostilité envers le peuple pour être menacé au mieux d'exil ou, au pire de mort. Toutes les condamnations étaient immédiatement suivies de la confiscation des biens. De novembre 1434 au mois de mars 1435, Florence fut le théâtre des vengeances les plus viles, des règlements de comptes les plus féroces, sous le fallacieux prétexte de mettre fin à l'oligarchie aristocratique.

Au fil des jours Cosimo affermit son pouvoir. Rien ne le détourna de sa volonté de doter Florence d'un gouvernement stable et de soulager les plus défavorisés. Ceux qui étaient riches devaient donner à ceux qui étaient pauvres. Et s'ils ne voulaient pas donner d'eux-mêmes, eh bien, lui, Cosimo, les y forcerait par des lois et des impôts.

A peine installé à Careggi, il s'attela avec son frère Lorenzo aux réformes fiscales en faveur du peuple afin de le récompenser et de se l'attacher par des liens solides. Si Lorenzo, parfois, s'irritait contre les paroles crues et cyniques de Cosimo — « Le gouvernement de Florence, c'est moi, disait volontiers Cosimo lorsque les deux frères se trouvaient en tête à tête. Que peuvent imaginer ces sots qui ne pensent qu'à la robe rouge et à siéger à la Seigneurie tout gonflés d'importance? Quand j'aurai besoin d'un tel ou d'un autre pour le bien de mes affaires, je le ferai nommer gonfalonier. Il sera fier et heureux de son titre, et me servira sans rechigner... » Mais dans le même moment il s'inquiétait de savoir combien d'indigents pourraient être soignés à l'hôpital des Innocents et prenait sur sa cassette pour fonder de nouvelles écoles.

Quinze jours à peine après son retour à Florence, le système fiscal reposant sur le « catasto[1] » créé par son père Giovanni fut rétabli, ainsi que l'avait depuis longtemps prévu le comte Vernio de Bardi...

C'est dans la plus grande salle de Careggi que les membres du cabinet privé de Cosimo, réunis en conseil, furent informés du projet de réforme décidé par celui-ci.

— ... Il convient de lever un impôt progressif qui nous permettrait de dégrever considérablement les plus modestes et de frapper de taxes de plus en plus lourdes les revenus importants..., dit-il sans préambule, les yeux fixés sur un parchemin, un demi-sourire ironique aux lèvres.

Un silence stupéfait accueillit cette déclaration. Lorenzo souriait. Il avait longtemps travaillé avec son frère à cette réforme, qui lui paraissait essentielle, plus essentielle que l'achèvement du Dôme ou du nouveau palais Médicis.

— Comment allez-vous procéder pour faire cette estimation ? demanda le comte Vernio, rompant ainsi le silence, ... et surtout comment allez-vous vous y prendre pour le faire accepter ? Pensez-vous que les Strozzi ou les Scali ou les Acciaioli ou les Cavalcanti accepteront de gaieté de cœur d'ouvrir leurs coffres ?

— Il va falloir créer des contrôleurs spécialisés, répondit Cosimo. J'ai déjà exposé ce projet à la Seigneurie qui l'a accepté avec enthousiasme...

Un léger sourire détendit les traits du comte Vernio. « Comme si la Seigneurie pouvait refuser quelque chose à un Médicis... », pensa-t-il. Puis à voix haute, il insista :

— Vous allez vous faire encore des ennemis parmi les plus fortunés de nos concitoyens...

Cosimo haussa les sourcils.

— Ah oui ?... Bah ! que m'importe ! Nous aurons par ces mesures la faveur populaire. Ne trouvez-vous pas plus juste que ceux qui sont nés dans l'opulence donnent à ceux qui n'ont rien ?... Que faites-vous des paroles de l'Evangile ?

Ces derniers mots furent prononcés avec une ironie telle que tous furent gênés.

— Je pense sincèrement, reprit Cosimo, qu'il est regrettable de faire des lois obligeant les riches à aider les pauvres, alors que cela

1. Système fiscal qui frappait tous les citoyens, chacun payant selon sa fortune.

devrait être fait naturellement sans effort... Pour ma part, je serai l'homme le plus imposé de Florence ! Et je ne m'en plaindrai pas, au contraire ! Jamais je ne pourrai donner assez à Dieu, pour l'inscrire comme débiteur dans mes livres ! Je le remercie nuit et jour de m'avoir ainsi privilégié dès ma naissance !

Le comte Vernio fit entendre un léger sifflement admiratif. Cosimo le regarda, puis ajouta à son intention :

— J'ai décidé de payer seul l'achèvement du Dôme de Santa Maria del Fiore, et de financer la plus grande bibliothèque du monde... Le Signor Michelozzo m'a signalé que le couvent San Marco était dans un état de décrépitude totale et qu'il était à vendre... Je vais m'en rendre acquéreur et le faire restaurer par cet éminent architecte dès que mon palais sera terminé... Il a en vue un artiste dont il me dit le plus grand bien. Avez-vous entendu parler de Fra Angelico ? C'est un prêtre-peintre, ou un peintre-prêtre, comme vous voudrez... Croyez-moi, mes chers amis, nous ferons de Florence le centre artistique du monde.

Vers le début du mois de décembre 1434, Cosimo s'installa à Florence, dans l'ancienne maison Médicis, en attendant que les travaux du nouveau palais soient achevés. Construire était sa passion et son orgueil et il ne se passait pas de jour qu'accompagné de son fils Piero, il ne vînt sur le chantier, discutant avec l'architecte, le Signor Michelozzo, avec les artistes, Donatello et Fra Angelico, qui allaient orner la future bibliothèque San Marco, riant avec les fournisseurs, bravant dangereusement les échafaudages, affrontant le mauvais temps.

— Dans cent ans il ne restera rien de nous, expliquait-il à son fils aîné. Rien... Mais cela, ces édifices, ces tableaux, ces remparts... tout cela restera... pour l'éternité... L'être humain est éphémère, la pierre est éternelle... L'artiste qui peint une toile, le musicien qui compose un chant, l'architecte qui construit une cathédrale, ou l'écrivain qui imagine son œuvre, ceux-là seuls sont immortels. Ils détiennent une parcelle de la Création divine. Moi, je ne suis qu'un marchand, un banquier ; et je me sens humble devant le génie artistique...

Cosimo était sincère, et Piero en conçut pour son père une

admiration que jamais rien ne vint altérer. Il savait que Cosimo entretenait sur un pied superbe une pléiade d'artistes, d'écrivains, de musiciens qu'il traitait à l'égal des princes les plus illustres.

Au cours des semaines suivantes, une attitude inusitée, chez Piero, intrigua son père. Il demandait souvent des informations sur la famille Tornabuoni, s'inquiétait de leur visite, se troublait dès que le nom de Lucrezia était prononcé.

Un jour, alors que le père et le fils se promenaient ensemble, dans les rues presque désertes de la ville, Cosimo demanda :

— Tu es sous le charme de la petite Lucrezia Tornabuoni, il me semble !

Piero sourit. Jamais il ne s'était senti aussi vivant et heureux, comme en cette journée dans cette vive lumière glacée propre à certaines heures de l'hiver. La veille, chez les Tornabuoni, avait été un jour particulièrement heureux et il en ressentait encore la douceur joyeuse. Il avait discuté longuement avec Lucrezia. Puis son ami le plus cher, le comte Vernio, était venu porter quelques parchemins importants, et ils avaient parlé politique... Quelques heures paisibles, à disputer des parties d'échecs, à plaisanter avec les quatre jeunes Tornabuoni, Bianca, Giuseppina, Giovanni... et Lucrezia.

Sans regarder son père, Piero murmura :

— Je veux te dire que je n'épouserai jamais aucune autre femme... Lucrezia m'est chère plus que je ne saurais le dire...

Sa voix tremblait en prononçant ces mots, car il savait qu'aucun mariage dans la famille n'était décidé sans l'accord de Cosimo. Ceux de ses jeunes tantes Caterina et Bianca, qui avaient épousé contre leur gré des hommes puissants, certes, mais surtout utiles à Cosimo, étaient des exemples trop récents pour qu'il pût les oublier. Il fut surpris par l'expression qui se peignit sur le visage de Cosimo.

— Voilà une union qui ne me déplairait pas..., dit Cosimo pensif. Bien que la petite Lucrezia soit encore trop jeune et, paraît-il, quelque peu dévergondée... Bah ! n'était-ce pas avec ton malheureux frère Filippo... qu'elle... (Aussitôt il regretta d'avoir évoqué ce souvenir pénible.)

Blessé, Piero baissa la tête.

— Sans doute. Mais je la comprends... comme je comprenais Filippo. Lucrezia est une rebelle, une virago[1].

— Et c'est là ton idéal de femme ?

— Oui... euh... je ne sais pas. Ce que je sais, c'est que c'est Lucrezia... elle seule que je veux... que j'ai toujours voulu...

Cosimo dévisagea son fils aîné. Ainsi, ce gros garçon trop grand, trop lourd, qui paraissait toujours encombré de sa personne, pouvait éprouver une telle passion.

— Elle pleure peut-être encore Filippo ? dit-il plus doucement. Elle était sincèrement éprise de lui. J'aurais consenti à ce mariage sans aucune réserve. Francesco Tornabuoni m'est cher... Et il possède des manufactures d'armes blanches qui m'intéressent beaucoup, acheva-t-il à mi-voix pour lui-même.

— Sans doute, répliqua Piero, qui n'avait pas entendu la dernière réflexion de son père, Lucrezia pleure-t-elle encore Filippo... Mais cela lui passera... A treize ans on oublie un premier amour. Il ne faut rien presser. Aussi ne la demanderai-je en mariage, avec ta permission, papa, bien sûr, que dans plusieurs mois, voire un an ou deux... Et je suis heureux de savoir que mon choix ne te déplaît pas...

Cosimo resta interdit. Comment son fils pouvait-il être si sûr de lui ? Qui pouvait dire si la petite Lucrezia Tornabuoni accepterait jamais Piero de Médicis, touchant de sincérité certes, mais si dépourvu d'attraits ?

1. « Virago » est à prendre dans son sens d'origine, sans connotation péjorative, celui de femme de tête, indépendante et volontaire.

III
LUCREZIA

Un sentiment de paix bienfaisante se dégageait du bruit fait par la pluie dans le silence de la nuit. C'était comme une musique douce et monotone que ce ruissellement de l'eau sur les vitres. Allongée dans l'obscurité de sa chambre, dont elle avait laissé les fenêtres grandes ouvertes sur les jardins frémissant sous l'averse, Lucrezia, le visage enfoui dans son oreiller, bercée par ce rythme régulier et joyeux de la pluie, cessa enfin de pleurer. Si le bruit de ses sanglots avait été perceptible, une porte les eût interceptés et sans doute quelque importun serait entré... Mais elle n'avait aucune crainte. La pluie d'automne, cette pluie qui tombait sans discontinuer depuis la fin de cette journée harassante dissipait tout autre bruit.

Lucrezia ne voyait aucune raison à cette brusque crise de larmes. Elle ne pouvait se dire : « Je pleure sur Filippo... », car ce n'était pas exact. Certes, la mort de son petit amoureux avait été pour elle un drame déchirant. Mais deux ans s'étaient écoulés, et à son âge, le plus affreux des chagrins se dilue dans les jours puis les mois qui lui succèdent... L'appel de la vie est là, plus puissant que n'importe quelle médecine. Trop jeune encore pour penser : « Je pleure sur la précarité des douleurs et des passions humaines... », elle était assez fine pour deviner que ses larmes avaient cette précarité même pour origine... Mais elle ne pouvait se résoudre à admettre que ses pleurs n'avaient d'autre cause que son extrême sensibilité. Submergée par un sentiment de tristesse, un voluptueux mélange de mélancolie et d'exaltation, elle se sentait soulevée par une force vitale incompréhensible, une envie de pleurer et de rire, de dire : « Je vous aime, je suis amoureuse », sans que ces mots s'adressent à quelqu'un de particulier. Ses sanglots redoublèrent avant de cesser tout à fait et, enfin calmée, elle resta ainsi, étendue, à écouter tomber la pluie. Puis elle s'endormit.

L'aube la réveilla. Déjà des bruits divers annonçaient l'approche du déjeuner que la famille Tornabuoni prenait en commun dans la grande salle où était dressée l'immense table en noyer sculpté. Somnolente, Lucrezia attendit l'arrivée de ses servantes. Elles apporteraient le grand baquet d'eau chaude et parfumée, des serviettes de lin, douces à la peau... Comme toutes les Florentines élégantes et raffinées, Lucrezia se lavait entièrement chaque jour. « ...Car la propreté fait refleurir la beauté », disait le dicton en vogue.

Des voix familières lui parvinrent des chambres voisines. Ses sœurs Bianca et Giuseppina, réveillées, se chamaillaient déjà.

Jouissant du privilège d'être la dernière-née de la famille Tornabuoni, Lucrezia gagnait ainsi une bonne heure de sommeil... « Pourquoi ai-je tellement pleuré cette nuit ? pensa-t-elle. ... Ah oui !... Filippo !... » Mais elle savait que c'était faux, et elle fut étonnée de l'admettre aussi simplement. « Je ne sais pas ce que je veux ! voilà la raison ! La vraie raison de mes larmes... » Mais cette réponse ne la satisfaisant pas davantage, elle rejeta ses couvertures avec impatience et bondit hors du lit.

Soudain morne, elle eut cette pensée étrange, déplaisante, qui à plusieurs reprises déjà avait traversé son esprit : « Si j'avais été un garçon !... C'est si facile pour un garçon de s'en aller... de faire ce que bon lui semble... C'est facile pour n'importe quel jeune garçon... Pour une fille c'est différent... on me rattraperait, on me jetterait dans un couvent... » Elle soupira. Partagée entre l'excitation d'une journée nouvelle qui s'ouvrait à elle — une journée toute vaporeuse des brumes matinales que le soleil d'octobre s'efforçait de dissiper — entre son appétit d'adolescente affamée et sa mélancolie, cette mélancolie inhérente à son caractère, elle rejoignit ses sœurs aînées et son frère Giovanni, qui tous les trois se querellaient dans la chambre de Bianca, chacun menaçant l'autre d'une mort prochaine, précédée de mille supplices raffinés. Prise dans l'engrenage des disputes fraternelles, Lucrezia oublia bientôt sa tristesse. Les enfants Tornabuoni passaient leur temps à se disputer à grands cris de fureur joyeuse et cependant à offrir à leurs parents un bloc complice, inébranlable, où l'un couvrait l'autre des multiples sottises qu'ils ne manquaient pas de faire.

Enfin prêts et réconciliés, les quatre jeunes Tornabuoni descendirent les escaliers en courant, au risque de se rompre le cou.

Au passage Lucrezia s'attarda un instant chez son grand-père, le vieux Tornabuoni, qui prenait la plupart de ses repas dans sa chambre. Dans la lumière de cette matinée d'octobre, le vieillard déjeunait déjà frugalement de lait et de pain. Il lisait en mangeant et Lucrezia reconnut un vieux livre d'Epicure que son grand-père affectionnait particulièrement.

— ...« Le plaisir est le commencement et la fin de la vie heureuse... »

C'est avec ces mots qu'il accueillit sa petite-fille en souriant.

— Je te souhaite le bonjour, ma mignonne. Tes sœurs sont brouillées et ton frère a reçu une gifle de son père... A part cela tout va bien ! Ils devraient lire Epicure ! Et surtout le comprendre... As-tu bien dormi ?

— Oui, grand-père. Et toi ?

— A mon âge on n'a pas besoin de sommeil. Chaque heure de veille est une heure gagnée sur la mort... Viens m'embrasser et descends vite rejoindre les autres.

Lucrezia embrassa son grand-père avec affection. Avant de se retirer, son regard parcourut la vaste pièce carrée, éclairée par deux fenêtres, et sommairement meublée d'une table de travail, de rayonnages où se logeaient les livres, les précieux livres du vieil homme, de quelques chaises hautes et d'un lit immense où des générations de Tornaquinci et de Tornabuoni étaient nés, s'étaient aimés et étaient morts. Un vieux lit juché sur une haute estrade, un lit encore défait, sur lequel le soleil matinal jetait des rayons où se devinait une impalpable poussière.

— ... J'aime ta chambre, grand-père, dit Lucrezia avant de refermer la porte sur elle.

Selvaggia et les servantes achevaient de mettre le couvert du premier repas que la famille allait prendre en commun. Selvaggia apportait à cette opération quotidienne une ferveur, une application tendue qui émouvait Lucrezia. C'étaient les gestes sacrés d'une maîtresse de maison. Elle y mettait une dévotion touchante, refusant l'aide des servantes pour la préparation des repas, et se serait sentie déshonorée, voire inutile, si par aventure un plat préparé par ses soins eût été brûlé ou simplement raté...

Elle s'aperçut de la présence de ses enfants qui se tenaient, farceurs et silencieux, dans l'embrasure de la porte, et les gratifia d'une gronderie affectueuse et bougonne, incapable de manifester sa tendresse autrement que par des récriminations :

— ... Toujours à vous quereller, n'est-ce pas ? Venez ! Il est l'heure... Votre père est en retard pour ne pas changer. Mangez tant que c'est chaud ! Tant pis pour lui...

C'était ainsi tous les matins depuis que Lucrezia avait l'âge de se souvenir. Les mêmes rites ; la même lumière poudreuse qui se posait sur les meubles luisants ; les mêmes odeurs de pain chaud, de confiture de coings, de gâteaux frais sortis du four ; et la présence rassurante de Selvaggia, toujours à s'interposer entre les coups de fouet (mérités) du père et la sauvegarde des petites fesses de ses enfants, qui avec l'âge devenaient de plus en plus préoccupants. Ainsi à seize ans, Giuseppina, l'aînée des quatre enfants, était la plus coquette, mais aussi la plus réaliste des trois sœurs Tornabuoni. Autant Bianca était rêveuse et inquiète, Lucrezia passionnée et déterminée, autant Giuseppina était volontaire et ambitieuse. C'était une fort belle fille vigoureuse et saine, qui posait sur la vie un regard froid et sans réticence. Elle avait d'ailleurs de fort beaux yeux bleus, ardents et savait séduire qui elle voulait. Impertinente, elle dominait ses sœurs de toute sa vitalité emportée. Dès son plus jeune âge elle avait su ce qu'elle voulait.

Bianca était une ravissante beauté de quinze ans, tout à fait conforme aux canons en vigueur. Avec beaucoup de bonne volonté et de réelle affection, elle s'efforçait d'enseigner à sa cadette, Lucrezia, la discipline qu'elle devait s'imposer pour répondre aux exigences de la mode, qui demandait aux femmes d'être minces mais potelées, pas trop grandes mais gracieuses, d'être blondes (bien que le type brun méditerranéen fût prédominant), d'avoir une bouche petite et bien ourlée, un nez droit et de prendre en permanence un air innocent et rêveur tout à la fois. Comme beaucoup de jolies Florentines, Bianca, Giuseppina et Lucrezia se faisaient épiler le front afin de le dégager et d'offrir aux regards un front haut et rond, sur lequel brillait une pierre précieuse ou une perle fine. Elles faisaient l'impossible pour se plier à cet idéal, ne lésinant ni sur les recettes de beauté, ni sur les fards nouveaux, ni sur les parfums forts et musqués.

Pour être blondes, les Florentines étaient prêtes aux pires excès, parfois avec succès, parfois (le plus souvent, même) avec un bien piètre résultat. Elles éclaircissaient leurs cheveux en les teignant ou en restant des heures au soleil — quitte à être victimes parfois d'insolations graves — afin qu'ils prissent ces beaux reflets dorés chantés par Pétrarque ou Dante.

Lucrezia cependant, dérogeait à la règle. Elle promettait d'être grande, excessivement mince, avec une absence de poitrine qui la désolait. Comme elle aurait aimé, à l'instar de ses sœurs ou ses amies, se décolleter presque jusqu'à la taille afin de montrer de jolis seins blancs, ronds et haut placés ! Mais ce qu'elle pouvait dévoiler était si plat que l'on aurait dit le torse d'un jeune garçon ! Cependant, Lucrezia n'était pas dépourvue d'une certaine séduction. Une abondante chevelure noire, brillante, sévèrement nattée en macarons sur les oreilles, dégageait un visage aux pommettes saillantes et à la mâchoire carrée. Son nez un peu long, aux narines ouvertes, avait une arête fine. Une grande bouche rouge, sensuelle, s'ouvrait sur des dents parfaitement rangées, très blanches, et quand elle souriait, son petit visage aux yeux trop grands se transformait soudain en un rayonnement rapide, vivace, intelligent. Mais au grand désespoir de sa mère, la jeune fille refusait de se prêter au manège de la séduction et restait indifférente au charme qu'elle exerçait. Non qu'elle n'éprouvât un plaisir certain, parfois ambigu, à constater qu'elle pouvait séduire jusqu'à désespérer un amoureux toujours éconduit. Mais elle feignait ne rien comprendre à ce qu'on lui murmurait. Son cœur avait battu pour Filippo de Médicis, et maintenant elle pensait parfois au comte Vernio de Bardi qui venait souvent au palais Alessandri, appelé par Francesco Tornabuoni pour y régler quelque affaire. Lorsque Lucrezia savait qu'il devait venir rendre une visite avec Lisetta, elle mettait sa plus belle robe et se promettait d'être gracieuse, aimable et souriante. Mais après le bonjour et les civilités d'usage, elle restait assise à l'écart, silencieuse, se bornant à écouter, à observer, échafaudant dans sa tête un roman à partir d'un regard échangé, d'un sourire tendre ou d'une phrase anodine.

« ... Comme vous êtes drôle Lucrezia... silencieuse, et si calme... » Le comte se retournait alors, s'adressant à sa femme d'un ton sec et froid : « Vous venez ma chère?... » Lucrezia aimait beaucoup que le comte Vernio s'adressât à sa jeune femme avec une telle sécheresse. Elle aimait davantage lorsqu'il venait seul.

Malgré tous ses efforts, Selvaggia n'avait jamais pu inculquer à sa fille cadette ce que les sœurs aînées de Lucrezia, Bianca et Giuseppina, avaient accepté sans murmurer. « Si Lucrezia ne fait pas d'efforts, même un simple marchand refusera de l'épouser... », songeait Giuseppina en observant sévèrement sa sœur. Certes, Lucrezia se tenait avec élégance, mangeait proprement, et même prenait goût à sa parure comme toutes les Florentines de son âge. Mais elle se refusait obstinément à considérer l'homme comme supérieur à la femme et elle n'acceptait pas de tenir sa langue alors que son frère, Giovanni, avait le droit de donner son avis sur des sujets qu'elle connaissait aussi bien sinon mieux que lui. Les querelles entre sa mère et elle avaient toujours le même motif. L'apprentissage de son rôle de future épouse. Veiller à l'économie du ménage, savoir commander esclaves et domestiques, tenir sa maison propre, bien élever ses enfants. Aller à la messe tous les jours. Etre douce, soumise et ne jamais élever la voix contre son mari. Céder à tous ses caprices. Une parfaite maîtresse de maison devait savoir faire la cuisine et apprêter les mets les plus délicats (quel que fût le nombre de domestiques ou de cuisiniers qui pouvaient remplir cet office). « On n'obéit bien à une maîtresse de maison que si celle-ci fait mieux que ceux qui la servent ! » disait sentencieusement Selvaggia. Lucrezia refrénait sa colère lorsque sa mère ou ses sœurs lui tenaient ce genre de discours. A quoi bon perdre son temps à toutes ces occupations, puisque des serviteurs parfaitement dressés le faisaient à sa place ? La cuisine la rebutait. Broder ? Elle en était tout simplement incapable, n'ayant jamais eu la patience d'apprendre à tenir une aiguille... Faire semblant de donner raison à un jeune garçon lorsque celui-ci proférait des sottises ne lui convenait pas. Quant à faire honneur à son futur époux, elle répondait à cela fort crûment : « Qu'il commence par *me* plaire et *me* faire honneur à *moi...* » Ce qui mettait Selvaggia en fureur, bien qu'au fond d'elle-même et sans se l'avouer, elle admirait l'arrogance de Lucrezia et peut-être même, l'enviait-elle secrètement. Cependant, chaque jour, elle revenait à la charge, s'efforçant d'inculquer à sa fille ces disciplines si nécessaires à une future épouse. Mais cette succession d'obligations diverses et inutiles déplaisait à la jeune personne, et les querelles éclataient, quotidiennes. Aussi, Lucrezia Tornabuoni ne pouvait prétendre être prête pour le mariage. Elle se réfugiait plus volontiers dans la lecture (outre sa langue maternelle, elle lisait couramment le latin, l'arabe et l'hébreu), ou dans l'étude de la harpe ou du luth, instruments où elle excellait. En effet, comme tous les Florentins, de bas en haut de l'échelle sociale, la jeune fille adorait la musique, qu'elle avait mise au centre de sa vie.

Les semaines suivantes passèrent comme à l'accoutumée, en cette fin d'année, et bientôt les fêtes de Noël occupèrent davantage les Florentins que leur avenir politique.

Trois jours avant Noël, un Noël exceptionnellement froid, le comte Vernio de Bardi se dirigeait à cheval vers le palais Alessandri, chargé d'un document qu'il voulait étudier avec Francesco Tornabuoni... Il neigeait depuis plusieurs jours, et tous les Florentins s'ébattaient joyeusement dans cette atmosphère ouatée, blanche et froide. De part et d'autre de l'allée, le jardin s'étendait, couvert d'un épais tapis immaculé. Le cheval allait au pas. Des chiens aboyaient et se poursuivaient tout en se roulant dans la neige... D'autres cris attirèrent l'attention du visiteur.

Les jeunes Tornabuoni riaient et criaient, en se bombardant à qui mieux mieux de boules glacées. Le comte Vernio arrêta sa monture. Bien qu'il fît assez froid et que le vent soufflât fortement en rafales, il ne bougeait pas. Une mélancolie douce lui serrait le cœur. « Comme il passe vite le temps de la jeunesse..., songeait-il. Les saisons disparaissent sans que l'on puisse en jouir. A peine le printemps est-il là que voilà l'été, l'automne et maintenant l'hiver... Quelles traces ont-elles laissées en moi ? Que me reste-t-il de ces jours passés, de ces soleils d'hier... et que me restera-t-il de cette neige, de ce moment précis ?... A peine si je me souviendrai de cette heure dans les jours qui viennent, et elle aura totalement disparu de ma mémoire l'année prochaine à cette même heure, en ce même lieu... Et pourtant je suis là, j'existe, ce moment existe aussi, et dans quelques minutes inexorablement ce moment sera déjà du passé... » Toujours immobile sur son cheval, le regard fixé sur le passé, le comte Vernio se laissait envahir par un flot d'impressions, de souvenirs et d'émotions diverses.

Soudain, un cri joyeux et strident l'arracha à sa méditation. Son cheval se cabra et il eut toutes les peines du monde à le calmer.

Lucrezia était devant lui, haletante, rouge et décoiffée, maintenue par Giovanni qui, avec l'aide de Bianca et Giuseppina, voulait de force lui faire manger une boule de neige. Mais les quatre adolescents riaient tellement, tout en se disputant, que nul n'aurait pu dire qui maintenait l'autre.

— Comte Vernio ! Au secours ! hurla Lucrezia entre deux fous rires. Montrez-vous un preux chevalier, et emportez-moi sur votre cheval afin de me soustraire à ces bandits...

Ce disant, ivre de bonheur, elle se jetait dans la neige et s'y roulait comme le faisaient les jeunes chiens qui aboyaient autour d'elle.

Le comte Vernio mit pied à terre et fit mine de sortir son épée, en grimaçant. Hoquetant de rire, les jeunes gens s'effondrèrent dans la neige, imitant Lucrezia, se relevèrent et se dispersèrent en hurlant... Restée un peu à l'écart, Lucrezia époussetait ses vêtements en désordre et trempés de neige. Sa chevelure noire était entièrement défaite. Les joues fraîches et rougies par le froid, les yeux étincelants, elle riait en montrant de petites dents aiguës et blanches.

— Comte Vernio de Bardi... mille grâces ! mille mercis... Sans votre aide, ces chenapans m'eussent obligée à manger de la neige. Désormais, puis-je vous considérer comme mon chevalier ?

Le comte Vernio l'observait attentivement. Il se sentit de nouveau en proie à cette mélancolie qui lui poignait le cœur. « ... Je ne serai plus jamais jeune..., constata-t-il avec surprise et amertume. Je ne pourrai plus jamais rire ainsi, sans autre raison que parce que cela me plaît... Si maintenant je me roulais dans la neige, on me prendrait pour un fou furieux... Pourtant ces garnements l'ont fait... et tous trouvaient cela naturel et amusant... »

Et comme Lucrezia semblait déconcertée par son silence, il dit, enflant la voix d'une manière pompeuse et s'efforçant à la gaieté :

— Chère Lucrezia..., conduisez-moi donc à votre père... et considérez-moi comme votre chevalier aussi longtemps qu'il vous plaira.

Il lui tendit son poignet sur lequel Lucrezia s'appuya avec une gravité enfantine, et ils s'engagèrent dans la grande allée qui montait en pente douce vers la maison.

Il l'examinait à la dérobée, lui prêtant vraiment attention pour la première fois de sa vie. Elle regardait droit devant elle, s'ingéniant à prendre une attitude digne et hautaine de dame, mais, en même temps, une sorte d'ardeur rêveuse, infiniment émouvante, émanait d'elle.

Soudain, juste au moment où ils allaient franchir le seuil, Lucrezia le planta là, et s'enfuit en courant dans un éclat de rire. Le comte Vernio interdit regarda la petite silhouette emmitouflée disparaître dans le jardin. D'autres rires firent écho à ceux de Lucrezia... « Voilà encore un moment de vie terminé. Inexorablement, définitivement... »

Il sentait cependant dans les profondeurs de son être un frémissement, un élan d'espoir tout en regardant fixement le point où Lucrezia avait disparu au détour d'une allée. Il aurait voulu revenir quelques minutes en arrière, à l'instant précis où la main froide de Lucrezia s'était posée sur la sienne et y avait pris appui...

En proie à une impression de malaise, le comte Vernio s'empara du heurtoir et frappa à plusieurs reprises avec une violence qui l'étonna. A quoi servait-il ? Quel était son rôle dans la vie, dans la société ?... Quel était le sens de sa vie ? Ces questions stupides, sans suite — surtout sans réponses —, se pressaient dans sa tête sans qu'il puisse parvenir à les chasser.

La porte s'ouvrit, et deux hallebardiers le conduisirent vers le cabinet de travail de Francesco Tornabuoni. « J'y suis ! se dit le comte Vernio se répondant à lui-même. C'est cette enfant... cette petite Lucrezia... Une charmante jeune fille en vérité et si gaie... »

L'image gracieuse de Lucrezia se précisa dans son esprit et c'est en réponse à cette image qu'il pénétra en souriant dans le cabinet de travail.

— Eh bien, mon ami !... que vous arrive-t-il ? Vous voilà de bien belle humeur... J'ai plaisir à vous voir ainsi...

Toujours souriant, le comte Vernio s'expliqua :

— C'est votre petite Lucrezia, figurez-vous que vos enfants s'étaient mis en tête de lui faire manger de la neige... C'était une scène vraiment charmante.

Les sourcils de Francesco se haussèrent et son regard surpris se posa sur le comte Vernio. Visiblement il se demandait si ce dernier avait tout son bon sens. Comment un homme de son âge et de sa position pouvait-il ainsi se divertir des amusements de ces galopins ? N'y avait-il rien d'autre à faire à cette époque de l'année où il fallait rendre des comptes à la Seigneurie, préparer les prochaines élections, tenir tête à la nouvelle opposition, aussi coriace que dangereuse, dirigée par le marquis Cavalcanti — le père de Ginevra — qui poursuivait ainsi une vengeance personnelle contre les Médicis ?

Comme s'il avait lu dans les pensées de Francesco, le comte Vernio soupira :

— Regarder vos enfants jouer ainsi me rappelait ma jeunesse... Le temps passe vite, Francesco, ne trouvez-vous pas ?

— Si fait, répliqua ce dernier, maussade. Aussi, plus tôt nous serons au travail et mieux nos affaires se porteront...

Le comte Vernio ne l'écoutait plus. Des bruits étouffés, des exclamations, des remontrances et, en réponse, des éclats de rire traversaient les murs et, dominant tous ces rires, celui de Lucrezia, strident, enfantin, irrépressible.

— Eh bien, comte Vernio ? Vous m'écoutez ? Irez-vous à Bâle rejoindre le pape ? Qu'avez-vous décidé ?

Le comte Vernio sursauta.

— Hein ?... le pape ?... Ah ! oui... le pape...

— Enfin mon ami ! ce n'est pas une réponse ! Irez-vous à Bâle ? Le Concile s'enlise, et Cosimo de Médicis m'a demandé de voir là-bas ce qui se passe... Il a dans la tête de faire transférer le Concile d'abord à Ferrare, ensuite à Florence. Qu'en pensez-vous ? Viendrez-vous avec moi ? Nous ne seront pas trop de deux pour convaincre le pape... Et pensez aux bénéfices !... si le Concile venait s'installer à Florence...

Longtemps Francesco parla du Concile, de son inutilité profonde, de la division des Eglises et de ce qu'il en coûtait à la chrétienté :

— ... Des enfants ! Ces prélats sont des enfants irresponsables et dangereux !

Mais le comte Vernio de Bardi n'entendait pas. « ... Voilà encore des minutes de ma vie qui viennent de passer et qui ne reviendront plus jamais... A peine avons-nous le temps de vivre, que nous voici déjà aux portes de la mort. » Son regard croisa celui de Francesco, et il eut pitié du malheureux qui le regardait, dérouté.

— Excusez-moi, mon cher... Je crois que je suis fatigué. Je reviendrai demain. Demain il sera temps de prendre une décision... Peut-être en effet irai-je à Bâle. Voyager me fera du bien...

Lorsque la lourde porte sculptée se referma sur lui, il aspira l'air vif et froid. D'un bond souple et léger, il fut sur son cheval. Un événement s'était produit dans sa vie, mais il ne savait pas lequel. Quelque chose qui donnait forme à des rêves perdus, quelque part dans la nuit des temps, les rêves du jeune homme qu'il avait été... et qui avaient disparu, rêves auxquels il ne croyait plus... Tout cela était affreusement confus, imprécis... il ne s'était rien passé, absolument rien qu'il aurait pu nommer et interpréter. Et pourtant, indéniablement, quelque chose s'était produit.

IV

FRANCESCO SFORZA

Vers la fin du mois d'avril 1435, Cosimo décida d'une grande réception pour fêter son retour définitif à Florence. Il fallait faire oublier aux Florentins les représailles qui avaient décimé les plus grandes familles.

Avec la légèreté qui caractérisait les Florentins, du jour au lendemain ils oublièrent les jours sombres et ne songèrent plus qu'à ce grand banquet où seraient invitées plus de deux mille personnes... Toute la ville participerait à la fête. Cosimo fit venir des musiciens, des jongleurs, des troupes de théâtre de tous les pays voisins. La préparation des festivités occupa Florence plus de deux mois.

Six mois de représailles furent proprement rangés aux oubliettes. Comme pour lancer un défi à ceux qui avaient lutté contre lui, c'est dans le nouveau palais Médicis que Cosimo décida que l'essentiel de la fête, c'est-à-dire les bals et les représentations théâtrales, aurait lieu. Pour le banquet, d'immenses tables comptant plus de cent brasses [1] furent dressées dans les rues.

Dès l'aube, d'alléchantes odeurs de viandes rôties au miel, de pâtisseries, de fleurs flottaient dans les rues... Déjà, jongleurs et comédiens attiraient une foule égrillarde et gaie qui riait aux éclats devant leurs pitreries et leur adresse. On laissait passer des serviteurs portant des tonneaux de vin venus de toutes les provinces italiennes, et même de France. Pas une maison aussi modeste fût-elle, qui n'ait été repeinte, rafraîchie, décorée de

1. Une brasse équivaut à 85 cm.

fleurs, de banderoles... La succession des mets qui allaient être offerts arrachait des cris d'admiration. Des acclamations joyeuses saluaient les valets qui transportaient jusqu'au palais Médicis des cochons de lait et des agneaux, rôtis à point, entièrement dorés à la feuille d'or, et de la bouche desquels sortaient des flammes. Une multitude de chapons, de canards, de pigeons, de cailles, de tourterelles reconstitués étaient dressés sur les tables, ornées des plus belles orfèvreries que possédaient les familles florentines. Toutes avaient rivalisé d'imagination, de goût et de richesse pour embellir la plus longue, la plus belle, la plus somptueusement parée des tables...

Même les pauvres parmi les pauvres, les sans-abri, les misérables n'étaient pas oubliés. Des tables avaient été installées pour eux et on leur servait des viandes grillées, des bouillies de lait et de farine, et du vin à volonté. A chaque libation, et celles-ci furent nombreuses, le nom de Cosimo de Médicis fut acclamé.

Toutes les rues qui menaient au palais Médicis, de même que les jardins, étaient encombrés de carrosses, de chevaux, voire de charrettes. Des nuées d'enfants échappaient à leurs mères ou à leurs nourrices et couraient en tous sens, chapardant ici une sucrerie, là une pâtisserie...

La famille Médicis au grand complet, Cosimo, Contessina, Lorenzo, Piero, Giovanni, et même les petites jumelles Nannina et Giuletta et le petit Pierfrancesco, se tenait dans le vestibule, recevant les visiteurs comme l'aurait fait une famille royale accueillant l'hommage de ses sujets.

Ce jour-là était donc pour Cosimo plus qu'une réception, c'était le jour de résurrection du clan Médicis. Et tous ceux qui venaient et s'empressaient auprès de lui et des siens en étaient parfaitement conscients.

Cosimo, allait de l'un à l'autre, amène et disert, s'attardant volontiers auprès de ceux dont il supputait l'alliance. Personne, à le voir si gai, n'aurait pu supposer que chaque mot, chaque regard était calculé et que les seuls moments où il se détendait véritablement étaient ceux qu'il passait auprès de Contessina ou de l'un ou l'autre de ses enfants.

Souriante, Contessina, toujours aussi belle et gracieuse, allait et venait, s'enquérait du bien-être de ses hôtes, ne quittant pas du regard les deux jumelles qui s'amusaient sans vergogne. Ceux qui la connaissaient bien et ne l'avaient pas vue depuis le jour de l'exil percevaient un changement dans son attitude. D'aucuns se posaient des questions. Surtout les femmes. Elles avaient gardé le souvenir d'une Contessina trop mince, tendue, vive, anxieuse, les yeux inquiets et fureteurs... Cette nouvelle personne les étonnait. Il y avait en elle toute la certitude tranquille de la femme qui se sait aimée et qui se donne sans retenue à ses deux seules raisons de vivre. Son mari et ses enfants.

La présence du comte Vernio de Bardi, venu avec son adorable petite épouse Lisetta, qui avait tout l'air d'une fillette jouant à la dame, souleva quelques commentaires surpris. Cosimo et Contessina s'étaient aussitôt portés au-devant d'eux. Il fut clair dès lors, pour l'assemblée bruissante de gaieté, que le comte Vernio de Bardi faisait désormais partie du clan Médicis.

Le crépuscule céda bientôt la place, et l'on dut allumer les lampes à huile. A l'intérieur du palais, on arrivait à cet instant d'une réception où les nombreux invités attendent l'heure de passer à table. L'odeur des mets savoureux qui flottait dans l'air excitait l'appétit. Les torches et les flambeaux illuminaient la salle, embellissaient les femmes qui se pressaient autour de Contessina, la couvrant de compliments. Dans la grande salle, trois tables, d'au moins cinquante brasses, avaient été dressées en quinconce, et Contessina surveillait le ballet des domestiques, qui apportaient argenterie, cristaux, tranchoirs, porcelaines, de même que la multitude de petits pages présentant aiguières et cuvettes d'argent, chargés d'accueillir les hôtes en versant sur leurs mains de l'eau parfumée aux pétales de rose ou aux racines d'iris de Florence. Contessina était déjà un peu lasse et aurait aimé se reposer une dizaine de minutes avant de passer à table, mais elle savait que ce répit ne lui était pas permis.

— Alors ma mie?... tu n'es pas trop fatiguée?

La voix de Cosimo, qui déjà enlaçait sa taille et lui baisait le cou, la fit sursauter. Doucement Contessina se dégagea.

— Un peu. Mais si heureuse! Nous sommes chez nous, enfin!...

Prenant son mari par la main, elle l'entraîna vers la fenêtre qui donnait sur la via Larga, l'ouvrit et aspira l'air frais de la nuit chargé des mille senteurs brumeuses d'un soir de printemps.

— Ici, je suis chez moi !... Venise était exquise, sans doute, et Careggi est une bien belle demeure, mais ici est ma maison...

Cosimo la regardait avec adoration... Il l'aimait depuis tant d'années, et jamais cet amour n'avait été aussi passionné. Sa jalousie maladive s'était éteinte comme par enchantement. Depuis leur « grande explication », il ne doutait plus de sa femme. Certes, parfois, il s'irritait de la présence permanente du précepteur de ses fils Piero et Giovanni, le jeune et brillant Leone Alberti qui, visiblement, éprouvait plus que de l'affection pour Contessina. « Il y a dix ans, il en avait après ma petite sœur Caterina, pensait Cosimo avec humeur et maintenant le voilà amouraché de ma femme... Ne pourrait-il regarder de temps à autre ailleurs que dans ma maison ? »

Cosimo s'en voulut aussitôt de ces manifestations un peu sottes de jalousie et constata avec satisfaction que Contessina ne paraissait même pas s'apercevoir du trouble du jeune homme, lorsque ce dernier s'approcha d'elle pour lui demander en quoi il pouvait lui être utile. Gracieusement Contessina le remercia et s'en fut vaquer à ses occupations. Au passage elle gratifia Cosimo d'un sourire complice. Soulagé, Cosimo s'en fut vers Luca des Albizzi qui, à l'écart, parlait avec le comte Vernio de Bardi.

— Nous aurons ce soir une visite d'importance, dit Cosimo. Connaissez-vous Francesco Sforza ? Le connaissez-vous bien ? Parlez-moi de lui... L'un de vous a-t-il eu affaire à lui ?

— Francesco Sforza ? dit le comte Vernio. C'est un condottiere. Un grand soldat...

— C'est exact, dit Cosimo de Médicis. Il est en visite à Florence et a demandé à me rencontrer. Je lui ai fait dire que je serais enchanté de le voir chez moi. Il a accepté mon invitation et viendra ce soir.

— Tornabuoni doit le connaître mieux que moi. Il a eu affaire à lui autrefois, dit le comte Vernio après quelques instants de réflexion. Ne doit-il pas venir ? Je ne l'ai pas encore aperçu...

— Si fait... Je l'attends... lui, sa femme et ses filles.

En attendant que le souper fût servi, on dansait dans la grande salle d'apparat. La danse était l'une des distractions les plus en vogue à Florence, et l'on saisissait toutes les occasions pour s'y adonner. Hautbois, luths, violes et fifres rivalisaient de ballades, de passacailles, de gaillardes et autres lavanderines...

Soudain, il y eut un mouvement de foule et la porte s'ouvrit sur la famille Tornabuoni au grand complet.

Cette arrivée fit sensation, non seulement parce que Francesco Tornabuoni était un homme célèbre, respecté, et surtout très riche (ce qui déjà rend respectable et aimable le plus abominable des coquins), mais aussi parce qu'il était flanqué de son épouse, de ses trois filles, ravissantes, et de son héritier, le beau Giovanni Tornabuoni. Très vite, les deux aînées, Bianca et Giuseppina, furent entourées par une cour admirative de jeunes gens et de jeunes filles. Lucrezia resta un peu en retrait. Son visage affectait une expression fière et hautaine qui dissimulait mal une anxiété à fleur de peau. Ses yeux, inquiets, cherchaient un appui dans cette foule bruyante.

Dès qu'il l'aperçut, Piero de Médicis se précipita maladroitement. Il s'en voulait de chanceler sur ses jambes déformées ; il aurait aimé arborer l'air altier et légèrement désinvolte de son jeune frère Giovanni qui, bien qu'à peine âgé de quatorze ans, allait et venait avec l'aisance d'un prince. De voir la jeune fille qui, visiblement, l'attendait, Piero éprouvait une sensation grisante, quelque chose qui l'attirait comme un aimant vers Lucrezia. Mais il ne pouvait se déplacer ni aussi vite, ni aussi élégamment qu'il l'aurait souhaité. Chacune de ses articulations déformées le faisait souffrir. Malgré cela il souriait héroïquement, admirant la grâce innée de la jeune fille, ses épaules minces, ses bras maigres, ses cheveux noirs. Rien de tout cela n'était remarquable ; tout était encore trop enfantin. A peine si les formes que prendraient plus tard la gorge, les bras, la taille de Lucrezia étaient-elles esquissées. Pourtant, comme malgré soi, le regard s'attardait longuement sur le visage pâle, aux pommettes saillantes, sur la grande bouche très rouge, sur les yeux noirs, insolents, ne se détournant jamais de leur objet. Ce qui frappait surtout chez Lucrezia Tornabuoni était d'abord son intelligence. Une intelligence aiguë qu'elle ne se donnait pas la peine de dissimuler comme son entourage le lui recommandait pourtant avec insistance. « Aucun homme n'acceptera jamais de passer pour moins intelligent ou cultivé que sa femme, disait souvent Selvaggia. Je t'en prie, mon enfant, dissimule autant que tu le pourras que tu parles aussi bien l'hébreu que le grec ou l'arabe ! Cela n'est pas nécessaire pour trouver un bon mari. Lorsque tu seras mariée, tu feras ce que tu voudras... En attendant... » A tout cela, Lucrezia ne répondait pas.

Ce soir-là elle fut heureuse de voir Piero de Médicis. Elle savait qu'il l'adorait et sa féminité en éveil était ravie de cet hommage ; aussi est-ce avec un sourire qu'elle accepta le bras qu'il lui tendait.

— J'aimerais que vous preniez place à mes côtés au cours du repas. Signorina Lucrezia... y consentez-vous ?

Lucrezia accepta joyeusement. Alors Piero sentit son cœur exploser de joie. Tout lui parut délicieux. L'air qu'il respirait, la musique qu'il entendait, le scintillement des lumières, les femmes si élégantes... Il était le frère de tous les hommes, et tous étaient ses frères.

Touchée, Lucrezia lui serra la main. Il la regardait avec adoration, et brusquement Lucrezia eut conscience que jamais personne ne l'aimerait avec cet abandon total, avec cette sincérité absolue.

— Mais c'est la petite Lucrezia ! s'écria le comte Vernio de Bardi, apercevant le couple qui se dirigeait vers la salle où avait été dressé le banquet.

Il s'approcha en souriant et observa le jeune couple. Il éprouvait une étrange sensation. « Malgré sa disgrâce physique, pensa-t-il, Piero sera heureux... Lucrezia Tornabuoni est unique... » Brutalement il eut envie de changer d'existence, là, tout de suite, au milieu de cette foule. Sa femme, cette mignonne Lisetta, un peu bête, lui pesait. Ses maîtresses, ses aventures lui parurent vaines, sottes et sans but. « La satisfaction immédiate d'un coup de queue et puis, basta... », pensa-t-il crûment. Il enviait le visage béat de bonheur de Piero. Ce dernier regardait tour à tour le comte Vernio et Lucrezia, l'air de dire : « Je suis heureux... Je suis l'homme le plus heureux du monde... »

Le comte Vernio, surmontant sa tristesse, s'inclina devant Lucrezia, puis se tourna vers Francesco Tornabuoni.

— Ah ! Francesco ! dit-il. Votre fille devient, de mois en mois, de plus en plus jolie ! Elle n'est encore qu'un bourgeon, un bouton de rose, mais demain la fleur sera la plus belle... Ne la mariez pas sans me demander mon avis !

Il baisa délicatement le poignet de la jeune fille, et de nouveau il se sentit gagné par ce mélange de mélancolie et de joie. « Je dois être souffrant », pensa-t-il.

— Suis-je encore votre preux chevalier ? dit-il à voix haute.

Piero souriait comme un enfant, ravi de voir que l'homme qu'il considérait comme son meilleur ami approuvait son choix. Pour la première fois de sa vie il ne ressentait aucune crainte, aucune peur. Il était puissant et ardent, sûr de lui et plein d'assurance. Il étreignit la main de Lucrezia et la porta à ses lèvres avec dévotion.

— Nous te demanderons ton avis, mon ami ! N'est-ce pas, Signorina Lucrezia ?... s'écria Piero ivre de joie.

Lucrezia se dégagea et fit une petite révérence devant le comte.

— Pensez-vous que vous serez d'un bon avis, comte ? demanda-t-elle avec une pointe de malice. Il paraît que vous vous y connaissez en dames... mais je n'ai jamais ouï dire que vous vous y connaissiez en hommes.

— Voyez la coquine ! s'écria le comte Vernio en riant. Allons, celui qui vous épousera ne sera pas à plaindre ! Au contraire... Piero, mon ami, attention !... Voilà une Signorina qui risque de te danser sur la tête si tu n'y prends garde ! Qu'en pensez-vous, Francesco ? Votre fille n'a pas sa langue dans sa poche !

Il s'agitait, parlait trop vite, trop fort, comme s'il eût été pris de vin. Il s'interrompit. Francesco Tornabuoni observait attentivement le couple que formaient Piero et Lucrezia.

— Lucrezia est encore une petite fille, dit-il d'un ton définitif. Et je n'aime pas qu'elle se conduise en enfant mal élevée... Ah ! Cosimo ! Je suis heureux de vous voir.

Cosimo salua son invité avec chaleur :

— Mon ami, ma maison est la vôtre, et vos filles sont fort charmantes. J'aimerais que vous preniez place à côté de Contessina, au moment du souper.

Puis, comme à l'accoutumée, détestant perdre son temps en phrases inutiles, Cosimo se lança dans ce qui le préoccupait depuis l'aube :

— Dites-moi... Il paraît que vous connaissez Francesco Sforza ?

— Francesco Sforza ? Je le connais fort bien. J'ai eu besoin de ses services. Mais le pape Eugène IV pourrait vous en toucher quelques mots ? Sa Sainteté a eu affaire à lui, il y a quelques mois...

— Ah ? Eh bien, je questionnerai Sa Sainteté dès son retour à Bâle. Parlez-moi un peu de Sforza, demanda Cosimo tout en entraînant Tornabuoni vers la salle du banquet... Et d'abord, qui est-il exactement ?

— C'est le fils naturel de Giacomo Sforza, héritier d'une vieille famille de Milan, répondit Francesco. Hé là ! pas si vite, mon ami ! Mes jambes n'ont plus vingt ans !

Il s'arrêta, essoufflé. Puis il reprit :

— J'ai eu affaire au père et au fils en... voyons, que je me souvienne ! En 1424. Voilà ! exactement en 1424, à Milan...

— Le duc de Milan, Filippo de Visconti, est notre ennemi, dit Cosimo pensif. C'est un coquin de la pire espèce. Mais un coquin fourbe et intelligent. Pensez-vous que Sforza leur soit fidèle ?

— Je l'ignore. Sforza est surtout fidèle à lui-même. Il rêve d'une fortune. Il l'aura sans doute. Pourquoi Sforza veut-il vous voir ?

Un demi-sourire éclaira le visage fatigué de Cosimo.

— Il m'admire... et me l'a fait savoir...

Cela fut dit sans orgueil ni vanité. Juste l'énoncé d'un fait qui ne le surprenait même pas.

Francesco Tornabuoni regarda Cosimo d'un air admiratif, mais sans servilité. Sa sincérité ne faisait aucun doute...

— Dites-moi un peu... Ce Francesco Sforza. Est-il vrai que la reine Jeanne de Naples serait sa mère ?

— On le dit. Jeanne de Naples a eu une très grande passion pour le condottiere Giacomo Sforza qui commandait une compagnie de soldats, dit en souriant Francesco Tornabuoni. Voilà une femme de tête, ou je ne m'y connais pas ! Son fils tient en partie d'elle, bien qu'il fut élevé par son père, à qui il vouait une admiration profonde. Vous savez quelle était sa devise ?

Cosimo hocha la tête d'un air de dénégation.

— « Ne jamais tourner le dos à l'ennemi ! » s'exclama Francesco Tornabuoni. Le père Sforza était un homme vraiment extraordinaire ! Il est mort à cinquante-cinq ans et son fils lui a succédé ! Francesco Sforza a pris le commandement de l'armée et a dit à ses soldats : « Soyez-moi fidèles, comme vous l'avez été à mon père ! Avec l'aide de Dieu, je vous donnerai gloire et fortune ! » La compagnie de soldats a accepté... Francesco tient également de son père. Courageux, intelligent, loyal à la parole donnée, méprisant la vie... et coureur de jupons comme jamais il ne m'a été donné d'en voir... Jusqu'à ce jour, il n'a remporté que des victoires. Aucune ambition n'est supérieure à ses mérites. Si

Francesco Sforza vous offre son épée et son amitié, c'est là une très bonne chose, vous pouvez en être sûr... Il vous sera utile contre Visconti et ce sot de Rinaldo des Albizzi qui est allé proposer son épée au duc de Milan !

— Peut-être... Peut-être... Mais que demandera-t-il en échange ?

De nouveau, Francesco Tornabuoni enveloppa Cosimo d'un air admiratif.

— Une couronne sans doute ! s'exclama-t-il en riant. Son père Giacomo rêvait d'une couronne. Offrez-la à son fils !

Cosimo, d'abord interdit, sourit franchement.

— Et d'où tirerais-je une couronne ?... Mes filles sont encore trop jeunes pour songer à un mariage... Les pauvres petites n'ont pas dix ans ! Sforza voudra-t-il attendre cinq ans ?

— Ah bah ? Eh bien, je vais vous surprendre. Apprenez que la fille de Visconti, Maria Bianca, est une fort jolie petite fille de huit ans à peine. Elle aussi, elle est encore trop jeune... vous en conviendrez ? Mais Visconti se sert de sa fille comme d'un appât. Il l'a promise comme épouse à Sforza, qui pour l'instant fait semblant d'en rire. Pourtant, voilà qui serait le mariage idéal ! Et Sforza le sait mieux que personne ! Qu'il épouse Bianca Maria de Visconti, et notre ami est sur le trône de Milan dans les deux ans qui suivent le mariage...

Songeur, Cosimo écoutait son interlocuteur avec attention, et fut envahi par une folle impatience de rencontrer enfin Francesco Sforza.

— Si l'homme en vaut la peine et que nous connaissions quelque amitié ensemble... je l'aiderai à s'asseoir sur le trône de Milan...

Fatigué par les bruits de la fête, Lorenzo de Médicis s'approcha du comte Vernio de Bardi, resté un peu à l'écart dans l'embrasure de la fenêtre, le visage pensif.

— Eh bien, Lorenzo, dit le comte Vernio, voici l'apothéose... Cosimo, votre frère, a tout lieu d'être heureux... Les Florentins fêtent son retour aux affaires comme ils ne le feraient ni pour un roi ni pour un pape...

— Sans doute, répondit Lorenzo d'un air las. (Soudain son

visage s'éclaira.) N'est-ce pas le signor Datini et sa charmante épouse Simonetta qui viennent d'entrer?

— En effet! répondit le comte Vernio. Heureux homme! Simonetta Datini est une fort jolie femme... Pour moi c'est hélas un bastion imprenable...

Une vive rougeur anima le visage de Lorenzo.

— Pourquoi diable?... murmura-t-il.

— Parce qu'elle est vôtre... et que je suis votre ami..., répondit tranquillement le comte Vernio. Que vous semble des Tornabuoni? ajouta-t-il, les yeux fixés sur Lucrezia qui bavardait avec animation. Francesco va doubler sa fortune avec le retour de Cosimo, et cela ne s'arrêtera pas là!

— Non, répondit avec placidité Lorenzo. Cosimo triplera la sienne... la nôtre je veux dire... et maintenant de nouveaux comptoirs de banque vont s'ouvrir à Athènes, à Constantinople et à Jérusalem... Où cela s'arrêtera-t-il?

— Pourquoi diable voulez-vous que cela s'arrête? s'étonna le comte Vernio qui ne quittait pas des yeux le groupe que formait la famille Tornabuoni.

Un remue-ménage attira l'attention des deux hommes. Un domestique annonçait « Messer Francesco Sforza ».

— Diable! que voilà un bel homme! murmura le comte Vernio.

En effet, le condottiere, avec son imposante stature, ne pouvait que séduire. Le visage, basané, s'encadrait d'une barbe noire, taillée soigneusement en pointe. Les yeux bleus, brillants, fiévreux, parcoururent la salle bourdonnante et s'arrêtèrent sur Cosimo. Un léger sourire étira la bouche mince.

— Cosimo de Médicis? Me voici, dit-il alors, s'avançant.

Il marchait à grands pas, riait fort, parlait avec une exubérance qui, si elle paraissait spontanée, bon enfant, n'en dissimulait pas moins une ruse et une intelligence que perçut immédiatement Cosimo. Cette ruse, cette intelligence étaient siennes. Lui aussi savait manier, et mieux que personne, la plaisanterie, l'enjouement, la taquinerie pour mieux désarmer l'adversaire, l'amadouer, et ensuite le posséder. « ... Ah! voilà un homme selon mon cœur!... » pensait-il, tout en rivalisant d'amabilités avec Francesco Sforza.

Les tables où le banquet allait être servi étaient recouvertes de nappes de lin immaculées. Damassées, richement brodées, tombant jusqu'au sol, ces nappes faisaient l'orgueil de Contessina qui savait qu'il n'y en avait pas de plus belles dans tout Florence. Les tranchoirs [1] étaient posés sur des assiettes de fine porcelaine, ce qui était une nouveauté. Puis les pages vinrent présenter les plats qui soulevèrent des clameurs d'enthousiasme. Chapons, cygnes, canards, poulets étaient entièrement reconstitués dans de grands plats d'argent massif. Ensuite, se succédèrent poissons, pâtés, légumes, fruits confits et pâtisseries... Enfin, on commença à festoyer.

Après avoir satisfait à toutes les exigences de l'appétit et de la gourmandise, ce qui nécessita plusieurs heures entrecoupées de numéros de jongleries, de chants et de spectacles, Cosimo, négligeant les impératifs mondains en usage, qui commandaient qu'il restât au moins jusqu'à la première danse, attira Francesco Sforza dans une petite salle attenante.

— Vous avez voulu me rencontrer, Messer Sforza. C'est un grand plaisir pour moi. Que puis-je pour vous ?

Francesco Sforza sourit. Et ce sourire avait quelque chose de si charmant, de si enfantin, que Cosimo un instant faillit baisser sa garde et se laisser émouvoir.

— Je puis parler, je le suppose, dans le plus grand secret ? demanda Sforza.

Lui aussi aimait aller droit au but, sans subtilités, avec la rugueuse franchise qu'il reconnaissait aux Saxons. Seule qualité qu'il leur concédait d'ailleurs.

— Je puis vous l'assurer..., dit Cosimo tranquillement. Les murs de mon palais ne laissent rien passer.

Et comme le regard étonné de Francesco Sforza s'attardait sur les portes restées ouvertes, Cosimo reprit en souriant :

— C'est la seule manière de se rendre compte si quelque indiscret s'attarde à vouloir surprendre notre conversation...

1. Vastes tranches de pain sur lesquelles on sert les aliments. Dans les familles aisées, ces tranchoirs sont posés sur des assiettes de fine porcelaine, ou des plats d'argent. Dans les classes riches ou nobles, on changeait de tranchoirs à chaque plat nouveau. Ceux qui n'étaient pas consommés étaient jetés aux domestiques ou aux chiens.

Comment deviner derrière une porte close si quelqu'un prête l'oreille ?

Après quelques secondes, Francesco comprit et s'inclina en riant.

— Je m'en souviendrai ! s'écria-t-il avec bonne humeur. Du diable si j'avais pensé à cela !... On dit que vos ennemis dorment fort mal la nuit, Messer Cosimo de Médicis.

— Je le crois sans peine, répondit Cosimo en souriant. Je me suis efforcé de leur ôter le goût du sommeil... Mais vous n'êtes pas mon ennemi, n'est-ce pas ?

— Non... Serais-je venu vous voir ?

— Pensez-vous que parmi mes invités, ce soir, il n'y en a pas qui rêvent de me voir mort et ruiné ? Sur la moitié je puis compter. Sur l'autre moitié... hum ! Je n'accepterai pas une coupe de vin avant de l'avoir fait goûter par celui qui me l'offre !

Pensif, Sforza dévisagea Cosimo avant de répondre :

— Alors pourquoi les faire venir chez vous ?

— Pour les observer, mon ami. Pour découvrir leurs petites « combinazione ». Voir avec qui ils prennent langue, surprendre un regard, un demi-sourire... un mot... C'est dans les fêtes comme celle-ci que l'on se rencontre sans éveiller les soupçons... Tout devient naturel... Je ne me fais aucune illusion. J'ai peu d'amis... On me reproche beaucoup de choses... Mais j'ai un grand dessein pour Florence et cela seul me préoccupe... Et rien ne peut se faire sans stabilité politique. Comprenez-vous ? Cette stabilité, je peux l'assurer avec l'aide de quelques amis sûrs. Mais... vous avez voulu me rencontrer... Me voici.

— Je suis un homme de guerre, Cosimo de Médicis. Un condottiere... Je me vends avec mon armée à qui me paie bien. Mais je n'estime pas toujours mes... comment dire ? mes commanditaires. Le mot est-il approprié ? Vous, ce pourrait être autre chose... Je connais tout de votre famille. Et j'ai de l'admiration pour vous... Et s'il me fallait vous combattre, par Dieu cela coûterait cher en florins et ducats à celui qui m'emploierait.

Cosimo éclata de rire devant tant de franchise.

— Mais vous me combattriez quand même ?

— Que faire d'autre ? J'ai une armée à entretenir, moi ! Et je n'ai pas de fortune ! Vous êtes un homme riche et généreux...

De nouveau Cosimo éclata de rire, et tendit la main au condottiere.

Il se noua entre eux l'un de ces engouements immédiats, faits d'affinités électives venues du plus profond d'eux-mêmes, qui devait sceller une amitié indéfectible et qui n'allait prendre fin qu'à leur mort.

— Qu'attendez-vous de moi ? demanda Cosimo. Pas seulement quelques sacs d'or, je présume ?

— Beaucoup plus..., répondit Francesco Sforza avec simplicité. Mes soldats sont payés par qui veut les utiliser, Venise... Milan... ou Florence.

Cosimo secoua la tête.

— Florence est en paix pour le moment.

— Pour combien de temps ?...

— Longtemps j'espère... Mais...

— Mais ?

— Mais vous avez raison. Florence est en paix en ce moment. Mais pour combien de temps en effet ? Rinaldo des Albizzi est à Milan, n'est-ce pas ? Veut-il toujours prendre les armes contre Florence ?

— On ne peut rien vous cacher, Messer... Il vient de s'allier au duc de Visconti... La guerre sera déclarée aussitôt que possible, que j'accepte ou non d'être engagé par le duc. Mais je préférerais éviter cela !

La voix sèche de Francesco Sforza intrigua Cosimo.

— Vous ne l'aimez guère, n'est-ce pas ?

— C'est mon maître. Pour le moment. C'est lui qui paie mes soldats. C'est aussi votre ennemi ! Et ne vous y trompez pas ! un ennemi acharné ! Il veut Florence. Et pas seulement Florence ! Il veut aussi Rome, Naples, Venise. Remarquez que son idée n'est pas mauvaise. Faire de l'Italie un seul royaume...

Francesco Sforza avait baissé le ton, et Cosimo dut soutenir son attention pour l'entendre.

— Un seul royaume italien... dont il serait roi, dit pensivement Cosimo. Pourquoi pas une république ?... De toute façon l'idée d'une Italie unifiée n'est pas mauvaise. Le père de Filippo de Visconti s'y est essayé. A sa manière. C'était un homme habile, mais c'était aussi un traître. En fait, c'était l'homme le plus habile et le plus fourbe dont il m'ait été donné d'entendre parler...

Prudent, avisé, dissimulé. Généreux et prodigue de ses biens et de ceux de ses sujets. Il a réduit à la misère le duché de Milan. Il savait promettre beaucoup, et ne rien tenir. C'était un monstre de vice et de vertu. Un vrai politique. Il me faisait penser à ces Allemands ou ces Anglais avec qui j'ai eu affaire, ces dernières années... Je n'aime pas ces Anglo-Saxons ! Ils sont bâtis comme des brutes : en fait c'est une combinaison vicieuse de brutalité, de franchise et de méchanceté sans aucune honnêteté. Il ne faut jamais avoir confiance en ces gens roses, blonds et gras comme des porcs ! Voyez ces Anglais... C'est une formidable puissance commerciale qui me doit des sommes énormes... Revenons à Filippo de Visconti. Ressemblerait-il à son père ?

— En pire.

— Tudieu !... Est-ce possible ?

— Tout à fait. Il a hérité de toutes les tares de sa famille. Cruauté comprise. Mais il est plus intelligent que son frère [1], et lui ne sera sans doute pas assassiné.

— Je connais l'histoire de cet assassinat, dit Cosimo qui avait soudain frémi et pâli.

— Qu'avez-vous, Messer ? Vous êtes aussi blanc que le marbre.

— Rien... Rien, dit vivement Cosimo... Une curieuse sensation de malaise lorsque vous avez évoqué cet assassinat. Etrange n'est-ce pas ? Et curieux, extrêmement curieux...

— Qu'il y a-t-il de curieux ?

— Il m'arrive de rêver d'assister, impuissant, à l'assassinat de quelqu'un qui m'est cher... Et cela se passe dans une église... Peut-être est-ce là un pressentiment ?

— J'espère que non ! dit vivement Sforza.

— Revenons à Visconti, puisque aussi bien c'est pour me parler de lui que vous êtes venu me voir. Que veut-il ?

— Je vous l'ai dit. Florence... et moi.

— Vous ?... Mais vous lui appartenez en ce moment, n'est-ce pas ?

— Il me veut, moi. Non seulement pour mon armée... Moi ! Il sait que je suis le meilleur soldat d'Italie...

— Vous êtes en effet un brillant capitaine. Les Florentins vous

1. Giovanni Maria de Visconti fut assassiné, le 16 mai 1412, par un groupe de seigneurs sur les marches de l'église San Gottardo de Milan.

aiment, et moi je vous estime. Je vous offre le double de ce que le duc de Milan vous propose.

— Impossible !

— Comment cela, impossible ?

Stupéfait, Cosimo haussa les sourcils. Il ne comprenait plus. Quelque chose lui échappait dans ce qui venait d'être dit. Mais le visage hilare de Sforza le rassura.

— Il me propose comme future épouse sa fille Bianca Maria, une petite bâtarde de huit ans dont il va faire son unique héritière. Elle héritera du duché de Milan... Et avec Milan, c'est toutes les fonderies, les manufactures d'armes... et le trône ducal. Je ne vois pas comment vous pourriez doubler la mise ?

Cosimo éclata de rire.

— En effet ! je ne puis vous proposer le double ! Mes jumelles n'ont que dix ans et ma femme Contessina m'arracherait les yeux si j'y consentais. Mais vous avez raison... les fonderies et les manufactures d'armes vont quintupler de valeur dans les vingt années à venir. La guerre entre les Français et les Anglais n'est toujours pas finie, bien qu'on ait brûlé cette malheureuse jeune fille... Et puis il y aura d'autres guerres... Le pays qui possède des compagnies de guerriers et des manufactures d'armes peut se considérer comme un pays riche, qui aura beaucoup d'alliés... Epouser Bianca Maria de Visconti, c'est épouser sa fortune, et le duché de Milan ! Allez-vous épouser cette petite ? Quand elle sera en âge évidemment...

Francesco Sforza marqua un temps avant de demander :

— Que me conseillez-vous ?

— Faites-le. Sans hésiter. Et soyez mon ami.

— Cela, Messer Cosimo, il n'était pas besoin de me le conseiller. Je le suis. Si vous m'engagez, je mets à votre service un joli lot de villes puissamment fortifiées, qui auront besoin d'armes. En attendant celles que ma future épouse m'apportera en dot quand elle sera en âge de se marier, puis-je compter sur votre production ?

Cosimo sourit.

— D'où savez-vous que je puis fabriquer des armes ?

— Tout se sait lorsqu'on est condottiere. Et en particulier qui peut procurer à bon compte bombardes, couleuvrines, mousquets et armes blanches. Martelli mange dans votre main ! Il fait ce que vous lui dites de faire, et il possède la plus grande manufacture d'armes de Pistoia... S'il avait une fille à marier, je suis sûr que vous la destineriez à l'un de vos fils !

De nouveau Cosimo eut ce rire gai qui le rajeunissait tant.

— J'y ai songé... Il en a effectivement une, Franca. Mais mon dadais de fils aîné s'est entiché de la plus jeune fille de Francesco Tornabuoni. Et c'est là aussi une union à ne pas dédaigner... Je suis en effet très lié au Signor Martelli... C'est un parvenu. Sans culture ni goût, mais honnête homme, et ceci compense largement cela... Il fait partie de ma consorteria...

Sforza fit entendre un petit sifflement approbateur.

— Donc c'est vous qui êtes l'un des principaux fournisseurs d'armes du Signor Datini en Avignon, n'est-ce pas ? Tornabuoni et vous travaillez de concert... Vous voyez, je sais même cela !

— Pourtant « cela » ne se doit pas savoir.

— Et « cela » ne se saura pas.

— C'est bien. Vous aurez ce qu'il vous faut. Tout ce qu'il vous faut ! En or, en armes et en chevaux. Vous irez en Avignon et y ferez votre choix. Je vous donnerai un billet que vous remettrez au Signor Datini. C'est un homme de confiance. Il vend fort impartialement autant d'armes, de poudre et de canons aux Anglais qu'aux Français... Le duché de Milan et Florence sont ses principaux fournisseurs. Vous prendrez tout ce dont vous avez besoin ; je me chargerai du règlement. Soyez cependant prudent... (Il s'interrompit, et reprit en riant :)... Et invitez-moi à vos noces lorsqu'elles auront lieu. Il faut épouser Bianca Maria. A la mort de son père, le duché de Milan vous reviendra. Nous pourrons alors lier nos fabriques d'armements en une seule manufacture. C'est d'un beau royaume que vous hériterez. Et je vous y aiderai. Au lieu de se combattre, Florence et Milan seront alliés et vivront en paix. Pour cela, il faut attendre la mort du duc de Milan. Filippo de Visconti est coriace.

Francesco éclata de rire.

— Voilà comme j'aime entendre parler. Vous viendrez à mes noces, Cosimo de Médicis, quand ma future épouse sera en âge de se marier !... Topez là !

Les deux hommes se serrèrent la main avec vigueur. Sans le savoir vraiment, mais peut-être déjà le supputant, ils allaient créer ainsi l'une des plus grandes forces qui allaient dominer l'Italie du Nord.

— Dans tout mariage, chacune des deux parties doit apporter quelque chose, dit gravement Francesco Sforza. Vous m'apportez votre aide si précieuse, tant en armes qu'en argent, et je vous apporte vingt-deux victoires et mille cinq cents soldats dévoués...

— Et je vous suis encore redevable, mon cher Francesco, dit Cosimo d'une voix douce. Les armes et l'argent ne sont rien sans l'intelligence et l'art de s'en servir...

Dans la grande salle, tous dansaient...

Ouvrant grand ses yeux et ses oreilles, Lucrezia s'émerveillait d'elle-même, de cette impression délicieuse et nouvelle qui s'emparait d'elle. Sa robe lui allait à ravir. Ses cheveux noirs, coiffés en bandeaux lisses ornés de perles et de pierres précieuses, encadraient son visage insolite. Elle découvrait le plaisir de se savoir mieux que jolie, et surtout, se grisait ingénument du simple fait d'être appréciée, écoutée, et peut-être, à en juger par les regards que posaient sur elle Lorenzo de Médicis, le comte Vernio de Bardi et Piero de Médicis, mieux qu'admirée... En restant ainsi, auprès de ces trois hommes, Lucrezia Tornabuoni allait, une fois de plus, s'attirer l'opprobre familial, et depuis quelques minutes, elle feignait ne pas s'apercevoir des regards furieux que lui lançait sa mère. Elle accepta de danser une passacaille, puis une gaillarde, puis une allemande, puis une autre passacaille. Elle dansait fort joliment, gracieuse, souple et souriante.

A un moment, le regard de la jeune fille rencontra celui du comte Vernio et elle ressentit soudain une violente émotion. Debout dans l'embrasure d'une fenêtre, le visage éclairé par la lumière mouvante d'une torche, le comte Vernio de Bardi parlait toujours. Mais son regard ne quittait pas le visage de Lucrezia. Sans doute, ce qu'il disait était-il extrêmement important, car ses interlocuteurs, Lorenzo et Piero de Médicis, paraissaient boire ses paroles. Il parlait de nouveaux gisements d'alun découverts près de Tolfa. Gisements qui intéressaient sans doute Cosimo... Il parlait aussi de Jean VIII Paléologue et du Concile qui ne donnerait rien puisque de toute manière la chrétienté était et resterait toujours profondément divisée... « Et puis, n'est-ce pas ?... qu'importent moines, curés et papes ?... Dieu a-t-il vraiment besoin de tout ce spectacle ? Jean VIII Paléologue demande une croisade pour le délivrer des musulmans... »

Et pendant tout son discours, les yeux étonnés, perplexes, du comte Vernio ne quittèrent pas le visage empourpré de Lucrezia. Il paraissait ne tenir ce discours qu'à elle, ne parler que pour elle. Mais Lucrezia n'entendait rien. Toujours en proie à cette émotion paralysante, elle sentit des larmes lui monter aux yeux. Des larmes qui d'abord l'étonnèrent par leur soudaineté. Vivement elle détourna la tête et s'interrogea sur le sens de ce regard qu'elle sentait encore peser sur elle. Elle n'osait relever les yeux, ni fixer son vis-à-vis, et elle devait lutter contre elle-même pour ne point le faire. Elle se sentait heureuse et triste en même temps... Mais le bonheur, un bonheur aigu, l'emportait sur la tristesse. Ce bouleversement inattendu de tout son être, à cause de cet homme qui la regardait avec tant d'intérêt et d'étonnement, la déroutait, l'affolait presque. Ses pensées étaient confuses, incohérentes. Elle aurait aimé rire et chanter, crier sa joie de vivre, et, dans le même instant se cacher dans un coin et pleurer de bonheur...

— A quoi pensez-vous donc, Lucrezia ?

La voix de Piero de Médicis, un peu hachée par la forte tension intérieure qui le dominait, le fit sursauter. Il la regardait avec adoration. C'était un regard émouvant. Celui qu'elle rencontrait chaque jour dans les yeux de son chien favori, un magnifique dalmatien qui couchait dans sa chambre, refusant de quitter sa maîtresse, même la nuit. Et parce qu'elle-même n'était plus que sensibilité écorchée, elle comprit brusquement ce que Piero pouvait ressentir pour elle. Elle voulut lui être agréable, compatissante, amicale. En somme, lui donner une parcelle du bonheur fou qui venait de lui être offert.

— Je vous écoutais, mentit-elle avec aplomb. Mais il faut m'excuser. Ma mère me fait signe et je pense que nous allons nous retirer...

Gracieuse, elle fit une petite révérence, manifestant par ce geste incontrôlé combien elle était encore restée enfant, et, évitant le regard du comte Vernio, elle se précipita maladroitement, bousculant quelques personnes sur son passage, pour rejoindre Selvaggia qui l'admonesta sévèrement :

— ... Comment peux-tu oser te donner en spectacle ainsi ?

Faudra-t-il te faire enfermer dans un couvent pour t'apprendre les convenances ?... Viens saluer Contessina et Cosimo, et partons !...

La nuit était sombre et fraîche. Dans le carrosse qui ramenait les Tornabuoni chez eux, Lucrezia se taisait. A peine entendait-elle les remontrances maternelles, les réflexions acerbes de Giuseppina qui voulait savoir pourquoi sa sœur arborait ce visage transformé, cet air de bonheur exalté... Lucrezia se remémorait le moment précis où son regard avait croisé celui du comte Vernio de Bardi et où elle avait éprouvé cette curieuse sensation. « Que m'arrive-t-il ? » se demandait-elle. Sa pensée se promena dans son jeune passé, évoqua le souvenir déjà flou de Filippo, de la passion folle et juvénile qui l'avait jetée dans ses bras... Comme le temps avait passé vite. Le sentiment qu'elle avait éprouvé alors était insouciant, rieur... Rien de ce qu'elle avait vécu auparavant n'était comparable avec ce qu'elle ressentait maintenant. La peur. La peur de quelque chose d'inéluctable, d'inexorable qui allait la dépasser et l'entraîner vers un destin qui l'effrayait. Confusément, elle se demanda s'il en était ainsi de toutes les passions humaines.

A la mort de Filippo elle avait voulu mourir. Elle avait pleuré de désespoir, et encore maintenant, à l'instant précis où elle savait que l'oubli commençait son œuvre de destruction, où elle savait que le beau visage du jeune garçon qui avait été pour elle le centre de l'univers allait s'effacer de sa mémoire, le chagrin serrait encore sa gorge et la faisait pleurer. Mais elle ne pouvait s'empêcher de penser à ce qui l'attendait encore, ce qui l'attendait demain et après-demain et tous les jours suivants...

Aucun de ceux qui connaissaient le comte Vernio de Bardi et qui savaient combien ce coureur de jupons, à la fois cynique et gai, dépensier mais aimant l'argent, ambitieux mais dissimulant son ambition sous une aimable désinvolture, n'aurait pu soupçonner un seul instant combien il s'était épris de Lucrezia Tornabuoni. Si intensément, si totalement qu'il lui sembla pendant plusieurs jours que son esprit avait été ébranlé par un tremblement de terre. Elle était trop jeune pour en faire sa maîtresse, c'était la fille d'une maison amie, et il était marié. Ces trois raisons, suffisantes en elles-mêmes pour l'éloigner à jamais de Lucrezia, ne lui paraissaient pas valables. Lucrezia n'était plus vraiment une enfant. « Quiconque a connu le plaisir de la chair a perdu son innocence », pensait le comte Vernio en proie à une jalousie féroce contre le malheureux Filippo de Médicis qui avait osé déflorer « sa » Lucrezia. Non, aucune raison ne résistait à la violence de sa passion. Cet homme de trente ans n'avait jamais aimé véritablement. Ses nombreuses maîtresses étaient pour lui source de plaisir, mais aucune d'entre elles ne lui avait apporté cette soif d'une présence quotidienne qu'il ressentait auprès de Lucrezia. Jusqu'alors, c'était un viveur, un homme à femmes, un peu méprisable, inconscient du mal qu'il pouvait faire, recherchant l'aventure facile, sans lendemain, profondément convaincu de son innocence. Et certes, il agissait en tous points conformément aux normes masculines en vigueur : la femme était faite pour donner du plaisir et il n'était pas question pour un honnête homme de s'embarrasser de l'existence détruite, de la réputation en pièces ou simplement de la douleur et de l'humiliation de la jeune personne possédée « avec son agrément ».

Le comte Vernio de Bardi, magnifique spécimen mâle au faîte de sa séduction, mince, élégant, superbement intelligent, pouvait s'enorgueillir de ce que les femmes étaient pressées de s'offrir à lui... A peine avait-il le temps de reprendre souffle entre deux ou trois aventures simultanées... Personne ne pouvait rien lui reprocher. Il disait souvent, et telle était sa devise : « Il n'y a pas de vertus... Il n'y a que des circonstances... »

Le lendemain de la réception donnée chez les Médicis, le comportement du comte Vernio devant les choses de l'amour changea. Il se mit à errer comme une âme en peine, ne sachant plus à qui il s'adressait, disant « vous » à sa femme qu'il tutoyait habituellement, rompant simultanément avec deux de ses maîtresses sans motifs.

Peu nombreuses avaient été dans sa vie les occasions où il avait perdu son sang-froid. Mais depuis la soirée passée chez les Médicis, quelque chose s'agitait douloureusement en lui. « Je la veux..., pensait-il en évoquant la mince silhouette dansante de Lucrezia. Je la veux et je l'aurai !... » Alors il se calmait, se morigénait puis, découragé, se disait : « Impossible !... impossible !... De toutes les femmes de Florence, c'est sans doute la seule que je ne pourrai jamais posséder... » Il ne pouvait, ni sans doute ne le voulait vraiment, faire résilier un mariage par le pape... Partir avec Lucrezia et en faire sa maîtresse, il n'y fallait point songer. C'était se condamner tous deux à une mort certaine.

Durant plusieurs semaines, le comte Vernio connut un état d'agitation extrême. Chaque matin il prenait une décision, qu'il rejetait dans l'heure. Chaque soir, au moment de se coucher, l'image de Lucrezia revenait, précise, désirable, émouvante, et il ne fermait pas l'œil de la nuit.

Bizarrement, à aucun moment il ne mit en doute que son amour était partagé. Lorsqu'il y songea, ce fut pour lui comme une révélation. « Elle m'aime... J'en suis sûr. » Sur quoi reposait cette certitude, il n'aurait su le dire. Une manière d'être, un regard plus appuyé, plus chargé d'émotion. Il revenait sans cesse à un instant précis au cours de cette soirée mémorable, un instant qui avait tout fait basculer. Il avait regardé Lucrezia, tandis qu'elle parlait, et ses yeux s'étaient fixés sur la grande bouche rouge, humide et vivante comme un beau fruit mûr. A cet instant il avait été saisi d'un tel désir passionné de mordre cette bouche, brutalement, avidement, qu'il en avait été trempé de sueur. Et le regard de Lucrezia avait répondu à son désir, ses yeux avaient chaviré, comme s'il l'avait tenue effectivement dans ses bras... Depuis ce moment précis, fugitif mais intense, il n'avait plus que cette pensée en tête, presser ses mains contre les épaules frêles, encore enfantines, de Lucrezia, lui renverser la tête en arrière, saisir ses cheveux noirs, baiser son cou, la dévorer de baisers, l'entendre crier sous son étreinte, puis l'apaiser avec tendresse, avec douceur... Il savait que Lucrezia avait surpris son désir, et il savait aussi qu'elle y avait répondu avec la même intensité. Aussi la pensée de satisfaire sa passion le plus rapidement possible dominait toutes les autres pensées, celles qui le retenaient par un reste d'honneur, le mettaient en garde... Mais le comte Vernio n'était pas homme à laisser sans réponse un désir qui l'occupait tout entier depuis maintenant plusieurs semaines.

L'année passa sans apporter de soulagement à l'angoisse amoureuse du comte Vernio. Au début de l'hiver 1936 d'autres soucis l'accablèrent, et pour un temps sa passion pour Lucrezia connut une éclipse. L'état de santé de Lisetta devenait inquiétant. En effet, sa charmante petite épouse, qui n'avait pour seul défaut que d'être tout à fait sotte, et plus préoccupée de ses toilettes et de ses bijoux que de son état de future mère, n'était pas en bonne forme au dire des matrones. On attendait la naissance de l'enfant vers la fin du mois de janvier, et, bien qu'on fût tout au début de novembre, la jeune femme était si grosse qu'elle paraissait sur le point d'accoucher. Lisetta était fort enflée de partout, ce qui n'était pas bon signe. A peine âgée de quatorze ans, sa famille avait cédé à sa passion pour le comte Vernio et l'avait mariée à ce dernier alors qu'elle venait à peine d'avoir ses menstrues. Le comte Vernio de Bardi l'avait épousée pour deux raisons. La première : Lisetta était immensément riche ; et la seconde : c'était une fort jolie et appétissante adolescente, qui n'aurait pu lui appartenir hors les liens du mariage. Mariage du reste fort avantageux, et qui ne lui donnait que des satisfactions. Lisetta adorait son époux, et lui disait parfois, dans un de ces moments où la gravité l'emportait sur son étourderie habituelle : « Je t'aime tellement... que si tu me demandais de me tuer là, devant toi, pour te plaire, je crois bien que je le ferais. »

Parfois, tout à sa passion pour Lucrezia, le comte Vernio en arrivait à souhaiter avec une férocité implacable la mort de Lisetta au moment de ses couches... Mais comme il était totalement dépourvu de réelle méchanceté, et que l'amour enfantin que lui manifestait Lisetta l'émouvait plus qu'il ne voulait le reconnaître, il s'en voulait aussitôt de cette pensée qu'il jugeait monstrueuse, et cherchait par tous les moyens à se faire pardonner. Aussi se conduisait-il en époux particulièrement tendre et attentionné, appelant à Florence les meilleurs médecins de Venise ou de Rome, faisant venir de France les plus belles parures. Pour que Lisetta pût choisir à son gré, les marchands français avaient envoyé des petites poupées revêtues de leurs dernières créations. C'est ainsi que Lisetta pouvait s'enorgueillir d'une garde-robe à faire pâlir les reines de France, de Naples et d'Aragon, que jamais l'escarcelle du comte Vernio n'avait été aussi vide et que jamais sa réputation d'homme éperdument amoureux de sa femme n'avait été aussi grande. Ses beaux-parents, le prince et la princesse Cafarelli, étaient enchantés de leur gendre. Et si parfois il leur venait aux oreilles que celui-ci était souvent vu en compagnie de la plus célèbre courtisane de Florence, la belle Raffaella, ils pensaient que ce n'étaient là que calomnies... Lisetta était persuadée que son époux était follement épris d'elle, et dès que ses amies, les petites Tornabuoni, ou les deux héritières Scali, Lorenza et Rebecca, venaient la voir, elle s'empressait de confirmer ce que toute la ville chuchotait.

Inexplicablement, Lucrezia souffrait de ces rumeurs.

V
PIERO DE MÉDICIS

PLUS d'un an s'était passé depuis le retour de Cosimo de Médicis. Vers le début du mois de novembre 1436, un dimanche, assez tard dans l'après-midi, alors que déjà le crépuscule envahissait la campagne environnante et que la brume montait du sol, chargée de l'odeur âpre des labours d'automne, Piero de Médicis connut quelques heures de parfaite félicité en compagnie de son oncle Lorenzo. Très fatigué, le jeune homme avait obtenu de son père l'autorisation de passer quelques semaines à Careggi. C'est dans cette demeure que l'oncle et le neveu admiraient ensemble la beauté mélancolique de la Toscane. Il faisait exceptionnellement beau, et cette chaleur inhabituelle faisait naître des vapeurs frémissantes au-dessus de la terre humide. Des bois et des collines roussis par l'automne, venaient les doux parfums emportés par le vent. Chaque jour, Piero rêvait d'avoir une longue conversation avec son oncle sur le sujet qui lui importait jusqu'à l'obsession, jusqu'au délire : Lucrezia. Lucrezia Tornabuoni. Mais les semaines se succédaient sans qu'il pût trouver le courage de parler.

Lorsque la santé de plus en plus chancelante de Lorenzo le permettait, ils passaient de longues heures à cheval. Ils rentraient épuisés, et rien ne leur plaisait autant que s'installer auprès du feu (désormais les soirées étaient assez froides). Ils dégustaient alors un vin chaud parfumé aux épices et touchaient du doigt ce qui pouvait ressembler au bonheur. Parfois, l'un d'eux disait : « Comment peut-on vivre ailleurs qu'ici, si ce n'est à Florence ?... » Alors, ils soupiraient d'aise, conscients d'être privilégiés malgré leurs souffrances physiques, privilégiés de vivre dans cette délicieuse demeure entourée de si beaux jardins. Partout où ils se posaient, les regards ne rencontraient qu'harmonie, beauté, élégance. Les tableaux qui ornaient les murs étaient de purs chefs-d'œuvre. La vue que l'on avait des fenêtres était incomparable de splendeur. Apaisés dans leurs tourments respectifs, l'oncle et le neveu renaissaient à la vie.

Les semaines s'écoulaient paisibles, consacrées à la lecture, aux promenades à cheval. Lorenzo évitait de parler de son frère. Du reste, il évitait tout sujet susceptible de blesser ou d'irriter son neveu qu'il trouvait singulièrement pâle, nerveux et agité.

« Il doit y avoir une histoire de femme là-dessous », pensait-il souvent.

Mais il attendait que Piero lui en parlât de lui-même. Il ne voulait en aucun cas provoquer une discussion qui, pensait-il à tort, aurait pu gêner le jeune homme. Cette occasion se présenta, d'ailleurs, presque d'elle-même.

Par une journée pluvieuse, profitant de ce repos forcé, Lorenzo et Piero s'étaient réfugiés dans la bibliothèque, vaste et silencieuse oasis. Ils s'installèrent devant l'énorme cheminée en marbre blanc où brûlaient des troncs d'arbre. Au-dehors, les cloches de toutes les églises environnantes sonnaient la fin des vêpres. Des fenêtres, on apercevait le jardin trempé de pluie, sous le ciel bas et gris. Lorsque le regard revenait dans le cabinet de travail de Lorenzo, grande pièce un peu sombre, lambrissée de chêne, ornée de merveilleuses tapisseries venues tout droit des Flandres, on éprouvait alors un sentiment de bien-être, de chaleur et de sécurité.

L'oncle et le neveu se taisaient. Ni l'un ni l'autre n'avaient envie de rompre le silence. Ils éprouvaient en cet instant la certitude que rien de mal jamais ne pourrait leur arriver. De temps à autre Piero regardait son oncle avec une expression d'adoration respectueuse. Lorenzo était conscient de cette adoration et s'en réjouissait. Lui-même aimait beaucoup son neveu et aurait voulu l'aider. Mais que pouvait-il lui apporter maintenant ? Des conseils ? Qui a jamais suivi les conseils donnés ?

Son épuisant, son féroce amour pour sa femme Ginevra l'avait presque tué, Ginevra, à demi folle, qui vivait en recluse chez son père au palais Cavalcanti... Il était coupable, lui Lorenzo, le beau

Lorenzo, d'avoir épousé une femme qui en aimait un autre... Oh certes, Ginevra n'avait pas été sans reproches, mais peut-être, d'une certaine manière, l'avait-elle aimé ? De temps à autre un domestique venait chercher le petit Pierfrancesco, l'emmenait voir sa mère, et le ramenait le soir. L'enfant revenait bouleversé de ces visites... Il pleurait ensuite sans arrêt. Mais Lorenzo était inflexible ! Son fils devait connaître sa mère. Jamais Ginevra n'avait accepté de revoir Lorenzo. Et lui-même frémissait d'horreur à l'idée de revoir cette femme qu'il avait tant aimée. Il mourrait donc sans l'avoir revue puisque ses jours étaient comptés. Ses poumons malades n'en pouvaient plus. Combien de temps vivrait-il encore ? Le médecin Elias lui assurait qu'il pouvait vivre encore de nombreuses années. Mais Lorenzo ne l'espérait pas vraiment. Il n'eût rien fait pour provoquer sa mort, mais il refusait tous les soins que les médecins lui proposaient. « Laissons faire la nature », disait-il. Il était si las de vivre ! Chaque soir au moment de s'endormir, il espérait vaguement qu'il ne se réveillerait pas, qu'il ne se réveillerait plus jamais. Et pourtant, chaque aube nouvelle lui était source de plaisir. Il aimait les matins froids d'hiver et la neige qui tombait, recouvrant la campagne. Il aimait les aubes pleines d'espoir du printemps. Il aimait admirer, au plus fort de l'été, juste avant la moisson, la mer blonde des épis dorés caressée par le vent tiède venu du sud. Et l'automne... Ah l'automne : chasser dans les forêts avoisinantes, respirer l'odeur de brume et des feuilles pourrissantes, s'étourdir de sensations exquises, tendre son arc, viser un sanglier, puis remonter à cheval et galoper à travers la campagne. Bien que malade, bien que désespéré, Lorenzo aimait la vie plus qu'il ne voulait l'admettre. Quel piètre mentor il était pour ce pauvre Piero qui avait tellement besoin de se sentir soutenu. Il savait que Cosimo était déçu par son fils aîné et qu'il ne faisait rien pour cacher sa déception. Cosimo aurait aimé que Piero fût plus ferme, plus brave ; il le comparait souvent au pauvre Filippo ou à Giovanni, et cette comparaison n'était jamais à l'avantage de son fils aîné. Retenant à grand-peine sa respiration de crainte d'une quinte de toux intempestive, Lorenzo murmura :

— Veux-tu que j'ordonne d'apporter une collation ? Le souper ne sera servi que dans deux heures... Peut-être as-tu faim ?

Piero secoua la tête :

— Non, mon oncle... merci... Je voulais vous demander...

Tout de suite Lorenzo comprit que Piero allait lui faire des confidences. Se délivrer enfin du secret qui le rongeait depuis son arrivée à Careggi. Tout en lui le proclamait. Il était amoureux. Les yeux brillants, Piero se levait, puis s'asseyait, s'approchait du feu et s'en écartait vivement comme s'il avait été touché par les flammes.

— Eh bien, mon garçon ? Parle, plutôt que de t'agiter de la sorte... Allons, assieds-toi une bonne fois et dis-moi...

Piero rougit :

— Je ne sais comment commencer...

Lorenzo le dévisagea. Un léger sourire détendit ses traits émaciés.

— Amoureux ? demanda-t-il.

Piero baissa la tête en signe d'assentiment. Lorenzo l'observa attentivement et comprit que cela était sérieux. Sa sensibilité exacerbée par les années de souffrance vécues auprès de Ginevra l'aidait à comprendre, à deviner le tourment qui agitait son neveu. « L'amour peut faire si mal... Certains en meurent... Piero est de ceux-là... Pauvre garçon ! » Pensif, il l'observa un moment, partagé entre son affection et sa lucidité. Au prime abord, il était tout simplement impossible que Piero pût plaire. Il était non seulement laid, mais il était, à dix-neuf ans, pratiquement invalide. Quelle jeune fille normalement constituée aurait pu, fût-ce dans un instant d'aberration, se laisser gagner par l'amour pour ce pauvre garçon ? « Seule la fortune et la puissance de sa famille le rendront mariable... Il n'a qu'à demander, il aura la jeune fille qu'il aime ! Aucune famille de Florence ne refuserait une telle alliance ! Mais la fiancée ? Que pensera-t-elle de ce mari que l'on va lui imposer de force ? Et lui ? Acceptera-t-il une union sur de telles bases ?... Fera-t-il comme moi ? » Alors il pensa à son propre mariage, à son échec cuisant. Lui qui avait été beau, puissant et jeune, et si follement amoureux qu'il n'avait pas voulu voir, pas voulu savoir, que Ginevra Cavalcanti ne l'avait jamais aimé, qu'elle l'avait épousé forcée par son père et qu'il avait été le plus malheureux des hommes... « Laid ou beau, qu'importe ? pensa-t-il avec amertume. Quand elles ne nous aiment pas, un mariage ne peut être qu'un échec... »

Il fallait empêcher cela ! Quelle que soit la jeune fille choisie par

Piero, il fallait convaincre son neveu d'y renoncer ! Il se redressa avec vivacité, et ce simple mouvement lui arracha une quinte de toux... Inquiet, Piero observait son oncle. Lorenzo était manifestement à la dernière extrémité. Sa chair fébrile paraissait se consumer, laissant deviner l'ossature harmonieuse, fragile, de celui qui avait été le « beau Lorenzo de Médicis, l'homme qui faisait tourner toutes les têtes féminines de Florence... ». Les yeux trop brillants, enfoncés dans les orbites, se voilèrent de larmes.

Enfin la toux s'arrêta et, chancelant, il se rassit et attendit un moment avant de commencer d'une voix haletante :

— Ne te marie jamais ! Jamais avec la femme aimée, tu comprends ? Je ne peux te dire : « Ne sois pas amoureux... », car c'est impossible... Mais ne lie jamais ta vie à une femme que tu aimes... et qui ne t'aime pas. Car c'est l'enfer !... Si tu veux fonder un foyer, avoir des enfants, épouse quelque brave jeune fille, fraîche et solide, pour laquelle tu n'éprouveras qu'une gentille affection, et dont tu te soucieras comme d'une guigne. Une « chose » en somme, une « chose » nécessaire pour la bonne marche de ta maison, l'assurance d'une bonne cuisine et d'une économie domestique bien conduite. Mais surtout ne l'aime pas d'amour, car alors tu connaîtrais l'enfer..., répéta Lorenzo avec désespoir. Je ne connais pire douleur que l'humiliation qu'apporte un amour blessé, repoussé. Attends avant de te décider ! Marie-toi dans quelques années, lorsque tu seras mûr, lorsque tu auras tout connu, lorsque tu auras voyagé, aimé, eu des maîtresses... Aie des maîtresses, va ! Va voir des courtisanes ! Ce sont des filles charmantes, qui n'encombreront pas ta vie...

Piero écoutait son oncle déverser son amertume. Il se souvenait fort bien de sa tante Ginevra. « Quel dommage, pensait-il, qu'elle soit devenue folle ! Du moins c'est ce que l'on a prétendu... La mort de son fils a été pour elle un tel drame ! Peut-être la mort eût mieux valu pour elle ? » Il était plein de compassion pour son oncle et ne croyait pas un mot de ce que celui-ci s'efforçait de lui faire comprendre. « L'amour est la plus belle aventure qui puisse nous arriver, pensait-il avec exaltation. La seule valeur de notre vie... Que m'importent la gloire et la puissance, si je peux partager ma vie avec la femme que j'aime ? » Lorsqu'il évoquait Lucrezia, il se sentait transporté dans un univers où rien de mal ne pouvait l'atteindre. Aimer le rendait heureux de vivre, heureux de respirer, de sentir, de voir... Les choses simples de la vie prenaient une importance capitale. Cette salle, par exemple, où il se trouvait avait, en cet instant, une réalité, une densité qu'elle ne possédait pas l'instant auparavant, et cette magie venait du seul fait qu'il allait parler de Lucrezia. Alors, les murs lambrissés, les tapisseries, les chaises hautes recouvertes de velours sombre, la longue table de bois aux pieds sculptés, les vases de lapis-lazuli, les coupes en agate, tout cela existait enfin, témoin de son bonheur.

Il était scandalisé par ce qu'il venait d'entendre. Scandalisé et plein de pitié.

Lorenzo continuait, parlant plus pour lui-même que pour son interlocuteur, se laissant aller à un flot de paroles qui bizarrement le soulageait :

— Epouser la femme que l'on aime comme un fou... c'est être comme Prométhée enchaîné sur son rocher, incapable de se défendre contre l'aigle qui lui ravage les entrailles jour après jour... Tout est fini pour toi, fini à jamais... Tu n'es plus un homme libre... tu n'es plus qu'une larve, un insecte que celle que tu aimes va écraser sans pitié. Qu'est-ce que l'amour ? L'amour devient une prison, la pire des prisons, parce que c'est toi qui en fabriques les barreaux, toi qui en as la clef et toi qui ne veux pas ouvrir la cage... S'il en est encore temps pour toi, ne te déclare pas. Sauve-toi, pars en voyage au bout du monde et ne reviens que délivré...

Il se couvrit le visage de ses mains et continua d'une voix sourde :

— Crois-moi, ne te marie pas...

— Mais, oncle Lorenzo..., interrompit timidement Piero, il n'a jamais été question de mariage... A peine puis-je y songer ! Et puis, m'avez-vous seulement observé ? Qui donc voudra de moi ?

Lorenzo releva la tête et détailla son neveu comme s'il le voyait pour la première fois. Plus exactement il le regarda « à travers » lui, comme si brusquement ce n'était pas l'apparence physique, si déplaisante, de Piero qu'il voyait, mais l'esprit, l'âme, le cœur de ce jeune homme qui le fixait, humble et soumis. Alors il eut cette pensée étrange : « Une femme intelligente pourrait l'aimer. Mais existe-t-il une femme intelligente ? » Lorenzo sourit et dit avec douceur :

— ... Je suis un homme qui va mourir, mon garçon... Non ! ne proteste pas ! Ce serait indigne de toi ! C'est pourquoi je me suis laissé aller à tant de rancœur. Peut-être me trompé-je ? Peut-être seras-tu heureux là où je n'ai connu que le malheur ? Je n'ai pas été heureux... C'est là mon excuse pour te parler comme je l'ai fait. Mais à quoi bon parler de moi ? Parlons de ce qui te tient à cœur ?... Comment s'appelle-t-elle ?

Piero devint rouge, tandis qu'un sourire éclatant irradiait son visage.

Lorenzo reconnut tous les symptômes d'une passion réelle. Le regard enflammé, le visage rayonnant, et la voix... la voix qui devient rauque et basse, comme un appel.

— Lucrezia... La petite Lucrezia Tornabuoni..., dit Piero.

Lorenzo sursauta :

— Mais... n'était-ce pas la fiancée de ton frère Filippo ?

— Si...

— Et elle ? Ah ! c'était donc cela ! Ces visites fréquentes qu'elle fait en compagnie de son grand-père... Est-elle au courant de tes sentiments ?

— Oh ! elle ignore tout, naturellement... Comme vous le voyez, oncle Lorenzo, il n'est pas vraiment question de mariage. A peine sait-elle que j'existe ! Nous parlons de tout, de rien... Beaucoup de politique... le croiriez-vous ? Elle aime beaucoup la politique... Elle a tout lu et sa pensée, bien qu'elle soit encore si jeune, est vraiment juste et profonde...

Amusé malgré lui, Lorenzo écoutait le panégyrique de Lucrezia.

— Bien sûr... bien sûr..., dit-il. D'ailleurs, ajouta-t-il après un instant de réflexion, n'est-elle pas encore un peu jeune ?

— Certes. Mais qu'importe ? A quatorze ou quinze ou vingt ou trente ans, jamais elle ne me regardera...

L'expression de rayonnement avait disparu de son visage. Maintenant on ne pouvait y lire qu'angoisse et souffrance. Lorenzo secoua la tête.

— Lucrezia Tornabuoni a la réputation d'être une enfant extrêmement intelligente, brillante même. Une jeune fille de cette envergure ne saurait s'intéresser à un bellâtre... Et tu es le contraire d'un bellâtre.

Lorenzo continua longtemps. Il expliqua que l'amour peut éclore dans certaines conditions. La propre mère de Piero n'était-elle pas folle amoureuse de Cosimo, son père ?

— ... Et tu conviendras avec moi que ton père est sans doute un génie, mais que sa séduction laisse à désirer... Un homme n'a pas besoin d'être beau pourvu qu'il soit intelligent, cultivé...

Lorenzo ne croyait pas un mot de ce qu'il disait. Il parlait pour effacer du visage de Piero l'angoisse de qui se sait condamné.

Bercé par la voix de son oncle, exalté par ses paroles, Piero baissait la tête. Bien qu'il luttât encore, malgré lui, l'espoir l'envahissait. Il appuya son front sur ses mains et, fermant les yeux, il évoqua le visage de Lucrezia. La voix de Lorenzo lui parvenait, incompréhensible, et cependant si réconfortante. Ainsi une femme intelligente pouvait l'aimer, lui, Piero ?... Et Lucrezia, bien que si jeune, était intelligente. Savait-elle qu'il l'aimait ? Et si elle apprenait qu'il l'aimait, quelle serait sa réaction ? « Une jeune fille comme elle, si fine, si intelligente peut ne pas te rejeter... », disait son oncle Lorenzo.

« Une jeune fille comme elle pourrait m'aimer », traduisait Piero. Son cœur battait. Un avenir resplendissant de bonheur se dessinait maintenant devant lui. Son imagination débridée allait bon train. Quel sot il avait été ! Et les visites que faisait Lucrezia en compagnie de son père ou de son grand-père ? Cela n'avait-il donc aucune signification ? Et ce regard chaleureux, amical qu'elle jetait sur lui ? Et ces longues conversations qui n'en finissaient pas ? Peut-être l'aimait-elle après tout ? Il allait lui parler... Il allait... pas plus tard que demain... ou au début de la semaine prochaine... Il lui dirait... Et si elle disait oui ?... Déjà, il se voyait demandant à son père la permission d'épouser la petite Lucrezia. Il savait d'instinct que cette permission serait accordée. Il voyait ses parents allant demander sa main. Rien ne s'opposerait au mariage. Les noces auraient lieu trois semaines au plus tard après la demande... Le Dôme enfin achevé ruissellerait sous les fleurs... Tout Florence serait sur le parvis, admirant la jolie Lucrezia Tornabuoni devenue épouse Médicis... Tous allaient féliciter Piero, qui à l'évocation de cette scène souriait de bonheur.

— Eh bien ?... qu'as-tu à rire tout seul comme un imbécile ?

La voix de Lorenzo fit sursauter le jeune homme qui revint sur terre.

— Vous savez, oncle Lorenzo... Je crois que, dans deux ou trois ans... oui, vraiment, dans deux ou trois ans au plus tard... eh bien ! j'épouserai Lucrezia Tornabuoni, ou alors, j'en mourrai...

Inquiet, Lorenzo dévisagea son neveu. Bien qu'il eût envie de se lever et de le prendre dans ses bras comme il le faisait il y avait encore quelques années, quand l'adolescent chancelait de fatigue et de douleur, il ne bougea pas. Le moindre mouvement provoquait une violente quinte de toux qui se terminait toujours par une hémorragie. « Il faut que je me garde vivant pour aider Piero à se sortir de cette affaire-là ! Epouser Lucrezia Tornabuoni ! Pauvre garçon ! Elle est destinée à un tout autre avenir. »

Il aurait aimé lui parler encore, le mettre en garde contre le monde qui s'ouvrait à lui, contre Lucrezia Tornabuoni elle-même qui, malgré toutes ses indéniables qualités, était d'une tout autre trempe que Piero. Lorenzo avait parfaitement jugé la jeune fille. C'était une réaliste, passionnée et résolue, parfois jusqu'à l'obstination. Ambitieuse, elle ne se cachait pas de rêver d'un brillant mariage... Epouserait-elle Piero ? (Son premier choix, aussi sincère fût-il, ne l'avait-il pas tout naturellement portée vers un Médicis ? Et si Filippo avait vécu, c'était lui qui aurait été considéré comme héritier !) Rien ne permettait de l'affirmer. Mais si cela devenait possible, Piero allait connaître sans doute le pire. Le monde, pour cet idéaliste, sentimental et tendre, si vulnérable, était hérissé de glaives sur lesquels il allait continuellement s'empaler. Il n'avait pas d'armure, pas de bouclier pour se protéger, et son amour fou, son amour aveugle pour Lucrezia se révélerait une source de dangers sans fin.

Le comte Vernio de Bardi ne s'était encore résolu à rien. De temps à autre il apercevait Lucrezia au hasard d'une fête ou d'une promenade. Une Lucrezia jamais seule, toujours avec sa mère ou sa duègne, mais qui parfois le regardait longuement, fixement.

Alors il revenait de cette rencontre furieux contre lui, contre la société, contre Lucrezia même. « ... Cette petite sotte ! qu'espère-t-elle de moi ?... Qu'a-t-elle à me regarder ainsi ?... Dévergondée... Est-ce ainsi qu'elle a séduit le malheureux Filippo ?... » Et il imaginait les deux adolescents s'offrant l'un à l'autre, sans arrière-pensée, dans l'absolue pureté d'un amour d'enfants, et sa rage devenait souffrance jalouse et meurtrière. Ce qui le faisait le plus souffrir était qu'il ne pouvait se confier à personne. Il devait vivre avec sa passion, et faire comme si celle-ci n'existait pas.

Toutes les nuits, maintenant, il allait rejoindre la célèbre courtisane Raffaella qui réunissait chez elle la fine fleur des prostituées de luxe... Raffaella le comprenait, et sans doute avait-elle mis un nom sur la passion du comte Vernio. Mais bonne fille, discrète et intelligente, elle ne souffla mot de ce qu'elle avait deviné. Le matin, le comte Vernio rentrait chez lui, les paupières plombées, les yeux cernés de mauve.

Il passait ses journées ainsi, à se promener par la ville, dans l'espoir d'une rencontre imprévue — entrevoir Lucrezia ne fût-ce qu'une seconde. Il éprouvait une répugnance grandissante à rester chez lui, dans ce palais où Lisetta, incapable de bouger désormais, sur le point d'accoucher, geignait sans cesse, irritante et pitoyable, le réclamant auprès d'elle en permanence.

Tout alla relativement bien jusqu'à la veille du jour de l'an 1437. La neige tombait en épais flocons... Et jeunes et vieux s'amusaient dans les rues de la ville qui s'apprêtait à célébrer l'an neuf dans la liesse.

Tout Florence, sauf au palais Caffarelli. Dans la grande chambre à coucher, régnait depuis l'aube un va-et-vient pressé, inquiet de matrones, de médecins coiffés de la toque rouge et de parents de Lisetta de Bardi. Le prince Caffarelli regardait son gendre avec une expression haineuse et froide. Homme sec et dur, d'une taille très au-dessus de la moyenne, sa seule passion était sa fille Lisetta. Il avait voulu l'élever comme le faisaient certains érudits qui donnaient à leurs filles une éducation soignée où la culture avait une place prépondérante. Mais Lisetta était ou trop jeune ou trop encline à la paresse pour suivre son père dans cette direction. Elle avait voulu le comte Vernio et elle l'avait obtenu, « au prix de sa vie... », songeait avec douleur le prince Caffarelli. « Il a engrossé mon enfant, comme un bouc... sans penser un instant qu'elle était bien jeune, bien mal préparée à cela... »

Il se tenait immobile dans l'encoignure d'une fenêtre. Dehors, on entr'apercevait le jour gris et neigeux, tapi dans les ombres que laissaient filtrer les tentures de velours. La princesse Caffarelli, agenouillée, priait éperdument, les yeux fixés sur *Le Couronnement de la Vierge,* une œuvre superbe de Fra Angelico.

Lisetta était au seuil de la mort. Tous, dans cette pièce sombre, à peine éclairée par le feu de la cheminée, le savaient. Furtivement, les regards se posaient sur le prince Caffarelli et sur le comte Vernio. Celui-ci, pâle, effondré, s'efforçait de prier. Des mots sans suite, oubliés depuis des lustres, se pressaient dans sa tête enfiévrée, assaillie par le remords. « Mon Dieu, protégez cette pauvre petite... Mon Dieu, pardonnez-moi... » Soudain, des sonnettes tintèrent. Le comte Vernio tourna la tête, et stupéfait d'horreur, il vit le prêtre et des enfants de chœur venus d'urgence apporter les derniers sacrements de l'Eglise.

A la vue du prêtre, Lisetta poussa un cri :

— Non... non ! je ne veux pas ! pas lui ! Je ne veux pas mourir... Empêche-le, Vernio ! Je t'en prie ! Empêche-le...

Et comme il allait se précipiter pour mettre le prêtre dehors, il en fut empêché par le prince Caffarelli et l'un des médecins.

— Vous sentez-vous le droit d'empêcher ma fille de mourir en chrétienne ? dit le prince Caffarelli d'une voix terrible.

— Vous êtes fou !... balbutia le comte Vernio, vous rendez-vous compte de ce que vous faites !

Le prêtre s'était agenouillé auprès de Lisetta et lui parlait longuement. La jeune femme tentait de réprimer ses sanglots en hoquetant comme une enfant en proie à un immense chagrin. Petit à petit elle s'apaisa. Le prêtre avait posé la main sur son front et la bénissait. Une paix et une sérénité indicibles envahissaient Lisetta tandis qu'elle se cramponnait à la main rassurante de cet homme de haute stature, portant une si belle chasuble brodée d'or. Doucement elle caressa l'étoffe lumineuse. « ... C'est beau..., dit-elle d'une voix lasse, ... quelles jolies broderies... Je ne vais pas mourir, n'est-ce pas ? »

Alors de nouveau le prêtre se pencha vers elle, et parla à voix basse. Mais Lisetta, secouant la tête, répétait encore et encore :

— ... Je ne veux pas... je ne veux pas... Vernio ! Empêche-le... Dis-lui de partir...

Après une dernière bénédiction, le prêtre se leva et s'en alla. Les douleurs avaient repris, plus rapprochées, plus violentes aussi. — « Maman..., gémissait Lisetta... Maman... Je veux maman... »

Soutenue par des oreillers, elle reprenait son souffle entre deux hurlements. Toute l'anxiété de l'animal traqué à mort était dans ses yeux affolés qui allaient de l'une à l'autre des personnes présentes.

Puis elle demanda à Vernio de s'approcher.

— Je t'aime..., balbutia-t-elle... J'étais si contente de te donner un fils !... Je ne veux pas mourir... J'ai peur... s'il te plaît... s'il te plaît...

Alors Vernio la prit contre lui, la berça doucement :

— ... Tu ne mourras pas... je te le promets... C'est difficile, je sais... Tu verras, tout ira bien...

Les douleurs se succédaient avec rapidité, ne laissant plus de répit à Lisetta qui maintenant hurlait sans discontinuer. Elle ouvrait les jambes comme le lui commandaient les matrones. Deux sages-femmes vérifiaient si l'enfant se présentait, hochant la tête, et chuchotaient entre elles.

A ce moment précis, il y eut un fait nouveau. Les eaux ruisselèrent, et presque dans le même instant l'enfant se présenta.

— Cela ne va pas ! dit la voix affolée d'une matrone. Il se présente par le derrière !

Alors il y eut un grand remue-ménage, des cris, des gémissements. Le visage caché dans ses mains, le comte Vernio s'efforçait de prier, mais aucun mot ne venait. Le remords, le chagrin, la compassion avaient fini par briser son cynisme. « Lisetta... ma Lisetta. Seigneur, ayez pitié au nom de Votre Bienheureuse Mère... » Lisetta le visage hideux, convulsé, poussait des hurlements sauvages.

De nouveau il y eut des exclamations... un long cri d'effroi, et ensuite le silence. Un silence absolu, apaisant, si apaisant après ce tumulte que, soulagé, le comte Vernio redressa la tête, presque souriant. Enfin, c'était fini !... Il tourna la tête vers le lit où régnait un calme étrange. A l'aide de petits ciseaux d'or, une matrone coupait le cordon ombilical, une autre s'efforçait de juguler le sang qui coulait le long des cuisses ouvertes de Lisetta. C'était un spectacle obscène, répugnant... Fasciné, en proie à la peur la plus atroce qu'il eût jamais connue de sa vie, le comte Vernio regarda enfin sa femme. Le visage blanc, les yeux largement ouverts, fixes, elle paraissait détendue. Si paisible après l'effort qu'elle venait de fournir, si fraîche, une enfant, aux joues rondes, pâles, cireuses.

Pétrifié, le comte Vernio ne bougeait pas. « Il faut lui fermer les yeux... », murmura une voix à côté de lui. Et comme il ne bougeait toujours pas, ne paraissant pas comprendre le sens précis de cette phrase, « ... il faut fermer les yeux de votre femme ! » répéta la voix.

Toujours hébété, le comte Vernio s'approcha, posa un instant la main sur le front de Lisetta comme pour la bénir, et lui ferma les yeux.

Maintenant Lisetta paraissait dormir... Comme dans un cauchemar, le comte Vernio percevait les sanglots des parents de Lisetta, puis les cris du nouveau-né. Il se pencha vers la matrone qui allait emmailloter l'enfant, qui remuait, informe et gémissant... C'était une toute petite chose gluante que les matrones essuyaient délicatement à l'aide de linges fins.

— Il est si petit... si petit..., murmura le comte Vernio bouleversé, penché sur celle qui tenait l'enfant.

— Il va falloir lui trouver une nourrice..., marmonna-t-elle.

— Est-ce une fille ou un garçon ? demanda le comte Vernio.

— Une fille ! dit la matrone surprise... Une bien belle petite fille..., répéta-t-elle en lui montrant l'enfant.

Le comte Vernio eut un frémissement de pitié pour la nouveau-née. « Pauvre petite, pensait-il. Ma pauvre petite ! se répétait-il. Elle va grandir, devenir jolie. La vie va dérouler devant elle toutes ses promesses menteuses, tous ses espoirs trompeurs... et un jour elle se mariera en apportant beaucoup d'argent à quelque pourceau qui l'engrossera et la tuera comme je l'ai fait à sa mère. Ma pauvre petite, ma pauvre petite.. » Alors seulement il prit l'enfant dans ses bras et ne put réprimer ses larmes. Il pleurait sur Lisetta, sur l'enfant, sur toute l'horreur de la destinée humaine...

Les semaines suivantes, le comte Vernio fit en sorte de voir souvent Lorenzo de Médicis. Celui-ci vivait seul, le plus souvent dans sa villa de Careggi. Florence lui rappelait trop de mauvais souvenirs, et il craignait le hasard d'une mauvaise rencontre. Que ferait-il s'il revoyait Ginevra ?... Lorsqu'il y était obligé, il allait rejoindre son frère Cosimo à la Seigneurie, y passait la journée et retournait le soir même à Careggi quels que fussent l'heure et le temps. Il s'était pris d'amitié pour le comte Vernio, bien que tout séparât les deux hommes... Quelque chose les réunissait. La mort les avait également blessés — Lorenzo avait perdu un fils jadis —, et l'amour n'avait été pour eux qu'une source de souffrances. Lorenzo s'était éloigné de la religion, mais non de sa croyance en Dieu. Sa bonté naturelle, son souci des autres ne pouvaient admettre l'idée de l'inutilité profonde de l'univers, comme le prétendait le comte Vernio.

— ... Peut-être tout cela est-il nécessaire? Peut-être que toutes ces souffrances ont une signification? disait Lorenzo.

— Quelle signification? Pensez-vous sincèrement que Dieu a un œil fixé sur nous et nous juge d'après nos actes?... Si Dieu existe, Il se soucie de nous comme je le fais de ce papillon! (ce disant, le comte Vernio frappa méchamment de sa paume un splendide papillon posé sur un mur). Voilà. Voilà exactement ce que nous sommes aux yeux de Dieu. Il nous a créés pour nous laisser entrevoir mille félicités, peut-être même le bonheur... Et lorsque le bonheur est à portée de notre main, Il abat un grand coup... Je Le soupçonne de rire dans Sa barbe céleste de notre déconvenue, de nos malheurs et de nos larmes... Pourquoi faire mourir une innocente de quatorze ans? Pourquoi pas moi? Moi qui suis le méchant, le mécréant... Elle était la gentillesse, la bonté... Elle croyait en Dieu... et en moi... Pauvre petite sotte!

Lorenzo scrutait le visage du comte Vernio. Pâle, il avait maigri, des rides sillonnaient son front et sa bouche se plissait avec amertume.

— Qui est Dieu? Pourquoi a-t-il créé l'univers? continuait le comte Vernio. Pour une raison tellement stupide, tellement enfantine qu'on a peine à le croire... Dieu nous a créés pour témoigner de son existence... Que répondre à cela? Qui peut répondre de cela? Sans nous, sans l'univers, sans l'humain pensant et courbé devant Lui, Dieu n'existe pas! Nous sommes les seuls témoins de Son existence!... Ah! ah! Sans nous Il n'existe pas!... Il ne pouvait se contenter d'exister tout seul dans son firmament, tranquille et somnolent. Non! Il Lui était nécessaire de créer des témoins de Son génie... Un homme à Sa ressemblance! Belle ressemblance en vérité! Ainsi Dieu a les mêmes désirs? les mêmes haines? la même mesquinerie? la même avarice que nous les hommes, Ses fils?... Ridicule!... Qu'est-ce que tout cela veut dire? Est-ce pour cela que Lisetta est morte? Que ton fils, ce petit garçon innocent, est mort? Est-ce pour cela que des misérables meurent de la peste ou de la lèpre : pour témoigner de l'existence de ce vieux fou?

— Arrête!... Tu blasphèmes!... Dieu t'a donné la vie... La vie, malgré toutes nos souffrances, est le plus beau, le plus merveilleux des cadeaux... Vivre ! N'est-ce pas merveilleux de vivre ? de respirer les odeurs du matin ? de voir ton enfant grandir et, dans une chaîne continue et sans fin, chacun d'eux portant à travers l'éternité une parcelle de toi, te donner des petits-fils et des arrière-petits-fils ? Dieu t'a offert l'amour et l'univers... Mais pour participer à l'Amour universel il faut un cœur, des yeux, des oreilles. Tu as le choix...

Lorenzo s'exaltait. La fièvre brûlait ses joues d'une mauvaise couleur rouge. Ses yeux brillaient, hallucinés. Une quinte de toux l'interrompit.

— Tu as le choix..., répéta-t-il après avoir repris son souffle.

— Quel choix ? ricana le comte Vernio. Choisit-on de vivre ? Choisit-on de naître homme ou femme ? Choisit-on le lieu, la famille, le siècle de notre naissance ? Où est le choix, la liberté ? Dieu nous a-t-il demandé notre avis avant de nous précipiter sur terre ?

Doucement Lorenzo posa la main sur l'épaule de son ami.

— Dans la Bible des Hébreux, il est dit : « Tout est écrit. Il te reste le choix. » Le choix de suivre le bien ou le mal, et on sait toujours quand on choisit le mal ! Le bien, on ne sait pas... enfin pas toujours... Mais le mal !... C'est la pente la plus facile, la satisfaction de nos plaisirs les plus vils et les plus immédiats... Vivre, ce n'est pas cela. Vivre, c'est aimer l'autre, c'est aimer la plus petite parcelle de ce qui nous entoure... C'est respecter la nature des choses.

De nouveau le comte Vernio eut un ricanement déplaisant.

— Autrement dit, pour satisfaire Dieu, choisissons librement de renoncer à tous les plaisirs de la terre, les seuls qui donnent une valeur plaisante à la vie... Choisissons de nous flageller et de souffrir, puisque c'est pour cela qu'Il nous a donné la vie !...

Les deux amis tenaient ce genre de conversation jusqu'aux petites heures du jour. Parfois, le comte Vernio évoquait Lisetta :

— Jamais je n'aurais dû l'épouser... Jamais ! C'était une si jolie petite fille, inoffensive, un peu sotte, toujours préoccupée de ses toilettes... Mais elle était douce et gentille, et n'a jamais commis la moindre mauvaise action. Son âme était aussi pure que celle d'une enfant qui vient de naître...

Lorenzo l'écoutait, compatissant. D'autres fois, les rôles entre les deux hommes étaient inversés. Lorenzo se laissait aller à sa douleur et à sa rage contre sa femme Ginevra, se répandant en imprécations féroces contre la gent féminine, inconstante et sotte. « ... Parfois j'ai envie de te suivre dans tes malédictions contre Dieu !... Il a créé la Femme ! Voilà encore une bien fichue idée ! Après avoir créé l'Homme — cet animal sans intérêt —, voilà qu'Il lui donne une compagne ! une compagne à qui nous sommes redevables de nos plus grandes souffrances ! » Alors le comte Vernio consolait, temporisait, expliquait que si l'on cessait d'élever les femmes comme de futures servantes, et des imbéciles, que si au contraire on leur donnait la même éducation qu'aux hommes, alors sans doute seraient-elles moins dangereuses... ou moins sottes...

Les mois glissèrent imperceptiblement... janvier, février, mars jusqu'au premier jour de mai. Pour la première fois depuis des semaines, le comte Vernio était plein d'allégresse. Il était libre, sa petite fille Bianca était un ravissant bébé qui comblait de joie sa nourrice et ne lui donnait aucun souci, et Cosimo de Médicis venait de lui offrir de prendre la direction d'une compagnie bancaire à Lyon ou à Rome. Le comte Vernio hésitait. Il en parlait souvent autour de lui, demandait conseil. De nouveau l'avenir s'ouvrait devant lui, avec des coutumes, des pays, des visages nouveaux à découvrir. Sachant que le jeune Giovanni Tornabuoni était tenté par la direction de la banque de Rome, et surtout par désir de connaître la France et par goût des voyages, il opta pour Lyon. Il supputait de s'arrêter quelques semaines en Avignon, et le palais Cafarelli où il demeurait encore, mais dont l'atmosphère commençait à peser lourdement sur son humeur, résonnait déjà du bruit de son prochain départ.

Par bouffées intermittentes, le souvenir de la passion qu'il avait éprouvée l'année précédente pour la petite Lucrezia lui revenait en mémoire et le laissait stupéfait. « Comment ai-je pu aimer cette enfant ? A peine une jeune fille !... Quel sot j'ai été... » Son regard s'était, à plusieurs reprises, posé sur la fille d'Andrea Martelli, fournisseur d'armes de la Seigneurie, Franca, une fort belle Florentine de vingt ans, aux longs cheveux roux, à la peau blanche, et dont les jolis yeux noirs et vifs s'alanguissaient lorsqu'ils se posaient sur le comte Vernio. Lorsqu'ils étaient en présence l'un de l'autre, elle s'approchait de lui, l'effleurant de jolis gestes caressants, le provoquait par des œillades étourdissantes et riait, ouvrant largement la bouche, laissant voir des dents blanches, petites et bien rangées, une langue mobile, humide, rouge, chaude... Alors le comte Vernio souriait. C'est avec un trouble plaisir qu'il s'apprêtait à retrouver la jeune fille, soit chez son père qui l'invitait souvent, soit chez Cosimo de Médicis, qui voyait d'un œil complice se dessiner une union qui l'arrangeait par bien des côtés.

Florence au mois de mai était en liesse. La préparation des tournois traditionnels, de la course du Palio[1] et des multiples autres jeux publics occupait tous les esprits. Les orchestres populaires répétaient les musiques de danse qu'ils allaient jouer à chaque coin de rue, sur toutes les places. Certains jeunes gens et jeunes filles n'attendaient pas l'heure des festivités et s'arrêtaient dans leurs occupations pour danser une tordiglione ou un tambourin et surtout quelque brando, jolie et joyeuse danse. C'était fort agréable de se promener dans les rues de Florence en ce mois de mai 1437... Le soleil brillait et la chaleur était encore supportable.

La nuit tombait quand le comte Vernio et Francesco Tornabuoni sortirent de la Seigneurie après une réunion houleuse sur la nécessité de faire transférer le Concile — après l'échec de Bâle — de Ferrare à Florence...

— Finalement le pape se range à l'avis de Cosimo, dit Francesco. Il ne restera à Ferrare que quelques mois ou deux ans, tout au plus...

Le comte Vernio attira l'attention de Francesco sur la mesquinerie des bourgeois florentins qui hésitaient à avancer les dépenses somptuaires que ce transfert allait exiger, tout en admettant que la

1. Le Palio est un étendard, remis au vainqueur d'une course de chevaux traditionnelle. Il est en brocart, fait en deux parties, l'une rouge sombre ornée d'un lys d'argent doré, et l'autre, ornée d'un lys rouge sur fond blanc (les armes de Florence).

venue à Florence de milliers de personnages de haut lignage les rembourserait au centuple !

— Les sots ! dit le comte Vernio. Leur arracher quelques ducats, c'est leur arracher les tripes !

Dans le crépuscule doré de mai, les deux hommes traversaient à cheval le Ponte Vecchio. Ils allaient au pas et seuls résonnaient les martèlements mesurés des sabots.

Francesco Tornabuoni était heureux. Ses affaires allaient on ne peut mieux et la compagnie du comte Vernio lui était moins déplaisante que l'année précédente. Les accords passés avec l'armurier Martelli et Cosimo de Médicis allaient décupler la valeur de ses mines de fer et son fils Giovanni était à la veille de prendre la direction d'une banque Médicis. Oui, en vérité, Francesco Tornabuoni était satisfait. Il était même si satisfait qu'oublieux de la vague crainte qui s'était emparée de lui quelques mois auparavant lorsque Lucrezia et le comte Vernio s'étaient rencontrés, il s'écria :

— A propos ! Il y a chez moi une jeune amie de Lucrezia arrivée tout droit de Venise. Une parente de la famille Scali. Elle voulait assister au Palio. Que diriez-vous de vous joindre à nous ? Nous pourrions continuer à discuter de nos projets ? A moins que nous ne finissions cette partie d'échecs commencée il y a six jours et restée inachevée ? Vous souvenez-vous de la place de vos pions ?

— Je m'en souviens fort bien..., dit lentement le comte Vernio. Vous étiez en mauvaise posture, une de mes tours attaquait votre roi, et votre dame était bloquée par un cavalier et par un fou...

— Fichtre ! Quelle mémoire !... Alors, c'est dit ? Vous venez ?

Le comte Vernio hésita une seconde.

— ... C'est dit, fit-il enfin à voix basse.

Francesco le dévisagea, intrigué. Son ami avait l'air soudain soucieux et de mauvaise humeur... « Ah ! ah !... j'y suis ! pensa-t-il avec gaieté. Sans doute Vernio avait-il d'autres projets. On le voit sans cesse tourner autour de Franca Martelli... »

Après avoir donné un léger coup de cravache à son cheval, le comte Vernio prit la direction du palais Alessandri. Francesco le suivit, un peu étonné par le mutisme soudain de son compagnon, bouleversé à l'idée de revoir Lucrezia. Mais lorsque les chevaux s'arrêtèrent devant le perron du palais Alessandri, son émotion se dissipa tout à fait et le comte Vernio fut simplement heureux de pénétrer dans une maison amie, et d'y retrouver une jeune et jolie personne, espiègle et gaie. Il entendait déjà la voix de Lucrezia, respirait son léger parfum d'iris, voyait briller ses yeux noirs... « Drôle de petite personne, tout de même ! Moins jolie que Franca Martelli, mais si attachante... »

Et pour la première fois depuis des mois, en pénétrant dans la grande salle tout illuminée, le comte Vernio de Bardi se sentit délivré d'un poids. Quelque chose renaissait en lui, un espoir, une ardeur, une ferveur aussi...

Lucrezia était assise, un luth entre ses mains, et chantait. Toute une assemblée s'était groupée autour d'elle, écoutant religieusement sa voix grave, chaude, aux inflexions sensuelles.

Lucrezia Tornabuoni avait la réputation d'être une excellente musicienne. Le son du luth, plaintif et tendre, accompagnait son chant. A chaque réunion, invariablement, on lui demandait de terminer la soirée par quelque romance. Ce soir-là, elle chantait une vieille chanson connue depuis la nuit des temps, inventée probablement par une jeteuse de sort et que les jeunes filles chantaient pour que l'homme dont elles étaient éprises les aimât à leur tour :

Avant que le jour ne s'éloigne
Fais qu'il vienne à ma porte
Celui que j'attends depuis toujours
Que mon amour le perce
Comme je fais de ce cœur...

A ce moment du chant, la jeune fille perce un cœur fait d'une mie de pain pétrie, mêlée de centre chaude et d'ingrédients divers. Et c'est exactement ce que fit Lucrezia, au milieu des éclats de rire.

— Qui est-ce, Lucrezia ? Qui est-ce ?... Giovanni Guidicelli ? Piero de Médicis ?...

... Que mon amour le perce...
Comme je le fais de ce cœur !...

chantait Lucrezia en riant, tout en perçant l'objet à coups d'épingle.

Personne n'avait vu le comte Vernio ni Francesco Tornabuoni

qui s'étaient dissimulés derrière une portière, attendant que Lucrezia finisse son chant. Lorsqu'elle eut achevé les deux hommes parurent enfin au milieu des exclamations de joie. D'un bond, Lucrezia s'était redressée, les joues rouges, les yeux plus brillants que jamais. On aurait dit qu'elle brûlait d'une flamme intérieure qui la rendait plus belle qu'elle n'était en vérité.

— Comte Vernio ! s'écria-t-elle et sa voix grimpa vers l'aigu sous l'effet de la surprise.

Toutes les jeunes filles entouraient maintenant le comte Vernio qui se dirigeait en souriant vers Lucrezia.

— Eh bien ! Signorina Lucrezia, c'est une bien jolie chanson que vous chantiez là... Peut-on savoir à qui vous pensiez lorsque vous avez fixé votre épingle sur ce cœur-de-cendre ? Est-ce indiscret ?

— C'est... c'est on ne peut plus indiscret, comte Vernio !

Son émotion se lisait dans le regard qu'il posait sur Lucrezia. Comment avait-il pu oublier qu'il l'aimait ? Il prit sa décision à cet instant précis. Il demanderait Lucrezia en mariage. Après tout il était veuf, sans fortune mais d'excellente naissance, et l'appui politique qu'il pouvait apporter aux Médicis ou aux Tornabuoni était loin d'être négligeable. Certes, il savait mieux que personne que la maison dont il était issu avait meilleure réputation que lui-même, mais son nom était intact et remontait à la nuit des temps. Son cousinage avec Contessina de Médicis pouvait aussi peser favorablement dans la balance.

Il se pencha vers Lucrezia et dut prendre sur lui pour ne pas l'étreindre devant toute l'assemblée.

— Lucrezia..., petite Lucrezia..., murmura-t-il. Comme vous m'avez manqué durant tous ces mois...

— Pourquoi n'êtes-vous pas venu nous voir depuis... depuis si longtemps ? demanda Lucrezia. Pourquoi ?... Eh bien ?

— Que de pourquoi, Lucrezia ! Ignorez-vous que la curiosité est un vilain défaut ?

— Je ne suis pas une petite fille, comte Vernio ! Cessez donc de me parler comme si j'étais encore au berceau !

— Je sais... Vous êtes une grande jeune fille à marier, à ce qu'on dit... Y a-t-il un élu ? Pour qui chantiez-vous, Lucrezia ?

Lucrezia baissa la tête. Une vive rougeur empourpra son visage. Elle avait conscience maintenant que des regards se tournaient vers eux.

— Oui, comte Vernio... je vous le dirai sans doute. Plus tard... Je dois rejoindre les autres...

— Ils peuvent attendre ! Dites-moi ! Dites-moi tout de suite.

Il la tenait par le bras, troublé par cette proximité, insouciant des regards qui maintenant ne les quittaient plus.

— Lâchez-moi ! chuchota Lucrezia. On nous regarde... Si vous voulez vraiment savoir « qui », c'est vous. Voilà... Vous.

Stupéfait, il lâcha le bras de Lucrezia. Celle-ci se précipita alors vers le groupe animé que formaient ses sœurs et ses amies, en riant d'un rire qui sonnait faux. Puis elle se mit à danser une lavanderine endiablée.

Le comte Vernio fut arraché à sa rêverie par Francesco Tornabuoni qui s'était approché de lui.

— Comment trouvez-vous ma petite Lucrezia ? dit-il avec orgueil. N'est-ce pas là une petite personne fort originale ? Nous allons bientôt penser sérieusement à la marier. J'ai déjà une idée sur mon futur gendre. J'aimerais votre avis là-dessus.

— Ah !... dit le comte Vernio.

— On dit Piero de Médicis amoureux fou de ma Lucrezia. Ne serait-ce pas là un beau parti ?

— En effet... Le plus beau parti de Florence. Mais Lucrezia est encore bien jeune...

— Bah ! Sa mère était plus jeune lorsque je l'ai épousée ! Je pense que c'est Piero de Médicis qui manque un peu de maturité... Voilà un jeune homme à qui l'on ne connaît aucune maîtresse ! Cela n'est point bon ! Ne pourriez-vous l'entraîner un peu avec vous ? Il est bon qu'un garçon jette sa gourme avant le mariage... Emmenez-le donc quelquefois chez cette Raffaella où l'on vous voit si souvent.

— J'aime Piero comme s'il était mon propre frère..., dit lentement le comte Vernio. Et je ne l'entraînerai jamais dans ces parties fines.

Il y eut un instant de silence et Francesco Tornabuoni dit alors, en détachant bien les mots :

— Parfois, même dans les familles les plus unies, deux frères peuvent s'entre-tuer pour capter un héritage... ou pour l'amour d'une femme... Il faut vous remarier, comte Vernio... sinon vous n'aurez pas de descendant et il serait dommage de laisser perdre un nom aussi illustre que le vôtre ! Il paraît que la petite Franca Martelli ne vous déplaît pas ? Pourquoi ne pas l'épouser ? Son père est fort riche. Il la dotera princièrement. Bien sûr, elle n'est pas noble... Mais qui a besoin de noblesse, comte ? Il vous faut un fils, mon ami !

— J'y songerai, Francesco, dit le comte Vernio, blême. Je pense que je vais me retirer.

— Allez, mon ami. Et songez à ce que je vous ai dit ! Un fils ! Le plus tôt possible ! Songez-y, comte Vernio. Et surtout... songez-y bien.

Le comte Vernio sortit du palais Alessandri en titubant. Alors qu'il montait sur son cheval, il entendit des pas précipités derrière lui. Il se retourna et vit Lucrezia. « Elle ne sera jamais à moi... », pensa-t-il. Longtemps il regarda la jeune fille, si lumineuse sous le clair de lune, semblable à un fantôme. Le fantôme de ses rêves perdus, de sa jeunesse enfouie à jamais dans la nuit des temps. Il fit faire une volte à son cheval et s'engagea dans la via Larga à peine éclairée par l'éclat lunaire.

Il n'avait pas fait vingt pas qu'une force plus impérieuse que sa volonté l'obligea à se retourner. La silhouette obscure de Lucrezia était toujours là, immobile, se fondant dans la nuit.

Le comte Vernio piqua des deux et disparut au galop.

Huit jours plus tard, après plusieurs nuits d'insomnie et de doutes le comte Vernio de Bardi s'attarda longuement auprès de sa petite fille. « Il faut donner une mère à cette enfant..., pensa-t-il. Lucrezia. Mais le voudra-t-elle ?... Et son père ?... »

Le poids de son passé lui parut soudain très lourd. Que de maîtresses, que de bâtards dont certains avaient été reconnus, d'autres laissés dans l'oubli. Que de jeunes filles déshonorées... Une longue théorie de Bianca, de Cosima, d'Antonella défila devant lui. Les unes en larmes, les autres hautaines, toutes brisées, perdues pour une heure de jouissance sans amour, parfois une nuit... Il ferma les yeux sur les frères et les pères morts de sa main en duel, certes, il ne pouvait donc être accusé d'assassinat. « Mais, pensa-t-il avec amertume, personne n'était de taille à lutter avec moi... » Personne. Aucune femme ne pouvait lui résister, et Lucrezia moins qu'aucune autre. Il n'avait qu'à tendre les bras, et elle serait à lui... Mais cette fois, il se rebellait. Il voulait la conduire à l'autel, il voulait s'agenouiller devant elle et lui offrir sa vie... Il voulait la rendre mère du fils qui perpétuerait son nom...

En proie à des pensées contradictoires, le comte Vernio décida de prendre conseil auprès de Lorenzo de Médicis. Il se fit conduire à Careggi et, là, dans le grand cabinet de travail de Lorenzo, il expliqua, raisonna, sans même entendre la réponse. Stupéfait, Lorenzo écoutait, partagé entre l'incrédulité et la tristesse. Il aimait le comte Vernio, et il aimait son neveu Piero. Mais le lien parental était le plus fort. En outre, que Piero, faible, malade, si vulnérable dans une société qui marchait armée et casquée, impitoyable aux plus démunis, se trouvât en rivalité avec le comte Vernio qui, d'une chiquenaude, pouvait remporter la victoire, le révoltait. D'ailleurs il avait peu à offrir au comte Vernio hormis de vagues formules, de la sympathie, de la compréhension : « ... Un homme doit toujours suivre sa conscience... il sait où se trouve son devoir... Là est le choix de vie que Dieu lui a laissé... » Mais tout en parlant, Lorenzo se demandait comment empêcher cela. Il était certain que le comte Vernio, en fin de compte, gagnerait. Quelle femme pourrait hésiter une seconde entre les deux hommes ?... Et l'évocation de la souffrance qu'éprouverait Piero lui était intolérable. « Comment empêcher cela ? pensait-il. Il faut que j'en parle à Cosimo... »

— Francesco Tornabuoni sera sans doute flatté d'une demande en mariage... enfin lorsque votre deuil sera fini... Mais c'est un homme âpre, qui n'a jamais assez d'argent... Qu'allez-vous lui répondre ?

Le comte Vernio fit un geste d'insouciance. Lorenzo hocha la tête, pensif, un demi-sourire ironique aux lèvres.

— ... Oui, je sais... Je pense comme vous, dit-il... L'Argent ! le seul, le véritable Dieu auquel se soumettent réellement les hommes... A plat ventre devant l'Argent... Prêts à renier père, mère, enfant, prêts à vendre leur âme, leur conscience au plus offrant... Tornabuoni... Médicis, Scali, Strozzi... Ah! nous sommes des dieux vivants... réels... Nous avons le véritable pouvoir puisque nous sécrétons de l'or... (Haletant il s'interrompit pour reprendre souffle.) L'argent c'est tout, pour les hommes! Tout... Il est Dieu! Dieu-bourreau, Dieu-tyran, c'est le ciel et l'enfer, la seule raison de vivre ou de mourir de nos chers concitoyens!... Vous n'aurez pas Lucrezia Tornabuoni que vous aimez et qui vous aime sans doute, parce que vous n'avez pas d'argent. Vous êtes d'une illustre famille, vous êtes beau, intelligent, célèbre, séduisant... Vous pouvez accumuler toutes les qualités humaines physiques ou intellectuelles que vous voulez, vous n'avez pas d'argent... Vous n'en avez pas, n'est-ce pas?

— Non... Pas un florin qui m'appartienne en propre.

— Alors vous n'êtes rien.

Le comte Vernio baissa la tête.

— J'épouserai Lucrezia...

— Non.

— Comment? Vous porteriez-vous contre moi?... Je vous croyais mon ami?

— Je le suis. Plus que vous ne l'imaginez sans doute en ce moment. Mais je connais Francesco Tornabuoni, et surtout je connais mon frère. Cosimo a décidé que Piero épouserait Lucrezia...

Quelques heures plus tard, le comte Vernio sortit. Abattu, et ne sachant toujours pas quelle décision prendre. « De toute manière il faut que j'attende la fin de mon deuil. Il serait inconvenant que je demande la main de Lucrezia six mois à peine après la mort de ma femme... »

Le jour tombait. Les pierres étaient tièdes d'avoir été chauffées toute la journée au soleil de mai, et l'air était calme et limpide. Le chant des oiseaux, mésanges, merles, rouges-gorges, résonnait dans la douceur du soir...

Le comte Vernio laissait son cheval aller au pas, rênes abandonnées sur l'encolure. Dans le ciel silencieux encore clair, là-bas vers l'ouest, la planète Vénus, assez haut sur l'horizon, brillait de tous ses feux... « Peut-être suis-je un sot?... Le monde est si beau et la vie pourrait être si simple... Pourquoi me torturer ainsi ?... J'aime Lucrezia Tornabuoni, c'est un fait. Mais je ne peux rien faire pour le moment... Allons donc voir Franca Martelli ! Après, nous aviserons. »

VI

SELVAGGIA

La seule personne qui paraissait comprendre, sans les approuver pour autant, les aspirations à l'indépendance de Lucrezia était son père. Lucrezia était extrêmement sensible à l'approbation paternelle. Lorsqu'elle traduisait un texte difficile d'Aristote, ou qu'elle avait particulièrement bien joué du luth, les deux premières personnes dont elle quêtait les louanges étaient son père et son grand-père. Bien qu'extrêmement flatté de savoir Lucrezia si originale, Francesco Tornabuoni était parfois dérouté par ce caractère si peu conforme à la féminité telle qu'il la concevait. « Elle est différente..., pensait-il. Tout à fait différente des autres oiselles de son âge... Elle mérite un autre destin... » Mais quel destin ? Riche, bien née, Lucrezia pouvait espérer un mariage digne d'elle, malgré l'ombre qui obscurcissait quelque peu sa réputation. D'ailleurs, qui se souvenait de cet épisode douloureux de sa vie ? Tant de mois s'étaient écoulés depuis ! En ces beaux jours de mai 1437, toute la ville se préoccupait du prochain Concile de Ferrare, faisant des paris pour savoir si Cosimo parviendrait à le faire transférer à Florence, et surtout on ne pensait qu'au prochain Palio qui aurait lieu le jour de la Saint-Jean, le 24 juin, et qui déjà occupait les esprits de l'aube au couchant.

L'insomnie tenait Francesco éveillé et il avait envie de parler de sa fille. Aussi, sans davantage se soucier du sommeil de Selvaggia, il la réveilla en sursaut.

— Il faut que je te parle ! Que penserais-tu d'encourager Piero de Médicis auprès de notre petite Lucrezia ?

Comme beaucoup de ses concitoyens, Selvaggia avait passé la journée à courir à droite et à gauche, à choisir les décorations et les tapisseries dont elle allait orner le palais Alessandri en vue du Palio, et elle était épuisée. Cependant la reflexion de son époux la fit sursauter et elle se redressa sur son séant.

Francesco s'était levé et, en chemise, marchait de long en large, tout à son idée. Il répéta, pensif, plus pour lui-même que pour sa compagne :

— Un tel mariage serait extrêmement avantageux. Si Piero la veut vraiment comme épouse, quelle chance ce serait pour elle ! Elle épouserait un Médicis... Que peut-elle rêver de mieux ? Cosimo s'enrichit de jour en jour. Il n'est pas un roi ou un prince en Europe qui ne lui soit redevable de quelque chose... Quant au pape... C'est à se demander s'il n'a pas besoin de l'autorisation de Cosimo pour ordonner évêques ou cardinaux !

Selvaggia, assise contre ses oreillers, ne disait rien. Songeuse dans la demi-obscurité de la nuit, elle fit un signe de tête qui pouvait passer pour un acquiescement.

— Que peut espérer de mieux Lucrezia ? reprit Francesco. Cosimo réduira Florence à sa merci. Cet homme a l'âme d'un dictateur même si ses convictions en refusent le principe. Faire partie de sa famille, c'est être gagnant sur tout. La puissance, l'argent, le pouvoir... Songes-y ! Un gendre Médicis ! Des petits-enfants Médicis !... Le mariage serait célébré par le pape en personne !

Francesco gonflait déjà sa poitrine d'orgueil... Ni le pape ni la religion catholique ne signifiaient grand-chose pour lui. Il n'était rien moins que religieux, bien qu'il aimât le rituel et le décorum de l'Eglise. Comme Cosimo, son admiration secrète, et sans doute ses convictions profondes, allaient vers le hussisme, et il cherchait la vérité dans la Bible des Juifs mais il se fût laissé pendre plutôt que d'en dire un mot, de crainte de passer pour un hérétique.

Selvaggia écoutait. Son instinct lui commandait de se taire. Elle-même avait souvent pensé, en voyant la cour timide que Piero de Médicis faisait à sa fille, que c'eût été une bonne chose si Lucrezia... Cependant quelque chose d'obscur, d'informulé la remplissait de crainte. Souvent Lucrezia l'irritait par sa personnalité, mais c'était aussi, de tous ses enfants, celle qui lui inspirait les plus vives inquiétudes. « Elle est née pour souffrir... et je ne pourrai jamais empêcher cela... », pensait-elle souvent.

— Mais... que va dire Lucrezia? Souhaite-t-elle une telle union ? A-t-elle laissé entendre quelque chose ?... D'après ton père, Lucrezia n'éprouve que de l'amitié pour Piero de Médicis. Bien sûr, il vaudrait mieux pour elle qu'elle épousât un Médicis plutôt qu'un benêt comme ce Giuliano Pitti ou ce sot de Paolo Strozzi. Penses-tu que Lucrezia puisse être amoureuse de Piero ?

Francesco Tornabuoni hocha la tête.

— Non. Elle ne l'aime pas et ne l'aimera jamais. L'amour, c'est Piero qui l'éprouve pour elle. Et c'est très bien ainsi ! A dire vrai, c'est Lorenzo de Médicis, son oncle, qui m'a touché quelques mots de cette passion. Voici deux ans que cela a commencé. Piero en est malade. Hier soir, Lorenzo m'a parlé avec beaucoup de tendresse de son neveu qu'il tient en haute estime, et je sais que Cosimo héritera de tous les biens de son frère. Le seul héritier des Médicis sera donc Piero... Je suis sûr que Lorenzo ne m'aurait rien dit s'il n'en avait d'abord parlé à Cosimo... Ah ! vraiment ce mariage me conviendrait tout à fait !

Selvaggia détourna la tête, et brusquement son visage fut dans l'ombre. Seules ses mains posées à plat sur la couverture étaient éclairées par l'éclat lunaire.

— Lucrezia est encore si jeune ! murmura-t-elle. Et elle n'est pas vraiment prête pour le mariage... N'as-tu pas remarqué comme elle est peu formée pour son âge ? Elle est grande, mais encore si maigre !... Et puis saurait-elle tenir une maison ? Elle a encore tout à apprendre !

Elle hésita un instant, puis une vive lueur anima son visage.

— Est-ce dans cette intention que tu t'obstinais à emmener Lucrezia avec toi chaque fois que tu rendais visite à Cosimo ? Si c'est dans ce but, je crains que tu n'aies fait preuve de précipitation. Je suis sûre qu'elle n'est pas éprise de Piero bien qu'elle paraisse apprécier sa présence... Elle n'est pas prête.

Francesco haussa les épaules et, soudain sombre, vint s'asseoir sur le rebord du lit.

Sans lui laisser le temps de répliquer, Selvaggia poursuivit :

— En revanche, pourquoi ne pas songer à marier Giuseppina ? Nous sommes là à parler de Lucrezia qui peut encore attendre... Mais Giuseppina ?... Ne trouves-tu pas étrange que nul ne l'ait jamais demandée en mariage ? On ne lui connaît aucune passion, aucun amoureux ne lui fait porter des fleurs ou ne lui donne la sérénade... Pourquoi Giuseppina, bien que plus jolie, plus gracieuse que Lucrezia, n'est-elle pas plus courtisée ?

De nouveau Francesco haussa les épaules avec humeur.

— Giuseppina est une vraie virago. Les épouseurs n'aiment pas beaucoup une femme qui leur tient tête. Elle est certes plus jolie que Lucrezia. Mais elle a la dent dure, et la réplique cinglante. Trouve-moi un honnête homme qui apprécie d'être tourné en ridicule après cinq minutes de conversation... D'ailleurs je lui ai trouvé un mari...

Selvaggia s'adossa contre ses oreillers.

— Et c'est maintenant que tu me le dis ! Qui est-ce ? Parle ?...

Déjà elle imaginait le mariage, Santa Maria del Fiore étincelante sous les bannières dorées...

Francesco se racla la gorge et annonça, abrupt :

— Martelli...

— Martelli ?... Mais Martelli n'a pas de fils... Il n'a qu'une fille, Franca, une petite gourgandine qui traîne partout... On la voit en ce moment avec le comte Vernio... Il n'a jamais eu, à ma connaissance, de fils... ni même de neveu...

— ... Il ne s'agit pas d'un *fils* Martelli ! s'emporta Francesco. Andrea Martelli est veuf et désire se remarier. Il a remarqué notre Giuseppina... Il l'aime et m'a demandé sa main pas plus tard que ce matin... Il n'a que quarante-cinq ans. C'est un homme dans la force de l'âge, sans compter qu'une union entre lui et ma petite Giuseppina arrangerait bien mes affaires... Imagine un peu : Martelli vend ce que je fabrique... De plus, il va s'associer à Cosimo de Médicis... A propos, t'ai-je dit que Cosimo allait confier une succursale à notre fils Giovanni ?... Dès que...

— Arrête de parler..., dit Selvaggia d'une voix blanche. Arrête !... Tu me noies sous un flot de paroles, pour me dire que tu vas marier ta fille, notre petite Giuseppina qui a tout juste dix-huit ans, à un veuf chargé de famille ?

— Une fille...

— De vingt ans ! Franca est plus âgée que Giuseppina... Lui en as-tu parlé ?

— Non. Et je t'interdis bien de le faire !... Rien n'est encore certain... Martelli est gourmand quant à la dot...

Selvaggia eut un petit ricanement douloureux :

— J'espère qu'il sera encore plus gourmand ! J'espère que son exigence sera telle que tu seras forcé de renoncer à cette folie !... J'espère qu'il demandera des centaines de milliers de florins ! Oui en vérité, voilà ce que je souhaite !

Longtemps elle continua ainsi devant un Francesco éberlué. Jamais il n'avait vu sa femme dans un tel état de fureur... On aurait dit que toute sa haine, toute sa rancune, tous ses regrets aussi, se déversaient brusquement, là, maintenant, au beau milieu de cette nuit de mai, tiède et silencieuse, dans cette chambre tout illuminée par l'éclat bleuté de la lune :

— ... Pourquoi faut-il marier nos filles sans même leur demander leur avis ?... Pourquoi ?...

Elle se tut enfin, les mains encore tremblantes.

La voyant plus calme, Francesco s'efforça à la sévérité :

— Parce qu'elles sont filles parbleu, et donc incapables de savoir ce qui est bon pour elles ou non... Vois l'état où tu te mets ! Un homme ne s'agiterait pas ainsi pour une bagatelle... Lucrezia sera heureuse avec Piero de Médicis, même si elle ne l'aime pas d'amour.

— Lucrezia est trop jeune, commença Selvaggia. Et si elle en aime un autre ?...

Elle s'interrompit et se mordit les lèvres. Elle ne voulait pas laisser échapper ce qu'elle soupçonnait. A savoir que Lucrezia était sans doute amoureuse du comte Vernio de Bardi.

Francesco haussa les épaules.

— Tu avais moins que son âge lorsque nous nous sommes mariés.

Selvaggia ferma les yeux. C'était vrai. A peine venait-elle de fêter ses quatorze ans qu'on l'avait traînée devant le prêtre, sans lui demander son avis, au côté de cet homme, ce Francesco Tornabuoni, qu'elle ne connaissait pas, et qui le soir de leurs noces s'était jeté sur elle et l'avait percée sans se soucier de sa terreur, de ses cris de souffrance. Depuis lors, après lui avoir fait six enfants dont quatre étaient restés vivants, il continuait avec une belle régularité à la forcer nuit après nuit.

— En effet..., murmura-t-elle d'une voix à peine audible. En effet, j'avais tout juste quatorze ans...

Elle l'observait avec rancune. Des réminiscences lointaines

jaillirent soudain dans son esprit. Dans sa jeunesse elle aimait la danse, la musique, et rire avec des compagnes de son âge. Deux d'entre elles étaient ses amies privilégiées : Contessina de Bardi et l'aînée des Strozzi, Alessandra. Au couvent, toutes les trois lisaient les vers de cette poétesse née à Venise et qui avait vécu en France, Christine de Pisan, et dont certains lui revenaient à présent en mémoire.

Or, sont ainsi les femmes diffamées
Par moultes gens et à grand tort blâmées
Tant par bouche que par plusieurs écrits :
Oui, qu'il soit vrai ou non, tel est le cri !
Mais moi, tout le grand mal qu'on en a dit
Ne trouve en aucun livre ni récit...
Par ces preuves justes et véritables,
Je conclus que tout homme raisonnable
Doit les femmes priser, chérir, aimer ;
Qu'il ait souci de ne jamais blâmer
Celle de qui tout homme est descendu.
Ne lui soit le mal pour le bien rendu.
... C'est sa mère, c'est sa sœur, c'est sa mie,
Ne sied pas qu'il la traite en ennemie...

Les vers se bousculaient dans sa tête, et la même sensation d'exaltation juvénile l'envahissait comme autrefois, quand la vie s'étendait devant elle en une longue route, droite et claire...

La voix de Francesco lui parvenait, indistincte, irritante, bourdonnement incompréhensible :

— Mais enfin ! Qu'as-tu à me regarder ainsi ?... J'attends ta réponse !

Quelle réponse ? Il lui avait donc posé une question ? Et il la sommait de répondre... Qu'avait-il à faire de sa réponse ? En tiendrait-il seulement compte ? Cet homme, son mari, s'était efforcé toute sa vie durant de l'anéantir, de la réduire à sa merci... « Il faut que je m'arrête de penser !... Il le faut ! » Mais malgré elle, une phrase revenait sans cesse : « Pourquoi suis-je obligée de vivre avec mon ennemi ? Si je pouvais partir... m'en aller loin... ne jamais revenir... »

Elle ferma les yeux, prise de vertige. « Drôle de chose que la mémoire..., songea-t-elle. ... Rien de précis... rien de réel... Une foule d'odeurs, d'impressions, une mosaïque de petites touches minuscules et brouillées que rien ne rattache l'une à l'autre... » Elle se souvenait d'une Selvaggia gaie et rieuse qui courait dans la campagne... Il faisait chaud, si chaud cet été-là... une canicule qui obligeait les Florentins à se calfeutrer chez eux... Que faisait-elle dehors? Vers quel rendez-vous secret courait-elle, bravant la chaleur et les interdictions... Un gros chien noir courait avec elle, il s'appelait... le nom lui échappait, comme lui échappait celui du jeune garçon qui l'attendait à l'ombre sous les cyprès...

Vingt-cinq années chargées de peines, de deuils pesaient sur ses épaules encore belles, sur son corps à peine alourdi, sur son visage fier et bien dessiné.

Etonné par son mutisme soudain, et peut-être par l'expression amère du visage de Selvaggia, Francesco reprit le fil de ses préoccupations :

— Un tel mariage... un tel mariage comblerait mes vœux. Cosimo ne peut que le souhaiter aussi... Il faut tout faire pour que Lucrezia y consente. Tu dois lui parler, l'encourager. Il faut qu'elle fasse comprendre à Piero que rien ne pourrait lui plaire davantage.

— Piero est infirme..., protesta encore Selvaggia. Pourquoi ne pas envisager une union avec son frère Giovanni?... Il est plus beau...

— Sans doute, rétorqua avec impatience Francesco. Mais il est trop jeune. A peine quatorze ans. D'ailleurs c'est Piero l'aîné, donc c'est lui qui héritera... Et puis c'est lui qui aime Lucrezia.

— Et Lucrezia? Quels sont ses sentiments? Peut-être aime-t-elle ailleurs? insista Selvaggia qui se rappelait le visage rayonnant de sa fille lorsqu'on annonçait la visite du comte Vernio.

Comme pour répondre à la pensée de sa femme, Francesco reprit avec véhémence :

— Je sais que le comte Vernio tourne autour de ma fille... Mais il ne doit pas y songer... Un homme sans le sou! Et qui ne rapporterait rien!

— Mais... Lucrezia? dit Selvaggia dans un souffle.

— Qu'importe? Si elle aime ailleurs, il faudra bien qu'elle oublie... Quoi qu'il en soit, elle aimera le mari que je lui donnerai, et les enfants qu'il lui fera. Elle ne peut espérer union plus belle que celle-ci!

Francesco Tornabuoni était sincèrement convaincu de faire le bonheur futur de Lucrezia.

La conversation entre les deux époux se poursuivit fort tard cette nuit-là. L'aube naissait. Là-bas, vers l'est, une lueur rose grandissante chassait l'obscurité du ciel. Les oiseaux entonnèrent avec un bel ensemble leur matinal concert, et les trilles du rossignol répondaient aux chants joyeux d'un pâtre emmenant ses moutons au pré.

Selvaggia se leva et, en chemise de fin linon se planta vers la fenêtre restée ouverte.

— Autrefois..., murmura-t-elle d'une voix inaudible, j'aimais courir, pieds nus dans la rosée de mai, lorsque se levait le jour...

Elle soupira. « Autrefois » était bien mort, et elle n'irait plus jamais courir pieds nus dans la rosée du matin.

Après cette discussion, Francesco décida de parler à Cosimo de Médicis des sentiments de Piero et de lui demander ce qu'il pensait d'une telle union. D'autre part, il prit le parti de ne rien dire à Lucrezia tant qu'il n'aurait pas la certitude que ce mariage était possible.

— Inutile de blesser et d'humilier notre enfant si cela ne se pouvait, conclut Francesco, convaincu que sa fille serait flattée et heureuse de devenir l'épouse de Piero de Médicis... Allons, ma chère, retournons nous coucher !... Nous l'avons bien mérité !

Etendu auprès de Selvaggia, Francesco réfléchissait. Les yeux fixés au plafond, son esprit vagabondait. Lorsque la veille, Lorenzo lui avait parlé de son neveu, il n'avait eu d'abord qu'une réaction d'agacement. Un infirme ! Sa petite Lucrezia l'épouse d'un infirme ! Puis, petit à petit, il avait été obligé d'admettre que cette possibilité de mariage offrait plus d'un avantage. C'était, d'abord, s'attacher définitivement à la maison des Médicis, ensuite c'était un mariage inespéré pour Lucrezia, et surtout pour la maison Tornabuoni. Piero de Médicis était une solution providentielle, l'une de ces chances qui se produisent rarement dans la vie d'un homme ambitieux. Et ambitieux, Francesco Tornabuoni l'était. Plus qu'il ne le soupçonnait lui-même. Il avait de la fortune et une influence politique certaine, mais il savait confusément que sans l'appui des Médicis, il ne serait jamais rien d'autre qu'un chef de clan, ou pis, l'un de ceux dont on aurait pu dire : « Ah ! il n'aurait fallu qu'une petite chance à Francesco Tornabuoni pour devenir gonfalonier de la République de Florence !... »

Et voilà que cette « petite chance », cette toute petite chance se présentait à lui ! Il ne fallait, en aucun cas la laisser échapper. Lucrezia l'écouterait ! Elle était assez intelligente et fine pour comprendre que l'ambition de son père devait nécessairement passer avant ses amours de fillette... « ... Etais-je épris de Selvaggia lorsque nous nous sommes mariés ? Et elle ? Elle ne m'avait vu qu'une fois, quinze jours avant notre mariage, puis le jour de nos noces... Cela nous a-t-il empêchés d'être unis, et heureux ? Ai-je jamais trompé ma femme ?... »

Francesco était satisfait de lui-même. Quel excellent mari il avait été ! Toujours présent, soucieux du bien-être de sa femme, la besognant toutes les nuits... enfin, depuis quelques années, presque toutes les nuits. Non, jamais il n'avait songé ne fût-ce qu'une seconde à chercher ailleurs, une jeunesse à qui il aurait fait un bâtard. C'était pourtant si courant dans son milieu... Il resta pensif encore un long moment. « Lucrezia sera heureuse avec Piero. Il l'aime comme un fou ! Lorenzo a été catégorique là-dessus. Il ne pense qu'à elle depuis son retour d'exil ! Un Médicis ! Ma Lucrezia pourrait épouser un Médicis ! Que peut désirer de plus ma petite fille ?... » Il frémissait de bonheur à l'idée de voir Lucrezia devenir une Médicis. Elle vivrait en permanence dans le nouveau palais que Cosimo avait fait construire. Il l'imaginait, souveraine, dans ce palais nouvellement achevé, dirigeant les domestiques et les esclaves circassiennes et arabes, en patricienne orgueilleuse, superbement habillée et parée des plus beaux joyaux ; l'été, elle organiserait des festivités réunissant des centaines de personnes dans les fastueux jardins de la villa de Careggi... Car nul doute que Lorenzo de Médicis ne ferait pas de vieux os et qu'il laisserait toute sa fortune à son frère Cosimo. Lucrezia allait connaître le bonheur parfait, il ne pouvait en être autrement. Lucrezia était racée, aristocrate jusqu'au bout des doigts. Elle ne faillirait pas à son clan. Elle se conduirait en reine. Jamais désordonnée, jamais pressée, silencieuse, légèrement souriante, grave et sereine... Tout Florence serait à ses pieds. La petite révoltée, insoumise, indocile, insolente même, deviendrait cette grande dame, circonspecte, réservée, courtoise dans ses propos... Tout ce qu'elle aurait dû être et qu'elle n'était pas encore. Une inquiétude germa dans le cœur de ce père si attentif. « Si Lucrezia ne change pas de manière d'être... cette manière qu'elle a de dire son fait aux gens qui ne lui agréent pas, de se montrer malgracieuse avec ceux qu'elle méprise... d'exposer à qui veut les entendre ses idées et ses passions, jamais ce mariage ne se fera !... Contessina de Médicis n'acceptera pas que sa belle-fille se conduise avec grossièreté ou arrogance. Il faudrait assouplir quelque peu le caractère de Lucrezia. Etre Médicis, c'est être l'égale d'une reine !... Peut-être serait-il bon de l'éloigner de Florence pendant quelque temps ?... De Florence et du comte Vernio de Bardi. Car il regarde ma petite Lucrezia comme s'il voulait la prendre sur-le-champ... » Il se perdit quelques instants dans ses réflexions. Puis, d'une voix forte qui fit tressailir Selvaggia qui s'endormait doucement, il s'écria :

— Dès que possible, il faudra envoyer Lucrezia au couvent pour qu'elle s'y frotte un peu aux bonnes et douces manières et qu'elle y apprenne à dissimuler ses pensées. Il est plus que temps que notre enfant devienne une jeune personne accomplie.

— Au couvent ?... Mais elle n'acceptera jamais... Selvaggia s'était redressée hagarde, à moitié ensommeillée.

— Si ! si je le lui ordonne ! J'emmènerai moi-même Lucrezia au couvent. Dès l'automne prochain elle ira chez les clarisses de Monticelli. Ma vieille grand-tante, Giovanna de Tornaquinci, y est toujours mère supérieure... Sais-tu ce que je pense ?

— A quel propos ?

— A propos du Concile parbleu ! dit Francesco. Je sais ce que Cosimo a en tête. Il veut faire siéger le Concile à Florence et, crois-moi, je suis bien sûr qu'il y parviendra ! Ce serait une fort bonne chose pour Florence ! Des milliers de visiteurs riches à ne savoir que faire de leurs écus !... Il faudra que je fasse venir toutes sortes de marchandises de France, de Venise, de Naples et d'Espagne... Nous pourrons décupler nos avoirs... Cosimo de Médicis, je te salue ! Pour moi, tu es le roi des marchands et des banquiers !

— Oh ! gémit Selvaggia. Laisse-moi dormir ! Tu es là à t'agiter ! à parler... à parler... Je suis fatiguée de paroles ! fatiguée ! Le Concile est encore à Bâle — qu'il y reste ! Pourquoi échafauder tant d'idées biscornues ? Allons !... ne reste pas là à divaguer !

Pourquoi ne pas dormir ? Ecoute... fais ce que tu veux, mais ne parle pas !

— Excellente idée ! s'exclama Francesco en lançant un regard concupiscent sur les formes que dessinait précisément la minceur de la couverture de coton.

VII
UNE PASSION NAISSANTE

— L'AMOUR est la chose la plus importante qui puisse vous arriver dans la vie, dit sentencieusement Lucrezia.

Elle était assise, avec ses sœurs Giuseppina et Bianca, et son frère Giovanni, à l'ombre des cyprès dans le jardin du palais Alessandri.

Depuis le début de l'après-midi, les jeunes Tornabuoni s'étaient réfugiés dans ce coin du jardin qu'ils affectionnaient particulièrement. Il y faisait toujours un peu sombre, même au plus fort du jour. Une chaleur immobile et moite de fin d'après-midi de juin pesait sur les arbres. Un bouquet d'odeurs diverses, herbes chaudes, tilleuls, iris de Florence, roses, lis, odeurs douces, et entêtantes, qui enveloppaient les quatre jeunes gens gagnés par la mélancolie inhérente à cette heure de la journée. Une impalpable vapeur verte, transparente, se répandait sur la pelouse fraîchement tondue.

Lucrezia tenait un gros livre entre les mains.

— Je vais vous lire quelque chose, dit-elle. Ecoutez...

Lorsque rien n'existait
L'amour était...
Et lorsqu'il ne restera rien
L'amour sera
Car il est le premier et
le dernier...

L'amour est le port qui conduit
à la vérité.

Il est au-dessus de tout ce
que l'on peut dire
Il est le compagnon,
Toujours vivant,
au coin du Tombeau...

Elle referma le livre, un superbe manuscrit, en arabe, *Les Contes des Mille et Une Nuits,* dont elle venait de traduire quelques vers.

— C'est beau..., dit Giuseppina impressionnée... Qui t'a donné ce livre ?

Sans attendre de réponse, elle allongea vivement la main et s'empara du livre : « Shéhérazade... »

— Shéhérazade ?... Qu'est-ce que cela veut dire ? s'étonna Giuseppina. Qui est Shéhérazade ?...

— L'héroïne de ces contes arabes... (Les joues de Lucrezia s'étaient empourprées.) C'est une longue histoire que je vous raconterai plus tard... Ces vers que je viens de traduire, Shéhérazade les chante à la neuf cent quatre-vingt-dix-neuvième nuit... Et cela résume *Les Contes des Mille et Une Nuits.*

— Cela ne nous dit pas qui t'a donné ce livre ! demanda Bianca, insistante, s'emparant à son tour du manuscrit.

Elle l'ouvrit et s'attarda sur les dessins et enluminures érotiques qui illustraient les contes.

— ... J'aime beaucoup cela..., dit-elle rougissante. Suis-je censée me plier à toutes ces fantaisies le jour de mon mariage ?

Des rires gais et jeunes saluèrent cette dernière phrase.

— Lucrezia, dit Giovanni, comment entends-tu l'amour ? Est-ce celui, platonicien, de Dante et Béatrice, qui est pure contemplation sublime de la beauté... ou celui, plus charnel, que recommande Boccace ?

Lucrezia, furieuse, rougit et lui décocha un regard furibond.

— L'amour platonicien est une belle sottise ! déclara-t-elle tranquillement tandis que ses sœurs s'esclaffaient sans retenue. L'amour ne saurait être platonicien. Sinon celui éprouvé par des philosophes impuissants, et des vieillards, ou par des prêtres, et encore ces derniers, si j'en juge par tout ce que l'on raconte, ne rechignent pas à l'amour charnel.

— Etre la « dame » intouchable d'un homme qui ne penserait qu'à toi... n'est-ce pas là le rêve de Dante ?

— Une belle sottise ! s'exclama Lucrezia. A se demander ce que Béatrice avait dans le sang ! de l'eau de navet probablement ! Non ! Pour ma part, il ne me siérait pas d'habiter les rêves d'un homme, tandis que ce dernier irait couvrir de baisers et de caresses une autre jouvencelle, qui ne serait peut-être pas sa « dame » mais qui jouirait de bien d'autres avantages !... Pour ma part, je veux partager avec l'homme que j'aime les plaisirs de la chair !...

— Ah ! dit Bianca, qui prit un air rêveur... Connaître l'extase dans les bras de l'homme aimé... quoi de plus extraordinaire en effet ? Connaîtrai-je cela dans les bras de mon futur ? Luigi Datini est certes charmant... Mais à peine l'ai-je vu... Et je ne sais pas si je l'aimerai un jour. A vrai dire il ne me plaît pas beaucoup. Quand je pense que c'est cet homme qui fera de moi une femme...

Personne n'aurait pu dire si Bianca était déçue, dans l'expectative, ou même impatiente de ce qui l'attendait. Elle parlait de son futur mariage, de son propre destin, avec un détachement non feint, comme si cela ne concernait en aucune manière cette blonde ravissante que tout le monde admirait. Ses longs cheveux d'or pâle retombaient en ondulations souples sur une robe de soie blanche qui laissait entrevoir ses jolis seins délicatement arrondis. Et son visage, souvent mélancolique et rêveur, avait en cet instant quelque chose de naïf et d'enfantin, de fort touchant.

Indignée, Lucrezia observait sa sœur et allait répondre quand intervint Giuseppina.

— Ah bah ! Vous êtes toutes deux des petites dindes ! Bianca va épouser l'un des plus gros marchands d'armes de Florence ! Papa va s'associer avec lui et cela a plus d'importance que ce qui va t'arriver au cours de ta nuit de noces ! Après tout tu feras ce que maman t'a dit de faire !... Tu ouvres les jambes, tu fermes les yeux, et tu penses à autre chose !

A ces mots les quatre jeunes gens éclatèrent de rire et se lancèrent mille quolibets fort grossiers. Giovanni avait des lumières précises sur tout ce qui pouvait se passer entre un homme et une femme, car depuis peu il fréquentait Raffaella, une courtisane en vogue.

Ses informations furent saluées par des exclamations choquées, mêlées de rires et de gloussements.

— Heureusement que personne ne nous entend ! Sinon ! émit enfin Giuseppina entre deux hoquets de fou rire.

— Sinon ce serait le fouet ou le couvent, ou les deux..., éructa péniblement Lucrezia qui pleurait de rire.

— Parlez pour vous, jeunes filles !... dit Giovanni, s'efforçant sans succès de reprendre quelque sérieux. Pour ma part je ne fais que mon devoir en m'instruisant de ces choses !...

Cette phrase anodine eut le don de calmer les quatre jeunes gens.

— Giovanni a de la chance tout de même..., dit Giuseppina en soupirant.

Son frère leva les yeux, surpris :

— Pourquoi ?...

Plus personne ne riait.

— Pourquoi ? dit Giuseppina. D'être un garçon... Tu peux aller courir t'instruire des choses de la chair chez une Raffaella ou une Maddalena... Qu'arriverait-il si nous autres filles agissions de même ?... Et puis, tu as de la chance d'être un garçon, parce que tu peux choisir... tu peux choisir ! Tu comprends ? Choisir... Nous filles, ne pouvons pas choisir ! Nous ne pouvons même pas dire « oui » ou « non »... D'ailleurs quelqu'un peut-il me dire si on nous consulte pour quelque chose ?... Alors, pour le choix d'un mari !... C'est papa qui décide si notre demandeur est le bon mari qui peut nous convenir ! Bianca n'a pas choisi son Luigi Datini. Elle épouse le fils d'un futur associé de papa ! Elle l'épouse parce qu'elle apporte en dot une villa à Trebbio et une galère marchande actuellement dans le port de Marseille... Son futur va agrandir sa manufacture d'armes, et Messer de Médicis a tout fait pour que ce mariage ait lieu ! Messer de Médicis tient essentiellement à ce que Florence possède une grande manufacture d'armes... C'est cela le mariage de Bianca ! Luigi Datini a dit : « C'est celle-là qu'il me faut. » Et on lui a dit oui... Et si moi je disais : « C'est ce garçon qu'il me faut... », on me jetterait dans un couvent !

Giuseppina avait un tel accent de désespoir que Giovanni, Lucrezia et Bianca la dévisagèrent avec étonnement.

— Giuseppina..., dit Lucrezia, préférant éviter un rappel de ce qu'elle considérait comme oublié, et souhaitant ardemment ne pas mettre en avant le comte Vernio, qui souhaiterais-tu épouser, si tu le pouvais ?

Les yeux fixés sur sa sœur, lentement Giuseppina répondit :

— Et si c'était le comte Vernio de Bardi ?... Il est veuf. Lui m'aurait plu assez pour que je puisse éprouver de l'amour. Il est différent des autres hommes. Mais je ne saurais dire en quoi... Et toi, Lucrezia, qui choisirais-tu maintenant? On te voit toujours fourrée chez les Médicis... Piero t'aurait-il séduite?

Lucrezia détourna la tête, le visage empourpré. Pouvait-elle répondre que, si elle acceptait si volontiers de suivre son père chez les Médicis, c'était surtout dans l'espoir d'y rencontrer le comte Vernio? Elle feignit de s'intéresser au livre qu'elle gardait toujours entre ses mains... Où diable Giuseppina voulait-elle en venir? Etait-elle amoureuse du comte Vernio?

Il faisait brusquement moins chaud. Le vent doux et parfumé du soir s'était levé, rafraîchissant l'air. Sans quitter sa cadette du regard, Giuseppina reprit froidement :

— ... Je sais, Lucrezia. Je sais que tu es amoureuse du comte Vernio. Et je sais aussi que ce livre... c'est lui qui te l'a donné! Et je sais surtout que, pour la paix de ton âme, il vaut mieux l'oublier! Je plaisantais tout à l'heure à propos du comte Vernio. Comment pourrais-je oublier que c'est un homme sans fortune? Lorsque Lisetta est morte, la famille Caffarelli a repris la totalité de sa dot pour l'enfant... et lui n'aura jamais rien d'autre que l'amitié de Messer Cosimo de Médicis... Mais cette amitié résistera-t-elle si le comte Vernio vient s'interposer entre lui et ses projets? Il voit d'un fort bon œil la cour que te fait son fils! Si j'ai un conseil à te donner, oublie-le et pense à Piero de Médicis... Lui est libre, riche... et fort amoureux de toi... Tu pourras danser sur sa tête, prendre autant d'amants qu'il te plaira, y compris le comte Vernio! Epouse Piero. Voilà un mariage que nos deux familles attendent. Tu n'as qu'un mot à dire et tu deviens la première dame de Florence...

Lucrezia détourna la tête. Ses grands yeux noirs, ces yeux trop grands qui adoucissaient son visage, étaient pleins de larmes contenues. Elle était partagée entre l'envie de pleurer, et celle de frapper Giuseppina, de crier sa rage et son impuissance.

— Laisse-moi tranquille! dit-elle d'une voix rauque. Tu es une mauvaise fille!...

En cet instant elle détestait sa sœur! Pourquoi la tourmentait-elle ainsi? Giuseppina était-elle vraiment amoureuse du comte Vernio? Et lui? Une colère jalouse la rongeait...

Giuseppina allait répliquer, mais Bianca et Giovanni, craignant que la discussion ne dégénère en querelle et que les deux sœurs ne finissent par se battre, intervinrent avec vigueur :

— Allons, Giuseppina, laisse Lucrezia ! Qu'as-tu à être ainsi après elle ?

La jeune fille haussa les épaules.

— Vous êtes des sots ! Vous ne voyez pas ce qui se passe ! Notre Lucrezia est amoureuse du comte Vernio et si elle continue, on va l'envoyer au couvent !... C'est une sotte qui prend la mouche pour un oui, pour un non, mais je l'aime bien ! C'est pour la mettre en garde que je la taquine ainsi ! J'ai écouté aux portes, et je sais ce que je sais ! Papa ne rêve que de ce mariage. Il en parle sans arrêt à maman. Lucrezia, si tu n'aimes pas Piero de Médicis, mieux vaut pour toi apprendre à l'aimer au plus tôt !... ou à t'entraîner à chanter matines en latin... Papa t'enverra au couvent si tu ne cèdes pas... Il l'a dit et redit à maman pour la forcer à te convaincre !

Inquiet de la tournure que prenaient les choses, Giovanni Tornabuoni se tourna vers sa sœur :

— C'est vrai, Lucrezia, ce que raconte Giuseppina ? Tu es amoureuse du comte Vernio ? (Et devant le signe de tête affirmatif de la jeune fille, il reprit avec véhémence :) Mais il a au moins trente-cinq ans !... Et on le dit tellement coureur de jupons qu'à peine en a-t-il couvert une que l'autre s'allonge déjà et ouvre les cuisses... Elles sont toutes folles de lui ! Comment peux-tu t'amouracher d'un homme pareil !...

— Et quand cela serait ? déclara Lucrezia, cramoisie de chagrin et de colère.

— Eh bien, oublie-le au plus vite ! dit tranquillement Bianca. Jamais le comte Vernio ne s'intéressera à toi ! Tu es encore trop jeune pour lui... Il ne t'épousera pas, et si tu refais avec lui ce que tu as fait avec Filippo, non seulement tu iras finir tes jours au couvent, mais papa fera assassiner le comte Vernio sans le moindre scrupule ! D'ailleurs, on le dit au mieux avec Simonetta Datini, ma future belle-sœur ! Et puis... cela m'ennuierait beaucoup pour toi ! Giovanni a raison. C'est un homme vil et débauché à ce qu'on dit. Il ne pense qu'à ses plaisirs et à satisfaire ses penchants, sans se soucier du bonheur ou de la tranquillité des autres... Oublie-le, crois-moi. D'ailleurs, je te le répète, il est avec Simonetta Datini... Alors !

— Tiens ? Je pensais que c'était après Messer Lorenzo de

Médicis qu'elle en avait..., déclara en bonne commère Giuseppina qui décidément savait tout sur tous, sans que l'on sût jamais d'où elle tenait ses informations.

Elle regardait sa sœur de biais. Lucrezia haussa les épaules, mais ne répondit pas. Une crainte brusque s'était emparée d'elle. Elle frissonna. Tout ce qui se disait devant elle était vrai. Elle le savait. Elle le savait mieux que personne. Elle aurait même pu préciser combien de temps le comte Vernio passait dans les bras de Raffaella, et quelles étaient les jeunes personnes qui allaient succéder à la célèbre prostituée. « Franca Martelli est sur les rangs... »

— Je ne veux pas épouser Piero de Médicis, dit-elle d'une voix blanche.

Ses sœurs et son frère se regardèrent. Giuseppina reprit, embarrassée :

— Qui peut t'y obliger ?... Aucune loi ne peut t'y forcer...

— Tu sais bien que si je dis non c'est le couvent. Et puis...

— Et puis ? demanda Giovanni.

— ... J'ai peur d'être prise au piège. Papa ne dit rien, maman ne répond à aucune de mes questions... J'aime bien Piero de Médicis. Il est fort gentil, aimable, si désireux de me plaire... Mais il ne me plaît pas.

— Il vaudrait mieux que tu ailles t'expliquer avec maman, conseilla Giuseppina. J'ai l'impression que les choses vont bon train derrière ton dos, et qu'un jour, plus tôt que tu ne l'imagines, tu te retrouveras devant l'autel sans trop savoir comment cela s'est produit !...

Giuseppina s'interrompit soudain. Une silhouette floue passait dans le jardin... c'était celle d'un jeune garçon qui travaillait dans l'atelier du célèbre Donatello. On le disait très doué pour la sculpture.

— Tiens, voici Benvenuto le fils du jardinier, Messer Donatello en dit grand bien..., dit Giovanni sans remarquer le trouble de Giuseppina, qui se mit à chantonner :

Jeune garçon aux beaux cheveux
Ne les noue pas
Ils semblent de fils d'or et de soie
Jeune garçon que ta démarche est belle

et si beau ton visage
Là où tu passes les arbres
de tout côté fleurissent
Tes yeux noirs, sous le ciel
que d'amour ils m'inspirent
Jeune garçon aux cheveux d'or
Tu serais un envoyé du ciel...

Tandis qu'elle chantait a capella d'une fort jolie voix grave, un peu rauque, Benvenuto, le jeune jardinier, s'était immobilisé pour écouter cette ballade fort à la mode chez les jeunes Florentines désireuses de s'émanciper. Les deux jeunes gens se fixaient l'un l'autre. Giovanni Tornabuoni, inquiet soudain, chassa le jeune homme d'un ton sec et, sans regarder Giuseppina, dit :

— Il n'est pas bon pour des jeunes filles aristocrates de provoquer ainsi de pauvres garçons et de les moquer...

Giuseppina se pencha pour respirer le parfum d'une rose thé. Lorsqu'elle se redressa, elle avait repris toute sa morgue, toute son assurance.

— Me moquer ? De qui ? De quoi ?... Tu dis n'importe quoi, mon pauvre Giovanni... Penses-tu que je pourrais m'amouracher d'un fils de jardinier ?... (Elle criait d'une voix aiguë que la fureur rendait désagréable.)

Stupéfait, Giovanni dévisageait sa sœur, qui reprit, d'une voix gaie et affermie :

— Lucrezia, ma toute belle, va voir maman et demande-lui où en sont les préparatifs de ton prochain mariage... Crois-moi ! Celui-ci est beaucoup plus proche que tu ne peux l'imaginer !

Laissant là frère et sœurs, Lucrezia se précipita chez sa mère, entra sans frapper dans la chambre, où Selvaggia était assise, une tapisserie entre ses mains.

Elle sursauta en voyant sa fille pâle, haletante, incapable de prononcer un mot.

— Eh bien, Lucrezia ? Que se passe-t-il ?

Lucrezia s'efforça de reprendre son souffle.

— Maman !... Est-ce vrai que tu veux me marier ?

— Eh bien, en voilà des façons !... Maintenant je comprends

pourquoi ton père veut t'envoyer au couvent pour parfaire ton éducation...

Lucrezia avait blêmi.

— Au couvent ? moi ?... Pourquoi ?... Qu'ai-je fait ?...

Selvaggia détourna la tête. Puis, embarrassée, peinée aussi pour sa fille, car elle savait que ce qu'avait décidé Francesco était contraire au vœu de son enfant, elle se réfugia dans les cris et la fureur :

— ... Bien sûr que tu iras au couvent ! A-t-on idée de se comporter comme tu le fais ?... Tu n'écoutes rien, tu es insolente, tu refuses d'apprendre à tenir correctement un intérieur... tu ne sais ni coudre, ni broder, ni tenir un ménage et tu vas avoir quinze ans ! Parlons-en de mariage ! Qui voudra de toi, ma pauvre petite ? Ta cousine Maria Bianca Pitti est, à douze ans, plus prête au mariage que tu ne l'es !... C'est pourquoi on s'apprête à célébrer ses noces... Toi, tout ce que tu as su faire à douze ans, c'est de fauter avec un garçon de ton âge... Et maintenant tu viens me chanter pouilles au sujet de mariage... Qui t'a parlé mariage ? Quelqu'un a-t-il demandé ta main ?... Personne ! Personne... Ton père en est même très inquiet ! Voilà pourquoi il pense qu'une année ou deux de couvent pourraient te faire du bien !... Tu apprendrais à te conduire en dame... et peut-être alors, te demanderait-on en mariage ? Peut-être...

Lucrezia était suffoquée. Elle devinait, dans son désarroi, que sa mère lui cachait quelque chose d'important, mais elle se raccrochait désespérément à la réponse de Selvaggia. Elle n'était pas encore assez mûre pour le mariage, personne ne l'avait demandée, donc il n'était pas question d'une union avec qui que ce fût. Lucrezia pinça les lèvres. « Maman sait qu'elle est injuste, pensa-t-elle avec amertume. Et de le savoir la rend plus injuste encore... »

— Pourquoi m'envoyer au couvent, dit-elle d'une voix raisonnable et douce, si je te promets de m'amender ?

— Combien de fois as-tu fait cette promesse ? questionna avec sévérité Selvaggia. Il est nécessaire pour toi d'aller au couvent ! N'est-ce pas, ma chérie ? Dis-moi que tu le comprends...

Bien qu'elle s'efforçât à la sévérité, Selvaggia était troublée et peu sûre d'elle. Pourquoi était-ce devenu si nécessaire d'envoyer Lucrezia au couvent ?

En proie au doute, Selvaggia se durcit davantage :

— ... Tu fais la fière lorsqu'il faut ranger la cuisine, préparer le linge, tenir un livre de comptes... Cela n'est pas d'une jeune fille convenable...

Elle continua longtemps ainsi, cherchant sa justification dans l'accumulation des reproches.

Lucrezia inclina la tête. Mais ce geste destiné à dissimuler ses pleurs fut pris par Selvaggia pour une acceptation.

— Ah, je vois que tu as compris..., reprit-elle.

« Comprendre quoi ? songeait-elle dans le même instant. Qu'y a-t-il à comprendre dans le fait d'envoyer sa fille au couvent ? »

Sans répondre Lucrezia monta dans sa chambre et se jeta sur son lit... Les jeux étaient faits. Le couvent. Que s'était-il passé ? Tout avait-il été décidé depuis longtemps déjà ? Sans doute... Elle ne sanglotait pas. Les larmes coulaient lentement sur son visage, silencieuses. Elle ne songeait pas à les retenir. Quelque chose venait de s'achever, quelque chose d'essentiel. Elle pleurait sur son enfance qui venait de se terminer, sur le comte Vernio qu'elle aimait et qui ne le saurait jamais, sur elle... Elle pleurait sur Filippo son jeune amour mort, sur Bianca qu'on allait marier à un garçon qu'elle n'aimait pas, sur Giuseppina déjà endurcie, malheureuse et triste et dont nul ne connaissait le secret...

Le lendemain, dès l'aube, Lucrezia alla vers son coffre, en tira de la lingerie de soie blanche, qu'elle n'avait jamais portée jusque-là, mit des bas de fil blanc d'une finesse arachnéenne. Par-dessus, elle revêtit sa plus belle robe de soie rouge. Un rouge sombre à reflets noirs qui faisait ressortir la blancheur de sa peau. C'était une robe très échancrée sur la poitrine, avec des manches fendues dont les traînes tombaient jusqu'à terre. Elle dénoua ses cheveux qu'elle laissa flotter librement jusqu'à la ceinture. Un triple rang de perles fines fut posé sur son front... Alors elle se regarda dans le miroir vénitien qui ornait la cheminée. L'image que lui renvoyait la glace ne lui déplaisait pas...

Après avoir jeté sur ses épaules une ample mante de soie épaisse, elle sortit précipitamment, en prenant soin de ne pas faire de bruit, afin de ne réveiller personne...

Dans les rues désertes de Florence, Lucrezia allait d'un pas décidé. Elle savait que le comte Vernio de Bardi partait tôt à cheval, pour aller chasser. Lorsqu'elle arriva aux abords du palais Cafarelli, elle ralentit son pas. Le comte Vernio était à cheval, et lorsqu'il aperçut la jeune fille, il mit pied à terre, se dirigea vers elle, et s'immobilisa. Ils se fixèrent dans les yeux, sans parler.

Enfin le comte Vernio se ressaisit.

— Quelle surprise, Signorina Lucrezia, de vous voir si matin... Que se passe-t-il ?

Lucrezia tremblait d'émotion.

— Lucrezia... que se passe-t-il ? insista le comte Vernio.

Hormis le pépiement des oiseaux qui saluaient le soleil levant, tout était silencieux autour d'eux.

Alors elle prit une grande inspiration et dit dans un souffle :

— ... On vous dit l'ami de Piero de Médicis. Est-ce vrai ?...

— C'est exact.

— Vous a-t-il fait quelque confidence à mon sujet ?... Je vous en prie, Messer, dites-moi la vérité...

Le comte Vernio hésita une seconde, puis :

— ... Je le crois sincèrement épris de vous... Il souhaite vous épouser...

Une ombre de sourire éclaira un instant le visage de Lucrezia :

— ... Il faut... il faut absolument lui dire... que cela ne se pourra jamais...

— Pourquoi ?... C'est un brillant parti. Pourquoi, Lucrezia ?

Décontenancée, Lucrezia fixa son interlocuteur. Elle tremblait, elle avait froid, et ses mains brûlaient. Jamais elle ne sut comment elle se retrouva dans les bras du comte Vernio, la tête en arrière, se laissant embrasser jusqu'au vertige. Le temps s'était arrêté, elle n'entendait pas les mots chuchotés à son oreille, sa bouche ne se lassait pas de recevoir et de donner des baisers. Comme il posait ses mains sur sa gorge, dégageant ses seins, elle eut l'impression qu'une lave de feu balayait son corps. Alors elle eut peur. Peur d'elle-même, du regard que le comte Vernio posait sur elle. « ... Je vais partir au couvent, bégaya-t-elle en se dégageant avec brusquerie. C'est cela que je suis venue vous dire... » Et sans attendre de réponse elle partit en courant sans se retourner.

VIII
LE PALIO

La plus populaire des fêtes, la distraction des Florentins par excellence, celle que l'on préparait au moins trois mois avant qu'elle n'ait lieu et dont on parlait encore bien des semaines après, était la course du Palio. Certes il y avait de nombreuses fêtes à Florence, laïques ou religieuses, car les citoyens avaient un sens aigu de la fête, mais aucune ne rivalisait avec le Palio par le nombre de personnes qu'elle attirait. On venait de tous les Etats italiens, et même du sud de la France. Et en cette année 1437, la prospérité était telle que même les plus démunis pouvaient se permettre de dépenser les quelques ducats nécessaires à se parer et à faire bombance.

Dès l'aube de ce 24 juin, la place de la Seigneurie, décorée de bannières ornées de la fleur de lys de Florence — lys blancs sur fond rouge, lys rouges sur fond blanc, était déjà noire de monde. Sur tous les murs, de toutes les fenêtres des hautes tours bordant les rues où allaient se dérouler les festivités, les mêmes étoffes chatoyantes flottaient dans le ciel pur. Lorsque toutes les cloches de la ville eurent, à toute volée, sonné six heures, la traditionnelle procession qui partait de Santa Maria del Fiore, traversant la ville, au rythme lent des chanteurs psalmodiant la musique sacrée, se mit en mouvement. Les gonfaloniers des arts, suivis des juges, chacun portant un gros cierge et un étendard aux armes de son ordre, ouvraient le cortège. Puis, annoncés par des trompettes, venaient les prélats vêtus de somptueux vêtements sacerdotaux, et enfin, joyeux, débonnaire, la farce au coin des yeux, des lazzis plein la bouche, dansant et chantant, le peuple suivait tant bien que mal. Dans un fastueux déploiement de couleurs, de fleurs, de guirlandes, de drapeaux, de bannières claquantes, de chevaux caracolant de tous côtés, dans un tohu-bohu assourdissant de chants, de cris, de hennissements, d'aboiements et de rires, toute la matinée se passait ainsi. Alors seulement, le Florentin rentrait chez lui pour se préparer aux festivités de l'après-midi.

Chez les Tornabuoni, les Médicis, les Scali, les Strozzi... chez tous les Florentins, catholiques, juifs ou musulmans, la même scène, à la même heure, après le dîner[1] avait lieu. Les femmes rivalisaient d'élégance et se paraient de leurs plus beaux atours, les cheveux couronnés de fleurs, le cou et les bras ornés de bijoux.

Chez les Tornabuoni, la fièvre était à son comble... Les trois sœurs allaient d'une chambre à l'autre, vérifiant leurs toilettes, se chapardant mutuellement qui une fleur, qui un bijou, criant, riant, s'injuriant, chacune trouvant l'autre plus belle, puis décidant que non, fort contente à part soi de son physique... « Lucrezia est très originale, pensait Bianca, mais vraiment, elle a un air d'arrogance qui la dessert... J'aime assez l'expression si douce de mon visage... », « Bianca a l'air d'une sotte... », se disait à son tour Giuseppina, lissant ses cheveux noirs et très fière de ses jolis seins blancs hardiment décolletés.

Lucrezia admirait la beauté de ses deux aînées, mais n'en trouvait pas moins que ses grands yeux noirs, sa bouche et son air orgueilleux n'avaient rien à envier aux séductions de ses sœurs.

Gourmandant ses filles, inquiète pour son fils — Giovanni courait sur un superbe cheval barbe, venu tout droit d'Afrique du Nord, que son père venait d'acquérir, et que l'on disait dangereux et impossible à tenir —, Selvaggia allait de l'une à l'autre, vérifiant et rectifiant un décolleté : « ... La moitié des seins jusqu'au bourgeon, pas plus bas, ce serait indécent !... », surveillant sa propre mise, elle s'écriait de temps à autre afin de presser un peu le mouvement :

— Si vous ne vous dépêchez pas davantage, nous allons être en retard et la course sera finie avant que nous soyons arrivés sur place !...

Selvaggia aurait pu aussi bien se dispenser de cette admonestation, car, beaucoup plus que la course de chevaux, ce qui

1. Le « dîner » : s'entend pour le déjeuner, servi vers quatorze heures.

intéressait les trois jeunes personnes était les bals populaires qui se formaient spontanément après la remise du palio. Chacune, en son for intérieur, espérait, à l'instar de toutes les jeunes Florentines en mal d'amour, échapper à la vigilance maternelle et s'égarer dans les rues en liesse de Florence.

« Si je rencontrais le comte Vernio..., pensait Lucrezia, peut-être m'embrasserait-il encore ?... » Le souvenir de son baiser la laissait molle et chaude, comme alanguie... Que lui avait-il dit déjà ? Elle fit semblant de chercher ce qui était gravé dans sa mémoire pour retarder le plaisir du souvenir et, ainsi, s'en repaître davantage. « ... Vous êtes la plus belle... mieux que belle... la plus attirante, la plus... Vous êtes une merveille... » Une merveille ?... Que demander de plus au monde ? Lucrezia buvait à longs traits nectar et ambroisie... « Vraiment ? » avait-elle demandé le souffle coupé... Perdue dans ses baisers, elle n'avait pas entendu la réponse...

Maintenant elle priait le ciel et l'enfer de revoir le comte Vernio avant son départ pour le couvent... Le couvent. Vite elle chassa cette pensée. Son humeur allait de l'allégresse la plus folle à la tristesse la plus noire... Elle voulait encore ses lèvres sur les siennes. Elle voulait... Dieu sait ce qu'elle voulait, mais elle le voulait, et avec quelle intensité ! « Plus tard... », avait dit le comte Vernio en la relâchant.

Plus tard. Quand viendrait ce plus tard ? Une tristesse légère et subtile l'envahissait et ce mélange d'amour, de bonheur et de mélancolie s'exprima dans une larme qui vint perler à ses paupières. Larme que surprit Giuseppina qui se méprit sur son origine :

— ... Ne pleure pas, va... Deux ans sont vite passés... Et puis ton couvent n'est pas loin ! Tous les dimanches nous irons te voir, et toi tu viendras nous voir... N'y pense plus ! amusons-nous... Et peut-être rencontrerons-nous nos amoureux respectifs ?

Intriguée, Lucrezia demanda :

— Tu as un amoureux, Giuseppina ? Qui est-ce ?...

Mais déjà la jeune fille descendait en courant les marches du perron.

— Dépêchons-nous... La course va commencer ! Et si c'était Giovanni qui gagnait ? Maman ! Papa !... Si c'était Giovanni qui gagnait ?

Francesco Tornabuoni était certainement aussi excité que sa famille, mais ne voulait pas le laisser voir. Il avait payé son poids d'or cet étalon barbe. Si Giovanni gagnait la course, il lui rapporterait cent fois la mise. Sans en souffler mot à quiconque, Francesco avait, avec plusieurs de ses amis, parié une grosse somme sur son cheval.

La famille Tornabuoni sortit enfin et se mêla à la foule joyeuse qui convergeait vers la place Santa Croce, point de départ de la course.

Tant bien que mal les Tornabuoni parvinrent jusqu'à la tribune d'honneur où se trouvaient leurs places réservées auprès des Médicis. Contessina de Médicis adressa son plus joli sourire à Selvaggia, complimenta les jeunes filles sur la fraîcheur de leur mine et l'élégance de leur toilette, et désigna d'un geste le Palio, récompense suprême, tenu par un quarteron des plus jolies dames de Florence — Ginevra des Albizzi, Lorenza Scali, Claudia Strozzi et Franca Martelli — qui, dans un char fleuri tiré par quatre chevaux, iraient le remettre au vainqueur. Certes, les trois jeunes Tornabuoni eussent aimé être ainsi à l'honneur, mais pour on ne sait quelle raison, Francesco s'y était opposé.

— Comme je suis content de vous voir, Signorina Lucrezia, dit Piero de Médicis.

Par on ne sait quel hasard, Lucrezia était assise juste à côté de lui. Elle eut un petit sourire contraint et impatient, mais, devant le visage étonné et triste de Piero, elle lui pressa la main avec affection.

Piero l'observait à la dérobée. « Qu'a-t-elle ? pensait-il le cœur serré. Jamais elle n'a été aussi froide, ni aussi jolie... »

— ... Je suis si contente de vous voir..., disait Lucrezia avec chaleur. J'ai tant d'amitié pour vous. N'est-ce pas une journée merveilleuse ?... Viendrez-vous danser avec nous ? Nous avons projeté, mes sœurs et moi, de nous sauver et d'aller danser...

Le visage de Piero de Médicis s'illumina d'un tel bonheur que Lucrezia s'effraya du pouvoir qu'elle avait sur lui. Un étrange, un puissant pouvoir qui pouvait aller jusqu'à la mort... « Le même que celui que le comte Vernio exerce sur moi... Et lui ? Ai-je ce même pouvoir sur lui ?... M'aimerait-il autant que Piero de

Médicis semble m'aimer ? » De nouveau son esprit s'envola vers le comte Vernio... Elle souriait à Piero et le laissait presser sa main.

— Venez danser avec nous !...

Elle était si heureuse en cet instant qu'elle avait envie de partager sa félicité avec tous ceux qui l'approchaient.

— Regardez ! dit Piero. Le spectacle va commencer...

En effet, les trompettes résonnèrent et il se fit un grand mouvement.

Sur la place, tous les cavaliers participant à la course, une trentaine environ, entrèrent dans un ordre parfait, chacun d'eux se présentant à la tribune. Puis, sous les acclamations de la foule, les cavaliers, assistés par des centaines de figurants, formèrent une somptueuse fleur de lys mouvante et multicolore.

Enfin, du haut du palais Vecchio la cloche résonna. Trois coups. Et ce fut le départ. De rue en rue, traversant la via Larga, atteignant le palais Vecchio, les chevaux allaient à très vive allure, frôlant les spectateurs qui, totalement insouciants du danger, se jetaient jusque sous les sabots. Dans la tribune, les hurlements des jeunes Tornabuoni et Médicis encourageant Giovanni, qui menait le train, gagnèrent tous ceux qui les entouraient. « Giovanni !... Giovanni Tornabuoni ! » Le nom du futur vainqueur flottait déjà sur toutes les bouches.

Enfin, la course s'acheva dans le délire le plus total. Le char du triomphe fit le tour de la place, le Palio flottant librement au vent, et Giovanni Tornabuoni le reçut à genoux, des mains de la ravissante Ginevra des Albizzi... Francesco et Selvaggia, fous de joie, se précipitèrent, piétinant sans ménagements ceux qui se trouvaient sur leur passage.

Lucrezia, qui applaudissait à tout rompre, s'interrompit soudain. Une vive altercation opposait Cosimo de Médicis et son plus jeune fils, Giovanni, qui s'enfuit aussi vite que le lui permettait la foule nombreuse.

— Que se passe-t-il ? demanda Lucrezia à Piero qui, livide, regardait son père avec reproche. Pourquoi votre père a-t-il l'air si furieux ?

— Giovanni est amoureux de Ginevra des Albizzi, et comme vous le savez, les Albizzi sont les ennemis mortels de notre famille. Si vous le permettez, Signorina Lucrezia, laissez-moi rejoindre mon frère... Vous verrai-je tout à l'heure au banquet, à la Seigneurie ?

— Oui... bien sûr. Mais ensuite, n'oubliez pas ! Nous irons danser...

Lucrezia ne prêta qu'une vague attention à la réponse de Piero de Médicis. Elle se demandait comment profiter de la cohue pour échapper au banquet et retrouver le comte Vernio.

Après avoir été porté en triomphe dans toute la ville, Giovanni Tornabuoni était de nouveau parmi les siens.

Lucrezia écoutait d'une oreille distraite Bianca et Giuseppina qui parlaient d'aller danser sur la place du Marché-Vieux.

— Il y a là une « cour d'amour ». Allons-y..., disait Giuseppina. Laissons Giovanni à son triomphe.

Bianca demanda à voix basse comment partir sans encourir les récriminations et interdictions parentales... La discussion en était là quand les trois jeunes filles furent entourées par une « brigata », jeunes gens et jeunes filles se tenant par la main, chantant et dansant, le front noué de guirlandes fleuries.

Avant que Francesco ou Selvaggia aient pu s'y opposer, leurs trois filles avaient disparu dans un grand éclat de rires joyeux, entraînées par la brigata.

— Bah ! dit Francesco avec indulgence, laissons-les. La jeunesse passe si vite... Dans deux mois, nous marierons Bianca, Lucrezia va partir à l'automne et restera au moins deux années au couvent ; quant à Giuseppina, dans moins d'un an elle sera l'épouse de ce Martelli ! Alors ma bonne amie, laissons-les s'amuser...

Une note de mélancolie assombrissait la voix et le visage de Francesco.

— ... Nous ferons semblant de les croire, reprit-il, lorsqu'elles nous diront qu'elles sont rentrées avant la minuit... Nous laisserons les portes ouvertes et je demanderai aux hallebardiers de somnoler.

Selvaggia, étonnée, ne répondit pas... Dans la foule qui les emportait, son regard s'attarda un instant sur la famille de Médicis. Contessina s'appuyait sur le bras de Cosimo et levait les yeux vers lui. Retenant un soupir Selvaggia prit le bras de Francesco et s'efforça de marcher à son rythme.

Sur la place du Marché-Vieux on dansait des farandoles. Une fort jolie baraque avait été dressée et parfois, un jeune couple s'élançait et, au milieu des exclamations, sautait, tournait, se faisait face, se séparait puis revenait l'un vers l'autre, et enfin main dans la main, disparaissait dans la foule.

Faisant contre mauvaise fortune bon cœur, Lucrezia se laissa entraîner dans une lavanderine qui lui fit oublier un instant son tourment amoureux.

Elle tournoyait quand soudain elle aperçut le comte Vernio. Il se tenait debout contre un portique et la regardait. Il portait un vêtement de soie rouge, une petite cape de velours noir entièrement brodée de fil d'or et, contrairement à l'usage, il était nu-tête. Ses cheveux noirs ondulaient jusque sous l'oreille. Le souffle coupé, Lucrezia arrêta net sa danse, et le comte Vernio s'inclina. Il y avait un grand va-et-vient sur la place, et ce fut pour Lucrezia difficile de franchir ce barrage houleux. Des mains s'agrippaient à elle, s'efforçant de l'entraîner dans une autre farandole... D'autres mains s'emparaient des siennes pour l'empêcher d'avancer. Elle dut embrasser un jeune homme, à titre de gage, puis encore un autre... Soudain, sans que jamais elle sût comment cela s'était produit, elle se trouva prise dans une ronde. Une de ses mains tenait celle du comte Vernio, et l'autre, celle du jeune adolescent rieur qui l'avait embrassée de force. C'était l'une de ces rondes folles qui se transformaient ensuite en farandoles courant dans toute la ville, et la main de Lucrezia était toujours accrochée à celle du comte Vernio... La farandole s'engouffra dans la via Larga, jusqu'à la place de la Seigneurie, puis se disloqua. Il faisait nuit maintenant...

Vernio et Lucrezia se tenaient toujours par la main. Autour d'eux, la foule dansait et chantait... Ils allaient, silencieux, vers les quais qui bordaient l'Arno et marchaient lentement sur les remparts... Derrière eux, les bruits de la ville s'estompèrent, puis cessèrent. D'autres couples, cherchant la solitude et l'obscurité complice, les croisèrent en courant... Çà et là, des rires vite étouffés... Des exclamations à mi-voix... Lucrezia regarda la lune qui se reflétait dans l'eau du fleuve. Elle sentit le bras du comte

Vernio l'enlacer par la taille, et la presser contre lui... « Est-ce que vous avez peur, Lucrezia ?... » Incapable de répondre, elle secoua la tête. Ils marchèrent encore et parvinrent enfin au bout d'un sentier, dans l'épaisseur d'un bouquet d'arbres... « ... Jamais je n'oublierai cette nuit », dit le comte Vernio. Il l'attira contre lui et elle reçut son baiser. Il tint ses mains pressées autour du visage de Lucrezia et l'embrassa encore, puis ses mains écartèrent les étoffes fragiles, et Lucrezia sentit les lèvres de Vernio sur ses seins. Il l'attira alors sur l'herbe et doucement l'étendit à ses côtés.

— Peut-être un jour viendra où je pourrai te garder ainsi contre moi à la face de tous..., dit-il enfin. Le veux-tu ?

— Oui... tu auras mon amour, Vernio, tu l'auras aussi longtemps que tu en voudras...

Avec une avidité pleine de tendresse mêlée d'angoisse, elle attira le comte Vernio contre elle et l'embrassa. « ... Enfin..., pensa-t-elle. J'ai tant rêvé de ce moment... et maintenant c'est son odeur que je respire, c'est sa bouche qui me mord... »

— Est-ce que tu as peur ? demanda le comte Vernio.

— ... Je ne sais pas...

Il embrassa ses seins et elle se mit à trembler. Alors il redressa son visage et la regarda... Ce regard triste acheva de lui faire perdre la tête. Elle se jeta à la renverse, attirant Vernio sur elle. Elle se cambrait sous les coups de reins de l'homme qui la possédait, elle allait vers lui, retardant presque désespérément le moment où elle atteindrait... elle ne savait quoi au juste... quelque chose qui sûrement ressemblerait à la mort, la plus délicieuse des morts. « Regarde-moi !... » entendit-elle.

Lucrezia remonta des abîmes où elle s'était perdue, et revint à la vie. Elle le retint contre elle. « ... Reste... Reste sur moi... », chuchota-t-elle. Alors il resta sur elle, et la reprit encore. De nouveau ce fut le vertige, le ciel et l'enfer à fleur de peau, l'amour, si triste parce qu'il s'achève et que jamais rien ne peut le retenir. Le ciel s'éclaircissait, et le chant plaintif du hibou ulula une dernière fois. « ... Voici le moment où il faut se séparer... », pensa Lucrezia. Il l'aida à se relever, à se rajuster. Le souvenir des dernières heures la brûlait encore, mais elle savait que c'était déjà du passé... Le comte Vernio perçut sa détresse.

— Je vais demander ta main, Lucrezia. Dès demain !...

Ils refirent le même trajet en sens inverse. L'aube se levait sur la ville... Quelques couples se pressaient. L'Arno devenait rose et charriait ses eaux turbulentes.

Rien n'avait changé. Lucrezia s'en étonnait en silence. Comment le monde ne s'était-il pas transformé ?... Elle aimait le comte Vernio avec une telle force, une telle violence qu'elle pensa soudain que cet amour la condamnait à mort... « Plus rien n'existera pour moi s'il me quitte... Ni le monde ni ma famille, rien... »

— Lucrezia, devant Dieu, je te le jure, je ferai de toi ma femme légitime...

Il la serrait contre lui, tentait de la rassurer, mais le cœur de Lucrezia restait sombre, et sombre l'avenir immédiat qu'elle entrevoyait.

— Je vais aller au couvent, dit-elle en soupirant. Rien ne fera fléchir papa... Mais je t'en prie, attends un peu avant de lui parler ! Attends jusqu'à mon départ...

— Je lui parlerai... Je te le promets... Mais il faut que nous restions prudents, Lucrezia, ma mie, ma douce...

Elle pencha la tête en arrière, réclamant un dernier baiser. Il faisait grand jour maintenant.

Le soleil illuminait la ville lorsque enfin Lucrezia regagna seule le palais Alessandri. Nul ne l'aperçut, et elle s'étonna de trouver la porte d'entrée ouverte... En passant devant la chambre de Giuseppina elle crut entendre des rires, une voix de jeune garçon, celle de Giuseppina qui répondait, puis des chuchotements qui cessèrent aussitôt. Une vague réminiscence lui vint à l'esprit. « Benvenuto ? » pensa-t-elle un instant. Puis ivre de fatigue elle glissa dans ses draps et sombra dans le sommeil.

IX

LE COMTE VERNIO

Par une splendide journée de juillet, le comte Vernio fit sceller son cheval pour se rendre chez Francesco Tornabuoni. Il était plein de joie. Son allégresse se manifestait par une excitation gaie et chantante, par une exubérance inusitée, l'envie de danser et de plaisanter. Lorsqu'il arriva à destination, son visage était celui d'un homme confiant en son destin. Il avait la délicieuse sensation que tout conspirait en sa faveur. Il regarda longtemps la maison avant d'y pénétrer. Lucrezia y demeurait, et sans doute était-ce son rire, venu des étages, qui parvenait jusqu'à lui. Savait-elle qu'il venait aujourd'hui... Ah s'il pouvait l'apercevoir, ne fût-ce qu'une toute petite seconde... Son cœur battait comme celui d'un jouvenceau de quinze ans, à ses premières amours...

Un hallebardier le fit entrer dans le cabinet de travail de Francesco Tornabuoni qui l'accueillit en souriant.

— Ah !... je vois que l'été a fini par vous rendre la joie de vivre. Jamais vous n'avez eu aussi bon visage, comte Vernio... Est-ce une affaire de cœur qui vous donne cet air gaillard ? Mais vous les collectionnez, mon ami !

Le comte Vernio était si heureux qu'il ne s'offusqua pas : il pensait à Lucrezia, à son avenir avec elle, et se disait que dès que le but réel de sa visite serait atteint, il demanderait sa main. Cette idée était si bouleversante de splendeur et de joie qu'il aurait embrassé Francesco séance tenante. Heureusement il se ressaisit à temps et répliqua avec cette légèreté heureuse qui le rendait si sympathique à la gent féminine, et si odieux aux hommes :

— Il ne s'agit pas d'affaire de cœur... pas encore ; mon deuil est loin d'être terminé. Si je viens vous voir, c'est qu'il s'agit d'argent...

— D'argent? (Le visage de Francesco devint grave.) D'argent?... répéta-t-il impénétrable. Vous êtes venu pour m'emprunter de l'argent?

Depuis la ruine de la maison Bardi près d'un siècle auparavant, aucun banquier florentin digne de ce nom n'eût prêté à ses descendants ne fût-ce qu'un demi-ducat. La vieille Adriana de Bardi, qui vivait maintenant cloîtrée, à demi impotente, en savait quelque chose, elle qui s'était obstinée des années durant à vouloir faire renaître cette vieille banque dont elle avait épousé la cause en même temps que l'héritier. Le comte Vernio de Bardi, cousin du père de Contessina, avait été admis parmi les banquiers tant que sa femme Lisetta Caffarelli vivait. Elle morte, il n'était plus qu'un homme sans argent... donc sans intérêt.

A grand-peine, le comte Vernio retint un sourire devant l'expression d'affolement de Francesco.

— Je désire emprunter à la banque Tornabuoni la somme de trente-six mille florins.

— Trente-six..., s'étrangla Francesco. Vous êtes fou! Complètement fou!... Personne... Trente-six?... (Il se redressa, le front en sueur.)... C'est une plaisanterie, n'est-ce pas?

— Non. C'est extrêmement sérieux.

Francesco Tornabuoni s'épongea le front.

— Il n'en est pas question... n'est-ce pas? Mais puis-je savoir? Que voulez-vous faire d'une somme pareille?

Le comte Vernio ne s'était pas laissé démonter par ce premier refus, auquel il s'attendait. Tranquillement il avança ses arguments, convaincu que ceux-ci emporteraient l'adhésion de Francesco...

— Je désire m'associer à Martelli dans sa manufacture d'armes. Les Français auront sous peu une armée permanente qu'il faudra équiper; les Turcs sont toujours en guerre et je vous parie votre fortune contre ce qui reste de la mienne qu'il y aura toujours assez d'imbéciles de par le monde pour s'entre-tuer et payer au poids de l'or mousquetons, bombardes, ou lansquenets... Les raisons d'une guerre ne manquent jamais... J'ai réfléchi. Le meilleur moyen pour moi de gagner rapidement de l'argent, et de redorer le blason des Bardi, c'est de me lancer dans l'armement.

La guerre entre les Anglais et les Français a ruiné ma famille, parce que mon grand-père a prêté de l'argent à Edouard III d'Angleterre. Il vaut mieux vendre des armes que de prêter de l'argent... J'ai mis du temps à comprendre cela mais je l'ai compris. L'Angleterre ne nous remboursera jamais... En revanche, elle paiera rubis sur l'ongle ce vieux filou de Martelli qui la fournit en armement... Il a une devise qui fait plier les plus récalcitrants : « Pas d'argent, pas d'armes... » C'est tout. C'est simple, n'est-ce pas ? Martelli veut s'agrandir. Je le sais.

Le comte Vernio exposa longuement ses plans. Il luttait en cet instant pour lui et pour Lucrezia. Il fallait qu'il gagne cette partie et y mettait tout son talent de persuasion. « Comme le voilà sûr de lui, se disait Francesco, où en est-il avec ce coquin de Martelli ?... Cela a-t-il été plus loin qu'une simple conversation ?... » Et à mesure qu'il écoutait le comte Vernio, quelque chose en lui se durcissait, se glaçait, un soupçon grandissait. « Il n'en veut pas seulement à mon argent..., sinon il serait allé voir Cosimo... Son plan est excellent et Cosimo l'aurait soutenu. Il veut me convaincre de sa valeur, de son savoir-faire... il veut me convaincre... de... » Il ne parvenait pas à formuler ce qu'il soupçonnait maintenant. De temps à autre il hochait la tête en signe d'approbation, mais il n'écoutait plus.

— ... Fabrication et commerce : on gagne sur les deux tableaux ! Voilà ce que j'ai déduit de mes observations. Et c'est pour cela que je suis venu vous voir..., acheva enfin le comte Vernio.

Le mince visage aux traits accusés de Francesco s'était altéré. Il parvint à s'arracher un sourire et demanda, feignant l'indifférence :

— Est-ce le Signor Martelli qui vous a fait cette proposition d'association ?

— Non. Pourquoi ?

Francesco détourna la tête afin de dissimuler son soulagement.

— Vous avez raison : une manufacture d'armement est une source inépuisable de profits... Et vous prêter de l'argent serait sans risque pour une réalisation de ce genre... Mais je ne le ferai pas... Pour plusieurs raisons.

Le comte Vernio eut l'impression que le sol se dérobait sous lui. Il blêmit, et une sueur froide vint mouiller son front.

— Pourquoi ?... Une seule raison me suffit... Vous vous disiez mon ami !

— Comte Vernio, vous êtes mon ami, et je désire que vous m'écoutiez en ami... Ce que je veux vous dire est encore un secret jalousement gardé. Cosimo de Médicis et moi avons décidé de nous associer à Martelli... Il y a longtemps de cela ! Depuis que Francesco Sforza est venu sceller son amitié avec Cosimo par un pacte d'alliance. Voyez ! Je suis d'accord avec vous ! Une manufacture d'armes c'est comme si nous avions une mine d'or sous nos pieds. Comme il n'a pas les liquidités pour l'agrandir, celle de Martelli fonctionne très en deçà de ses possibilités ! Avec notre argent, cette affaire peut devenir très prospère. Cosimo a dans la tête de faire comme les Français : une armée permanente entretenue par la Seigneurie.

— Les Français n'en sont pas encore là... Tout cela n'est que projet, dit machinalement le comte Vernio.

— Ils l'auront !... Aucun grand pays ne peut éviter de se doter d'une armée et... bien entendu d'un armement... Après la France, ce sera la Germanie, la Hongrie, les Etats italiens, les Turcs... Tous... Tous viendront puiser chez nous les moyens de s'entretuer... Vous comprenez pourquoi je ne peux vous prêter cette somme ?... Mais pour vous prouver combien je suis votre ami, je vais vous faire une suggestion.

Il y eut un silence. Le comte Vernio était sur ses gardes. Il cherchait à comprendre quelque chose qui lui échappait. Ses yeux noirs, perçants, ne quittaient pas son interlocuteur. Seul le frémissement involontaire de ses lèvres sinueuses trahissait son émotion.

— Je vous écoute..., dit-il enfin.

— Epousez Franca Martelli. Lorsque votre deuil sera achevé, naturellement. Là vous n'aurez qu'à vous louer d'être le gendre d'Andrea Martelli et par voie de conséquence notre associé...

— Non..., dit brutalement le comte Vernio.

Francesco Tornabuoni sursauta. Ses soupçons se trouvèrent confirmés par ce refus brutal. Et il éprouva pour son interlocuteur une haine féroce. « ... S'il a eu l'audace de me venir voir..., pensait-il haletant, c'est que Lucrezia et lui... se sont parlé... Où ? Quand ? Le jour du Palio ? Mon serviteur Fernandino m'a dit que mes filles étaient rentrées à l'aube... Oh ! j'en aurai le cœur net !... »

— Et pourquoi ?... reprit-il à voix haute. C'est une jeune fille fort riche et fort jolie... Son père la dotera d'une manière royale, surtout si elle épouse un aristocrate...

L'expression du comte Vernio devint glaciale. Les deux hommes se dévisagèrent sans broncher.

— Franca Martelli est une petite personne fort charmante, c'est vrai. Mais je... je pense à quelqu'un d'autre.

— Ah ! ah !... Une autre belle ! dit Francesco en forçant son rire. Et peut-on savoir ?...

— Non. Il est encore trop tôt pour en parler...

Francesco fixa le comte Vernio. Il s'efforça de sourire, mais ses lèvres desséchées lui refusèrent ce service.

— Ne vous méprenez pas, Vernio... Vous n'avez pas d'argent personnel, un nom, certes... et même un nom célèbre, un vieux nom chargé de gloire. Avec vous c'est l'ancienne maison des Bardi, des Strozzi... toute la gloire de Florence, mais vous n'avez plus rien... Si vous portez les yeux sur une jeune fille de notre classe, elle vous sera refusée. Pas seulement parce que vous n'avez pas d'argent, mais aussi parce que votre réputation est telle qu'aucun père de famille honnête ne pourrait vous donner sa fille sans trembler pour sa malheureuse enfant... Franca Martelli est belle, délurée, riche... A la mort de son père, tout lui reviendra... Si son père ne se remarie pas, bien sûr... Tout ! Les fonderies, les mines d'alun, de fer, les manufactures d'armes blanches... Et les fermes... Le vieux Martelli possède une dizaine de fermes entre Florence et Volterra... C'est là un parti qui ne peut que vous convenir, comte Vernio... Ne cherchez pas ailleurs... vous n'y rencontrerez que des refus...

Très pâle le comte Vernio esquissa un sourire.

— Et vous vous dites mon ami... Je suis venu vous demander une aide, et vous me donnez des leçons de morale.

— Je pourrais vous mentir. Je préfère être franc. Vous êtes venu pour m'emprunter de l'argent, pour une excellente affaire, je le reconnais, cette affaire Cosimo et moi y songeons nous-mêmes depuis des lustres. Quant à vos histoires de cœur... je vous mets en garde, c'est tout. Essuyer un refus ne pourrait que vous humilier. Voyez si je suis franc... si vous me demandiez la main de l'une de mes filles, de... eh bien, de Lucrezia par exemple, je refuserais. Je refuserais tout net... Et je vous interdirais même d'y songer... Mais bien sûr, vous ne songez ni à Lucrezia ni à aucune de mes filles ! Et c'est pour cela que je vous invite à venir nous rendre visite aussi souvent que vous le désirez... A propos, vous ai-je dit que Lucrezia allait parfaire son éducation au couvent ?...

— Je crois... en effet... il me semble.

— Je ne sais pourquoi je vous raconte tout cela, comte Vernio. Cela ne saurait présenter pour vous le moindre intérêt... Cosimo de Médicis et moi avons un mariage en vue pour elle. Mais chut ! pas un mot ! Elle vous porte beaucoup d'affection. Si elle vous demande conseil, soyez aimable : encouragez-la... Ce mariage est important pour nos deux familles... Quant à vous, épousez donc Franca Martelli ! Songez-y ! Nous serions associés dans l'une des plus grosses entreprises jamais nées dans le monde. Et songez à la fortune qui vous attend ! Vous êtes comme nous, comte Vernio. Vous aimez l'argent ! Vous ne seriez pas un Bardi sans cela !... Alors suivez mon conseil !

Maintenant le comte Vernio n'était désireux que d'une chose, s'en aller. S'en aller loin de cet homme au regard froid et dur, qui en trois minutes venait de réduire à néant toute sa joie de vivre. Disparue l'allégresse de la matinée, disparue cette impression de marcher sur des nuages, d'avoir retrouvé ses vingt ans... Quel sot il avait été... Il était venu plein de confiance vers Tornabuoni, le chef de sa consorteria, son complice, son ami... Il s'était piégé lui-même, en dévoilant ses batteries. Sot... triple sot !... Certes, Francesco Tornabuoni pouvait rire... Tous ses rêves étaient morts. Il n'y avait plus qu'à les enterrer avec l'air du temps, qui allait passer sur eux. Il s'était imaginé demandant la main de Lucrezia, de Lucrezia qu'il aimait désespérément, à qui il avait promis le mariage... Mais que faire ?... S'enfuir avec elle ? où ? avec quel argent ?... Cependant, l'enlever et l'épouser était une solution que son esprit caressa un moment. Quitte à risquer sa vie, quitte à défendre, l'épée à la main, son droit à l'amour, au bonheur. Mais, sur un point — un seul point mais d'importance —, Francesco ne s'était pas trompé. Le comte Vernio de Bardi avait horreur de la misère, et le manque d'argent l'affolait.

Francesco Tornabuoni raccompagna le comte Vernio. Sur le perron, les deux hommes prirent congé l'un de l'autre avec une politesse glaciale. Un palefrenier tenait le cheval du comte

Vernio, et c'est glacé et absent qu'il se mit en selle et partit au galop, sans se retourner...

La semaine suivante, le comte Vernio n'avait toujours rien décidé... Il s'efforçait de ne pas penser à Lucrezia, mais tout le ramenait vers elle. Une chanson entendue dans la rue, une silhouette entrevue, et même Franca Martelli qu'il rencontrait fréquemment. A l'aube, par exemple, lorsqu'il partait sur son cheval, pour l'une de ces longues promenades au galop qui le laissaient physiquement brisé, mais l'esprit en paix, il lui arrivait de croiser plusieurs fois le cheval de la Signorina Franca Martelli qui montait à merveille et lançait son cheval au triple galop, provoquant le comte Vernio dans une course de vitesse.

Chacune de ces rencontres lui était extrêmement désagréable... ou du moins s'en persuadait-il, car il reconnaissait qu'en d'autres temps il avait été séduit par la jeune femme. Elle le regardait comme le regardaient les catins qu'il avait fréquentées. C'était le regard d'une jolie femme, plein de désir, d'invite à pousser loin la bagatelle. « ... Tudieu ! pensait-il alors, je coucherai avec elle quand bon me semblera... Mais pour le moment... » Bizarrement, le seul être chez qui il trouvait du réconfort et pouvait se confier tout à son aise de Lucrezia était Lorenzo de Médicis. A Careggi les deux hommes parlaient des femmes. Lorenzo admettait ses erreurs.

— On ne doit jamais épouser une femme qui ne vous aime pas..., dit-il un jour. Ginevra m'a été imposée par son père et par mon frère, parce que ce mariage les arrangeait tous les deux... Et moi j'ai accepté... que dis-je ? j'ai remercié le ciel à genoux lorsqu'il a mis dans mon lit Ginevra... Ginevra qui ne pensait qu'à son cousin Rinaldo, et qui, chaque fois que je la prenais, s'imaginait dans les bras de ce butor...

— Alors pourquoi encourager le mariage de Piero et de Lucrezia ? Lucrezia ne l'aime pas et ne l'aimera jamais...

Lorenzo soupira :

— Piero est mon neveu et je l'aime comme un fils... Franchement comte, je ne souhaite pas ce mariage. Mais j'ai promis à Piero de l'aider et je respecterai ma promesse... Les hommes sont ainsi faits, mon ami, qu'ils peuvent servir, et même mourir pour une cause à laquelle ils ne croient pas, et ce par un curieux sentiment... qu'on appelle l'honneur... le respect de la parole donnée. Comprenez-vous ? J'ai donné ma parole à Piero...

Le comte Vernio hocha la tête.

— Peut-être. Mais Lucrezia m'aime et je l'aime, et je l'épouserai...

— Non, dit doucement Lorenzo.

Et comme le comte Vernio le fixait avec colère :

— Ne me regardez pas ainsi... Je n'y suis pour rien... Mais personne au monde ne peut lutter contre Cosimo dès lors qu'il s'est mis quelque chose en tête... Et il a décidé que son fils épouserait Lucrezia Tornabuoni...

— C'est ce qu'il reste à voir..., murmura le comte Vernio entre ses dents.

Lorenzo ne répondit pas. Mais le regard qu'il posa sur son ami était plein de pitié et de compassion.

Chez les Tornabuoni, sur ordre de Francesco, personne ne prononçait plus le nom du comte Vernio sans y associer aussitôt celui de Franca Martelli. Mais ce qui aurait dû frapper Francesco et qu'avait déjà compris Selvaggia, c'était le changement d'expression de Lucrezia lorsqu'on parlait devant elle du comte Vernio de Bardi. Et depuis quelques jours, on en parlait bien souvent, par l'un de ces hasards qui font qu'une personne se trouve brusquement sous les feux de la célébrité. Cosimo de Médicis avait proposé au comte Vernio de participer à la vie politique de la République, et de représenter Florence au nouveau Concile qui allait siéger à Ferrare.

Le conflit s'éternisant entre les différents Pères de l'Eglise, le pape accéda à la demande de Cosimo et décida enfin, dans un premier temps, le transfert du Concile.

— Il serait bon que l'empereur de Byzance et l'ensemble du clergé d'Orient fussent présents à Ferrare... Mais il ne faut pas trop insister là-dessus. Ferrare n'est qu'une étape avant Florence, et je veux tous ces gens-là dans notre ville..., dit Cosimo de Médicis au comte Vernio. Vous êtes l'un des rares Florentins à vous exprimer aussi bien en arabe qu'en latin ou en grec... Acceptez-vous ?

Cosimo, éclairé par quelques on-dit, connaissait la passion qui liait Lucrezia et le comte Vernio, et souhaitait surtout éloigner ce dernier de Florence durant quelques années. « Avant que ce Concile puisse définitivement s'installer à Florence..., pensait-il, il s'écoulera au moins deux ou même trois ans... D'ici là, le comte Vernio aura été conquis par d'autres donzelles, et Lucrezia aura oublié un amour d'adolescente... » Ainsi pensait Cosimo de Médicis en ces jours de juillet 1437...

Or, selon la loi, le comte Vernio de Bardi devait, pour participer à la vie politique de Florence, renoncer à tous ses privilèges aristocratiques (comme l'avaient fait le vieux Tornabuoni et son fils Francesco). A la grande colère de Francesco et de Cosimo, le comte Vernio refusa. « Je suis né aristocrate et je mourrai ainsi ! répondit-il à Cosimo. Peu m'importe le pouvoir ! » Il subodorait vaguement un complot dirigé contre lui. Mais, confiant dans sa bonne étoile, il renonça à approfondir davantage...

Furieux, Francesco Tornabuoni répétait volontiers cette phrase du comte Vernio, espérant démontrer à son entourage combien ce dernier était stupide. Il ne remarquait pas (ou feignait ne pas le remarquer), tout à sa stupeur, que Lucrezia lui posait des questions, insistait sur des vétilles dans le simple but de faire prononcer par son père ce nom tant adoré. Alors son visage s'animait et ses yeux sombres devenaient si lumineux que Selvaggia en avait le cœur serré. « Quoi qu'elle ait pu faire autrefois, c'est ma fille ! pensait-elle. Elle va encore souffrir ! Le comte Vernio n'est pas fait pour elle ! » Elle invitait souvent Piero de Médicis à leur rendre visite, accueillant le jeune infirme avec chaleur, s'efforçant de le mettre en valeur, vantant son cœur, son caractère raisonnable, l'opposant au comte Vernio, ce coureur de jupons si versatile, si léger malgré son indéniable séduction. « La séduction d'un homme n'a jamais rendu une femme heureuse ! disait-elle, sentencieuse. Au contraire ! Ce sont les séducteurs qui courent les jupons, qui cocufient leurs femmes et les font souffrir... » Elle feignait de se quereller avec Francesco, coupant la parole à son mari lorsque celui-ci s'attardait sur la sottise du comte Vernio. « Encore cette histoire !... s'écriait-elle simulant l'indignation. Mais tu nous fais bourdonner les oreilles avec cela ! Messer Piero, dites-nous... Ce

Concile? va-t-il vraiment siéger à Florence? Comment votre père va-t-il s'y prendre? Partirez-vous avec la délégation florentine pour convaincre le pape Eugène?

Pris dans le tourbillon de la conversation, Piero parlait du prochain Concile, regardant Lucrezia à la dérobée afin de constater l'impact de ses paroles sur la jeune fille, mais seule Selvaggia pouvait voir combien Lucrezia était déçue. Elle s'éloignait de la société, prenait son luth et fredonnait son refrain favori :

Avant que le jour ne s'éloigne
Fais qu'il vienne à ma porte
Celui que j'attends depuis toujours
Que mon amour le perce
Comme je le fais de ce cœur....

Jamais Piero de Médicis n'avait été aussi heureux. Il se sentait mieux. Ses douleurs s'étaient atténuées sous l'effet d'un nouveau traitement, et surtout, il rendait visite aux Tornabuoni presque quotidiennement. Il y était accueilli comme un fils, et dans sa naïveté, il s'était persuadé que Lucrezia le considérait comme un fiancé possible... Il ne pouvait ou ne voulait s'apercevoir que la gentillesse de Lucrezia à son égard ne différait en rien de celle qu'elle manifestait à ses autres soupirants, que Giuseppina et Bianca s'ingéniaient à s'occuper de lui dès lors que, très rarement, le comte Vernio était présent. Mille petits détails auraient dû mettre Piero de Médicis sur la voie... Mais il fut sourd et aveugle jusqu'à un certain soir de juillet, où le voile se déchira.

Toute la société, qui habituellement se réunissait au palais Alessandri, était là et Piero avait réussi à entraîner le comte Vernio chez les Tornabuoni. Il y avait ce soir-là une petite assemblée de jeunes gens, amis et relations venus célébrer l'installation du Concile à Ferrare.

— Ferrare va précéder Florence de quelques mois... une année tout au plus! s'exclama Francesco Tornabuoni en accueillant les deux hommes... Ah! ce diable de Cosimo a réussi! Je ne l'aurais pas cru! Non vraiment! Il tient l'Église dans sa main...

comme ça ! (Il tendit sa main ouverte qu'il referma brusquement plusieurs fois.) Comme ça..., répéta-t-il.

— Cosimo est passé maître dans les affaires étrangères, dit le comte Vernio en souriant, très heureux de ce qu'il venait d'apprendre. Finalement Florence va devenir le centre du monde... C'est exactement ce que voulait votre père, acheva-t-il en s'adressant à Piero.

C'était une soirée exceptionnellement animée. Il faisait encore chaud, mais une chaleur agréable et odorante, avec de temps à autre des bouffées de vent qui rafraîchissaient délicieusement l'atmosphère. Les fenêtres de la grande salle étaient ouvertes sur le jardin. Non vraiment, aussi loin qu'il pouvait s'en souvenir, jamais Piero de Médicis n'avait été aussi heureux que ce soir-là, et jamais l'accueil que lui avaient réservé Francesco et Selvaggia n'avait été aussi affectueusement familier, aussi amical. On le traitait comme le fils de la maison et tous les invités paraissaient convenir qu'il en était ainsi... Une table avait été dressée pour un souper, et la gourmandise du jeune homme y devinait, bien qu'il en fût à quelque distance, de quoi satisfaire largement les estomacs les plus difficiles... Jamais les femmes n'avaient été aussi jolies, aussi aimables, en particulier les trois sœurs Tornabuoni autour de qui tournaient un essaim de soupirants. Il était si heureux que des larmes mouillèrent ses yeux et qu'il dut s'appuyer sur un meuble.

Alarmé, le comte Vernio le soutint.

— Vous ne vous sentez pas bien ? demanda-t-il.

— Oh si !... Tout à fait bien... j'ai... Quelle merveilleuse soirée, n'est-ce pas ?

Le comte Vernio regarda autour de lui avec détachement. Il n'y avait là rien qui fût différent des centaines d'autres soirées tout à fait semblables, réunissant les mêmes personnes, dont certaines, d'ailleurs, portaient les mêmes toilettes, et qui échangeaient les mêmes phrases banales et creuses... Ses yeux revinrent vers Piero qui offrait l'image du bonheur le plus béat. « ... C'est le regard que l'on porte sur les choses qui fait que celles-ci sont belles, laides, ou sans intérêt... », songea le comte Vernio, qui dit à voix haute :

— Sans doute est-ce là une fort agréable soirée... Ah ! voici la Signorina Lucrezia qui vient nous saluer...

Imperceptiblement sa voix et son visage avaient changé d'expression. Nul ne pouvait s'en rendre compte, tant était puissante l'emprise que le comte Vernio avait sur lui-même. Nul... sauf Piero qui, surpris dressa l'oreille, dévisagea son ami et observa Lucrezia qui venait vers eux.

Ce soir-là, la jeune personne était particulièrement séduisante. Elle portait une robe que connaissait déjà le comte Vernio, une robe pleine de souvenirs qui l'émurent, une robe en soie rouge foncé, toute rebrodée de velours noir et de perles fines, qui mettait en valeur la peau blanche de Lucrezia. Une perle d'une rare pureté brillait sur son front. Sa chevelure noire flottait, soyeuse, sur ses épaules. Sous l'éclat des torches et des lampes à huile, les deux hommes qui l'aimaient pensèrent qu'ils n'avaient jamais vu jeune fille plus troublante, plus attirante. De nouveau Piero de Médicis eut envie de pleurer de bonheur. « Qu'a-t-elle ? » pensa-t-il, frappé par l'extraordinaire luminosité du regard sombre, par le timide sourire tremblant qui étirait la grande bouche rouge, si sensuelle. Elle brillait d'un feu intérieur étrange, fascinant. « Qu'a-t-elle ?... » Le jeune homme cherchait une réponse, une réponse que l'attitude du comte Vernio lui donna et que d'abord il refusa de comprendre.

En effet le comte Vernio était pâle, contraint, et cependant lorsque ses yeux se posaient sur Lucrezia, son regard exprimait une tendresse, une douceur telles que Piero crut un instant mourir de douleur. Il ne faisait aucun doute que son meilleur ami aimait Lucrezia Tornabuoni et que la jeune fille répondait avec ferveur à la passion de ce dernier. Ce fut comme un éblouissement, un déchirement atroce qui, dans la seconde même, le blessa de telle sorte qu'il crut sincèrement qu'il allait mourir. L'intensité de ses émotions l'effraya.

Elles le balayaient, le submergeaient dans un tourbillon sans fin. Anéanti, il détourna les yeux et son regard croisa celui, plein de pitié et de compassion, de Selvaggia. Alors il n'eut plus le moindre doute. Le monde s'écroulait sous lui. Il chancela et dut s'asseoir en s'efforçant de reprendre son souffle. Autour de lui, tout était normal et cela l'étonna. Tout le monde riait, mangeait et chantait ; parfois un jeune couple dansait...

De toute la soirée, Piero ne quitta pas des yeux le couple qui était pour lui l'unique réalité de cette réunion devenue pour lui cauchemardesque. Pourtant il ne se passait rien de répréhensible ni même de douteux. Rien qui pût donner à penser. Ni Lucrezia ni le comte Vernio ne s'adressaient la parole autrement que par des mots légers, dépourvus de signification particulière et auxquels les plus féroces matrones n'auraient rien trouvé à redire. En apparence détaché, voire indifférent, le comte Vernio bavardait avec les jeunes Tornabuoni. Giovanni était tout fier de la confiance que lui manifestait Cosimo de Médicis en le nommant attaché à la banque Médicis de Rome. Giuseppina taquinait le comte, Bianca et Lucrezia écoutaient tranquilles et souriantes. Rien. Il n'y avait là rien de nature à donner le moindre soupçon... Même Francesco Tornabuoni s'y laissa prendre et, très heureux et détendu, pensa que le comte Vernio avait entendu raison. Seul Piero, aux aguets, le cœur à vif, devinait... Il avait envie de hurler contre cette hypocrisie qui le crucifiait. Lui savait, lui avait tout compris. Il était sûr... sûr ! Lorsque Lucrezia avait demandé d'un ton poli : « Comment va votre petite fille, comte Vernio ?... » sa voix était si douce que Piero avait entendu sous cette phrase anodine : « Je vous aime, Vernio... » Et quand le comte Vernio avait répondu : « Mais venez donc la voir, Lucrezia !... C'est une si charmante enfant, encore un bébé... », Piero avait traduit : « Je vous aime, Lucrezia, et je suis le plus malheureux des hommes... » Ils s'aimaient. Tout le montrait, le criait, il fallait être sourd pour ne pas l'entendre, aveugle pour ne pas le voir. Mais lui n'était ni sourd ni aveugle. Il fallait qu'il fasse quelque chose. Il allait les dénoncer. Quelque chose, n'importe quoi pour atténuer la douleur qui le torturait.

Son meilleur ami était épris de la seule femme que lui, Piero, pourrait jamais aimer. Et certainement était-il payé de retour... « Qui a jamais pu résister au comte Vernio ? C'est un séducteur, un homme à femmes... » Et Lucrezia. « Sa » Lucrezia... Avait-elle déjà cédé ? « Oui ! » se disait-il avec cette extraordinaire prescience que donne parfois l'amour. « Oui... cela se voit, cela se sent... Ils peuvent faire semblant de s'ignorer... je le sais... je le sais... Mais où ?... mais quand ? » Il imaginait Lucrezia ployant sous l'étreinte du comte Vernio. Brusquement, une haine féroce l'envahit. Il aurait pu tuer cet homme que jusqu'alors il considérait comme son ami le plus cher...

La douleur le suffoquait à un tel point qu'il crut un instant qu'il allait s'effondrer en sanglotant comme un enfant. Il ne cessait d'observer Lucrezia et le comte Vernio. Maintenant ils étaient assis côte à côte, ne se parlaient pas, ne se regardaient même pas. Ils écoutaient et contemplaient un jeune page qui jouait du luth. Une jolie mélodie plaintive, pleine de mélancolie... Et cette contemplation parallèle, silencieuse, les unissait plus sûrement que ne l'eût fait un taquinage amoureux et badin. L'émotion embellissait Lucrezia d'une manière singulière. Une vive rougeur éclairait l'étroit visage et rehaussait l'expression nouvelle de passion, de tendresse qui avait déjà alerté Selvaggia sur les sentiments que sa fille éprouvait.

Il surprit le regard de Selvaggia qui dévisageait le couple, les sourcils froncés, l'air inquiet. Elle paraissait sur le qui-vive. Soudain, son regard se reporta sur Piero et elle comprit instantanément tout ce qui se passait dans la tête du malheureux jeune homme. Alors, vivement, elle rompit le charme, l'obscur enchantement, en s'adressant à sa fille :

— ... Eh bien, Lucrezia ! Tu oublies tous tes devoirs ! Si tu offrais les pâtisseries, les friandises, les liqueurs ou des boissons fraîches ?... Qu'as-tu donc ce soir à bayer aux corneilles ?... A quoi penses-tu ? Est-ce ainsi que se conduit une jeune personne bien élevée ?

Lucrezia sursauta et posa sur sa mère un regard hébété.

— ... Piero, mon garçon, offrez donc votre bras à Lucrezia.

La voix joyeuse de Selvaggia fut comme un baume sur le cœur de Piero. Il s'approcha de Lucrezia, lui tendit le poignet pour qu'elle y prît soutien, puis accepta les friandises qu'elle lui offrit, souriante.

— On ne vous entend pas beaucoup ce soir, Messer Piero. Que se passe-t-il ?

C'était la même voix gaie qu'à l'accoutumée, et le regard de la jeune fille était si doux, si gentil, que Piero voulut chasser ses mauvais pressentiments, se laisser bercer par l'amour qu'il éprouvait pour Lucrezia et repousser un sentiment nouveau, lorsque ses yeux se posaient sur le comte Vernio ; la haine la plus féroce qu'il eût jamais éprouvée pour un être vivant.

A cet instant, le comte Vernio, fatigué d'écouter ses compagnons, sentit peser sur lui le regard fasciné de Piero. Comprit-il ce qui se passait ? Eut-il un soupçon, aussi vague fût-il de la souffrance de Piero ? Toujours est-il qu'il vint vers le jeune homme, souriant, amical et, d'une légère pression de la main sur l'épaule de celui-ci, s'efforça de le rassurer.

— Alors ami..., dit-il. Tout va bien ?

Piero rougit. Une vive émotion s'empara de lui. L'amitié qu'il éprouvait pour Vernio refit surface, lui serra la gorge.

— Oui. Oui... tout va bien...

Il n'y avait plus rien. Aucune trace de maléfice. Rien. Absolument rien de ce qui le torturait une minute auparavant. Alors il eut honte de lui-même, honte de ses pensées. « Comment ai-je pu supposer ?... Une si délicieuse jeune fille ! Et cet homme qui est mon ami, mon unique ami... Vraiment ! je ne suis qu'un butor... »

Les jours suivants, Piero s'étonna de constater, en éprouvant une joie qu'il ne s'expliquait pas, que le comte Vernio refusait d'aller au palais Alessandri. Piero n'insistait pas davantage et s'y rendait seul, et ravi de l'être.

L'absence de visites du comte Vernio (il y avait maintenant près de quinze jours qu'il n'était pas venu) préoccupait fort Selvaggia qui n'était pas sans remarquer la tristesse de Lucrezia. L'été avançait doucement vers l'automne et bientôt viendrait le temps de son départ au couvent. Chaque jour la jeune fille attendait une visite, un signe, mais le crépuscule tombait sans que le comte Vernio parût. Francesco et Selvaggia observaient leur fille sans souffler mot de ce qu'ils savaient.

Dépêchée aux renseignements, Giuseppina ne put obtenir qu'un « Le comte Vernio est toujours pris au palais Médicis... C'est tout juste s'il n'y dort pas ! Messer Cosimo ne peut plus se passer de sa personne... Le Concile... une nouvelle manufacture d'armes, que sais-je ?... A peine a-t-il le temps de manger. »

Le visage de Lucrezia avait perdu ses couleurs, et, quand elle se croyait à l'abri des regards, son expression était pathétique de désespoir. Pourquoi le comte Vernio ne venait-il pas demander sa main ? Qui l'en empêchait ? Pourquoi ne venait-il plus la voir ? Rien... pas une nouvelle, pas un message... Son attente était intolérable, et intolérable sa souffrance.

Le pire était l'attitude de ses parents. Selvaggia et Francesco lui parlaient peu, s'interrompaient lorsqu'ils la savaient dans les parages, l'observaient à la dérobée et ne cessaient de chanter les louanges de Piero de Médicis, tant et si bien que Lucrezia finit par prendre le malheureux en grippe. En revanche, ils ne mentionnaient plus jamais le nom du comte Vernio. Lorsqu'ils revinrent d'une courte visite à Cosimo, Lucrezia comprit que son sort était décidé. L'expression triomphante de son père et le visage dissimulé de sa mère l'éclairèrent mieux que ne l'eussent fait des mots. « Ils peuvent toujours arranger un mariage entre Piero et moi... je m'en soucie peu ! Je me sauverai ; je ne l'épouserai jamais... Personne ne pourra me forcer ! »

Elle espérait toujours une visite du comte Vernio. Elle voulait le voir. Elle voulait l'entendre. Et, à force de se torturer, de ne rien manger, Lucrezia tomba malade. Elle fut prise d'une sorte de fièvre et dut garder la chambre...

Francesco Tornabuoni était inquiet. Juste au moment où il avait besoin de tous ses esprits pour mener à bien une mission délicate que lui avait confiée Cosimo de Médicis — l'essai de nouvelles poudres explosives qui s'annonçaient d'un rendement supérieur à celles fabriquées jusqu'alors — sa fille, cette petite sotte, tombait malade « d'amour ». Cela se pouvait-il seulement ? Pouvait-on raisonnablement mourir d'amour, comme le lui affirmait le vieux docteur Elias qui exerçait encore malgré son grand âge ?... Irrité par la réponse du vieux philosophe-médecin, mais non convaincu, Francesco déambula plusieurs heures dans son cabinet de travail avant de prendre une décision radicale... Il ne voulait pas la mort de son enfant ! L'idée même qu'il pouvait être responsable de la maladie de Lucrezia lui faisait horreur. Il en voulait à sa fille de ne pas manifester plus de raison, elle d'habitude si intelligente... « Elle est aussi sotte que ses pareilles, pensait-il avec amertume... Aussi sotte !... » De plus il ne voulait pas faire du comte Vernio son ennemi. Même sans argent, ce dernier était puissant, écouté et suivi par une foule de chevaliers-gentilhommes soucieux de reconquérir leurs privilèges d'antan. Aussi décida-t-il de parler à Lucrezia, quitte à maquiller la réalité... Après mûre réflexion et des discussions sans fin avec Selvaggia, Francesco opta pour un pieux mensonge... Alors seulement il monta dans la chambre de sa fille.

Celle-ci était couchée, petit fantôme pâle, ses longs cheveux noirs dénoués sur l'oreiller. Elle ouvrit les yeux lorsqu'elle entendit son père renvoyer les gardes-malades et les servantes... Francesco s'installa auprès du lit. Il avait peine à dissimuler sa colère. Il détestait être obligé de mentir et haïssait la situation dans laquelle il se trouvait par la faute de Lucrezia. Pourtant il s'émut en prenant la main brûlante de sa fille et s'affola en voyant les grands cernes violets qui cerclaient ses yeux.

— Lucrezia, mon enfant, commença-t-il d'une voix hésitante, il faut que je te fasse un aveu... Peut-être aurais-je dû t'en parler plus tôt, mais... je pensais que ton avenir, ton bonheur était mon affaire... et surtout que tu avais confiance en moi... que tu savais au fond de toi-même que je ne pense qu'à ton bonheur... Ecoute-moi, mon enfant, non, ne dis rien!... L'aveu que je te dois ne me réjouit pas le moins du monde, mais je ne veux pas que tu tombes malade... Ecoute!

Il se mit à aller et venir dans la pénombre tamisée de la chambre. Enfin il s'arrêta et observa sa fille.

— Il n'y a pas un mois, le comte Vernio de Bardi est venu me demander ta main...

Lucrezia se redressa sur ses oreillers. Sa bouche s'ouvrit, mais aucun son n'en sortit. Elle fixa son père avec une expression égarée, ses yeux s'agrandirent plus encore, et se remplirent de larmes...

Francesco détourna la tête.

— ... J'ai dit non, naturellement, mon enfant. Il était impossible pour moi d'accepter un tel mariage! Le comte est sans fortune, il est père, beaucoup plus âgé que toi... encore que ce dernier point soit sans importance, se hâta de préciser Francesco songeant à la probabilité d'un mariage entre Giuseppina et le vieux Martelli, bien plus âgé que le comte Vernio... Mais surtout... hum... surtout...

Lucrezia reprit son souffle et parvint à articuler :

— Surtout?... Surtout quoi?... Je t'en prie, papa! Dis-moi!

Soudain Francesco eut honte de lui, de ce qu'il allait dire, et il rougit en détournant la tête.

— Ah! je ne sais si ce ne sont pas des racontars! Je n'ai aucune preuve, évidemment. Mais tu connais le comte Vernio! Incapable de résister à une jolie femme...

Il feignit de rire, comme si ce qu'il venait de dire n'était qu'une chose sans importance, voire une plaisanterie...

— Que veux-tu dire, papa ?...

Lucrezia insistait mais n'écouta pas la réponse. « Il a demandé ma main ! chantait son esprit. Je le savais qu'il ne me mentirait pas... oh Vernio... Vernio... je suis si heureuse... »

— Il paraît que Lisetta à peine enterrée, le comte aurait été vu avec Franca Martelli... dans une situation malhonnête... Ecoute, mon enfant... Tout n'est peut-être que calomnies. Mais je veux que tu sois à même de te faire une opinion. Je pense que tu es encore trop jeune pour juger raisonnablement d'une telle situation. Accorde-moi deux ans... Lorsque tu reviendras du couvent, tu pourras revoir le comte Vernio. Si tout ce qu'on raconte est faux, j'accepterai que tu épouses le comte Vernio, je t'en donne ma parole d'honneur ! Mais si tout ce qu'on raconte est vrai, si cet homme est un dévergondé sans honneur, qui ne songe qu'à courir les donzelles, je voudrais qu'à ton tour tu fasses confiance à ton père et que tu acceptes l'époux qu'il te propose. N'est-ce pas là un marché honnête ?

Il se tut soudain car Lucrezia s'était mise à pleurer comme une enfant. De longs sanglots, profonds, qui secouèrent ses épaules tremblantes. Mais, et cela Francesco ne pouvait le voir, il y avait comme un sourire d'espoir qui se dessinait sur les lèvres, une lueur nouvelle qui brillait dans les yeux inondés de larmes de Lucrezia qui paraissait renaître à la vie. Innocent ou coupable, le comte Vernio l'aimait. De cela, de cela seulement elle était certaine. Le reste... Le reste avait-il seulement de l'importance ? Les autres femmes (si autres femmes il y avait), elle n'en ferait qu'une bouchée, elle les piétinerait, les tuerait. Un rire nerveux succéda à ses pleurs, et ce rire bouleversa son père.

« Si je savais qu'un tel homme pouvait te rendre heureuse, songeait-il en serrant Lucrezia contre lui, je te donnerais à lui sur l'instant... Mais je suis sûr que non... Je suis sûr que Vernio de Bardi n'est pas fait pour rendre une femme heureuse !... » Il la berçait contre lui, troublé et furieux, incapable de démêler les sentiments qui l'agitaient.

— Alors mon enfant, que dis-tu de ma proposition ? demanda-t-il enfin. C'est toi qui décides, toi seule... Je m'en tiendrai à ta volonté...

Lucrezia se détacha de lui et essuya ses yeux humides. Un sourire lumineux, un sourire de bonheur transfigurait sa physionomie.

— J'accepte... J'accepte du fond du cœur... Oh papa, ... tu ne peux pas savoir combien tu me rends heureuse...

Elle était sûre maintenant de l'innocence du comte Vernio, sûre de démontrer qu'il l'aimait !

— Je suis heureux de voir ma petite fille devenir une grande personne raisonnable..., dit Francesco intérieurement ravi.

Deux semaines plus tard, Lucrezia put se lever et fut autorisée à sortir.

Elle marchait, savourant à pleins poumons l'air pur. Le tourment qui l'avait déchirée ces dernières semaines s'était calmé. Certes elle pensait toujours au comte Vernio. Mais c'était avec un tel soulagement qu'elle admit à quel point elle avait douté de lui, combien elle avait craint souvent que, pour lui, elle n'eût été qu'un amusement parmi d'autres. Mais elle s'était trompée. Vernio avait demandé sa main. Donc il l'aimait, donc il n'était pas un menteur. Cela seul comptait... Que son père eût refusé était secondaire. Elle n'en était pas surprise. Elle était certaine maintenant que lorsqu'elle quitterait le couvent, elle saurait le convaincre...

Elle se sentait légère, délivrée, amusée par la course d'un chat, le pépiement des oiseaux. C'était une belle fin d'après-midi de ce mois de septembre qui commençait sous de si heureux auspices. Lucrezia en était à sa deuxième semaine de convalescence. Elle était seule. Toute la famille était allée faire une visite protocolaire chez les Médicis qui recevaient Albert d'Autriche, le nouveau roi de Bohême, gendre du défunt empereur Sigismond. Lucrezia s'était sentie trop faible encore pour assister à cette réception.

Lentement elle marchait dans les allées ombragées du jardin. Deux gros chiens dalmatiens sautaient joyeusement autour d'elle. De temps à autre, pour les calmer elle lançait au loin une branche ou un caillou, et ils s'élançaient comme des fous, tout en se chamaillant et se mordillant afin d'attirer l'attention de leur maîtresse.

Elle repensait souvent aux paroles de son père au sujet de Franca Martelli. Elle était convaincue que jamais Vernio n'aurait pu avoir une aussi vile attitude, mais en même temps elle se souvenait de son malaise chaque fois que les circonstances les mettaient tous les trois en présence. Franca Martelli avait une attitude si aguichante, sous ses airs d'enfant primesautière, que rongée de jalousie Lucrezia parvenait difficilement à se contenir.

A son grand désespoir, elle avait beaucoup maigri. Ses cheveux noirs dénoués flottaient librement jusqu'à sa ceinture, et elle portait une simple robe du matin à grandes manches traînantes, en laine souple, sans aucune fioriture, d'une fort jolie teinte ivoire, simplement retenue à la taille par un cordon de soie tissée de fil d'or. Presque une robe de nonne. Elle marchait, tranquillement, respirant l'air doux chargé des senteurs de cet après-midi d'été finissant, lorsqu'elle entendit du bruit, des pas précipités dans le jardin. Elle se retourna vivement. Le comte Vernio était là. Elle ne fut nullement surprise, tellement il occupait son esprit.

— Je pensais à toi..., dit-elle, émue aux larmes.

Le comte Vernio saisit les mains qu'elle lui tendait.

— Je viens de la Seigneurie. J'y ai rencontré ta famille au grand complet... sauf toi. Giuseppina m'a dit que tu avais été malade, mais que tu étais guérie... Elle va retenir tes parents aussi longtemps que possible pour que nous puissions nous voir sans être dérangés...

Bouleversée, Lucrezia riait et pleurait en même temps.

— Tout est arrangé..., dit-elle enfin. Je suis si heureuse que mon père ait accepté. Si heureuse... Que Dieu le bénisse... Tout est arrangé. Il suffit d'attendre.

Et comme, étonné, le comte Vernio levait les sourcils, tout à sa joie Lucrezia ne lui laissa pas le temps de poser des questions et lui raconta en détail la conversation qu'elle avait eue avec Francesco, en omettant soigneusement le passage concernant Franca Martelli. A la fois surpris et inquiet, le comte Vernio ne s'expliquait pas ce revirement. Il demanda quelques précisions, et comprit que Francesco cherchait surtout à gagner du temps. « Le monstre ! » pensa-t-il.

— Je t'aime depuis toujours, dit-il en serrant Lucrezia contre lui. Peut-être un jour serons-nous mari et femme.

C'était faux, jamais il ne pourrait s'unir à Lucrezia, Francesco avait menti, il le savait. Mais pour l'heure, seule Lucrezia comptait. Il importait de la laisser à ses illusions.

La jeune fille riait à travers ses larmes.

— Je suis si heureuse, Vernio. J'ai tant attendu ce moment, tant espéré...

Le soleil disparaissait derrière les collines. Le silence recouvrait toutes choses, silence à peine troublé par le hennissement d'un cheval, les aboiements des chiens qui sautaient autour du couple enlacé.

Elle lui tendit les lèvres. Il prit sa bouche et l'étreignit.

— ... Ma chérie... ma chérie..., répétait-il en proie à une telle émotion qu'il se mit à trembler...

Pourquoi Francesco avait-il menti à sa fille ? Il ne parvenait pas à trouver de réponse.

Lucrezia exultait.

— Oh... Vernio, n'est-ce pas merveilleux ? Papa me donne l'autorisation de t'épouser... dès mon retour du couvent ! Je peux être à toi... Embrasse-moi... encore... Comme la nuit du Palio.

Il la repoussa doucement.

— Non... Lucrezia... Pas ici... Pas maintenant...

— Qu'importe, puisque dans quelques mois nous serons mariés ?

— Je ne peux pas le croire..., dit le comte Vernio lentement. Je ne peux pas le croire...

— Mais Vernio, papa y consent bel et bien ! Il l'a dit... Tout dépend de moi ! Il m'a demandé seulement deux ans avant d'officialiser nos fiançailles... Parce que... parce que... (elle s'interrompit, se mordit les lèvres, puis reprit :) ... parce que tu es encore en deuil de Lisetta et qu'il serait très mal vu que tu t'engages si vite dans un autre mariage... Et puis il paraît que je suis trop jeune, encore incapable de tenir une maison... Mais j'apprendrai... Je serai la meilleure maîtresse de maison de Florence...

— Deux ans ?... Ton père espère sans doute que tu changeras d'avis d'ici là..., dit Vernio avec amertume.

— Sans doute, dit Lucrezia en souriant. Mais moi, je sais que je n'aimerai jamais que toi... Cela, papa ne peut le concevoir parce qu'il ne sait pas ce que c'est d'aimer. Je pars dans quinze jours, Vernio... Viendras-tu me voir au couvent ?

— Non, dit-il brutalement. Cosimo de Médicis m'a fait nommer ambassadeur à Ferrare auprès du pape Eugène IV... C'est cela que j'étais venu te dire.

— A Ferrare ? Deux ans sans te voir !... Ce n'est pas possible ! Je ne pourrai le supporter.

— Il le faudra bien, ma mie...

Lucrezia baissa la tête, puis elle s'accrocha au cou du comte Vernio.

— Embrasse-moi... embrasse-moi encore, chuchota-t-elle d'une voix ardente.

— Ma petite... il ne faut pas...

Mais la bouche de Lucrezia était déjà sur la sienne. Emporté par la passion, le comte Vernio embrassa longuement Lucrezia. Puis il se dégagea et les deux amants allèrent s'asseoir sur un banc, à l'abri de la tonnelle.

— Dès la semaine prochaine je pars avec Martelli, dit le comte Vernio. Nous resterons un an à Ferrare, puis une autre année en Avignon. Nous sommes chargés d'une importante négociation sur des ventes d'armes... sur la fabrication d'une nouvelle poudre explosive.

Longtemps le comte Vernio expliqua la nécessité de ce départ, pour lui, pour sa fortune future, pour leur mariage.

Les yeux dilatés par l'inquiétude, Lucrezia demanda :

— Ainsi tu pars avec Martelli ?...

— Oui... C'est ton père qui a organisé ce voyage en accord avec Cosimo de Médicis. L'enjeu est d'importance... En Avignon nous allons travailler avec le plus grand marchand d'armes.

— Qui sera du voyage ?

— Martelli, le jeune Giovanni de Médicis que son père veut mettre aux affaires. Piero reste à Florence. Le malheureux est hors d'état de supporter une telle aventure. Il viendra régulièrement te faire la cour. Lui fermeras-tu ta porte ?

Lucrezia secoua négativement la tête :

— ... Non. Le pauvre garçon !... Il en serait bien trop malheureux...

Une question lui brûlait les lèvres : Franca Martelli serait-elle du voyage ? Mais elle eut soudain si peur de la réponse qu'elle se retint de la poser.

— Ainsi tu pars demain ?... dit-elle seulement.

— A l'aube.

— Vernio, je t'en prie, si tu m'aimes... si vraiment tu m'aimes, viens me dire adieu après la minuit. Je t'attendrai. Giuseppina et Bianca m'aideront à dissimuler ta présence. Elles sont au courant de tout. Promets-moi ! Je t'attendrai à la porte du jardin...

Son visage était blême et ses yeux se faisaient suppliants. Le comte Vernio de Bardi promit.

— Je viendrai te dire adieu, Lucrezia...

Dans l'obscurité à peine trouée çà et là par des éclats de lune, le comte Vernio attendait depuis quelques minutes dans le jardin du palais Alessandri.

Il était là dans la nuit sombre, dissimulé sous les cyprès, attendant l'heure propice où il allait rejoindre sa belle. Ses mains tremblaient et son front était moite. Il pensait à sa vie. Jusqu'alors, elle n'avait été que plaisirs. Il jouait, achetait de temps à autre un tableau, aimait la musique, chassait tous les matins, et surtout ne pouvait passer à côté d'une jolie femme sans la mettre aussitôt dans son lit. La seule chose qui lui importait dans cette vie vide de tout engagement profond était son plaisir. Et pourtant, le libertinage ne l'amusait plus vraiment.

Il n'avait aucune idée précise de son destin. Seule l'envie de tenir Lucrezia dans ses bras, de la posséder encore lui donnait un intense sentiment d'exister, il se fût laissé tuer plutôt que d'y renoncer. Déjà il imaginait l'instant précis où il étreindrait la jeune femme contre lui et plus rien ne comptait que ce moment-là, ce moment encore à venir. « Qui peut savoir ce qui pousse un être humain vers l'une et non vers l'autre... et pourquoi cet attachement, parfois peut-il conduire jusqu'à la folie ou la mort ?... Il n'y a pas de réponse à cela... Non aucune réponse... Sauf peut-être la peur de la mort ? » Soudain il sentit une petite main froide prendre la sienne, Lucrezia était devant lui. Elle mit un doigt sur ses lèvres, lui intimant le silence, et l'un précédant l'autre, ils marchèrent lentement, sans un bruit, en silence. Leurs pas faisaient crisser les cailloux du sentier sinueux qui conduisait au palais.

Le comte Vernio savait qu'il risquait sa vie s'il était surpris. Mais loin de le faire reculer cette menace obscure l'excitait davantage encore.

Après avoir gravi deux étages, Lucrezia ouvrit la porte de sa chambre qu'elle referma et verrouilla soigneusement.

— Sauvés ! dit-elle à voix basse. Je mourais de peur. Giuseppina et Bianca font le guet et resteront en éveil tout le temps que tu resteras ici...

Il lui prit les mains et les baisa, envahi par un mélange de désespoir et de regret. « Cela n'arrivera jamais plus... », pensait-il. Le sentiment poignant que sa jeunesse prenait fin remplissait le comte Vernio d'amertume. Soudain il se sentit las de ses aventures multiples et sans lendemain. Las de la vierge qui venait le provoquer hardiment jusque chez lui. Las, aussi, de l'épouse vertueuse qui s'offrait en larmes et l'accusait ensuite de l'avoir condamnée à l'enfer pour avoir commis le « péché de chair »... Il avait besoin d'autre chose... Ce qu'il voulait, seule Lucrezia pouvait le lui donner, le lui donnait d'ailleurs sans réticence, avec toute la fièvre de ses quinze ans... Quelque chose qui le troublait infiniment, qui l'emplissait d'émotion et de beauté... L'amour. Le mot ne le faisait plus rire.

Lucrezia se dirigea vers la fenêtre et tira le rideau. Le clair de lune envahit la pièce et le comte Vernio regarda autour de lui, ému de se trouver dans la chambre de Lucrezia.

C'était une pièce carrée, assez grande. La lumière de la nuit entrait par deux grandes fenêtres. Un immense lit à baldaquin de velours sombre était juché sur une estrade... Sur les murs blancs, les tapisseries laissaient deviner leurs riches couleurs et leurs somptueux dessins. Ce qui étonnait le comte Vernio, c'était surtout la multitude de livres et de manuscrits qui occupaient tout un mur, du sol carrelé au plafond de chêne sculpté... Une bouffée de tendresse envahit le comte Vernio. Lucrezia... Oui c'était bien là la chambre de cette curieuse jeune personne, si spontanée, si indépendante. Il l'attira contre lui, et elle jeta les bras autour des épaules de Vernio. A présent tout était bien, tout était en ordre. Il n'y avait que lui et elle. Vernio et Lucrezia. Elle se sentait invulnérable.

Vernio prit le visage de Lucrezia entre ses mains.

— As-tu peur, Lucrezia ? demanda-t-il à voix basse. Si tu le veux... je peux encore partir...

Mais son étreinte démentait ses paroles. Lucrezia se laissa embrasser. Sa volonté était réduite à néant. Elle avait l'impression que son corps se dérobait, que sa tête était vide et pesait un poids énorme. Mais quelque part dans son esprit, une pensée unique, claire, désespérée l'habitait : « Vernio va partir... et moi je vais passer deux ans au couvent. »

— J'ai tant attendu ce moment..., dit-elle. Je finissais par croire que cela n'arriverait jamais... Et tu es là...

Il la couvrait, l'aveuglait, l'étouffait de baisers... Puis il la souleva, si légère, si souple, et l'emporta vers le lit. Effrayée par la violence de son propre désir, Lucrezia l'entoura de ses bras, s'ouvrit à lui, et se laissa prendre.

L'aube fraîche se devinait par les fenêtres restées ouvertes sur la nuit. Le vent apporta l'écho lointain des cloches qui se répondaient de village en village jusque vers la ville... Un oiseau chanta... puis un autre, puis encore un autre. Bientôt une multitude d'oiseaux entonnèrent leur matinal concert. Il faisait froid dans la chambre. Mais blottis sous l'épaisse couverture de laine, les deux amants, enlacés, se reposaient. Lucrezia avait perdu la notion du temps et ne savait pas depuis combien d'heures elle était ainsi enfouie dans les bras de Vernio.

— Maintenant, ma Lucrezia, il faut me laisser partir..., murmura-t-il.

— Reste..., chuchota-t-elle. Reste encore un peu.

Il lui prit la bouche doucement, et la relâcha aussitôt.

— Si on me découvre ici, nous sommes perdus...

— Je n'ai pas le courage de te quitter... Emmène-moi avec toi. (Les larmes se mirent à couler sur le visage de Lucrezia.) Deux longues années sans te voir... Comme c'est injuste !... gémit-elle.

Elle tremblait de froid et de chagrin. Mais elle ne protesta pas quand le comte Vernio se leva, s'habilla à la hâte, se pencha sur sa bouche. Un instant elle le retint par le cou.

— Dis-moi... dis-moi...

— Quoi donc, ma douce ?

— M'aimes-tu ? M'aimeras-tu encore demain, et après-demain et les jours et les années à venir ?

Il lui prit le visage entre ses mains, et longuement regarda ces traits pâles, tirés par une nuit agitée, cette bouche tant de fois prise et mordue, ces yeux immenses comme des lacs sombres, immobiles.

— ... Je n'ai jamais aimé comme je t'aime... Et je n'aimerai jamais quelqu'un d'autre que toi...

Comme pour remplir sa mémoire des moindres détails, ses yeux parcoururent la chambre illuminée par les premiers rayons du soleil. Sur les murs, les tapisseries anciennes offraient leurs cortèges de nymphes et leurs bouquets de fleurs aux teintes passées... Les livres, ces rangées de livres, lui arrachèrent un sourire attendri. Son regard revint vers le visage de Lucrezia.

— ... Je ne t'oublierai pas..., murmura-t-il, puis il l'embrassa et partit.

Longtemps Lucrezia resta allongée, sans bouger. Il faisait maintenant grand jour. Et, avec le soleil, la lumière, la chaleur, la gaieté, toute la vie reprenait possession de la maison. Giuseppina et Bianca vinrent aux nouvelles et plaisantèrent Lucrezia, prétendant l'une et l'autre qu'elles n'avaient pu fermer l'œil, tellement ses cris les avaient tenues en éveil. « Mais que te faisait donc Vernio, pour t'arracher de tels hurlements ? » s'esclaffait Giuseppina. Et Bianca de renchérir : « Ah, si mon futur époux me fait passer une nuit pareille, il est certain que j'y prendrai quelque plaisir... »

Voyant qu'elles n'arracheraient rien à leur cadette, les deux sœurs quittèrent la chambre, non sans une dernière recommandation :

— Descends vite, Lucrezia... Et prends garde. Maman a l'œil soupçonneux et j'ai entendu papa dire que quelqu'un s'était introduit dans le palais cette nuit. Il suspecte une servante d'avoir fait venir son amant... Prends garde que ses soupçons ne se portent sur toi...

Enfin la porte se referma sur les deux jeunes filles et Lucrezia resta seule.

Tout à l'heure ses servantes allaient entrer, portant les baquets d'eau chaude, les huiles parfumées, et l'odeur qui flottait encore entre les draps, une odeur âcre, sucrée, un peu écœurante, l'odeur de Vernio, dont elle s'était enivrée toute la nuit, allait disparaître... Alors prise d'une sorte de folie désespérée, elle flaira ses draps, ses oreillers. Mais l'odeur s'évaporait dans l'air frais du matin...

X

LE COUVENT

Quelques jours plus tard Lucrezia embrassa sa famille et, pressée par son père, monta dans le carrosse surchargé de malles, qui allait l'emmener au couvent des sœurs clarisses de Monticelli à deux heures de Florence, tout près du port de Pise. Francesco Tornabuoni avait là deux galères marchandes en partance pour Marseille et il tenait à être présent au moment où ses navires lèveraient l'ancre.

Juste avant de quitter la maison, Lucrezia monta voir son grand-père afin de lui faire ses adieux. Devant le vieil homme, elle s'efforça de ne pas fondre en larmes, mais ne put empêcher ses lèvres de trembler. Le vieux Tornabuoni, qu'une attaque tenait à demi paralysé, ne bougeait plus de son fauteuil. En voyant sa petite-fille favorite, il eut un rire joyeux qui étonna Lucrezia.

— Ils ne t'auront pas, dit-il avec malice... Moi non plus ils ne m'ont pas eu... Nous savons nous défendre, nous deux, hein petite ? Ton père ne pense qu'à l'argent et ta mère... Bon, je ne veux pas m'étendre là-dessus... Mais tu es forte ! Il y a en toi quelque chose que je sais, que je comprends... Ils essaient de tuer cette chose qu'ils n'acceptent pas... Etait-ce sûr au moins, la nuit que tu as passée avec ton amoureux ?... N'était-ce pas le comte Vernio ?

Lucrezia resta bouche ouverte, ahurie, incapable de prononcer un son.

— Grand-père... Mais... Vous saviez ? Comment ?...

— Tu oublies que j'ai des insomnies, petite... De mon fauteuil, j'ai vu que tu faisais entrer quelqu'un dans la maison... Alors était-ce bien ?...

Lucrezia devint écarlate, ne sachant quelle contenance prendre.

— Allons ! ne sois pas sotte ! grommela le vieil homme. Tu es un être unique, le sais-tu ? Tu ignores la force qui sommeille en toi... Défends-toi, petite ! Sinon ils te couperont les ailes...

Cramponnée à son grand-père, les yeux mouillés de larmes, Lucrezia demanda :

— Comment me défendre, grand-père ? Comment ? Tout à l'heure je vais au couvent...

Le vieil homme hocha la tête à plusieurs reprises :

— ... Même la prison la plus féroce ne peut rien contre un être libre, libéré des conventions sociales... Moi, ils ne m'ont pas coupé les ailes, et Dieu sait si Florence et ma famille peuvent être une prison ! Une prison parfois aussi dure que le couvent... Allons va... va ! De toute manière tu n'y resteras pas plus que nécessaire... J'ai averti ton père. S'il fait de toi une nonne, il n'aura pas un ducat après ma mort ! Va..., te dis-je. Embrasse-moi encore une fois et va-t'en !

Au moment où Lucrezia s'apprêtait à franchir la porte, le vieillard lui dit :

— ... Envoie-moi Giuseppina. Ta sœur est en train de préparer quelque sottise qui risque de se mal terminer pour elle... Allons. Dépêche-toi...

Durant tout le trajet, Francesco Tornabuoni expliqua à sa fille, qui l'écoutait avec intérêt, l'importance du commerce maritime florentin. Ce faisant, il parlait surtout des Médicis...

— Tu comprends, ma petite, si Giovanni de Médicis ne s'était pas démené en 1406 pour acquérir le port de Pise, jamais nous n'aurions pu avoir un port sur la Méditerranée... Maintenant, grâce à lui, j'ai pu constituer une société marchande avec Messers Gambini et Datini... J'ai des galères marchandes qui peuvent gagner l'Angleterre, et même plus loin encore... Sans les Médicis, jamais nous autres Florentins n'aurions pu décupler ainsi nos richesses.

Francesco parla longtemps. Il savait Lucrezia attentive. Elle posait des questions pertinentes, montrant ainsi son intérêt pour les choses réelles, concrètes, telles que bénéfices, valeur marchande, intérêts sur intérêts, et applaudissait à l'invention de Cosimo des lettres de change.

Puis Francesco expliqua comment avec certains amis, dont Cosimo, il avait pu s'enrichir d'une manière stupéfiante en quelques années.

— Nous avons acheté la presque totalité de la production de certaines manufactures, étoffes de laine, cuirs, soies, et même certaines denrées comme du vin et du blé... Quand il y a de l'argent, le manufacturier n'hésite pas à vendre un bon prix... Deux ans plus tard, mes amis et moi avons fait volontairement baisser la production de toutes les marchandises que nous avions en stock dans nos caves... Les prix ont triplé, et notre bénéfice a été, est encore, très satisfaisant...

Et comme Lucrezia s'étonnait de ce procédé fort peu charitable, Francesco eut cette réponse sans réplique :

— L'Eglise marche avec nous... Bien mieux, certains prélats dont je tairai le nom ont placé de l'argent dans notre entreprise...

Sur un point, en tout état de cause, Francesco pouvait s'estimer satisfait. Lucrezia était sensible à l'importance grandissante des Médicis, et il espérait que, avec l'affection que sa fille éprouvait pour Piero, elle ne montrerait pas ouvertement de répugnance lorsqu'on lui parlerait mariage. Francesco ne voulait pas de conflit avec son père, le vieux Tornabuoni qui, telle une épée de Damoclès, maintenait fermement sa décision de déshériter son fils si celui-ci contraignait Lucrezia en quoi que ce soit.

Un instant sa pensée s'égara sur ce père qui se faisait vieux et dont lui seul hériterait. Ses sœurs étaient richement mariées à des aristocrates romains, il était le seul mâle de la famille. De nouveau sa pensée engloba, dans un tout fort agréablement grisant, « sa » famille, « son » palais, « sa » richesse... Il se sentait bien. Gonflé par une joie silencieuse, extrême, faite de ses milliers de florins, de ses fermes, de ses mines, de cette nouvelle manufacture de poudre et d'armes blanches en train de s'ériger dans le plus grand secret aux portes de Pistoia — joie sans bornes, faite aussi de sa richesse future. Il y aurait toujours une guerre de par le monde, une guerre qui nécessiterait de la poudre et des armes... Sa joie s'amplifia lorsqu'il évoqua l'avenir que lui réservait Lucrezia. Une Lucrezia devenue raisonnable, mariable. Deux ans seraient vite passés...

Elle aurait dix-sept ans alors, et plus de raison, sans doute. Cosimo et lui avaient les moyens de réduire le comte Vernio. D'ailleurs que lui était-il arrivé de s'amouracher d'une gamine qui n'avait pas même la beauté de Franca Martelli ?

Lucrezia s'était endormie, ou peut-être feignait-elle le sommeil. Francesco put la regarder tout à loisir. Juvénile, et délicate ainsi abandonnée dans sa fatigue, Lucrezia était infiniment touchante. Les rouleaux noirs et luisants de ses cheveux encadraient l'ovale étroit du visage, que la grande bouche barrait d'un trait rouge, abrupt et sensuel. « Non, ce n'est pas vraiment une jolie fille, se disait son père pour la millième fois, le cœur étreint par la tendresse apitoyée qu'il éprouvait pour elle. Du moins pas comme on aime voir les jeunes filles... Elle est trop différente... trop originale... Mais elle est si charmante quand elle le veut ! Et si intelligente... une âme de garçon dans un corps de femme... Qu'est-ce que cela va pouvoir donner ? J'aimerais tant que ma petite fille soit heureuse. Elle a tout pour devenir une grande dame... Mais le voudra-t-elle ? »

Il restait malgré tout soucieux, sachant qu'on pouvait pardonner à une enfant rétive mais qu'on ne pardonnerait pas une attitude volontairement rebelle ou indécente à une jeune fille en âge de prendre époux. Il faudrait bien qu'elle se comporte avec sagesse.

De nouveau une inquiétude jalouse s'empara de lui. Il était certain maintenant que Lucrezia et le comte Vernio ne s'étaient pas contentés de quelques baisers. Il ne savait où il puisait cette certitude. Pourtant c'était ainsi. Et, partagé entre l'envie de gifler sa fille et de la serrer contre lui, il s'endormit en maudissant le comte Vernio.

Quand Lucrezia et son père franchirent le portail du couvent, ils virent les nonnes qui sortaient en procession d'une chapelle... Des chants et de la musique se répandaient au-dehors et parvenaient jusqu'à eux. Lucrezia observait avec horreur ces femmes vêtues de noir, portant un long voile de même teinte, avec une bande blanche sur le front... Derrière les sœurs, les pensionnaires parmi lesquelles Lucrezia reconnut plusieurs de ses amies d'enfance. Lauretta Agnelli, ravissante enfant de quinze ans que ses parents allaient contraindre à prendre le voile, pour ne pas lui donner la dot sans laquelle aucun mariage ne saurait se faire, et ce, afin de réserver toute leur fortune à leur fils aîné. Giuletta Martini, elle, avait été enfermée parce qu'elle avait commis le « péché de chair », et ne sortirait du couvent que si elle trouvait un improbable époux... Pour la première fois de sa vie, elle en voulut à son père. Cet être unique, qui représentait pour elle chaleur et sécurité, et qui, depuis toujours, lui manifestait tant d'affection, ce père qu'elle adorait, allait l'abandonner.

— Papa... je t'en prie, ne me laisse pas ici..., murmura-t-elle d'une voix si faible que son père ne l'entendit pas, ou peut-être feignait-il de ne pas entendre ?

Lucrezia se ressaisit. Un sentiment de révolte grandissant s'emparait d'elle. « Je me sauverai..., pensait-elle avec rage. Personne ne m'obligera à rester ici... personne !... Je me sauverai ! »

Une sœur converse vint les accueillir et les fit entrer dans une salle froide et nue où se tenait la mère supérieure, la grand-tante Tornaquinci. C'était une très vieille dame, si mince et si desséchée que l'on pouvait craindre de la voir s'effondrer en poussière d'un instant à l'autre. Seuls, les yeux, extraordinairement lumineux, intelligents, paraissaient vivants dans ce visage émacié, blanc, déjà mortuaire. Comme dans un cauchemar, Lucrezia entendit son père parler d'elle : « ... indisciplinée, rebelle... nécessaire de lui inculquer un maintien digne d'une reine... un an peut-être, deux ans au plus... plus tôt si Lucrezia se montre docile et bonne élève... vous seule serez juge, ma mère... »

Deux ans !... Les larmes aux yeux, Lucrezia entendit sa condamnation... Comme elle regrettait en cet instant de n'avoir pas été docile, soumise, comme Bianca, ou pour le moins d'avoir fait semblant de l'être, comme Giuseppina... Deux jeunes nonnes entraînèrent Lucrezia dans une jolie salle blanche et ensoleillée, tout en longueur. Contre les murs, six lits et six coffres sculptés... Dans son désespoir, Lucrezia eut une mince consolation : Giuletta et Lauretta, ses deux amies d'enfance, étaient là pour l'accueillir et elle fut heureuse d'apprendre qu'elles allaient partager le même dortoir.

La vie au couvent se passait en prières, en études et en longs bavardages avec Giuletta et Lauretta. Celle-ci confia à Lucrezia qu'elle avait un amant qui n'était autre qu'un jeune prêtre qui venait parfois les confesser. D'abord Lucrezia n'en crut rien, puis elle se souvint de sa lecture favorite, *Le Décameron* de Boccace, et elle fut forcée de convenir que l'illustre écrivain n'avait rien inventé quant à la vie conventuelle. Celle-ci pouvait être fort gaie et fort licencieuse, et ses deux amies Giuletta et Lauretta la pressèrent de suivre leur exemple. Lauretta surtout, qui s'était prise d'une étrange passion pour Lucrezia.

Lauretta était la reine incontestée du couvent. Très belle, ses cheveux, d'un blond si pâle qu'ils en prenaient des reflets d'argent, tombaient en une cascade de friselures du plus joli effet. Elle avait refusé de les couper et menaçait de se plonger un poignard dans le cœur si on l'y forçait. Et cela d'une manière si violente et si déterminée, qu'effrayées, les sœurs avaient cédé à sa volonté. Ses yeux de faon, sombres, innocents, presque enfantins, contrastaient curieusement avec les obscénités qu'elle proférait du matin au soir. Mais elle était si gracieuse, si légère dans ses mouvements que personne ne lui en voulait.

Lucrezia fut d'emblée la confidente de Lauretta. Elle apprit de son amie certaines réalités de la vie qu'elle ignorait encore et lorsque Lauretta sut que Lucrezia avait eu elle aussi, un amant, sa joie ne connut plus de bornes. Tout de suite elle s'ingénia à convaincre Lucrezia de faire parvenir un billet au comte Vernio.

— S'il t'aime, il viendra te rendre visite d'une manière ou d'une autre ! dit Lauretta avec conviction.

Et comme Lucrezia demandait où pourrait avoir lieu cette rencontre :

— Mais à l'église, petite dinde ! répliqua Lauretta en riant, comme nous toutes ! Où crois-tu que nous puissions rencontrer nos amants, sinon le dimanche matin à la messe ? Bien sûr, tu ne pourras rien faire d'autre que parler avec le comte Vernio. Par exemple lui donner un rendez-vous secret où tu pourrais le rencontrer chez une de mes tantes qui possède une fort jolie ferme non loin du couvent, et qui sait fermer les yeux, les oreilles et la bouche lorsqu'on le lui demande gentiment avec quelques bons florins d'or...

Lucrezia s'empressa d'écrire au comte Vernio, le suppliant de venir la voir. « ... Deux ans sans toi, c'est impossible... Sans toi le monde n'existe plus, j'ai besoin de tes bras autour de ma taille, de ta bouche sur la mienne... Vernio, mon Vernio, mon amour, mon seul amour... »

Au moment de cacheter la lettre, Lucrezia eut un moment d'affolement. Comment la faire parvenir, comment être sûre qu'elle serait remise en mains propres ? De nouveau Lauretta vint à la rescousse :

— Mon frère vient me voir dimanche... Enfin, il vient officiellement pour me voir, en réalité c'est Giuletta qu'il vient voir... Tu lui remettras cette lettre et tu lui diras à qui il doit la porter.

Les semaines qui suivirent furent pour Lucrezia des semaines d'angoisse.

Chaque dimanche elle espérait rencontrer le comte Vernio à la messe, mais chaque dimanche son attente fiévreuse était déçue. C'est dans ces moments de tristesse et de déception que Lauretta fut pour elle une amie précieuse.

Lucrezia apprit à dissimuler ses pensées pour ne pas être punie. Elle apprit à faire semblant d'être gaie pour n'être point interrogée sur sa mélancolie, elle apprit à mentir, à ruser, à tromper, et surtout elle apprit à haïr la religion qu'on lui inculquait, bien qu'elle fût considérée comme la meilleure des pensionnaires, fort douée en versification, et que l'on chantât ses laudes aux prêches. Elle écrivait joliment, dessinait avec goût et talent, et somme toute, cette partie-là de sa vie conventuelle ne lui déplaisait pas. Mais le reste était pour elle un véritable pensum.

Pourtant, malgré sa répugnance, elle apprit à tenir une maison convenablement, à coudre, à broder et à cuisiner. Chaque matin, lorsqu'elle se levait pour aller à la première messe, elle dominait mal la colère qui l'envahissait contre ce sort qu'on lui imposait. Mais aussitôt elle pensait : « Si je me tiens tranquille, papa viendra me chercher, mais pour peu que la mère supérieure (qu'elle haïssait en secret tout en lui prodiguant mille amabilités) me prenne en grippe, c'en est fait de moi... »

Heureusement qu'elle avait Lauretta et Giuletta à ses côtés. Parfois les trois jeunes personnes parlaient jusqu'à ce que l'aube vînt leur fermer les yeux. Elles parlaient de leurs amours, de l'avenir, si sombre pour Giuletta et Lauretta, du sort des femmes et se disaient que si elles avaient un peu de courage elles s'enfuiraient de ce couvent, partiraient jusqu'à Venise et se feraient courtisanes...

Les semaines passèrent... Procession de nuages dans le ciel, brumes matinales couleur de bruyère, l'automne succéda à l'été. L'hiver apporta un répit de tendresse. Lucrezia fut autorisée à passer les fêtes de Noël chez elle. Mais à sa grande déception, elle ne put voir le comte Vernio parti avec Cosimo de Médicis pour Ferrare. Et de nouveau elle reprit le chemin du couvent.

1438 s'annonçait triste et morne, et rien ne semblait pouvoir venir éclaircir cette grisaille. Vers la fin du mois de janvier Bianca épousa Luigi Datini, mais Lucrezia ne fut pas autorisée à assister au mariage.

Alors Lucrezia traversa une période d'accablement dont nul ne put la soustraire. Son adolescence s'achevait mais elle n'était pas encore adulte. Elle éprouvait des désirs sensuels qui la maintenaient éveillée la nuit, les lèvres sèches, le corps vibrant d'appels inassouvis. Parfois un familier de la maison lui apportait une lettre de ses parents ou de ses sœurs. C'est ainsi qu'une semaine après son mariage elle reçut un petit mot de Bianca qui lui annonçait sa *venue* avec son mari Luigi.

Bianca était comme morte. Ce fut la première chose que remarqua Lucrezia. Pâle, inerte, silencieuse, les rares fois que les yeux de Bianca se posaient sur Luigi, il s'y décelait une haine féroce et si puissante qu'elle en devenait palpable. Un court instant les deux sœurs eurent l'occasion d'échanger seule à seule quelques mots... C'est alors que suffoquant de larmes retenues, Bianca murmura :

— Je me tuerai, Lucrezia ! Je te jure que s'il me touche encore... je me tuerai...

Et comme, stupéfaite, Lucrezia demandait des explications, Bianca acheva :

— ... Ma nuit de noces a été épouvantable... C'est un bouc... un porc... je ne veux plus qu'il me touche !... Maintenant je me couche toutes les nuits avec un poignard et je menace de me tuer s'il approche du lit... Pourquoi papa a-t-il voulu ce mariage ? Pourquoi ? Pourquoi m'infliger tant de honte et de souffrance ? Je me tuerai... Je le ferai, Lucrezia ! Plutôt la mort que de supporter... supporter cela !

Alors elle éclata en sanglots. Tendrement Lucrezia la serra contre elle et l'entraîna dans un petit parloir où elle savait que nul ne viendrait les déranger.

— Ma pauvre Bianca..., murmura Lucrezia, est-ce donc si terrible ?...

— Plus encore que tu ne peux l'imaginer. Et le pire...

— Le pire ?

— C'est que... que je me suis plainte à mon confesseur... que je lui ai demandé s'il était naturel de... de supporter toutes ces choses... Eh bien, sais-tu ce que m'a répondu l'abbé Giuseppe ?

— Non. Que t'a-t-il dit ?

— Que Dieu ordonnait qu'une femme soit absolument soumise à son mari... qu'il n'y avait aucun péché à céder à tous ses désirs même les plus... les plus dégoûtants... que c'était moi qui étais dans le péché en me refusant à mon mari... Le plus terrible, je crois, c'est qu'il me faisait répéter toutes ces choses... comme s'il ne se lassait pas de les entendre... Oh ! Lucrezia... Lucrezia, mieux vaut être nonne que de supporter cela ! Ne te marie jamais ! Jamais !

Et de nouveau elle éclata en sanglots.

Lentement Lucrezia murmura d'une voix à peine audible :

— ... Non. L'amour ce n'est pas cela... L'amour peut être un paradis... Si tu savais le bonheur qu'on éprouve à s'ouvrir à l'homme qu'on aime, à souffrir de ses chagrins, à rire de ses plaisirs... Toutes les sensations que l'on éprouve ordinairement, comme la vue, l'ouïe, le toucher, l'odorat, le goût, tout cela est magnifié par l'amour... Et ce que l'amant exige de son amante lorsqu'ils se donnent l'un à l'autre est comme sanctifié... Tu acceptes, tu cèdes à ses exigences, à sa volonté. Mais tu cèdes avec délice, avec transport, car chaque défaite de ta fierté, de ton orgueil de femme devient aussi source de plaisir...

— Tu as un amant, Lucrezia... tu as eu un amant. Le comte Vernio ! Que n'ai-je fait comme toi ? As-tu eu des remords ?... des regrets ?

— Non, aucun remords ! Je recommencerai même si demain le pape lui-même me promet l'enfer... Mais il y a peu de chances que je recommence bientôt... Vernio... Vernio ne vient pas me voir...

— Il ne peut pas venir te voir ! Il est encore en France, et pour longtemps, si j'en crois les rumeurs qui courent à son sujet.

— Il est encore en France... oui je le sais. Mais pourquoi ne vient-il pas me voir ?

Etonnée, effrayée même, Bianca dévisagea sa sœur. Le regard vide, la bouche amère, Lucrezia paraissait dans un autre monde.

— Lucrezia !... Ma Lucrezia... Je t'en prie..., murmura-t-elle.

Lucrezia parut se ressaisir. Elle sourit :

— Ne t'inquiète pas, Bianca... Je suis simplement très malheureuse...

Le reste du jour, le jeune couple visita le couvent, l'église et fut invité à partager le repas des pensionnaires. Lucrezia ne fut pas sans remarquer que son beau-frère s'intéressait vivement à une très jeune couventine qui lui rendait regard pour regard, sourire pour sourire. Elle attira l'attention de Bianca sur le manège et arracha à sa sœur le premier sourire de la journée.

— Mon Dieu ! chuchota Bianca. Si Luigi pouvait s'intéresser à une autre femme ! Si seulement...

— Eh bien, ma petite, il me semble que tu vas être exaucée ! Ton mari paraît véritablement avoir pris feu pour Roselina Sylvestrini...

Jusqu'à la fin du repas, Bianca fut adorable avec celle que déjà elle considérait comme sa future rivale... Cette Roselina salvatrice qui allait la délivrer des assauts de son époux.

— ... Nous reviendrons te voir souvent, Lucrezia ma petite ! dit-elle triomphante au moment de partir. Luigi est un ange, il accepte de venir aussi souvent que possible... Et Roselina Sylvestrini est une bien charmante enfant !

Un peu gêné par cet accès de gentillesse incongru, Luigi eut un sourire contraint.

Les jours suivants, Lucrezia perdit espoir de revoir le comte Vernio avant qu'elle fût sortie du couvent... « Si je le revois jamais !... » pensait-elle. Les journées passaient dans une longue attente sans fin. Même ses amies désespéraient de lui arracher un sourire. Le dimanche à la messe, elle ne tentait même plus d'apercevoir son amant dans la foule qui se pressait à l'église. Elle n'écoutait ni le prêche, ni la messe, ni la musique. Une fureur sombre l'embrasait tout entière... « Dieu ! si je ne le revois au plus tôt je vous maudis !... » L'exclamation blasphématoire jaillissait dans son esprit enfiévré, et sa prière dominicale consistait en imprécations silencieuses et à se remémorer les heures passées dans les bras du comte Vernio.

Un dimanche de février 1438, alors que la neige tombait après une période particulièrement belle et douce, tandis que Lucrezia entendait la messe sans y prendre part, taciturne et indifférente, son attention fut attirée par le singulier manège de Lauretta. Son amie lui désignait du regard un pilier et, un instant, à la voir ainsi rouler désespérément des yeux, Lucrezia eut envie d'éclater de rire. Mais son rire s'éteignit dans sa gorge. Elle venait de reconnaître, en partie dissimulé, le comte Vernio de Bardi. Elle l'aurait reconnu entre mille, même masqué, elle l'aurait reconnu comme un chien reconnaît son maître, sans le voir, grâce à ce sixième sens que tout animal possède, et que possèdent aussi certains humains ayant le don d'amour.

A un mouvement qu'elle fit, le comte Vernio tourna la tête, l'aperçut et leurs regards s'accrochèrent. Lucrezia ne sut combien de temps ils se fixèrent ainsi. Le temps s'était aboli, et les chants liturgiques l'atteignaient avec une puissance inusitée. Elle était transportée par la musique, vers le comte Vernio, elle s'unissait à lui à travers le temps, à travers l'espace...

Quand la messe fut terminée et que la foule sortit de l'église, le mouvement qui s'y fit sépara Lucrezia des autres pensionnaires. Des yeux elle chercha son amant, et l'aperçut qui se tenait contre la porte d'entrée, à demi dissimulé dans son épaisse cape doublée de fourrure. Alors elle s'approcha de lui et il ouvrit les bras. Elle se pressa contre lui, enveloppée dans la chaleur si douce de la fourrure. Cela ne dura qu'un instant, un bref instant volé, un instant qui, s'il avait été surpris, aurait coûté la vie au comte Vernio, et le couvent pour le restant de ses jours à Lucrezia. Très vite la jeune fille eut le temps de glisser l'adresse de la tante de Lauretta, dame Claudina Agnelli, chez qui elle le rejoindrait le soir même.

Dame Claudina Agnelli était une femme cultivée, intelligente, et qui dans sa jeunesse avait eu à souffrir de ce que l'on infligeait en ce moment à sa nièce Lauretta. Mais elle ne se laissa pas faire, menaçant de se tuer si on la forçait à prendre le voile, si bien que sa famille dut se résigner à la retirer du couvent et à lui permettre de vivre seule, sans mari, aucun homme ne voulant prendre pour femme cette forte tête, surtout sans dot. Dame Agnelli eut quelques amants qui restèrent ses amis, bien après que le lien de chair se fût dénoué, et elle vivait du revenu de deux fermes jumelles qu'elle exploitait en maîtresse femme.

L'une des fermes avait quelques chambres, fort jolies et bien aménagées, qu'elle louait aux parents qui venaient voir leurs filles au couvent, qui n'était éloigné que de cinq cents brasses environ. Et même, en passant par le petit cimetière derrière l'église, on raccourcissait le trajet de moitié. C'était d'ailleurs le trajet choisi par Lauretta et Giulietta lorsqu'elles avaient décidé de quelque sortie galante. La porte qui donnait sur le cimetière n'était jamais gardée, les sœurs étant convaincues qu'aucun être humain sensé ne prendrait le risque de traverser un tel lieu, la nuit.

Dame Claudina accueillit le comte Vernio avec réserve et gentillesse. Elle ouvrit la porte d'une chambre, vaste, sombre, aux meubles de noyer massif, à peine éclairée par quelques chandelles. Elle fut discrète, ne demanda point où se trouvait la jeune personne, et elle entreprit de faire du feu. Lorsque les flammes pétillèrent joyeusement, illuminant toute la pièce de leur mouvance dorée, enfin dame Agnelli demanda :

— Votre amie doit-elle venir tard ?

— Je ne sais pas, répondit le comte Vernio d'une voix lasse. Peut-être faudrait-il préparer quelque nourriture ? Du vin chaud aux épices ?

— C'est l'une des petites pensionnaires ? une amie de Lauretta ? insista dame Agnelli.

— Oui. Oui certainement, hasarda le comte.

— Alors elle sera là vers la minuit. Pas avant. Vous devriez souper et vous reposer en l'attendant. Vous avez l'air transi de froid et mort de fatigue. Ne craignez rien, il y aura aussi du vin chaud et des biscuits pour votre amie.

— Vers la minuit?... s'exclama le comte Vernio. Mais il neige...

Il imagina Lucrezia luttant contre les flocons, trébuchant dans les prés recouverts de neige.

— Rassurez-vous... le couvent n'est guère éloigné. A peine cinq minutes de marche... Elle va sûrement passer par le cimetière. Cela raccourcit considérablement le trajet.

— Le cimetière?... dit le comte Vernio en frissonnant. Elle va mourir de terreur.

— L'amour peut faire faire n'importe quelle folie aux jeunes filles, dit gentiment dame Claudina. Faut-il qu'elles soient amoureuses pour affronter de telles terreurs!

Amoureuse. Si amoureuse Lucrezia. De cela le comte Vernio ne doutait pas, n'avait jamais douté. Etait-ce cet amour ingénu qui l'avait touché, conquis? Il imaginait Lucrezia traversant seule cet endroit sinistre et venant s'abattre contre lui, comme un oiseau blessé. « Elle me devra le malheur de sa vie, se disait-il avec amertume. Si j'avais pour deux sous de bon sens, je partirais tout de suite, loin d'ici, j'épouserais Franca Martelli et je ne reverrais jamais Lucrezia. » Mais il n'avait pas pour deux ducats de bon sens... Il avait complètement perdu la raison.

Enfin, le comte Vernio et dame Agnelli perçurent le bruit de pas qui couraient, puis on frappa à la porte, et quelques instants plus tard, Lucrezia fut devant lui, enveloppée d'une grande cape noire, une Lucrezia tremblante, glacée mais souriante. A peine dame Agnelli eut-elle fermé la porte derrière elle que le comte Vernio prit Lucrezia dans ses bras et la couvrit de baisers. Puis il la souleva et la posa sur le lit, arrachant ses vêtements, les jetant à terre. Enfin il l'enlaça et Lucrezia l'entoura de ses bras, et les seuls mots que le comte Vernio put obtenir d'elle furent : « Enfin tu es là... tu es là... »

Le feu s'était depuis longtemps éteint dans la cheminée, et il faisait si froid dans la chambre que les deux amants, blottis sous les couvertures, hésitaient à découvrir ne fût-ce qu'une main. Par-dessus l'édredon de plumes d'oie, l'épaisse couverture de fourrure fut ramenée sur leur tête. Lucrezia ne savait pas depuis combien de temps elle était enfouie ainsi dans les bras de Vernio.

Enfin elle l'entendit chuchoter : « Maintenant Lucrezia, il faut que nous parlions... Je dois repartir en France... »

Pour toute réponse, Lucrezia resserra son étreinte. Il reprit plus doucement, d'un ton si bas et si triste qu'elle sentit les pleurs mouiller ses yeux :

— ... En venant ici j'ai risqué ma vie... Dès que ton billet m'a été remis, je n'ai eu qu'un seul désir : venir te rejoindre. Mais il m'a fallu d'abord partir en France. Puis à Ferrare, puis à Rome... Enfin me voici. Mais tous me croient en route vers Avignon... Si l'on découvre que je me suis détourné de mon chemin pour venir te voir, pour te serrer contre moi, je suis un homme mort, Lucrezia. Mais, bien pire, tu serais condamnée au couvent et nul ne pourrait t'en libérer... Comprends-tu, ma douce ?

— Emmène-moi..., chuchota Lucrezia. Partons n'importe où...

— Tu sais bien que c'est impossible. Je ne viendrai plus te voir, Lucrezia... Il y a trop de danger pour toi... Je veux seulement que tu saches. Je t'aime. Tu es pour moi le sel et le miel de la terre...

Mais ces mots tendres glaçaient Lucrezia d'une terreur irraisonnée. Il y avait un tel désespoir dans le ton de Vernio... une telle détresse...

— Oh ! Vernio... Vernio, murmura-t-elle, je ne sais pas ce qui nous attend... je ne sais pas... Tout ce que je sais, c'est que je veux être à toi, être ta femme. C'est cela que je veux, Vernio, seulement cela. Je pourrais vivre avec toi même sans l'accord de la société... Ai-je besoin d'accord de qui que ce soit pour savoir qui je dois aimer ? Vernio, je t'en supplie, ne me laisse pas. Emmène-moi...

Las et accablé de tristesse, le comte Vernio la berçait contre lui :

— Ne pleure pas... ne pleure pas. Un jour nous fêterons nos fiançailles, un jour un prêtre nous unira. Il y aura autour de nous tous nos parents, tous nos amis... Nous attendrons pour cela le temps qu'il faudra, mais ce jour viendra... Nous serons unis devant Dieu à la face des hommes... Tu porteras une belle robe rouge toute rebrodée de fil d'or et tu seras la plus belle femme du monde, ma Lucrezia... Et tu me donneras des enfants, deux ou trois fils et quelques petites mignonnes qui te ressembleront... Cela sera, ma Lucrezia, je te le jure devant Dieu... Quoi qu'il puisse arriver, un jour tu seras mienne à la face de Dieu. Penses-tu que je pourrais te trahir ? Je te le jure sur ce qui me reste de ma foi de chrétien... Que Dieu m'abandonne si je ne te garde pas amour et fidélité...

Tout en parlant, Vernio l'embrassait avec douceur, et prenait soin de ne pas la découvrir. Ses gestes précautionneux émurent Lucrezia. Elle lui caressait les cheveux en silence. Lorsque les lèvres de Vernio effleurèrent ses seins, Lucrezia crut qu'il l'atteignait aux racines de son être. Elle connut quelques minutes d'une telle intensité qu'elle pensa qu'après cela la mort seule serait acceptable. Et parce que Vernio lui avait fait connaître cette extase hallucinée, il lui sembla qu'elle était devenue sa chose, et qu'elle ne pourrait retourner à ce couvent qu'elle haïssait. Elle savait cependant qu'elle délirait, qu'ils devaient se quitter et elle ne pouvait comprendre comment cela pouvait se faire.

Quelques instants plus tard, Vernio se leva et entreprit de s'habiller.

— Ne me regarde pas ainsi, Lucrezia.

— Voici sans doute le moment où nous devons nous séparer..., dit-elle d'une voix qu'elle s'efforçait de rendre ferme.

— Oui..., dit Vernio à voix basse. Je dois partir... Ne bouge pas, Lucrezia. Ne me regarde pas..., répéta-t-il.

Longtemps après qu'il fut parti Lucrezia resta couchée. Elle ne pleurait pas. Ne bougeait pas. Toutes les fibres de son corps n'étaient qu'une immense déchirure, une plaie béante par où s'écoulait tout ce qui lui restait de forces vives.

XI
GIUSEPPINA

Au couvent, les jours, les semaines, les mois passèrent. Le printemps approchait, en cette année 1438. Lucrezia vivait désormais comme une somnambule, entre le dortoir, les études, l'église, le réfectoire, puis encore le dortoir... Le matin, à cinq heures, elle se levait avec les autres pensionnaires et arrivait à jeun à la première messe. Parfois, et cela lui arrivait souvent, l'odeur de l'encens lui donnait de violentes nausées et elle était obligée de sortir. La première fois que cela lui arriva, elle eut un moment la peur d'attendre un enfant. Cette pensée tout à la fois l'épouvantait et la soulageait. Si cela était, elle se disait qu'alors plus rien n'empêcherait son mariage. Elle se sentait prête à affronter l'opprobre, le mépris, les insultes, peut-être les coups des matrones en colère. Quelques années auparavant, une jeune fille enceinte, une enfant de douze ans engrossée peut-être par son propre père, avait été fouettée en place publique pour « conduite abominable et contraire aux mœurs... », sur ordre du prêtre à qui elle s'était confessée. Cela avait soulevé d'indignation Contessina de Médicis qui avait pris l'enfant-mère sous sa protection. Lucrezia se demandait avec terreur si elle aussi serait fouettée ? Elle décida de n'en rien dire à personne, pas même à ses amies les plus chères. Qu'arriverait-il si cela était ? Son enfant serait un bâtard.

Un enfant bâtard était admis dans les familles florentines quand il s'agissait de l'enfant de l'homme. Mais celui de la fille-mère ou de la femme adultère était rarement admis. On l'arrachait à la mère, qui ensuite était condamnée au couvent jusqu'à la fin de ses jours. Lucrezia savait tout cela, mais déjà, avec une force insoupçonnée elle était prête à se battre pour garder son petit.

C'est dans cette extrême tension de tout son être qu'elle attendit d'être fixée. Un matin elle vit du sang sur ses draps. Elle fut déçue, parce que l'enfant de Vernio avait habité son cœur près de quinze jours et avait décuplé l'amour qu'elle portait à celui qui aurait pu être son père. Mais soulagée aussi. Plongée dans ses pensées, elle ne participait qu'en apparence à la vie du couvent, parlant peu, évitant même ses amies Lauretta et Giulietta. Ce n'est que lorsqu'elle fut certaine qu'il n'y aurait pas d'enfant qu'elle confia enfin ses craintes à ses amies. Hochant la tête, Lauretta lui dit alors ces mots que d'abord Lucrezia ne comprit pas :

— Tu aurais été bien sotte de ne pas m'en parler ! Au premier mois de la grossesse, on peut très bien nettoyer tout ça... Je connais une matrone qui sait mêler des herbes et si cela ne suffit pas, une petite baguette de bois bien effilée fait aussi bien l'affaire... Dame, il faut souffrir un peu, mais il faut bien en passer par là...

Quand elle comprit ce dont il s'agissait, Lucrezia eut un frémissement d'horreur. Jamais elle n'aurait pu se débarrasser de son enfant. Elle n'osa demander à Lauretta ou Giulietta si elles-mêmes avaient eu recours à ces manœuvres.

Par une extraordinaire coïncidence, elle apprit par Selvaggia venue lui rendre visite que Bianca était probablement enceinte et que dans moins de huit mois un enfant naîtrait. Alors Lucrezia éclata en sanglots.

Selvaggia, décontenancée, se méprit sur ce chagrin.

— Ma petite fille, dit-elle touchée. Ecoute-moi bien. J'ai pu obtenir de ton père la promesse que tu quitterais ce couvent avant les deux ans qu'il avait fixés. N'es-tu pas contente ? Cosimo de Médicis est parvenu à ses fins et le Concile va s'installer enfin à Florence, tu seras de retour à la maison pour les cérémonies ! Dès janvier prochain si Dieu le veut, tu seras de nouveau parmi nous ! Mais voyons !... Pourquoi pleurer ainsi ?

Hoquetante Lucrezia eut alors ces mots qui laissèrent Selvaggia stupide d'étonnement :

— ... Bianca... Bianca va avoir un bébé... et... et pas moi ! pas moi !... Je n'aurai pas de bébé...

— Hein ?... bégaya Selvaggia. Mais tu perds l'esprit, ma pauvre petite ! Comment veux-tu avoir un enfant sans être mariée ?

Selvaggia se demanda si le régime sévère du couvent n'était pas de nature à détruire la raison de sa fille et, quelques instants plus tard, elle eut une explication avec la révérende mère, et obtint de celle-ci que Lucrezia fût dispensée de la première messe.

Le dixième jour de mars, il y eut des signes avant-coureurs du printemps proche. Le temps était superbe, le ciel clair, et la douceur de l'air annonçait de beaux jours à venir. Les pensionnaires avaient l'autorisation de se promener sous la garde de deux nonnettes.

L'air, l'eau, la terre en éveil étaient si resplendissants et si purs qu'on remarquait à peine le silence, rompu seulement par le chant des oiseaux qui se lançaient de doux appels amoureux. Oh ! que la vie aurait pu être belle pour ces jeunes filles, si fraîches et si gaies, oublieuses de ce que l'avenir, pour la plupart d'entre elles, avait de menaçant.

Toute la nature leur parlait d'amour, et, amoureuses, toutes les pensionnaires du couvent Monticelli l'étaient ou en passe de le devenir. Elles se racontaient jusqu'à l'aube leur histoire qu'elles enjolivaient de mille détails romanesques. Les yeux chavirés, les sens doucement agités, le cœur battant, chaque visite était pour elles comme un présage. Qui serait l'élu de leur cœur... le maître de leur corps... qui les délivrerait du couvent et les emmènerait vers la vie ? Serait-ce le frère de Lucrezia Tornabuoni ? Celui de Giulietta, l'oncle de Lauretta ? Ces hommes qui venaient voir leur sœur, ou nièce, ou cousine étaient tous chargés des rêves impossibles de ces charmantes écervelées.

Parfois Lucrezia, Lauretta et Giulietta s'éloignaient de leurs compagnes et longeaient la rivière qui allait tourbillonnant, sautant gaiement de rocher en rocher jusque vers des lieux inaccessibles pour les trois jeunes filles. Alors elles évoquaient l'avenir, cet avenir dont seule Lucrezia pouvait se dire qu'il allait prendre forme hors de ces lieux. Lauretta se moquait de la compassion que parfois son amie lui manifestait.

— Ne te fais pas de souci pour moi, ma Lucrezia !... J'attends encore un peu, que j'aie dix-huit ans révolus. Lorsque le moment sera venu pour moi de prononcer mes vœux définitifs, je me sauverai ! Tout est arrangé dans ma tête ! Je n'irai pas à Venise. Non, j'irai en France ! peut-être jusqu'à Paris... ou bien en

Angleterre. Je serai déguisée en moine et Ruggiero gardera sa robe de bure durant tout le voyage.

— Mais ces deux pays sont en guerre ! s'exclama Giulietta.

— Justement ! dit tranquillement Lauretta. Qui se souciera de deux pauvres moines, mendiant leur pain et passant leurs journées en prières ? Français et Anglais seront si occupés à s'entrelarder de coups d'épée qu'ils nous laisseront tranquilles si par malheur nous les croisons.

— Tu me fais peur, murmura Lucrezia les yeux brillants. Et en même temps comme je t'envie... (Elle s'imaginait, elle aussi, marchant vers une contrée inconnue, pleine de dangers, au côté du comte Vernio.)

— Mais non, ne t'effraie donc pas ! J'aurai dix-huit ans le 26 juillet. Mes vœux définitifs sont prévus ce jour-là. Eh bien, nous serons déjà loin, Ruggiero et moi. Tout est organisé, te dis-je. Peut-être, d'ailleurs, aurai-je besoin de ton aide ?

Fascinée par l'audace de Lauretta, Lucrezia se demandait si elle aurait ce courage, cette audace...

Parfois au cœur de la nuit, elle se réveillait en sursaut, et toute tremblante d'émotion, elle se remémorait la dernière parole de son père, au sujet du comte Vernio. Elle savait. Elle savait que Vernio était un être léger, instable, sans véritable profondeur. Elle savait que rien ne pourrait l'enraciner, qu'aucune femme au monde ne serait capable d'obtenir respect et fidélité. Tout cela elle le savait. « Je le changerai !... se disait-elle alors le cœur battant. ... Je le changerai !... Il m'aime, j'en suis sûre ! » Tout ce qui s'était passé entre elle et le comte Vernio lui revenait alors en mémoire. Elle y puisait autant de preuves d'amour irréfutables. Et elle faisait taire la petite voix obstinée de sa conscience qui lui disait : « Il les a données, ces preuves d'amour, à tant de femmes qui ont cru en lui, qu'il a déshonorées, et qu'ensuite il a abandonnées pour courir à d'autres amours... Comment peux-tu croire en l'amour d'un tel homme ?... » Alors Lucrezia sombrait dans un désespoir qu'elle se devait d'étouffer pour garder la force de vivre.

A l'occasion du mardi gras qui, cette année-là, avait lieu très tard dans le mois de mars, les pensionnaires eurent chacune l'autorisation d'inviter quelques membres de leur famille.

Une quinzaine de jours durant, le couvent fut très affairé. Il fallait nettoyer, décorer les salles où auraient lieu les réceptions et les banquets. Dans les dortoirs régnait une animation joyeuse et bruyante, interrompue de temps à autre par la voix sévère d'une sœur réclamant le silence. De chambre en chambre s'échangeaient mille recettes de beauté afin de rendre la peau plus blanche et plus douce. Le soir, celles qui avaient pu se procurer de la viande de veau crue, qu'elles faisaient hacher et tremper dans du lait, se l'appliquaient en masque sur le visage jusqu'au matin, afin qu'au réveil leur teint fût aussi frais et pur que la rosée. Chacune de ces jeunes filles avait des recettes particulières, des secrets qu'elle gardait jalousement... Elles avaient entre quatorze et dix-huit ans, et leur beauté tenait essentiellement à leur extrême jeunesse, à la fraîcheur de leur peau tendue, au grain serré, à l'éclat du teint que rien ne parvenait encore à flétrir, mais cela, elles ne le savaient pas, convaincues qu'un peu de rouge sur la bouche, de fard sur les yeux ajoutait encore à leur charme.

Lucrezia, Lauretta et Giulietta, prises dans cette grande frénésie, avaient mis en commun toutes leurs garde-robes et cherchaient à combiner pour chacune d'elles la toilette la plus originale et la mieux appropriée à leur genre de beauté. Giulietta fut déclarée charmante dans une robe de velours vert sapin qui faisait ressortir son teint de lait et sa somptueuse crinière roux clair qui ne devait rien aux artifices. Lauretta... Ah ! Lauretta était divine dans une robe de satin rubis foncé, garnie de perles fines. Si belle en vérité que ses amies restèrent sans voix lorsqu'elles la virent ainsi parée... Lauretta, qui avait un visage de princesse, une allure royale et un langage à faire rougir un charretier, était tout simplement éblouissante, avec ses larges prunelles presque noires, ses yeux de faon au regard innocent. Elle fixa ses deux amies tour à tour et, devant leur muette admiration, elle eut un petit sourire satisfait.

— Je suis belle, n'est-ce pas ?... dit-elle d'un ton rêveur... Mais à quoi cela va-t-il me servir, toute cette beauté ? A rien !... N'est-ce pas désolant de livrer un tel visage... une telle gorge... (Ce disant, elle ouvrit son corsage et laissa entrevoir ses seins ravissants, légers et blancs, ponctués de deux bourgeons roses.) Et ces jambes ? reprit-elle en soulevant ses jupes... Avez-vous vu ces jambes ? (Elle montrait de longues jambes minces, fuselées, aux chevilles parfaites, des chevilles de petite fille.) Livrer tout cela à Dieu qui n'en a que faire ?... Et vous croyez, mes petites, que je vais laisser toute cette beauté, cette beauté parfaite qui est mienne, au service de Dieu ?... Plutôt me livrer au Diable et à tous les démons de l'Enfer ! et elle éclata d'un rire un peu trop enjoué avant de se tourner vers Lucrezia.

Bien que Lauretta et Giulietta émissent quelques réserves sur son excessive minceur, Lucrezia obtint sa part de compliments. Elle portait une robe de soie blanche et, par-dessus, un manteau de soie rouge qui dissimulait ses épaules trop frêles. Lauretta se saisit de l'épaisse chevelure noire qu'elle torsada en un chignon piqué de perles, et l'effet obtenu fut déclaré ravissant à l'unanimité.

Au cours de ces journées pleines d'allégresse, Lucrezia oubliait son tourment et retrouvait toute l'insouciance de son âge.

Il y avait plus d'un an et demi maintenant qu'elle était au couvent, et elle était ravie de recevoir ses sœurs Bianca, Giuseppina et son frère Giovanni.

Les jeunes pensionnaires avaient bien fait les choses et la fête s'annonçait charmante. Ni Francesco ni Selvaggia Tornabuoni n'avaient pu venir, mais ils avaient dépêché Bianca, Giuseppina et Giovanni, avec nombre de présents et des messages affectueux.

Le soir venu, dans la grande salle des fêtes, parents, amis et pensionnaires se réjouirent ensemble. Bien entendu, personne n'était masqué et les danses furent aussi décentes que possible. Dans les deux grandes cheminées qui se faisaient face, brûlaient des troncs d'arbre, et sur chaque mur, une bonne vingtaine de torches illuminaient la salle. Lucrezia qui avait bu un peu plus de vin que de raison se laissait griser par le bruit, par la douce chaleur qui émanait des cheminées, par ses sœurs qui l'encadraient et par son frère qui lui faisait face. Ensemble ils retrouvaient leur complicité de jadis. Cependant, il y avait comme une note triste dans ce joyeux concert familial.

Giuseppina avait changé. Il y avait quelque chose de durci, de tendu sur son visage quand elle se croyait à l'abri des regards. Etonnée, Lucrezia constata que sa sœur avait épaissi, et se tenait assez mal à table. Elle mangeait gloutonnement sans prendre le temps de respirer entre les bouchées et buvait trop de vin. Gênée, Lucrezia eut envie à plusieurs reprises de lui faire des remarques, mais toujours, juste à temps, Bianca intervenait, prenant soin de Giuseppina avec une sollicitude toute maternelle. Elle détournait l'attention de Lucrezia en lui posant mille questions sur sa vie au couvent. Giovanni renchérissait et Lucrezia oubliait Giuseppina, qui mangeait de plus belle.

Venue sans son mari Bianca paraissait heureuse. Elle semblait toujours aussi indifférente à elle-même, et trouva Lauretta et Giulietta charmantes. Elle manifesta cependant une petite pointe d'agacement devant l'emprise que Lauretta avait sur Lucrezia. Jalouse, elle demanda à voix basse :

— Est-ce que tu la préfères à Giuseppina ou à moi ?... Dans ce cas, dis-le tout de suite et nous partons sur-le-champ !...

Lucrezia embrassa sa sœur en riant.

— Es-tu folle ? Vous êtes tous les trois plus chers à mon cœur que n'importe qui !... Mais c'est vrai qu'ici, au couvent, sans Lauretta ou Giulietta j'aurais sûrement dépéri...

A la fin du repas, alors que tous s'apprêtaient à danser, Giovanni prit Lucrezia à part.

— Tu sais, nous ne nous reverrons pas de sitôt..., dit-il avec une pointe de tristesse. Je pars pour Rome dès le mois prochain. Cosimo de Médicis m'y confie la direction de sa banque...

Au nom de Cosimo, Lucrezia se laissa emporter par la colère :

— Ce Médicis me prend mon frère pour en faire un banquier. Il veut me marier à son fils, il a exigé le mariage de Bianca avec ce... ce... Datini... Ne pourrait-il laisser la famille Tornabuoni un peu tranquille ?

Amusé, Giovanni répliqua :

— ... Mais c'est une chance merveilleuse pour moi ! Et pour toi... Nous en reparlerons quand tu sortiras de cet affreux couvent... et Giuseppina...

Il s'interrompit. Lucrezia lui serra le bras avec force.

— Que se passe-t-il avec Giuseppina ?... Est-elle malade ?

Giovanni secoua la tête.

— Non..., dit-il. Papa a tout simplement annoncé ses fiançailles avec Andrea Martelli...

— Ce n'est pas possible..., articula Lucrezia hors d'elle. Oh non ! pas cela...

— Si. Ne lui en parle pas, je t'en conjure. Dès que nous

avons le malheur de lui toucher mot de ce mariage, Giuseppina nous abreuve d'injures grossières et part en courant.

— Mais... que peut-elle faire ?

— Rien. Que veux-tu qu'elle fasse ? Se sauver ? Papa la fera rechercher... Elle ne peut qu'accepter.

Lucrezia eut un frisson d'horreur. Voilà le sort qui l'attendait si jamais elle ne trouvait pas d'autre solution avant.

— Depuis quand mange-t-elle autant ? demanda-t-elle à mi-voix car Giuseppina venait vers eux, un vague sourire béat au coin des lèvres, ce sourire qu'ont souvent les personnes entre deux vins.

— Quelques semaines il me semble..., répondit Giovanni. Mais chut !...

Puis, avisant Giulietta qui le regardait avec des yeux languissants :

— Me permettez-vous, jolie demoiselle, de vous offrir mon bras ? Ma sœur m'a beaucoup parlé de vous...

Avec un petit rire, Giulietta prit appui sur l'avant-bras de Giovanni sous le regard suspicieux des nonnes, et ils allèrent se promener.

Le soir après le bal, presque tous les invités trouvèrent asile soit au couvent, soit dans les fermes environnantes. Le retour était prévu pour le lendemain.

Cette nuit-là Lucrezia fut incapable de dormir. Doucement, afin de ne pas réveiller ses compagnes, elle se leva et s'approcha de la fenêtre pour l'ouvrir. Elle reçut de plein fouet le vent chargé d'effluves printaniers. Ce vent de mars toscan, plein de force et de vitalité, la grisait. « Vernio..., murmura-t-elle. Vernio... » Où était-il l'homme qu'elle aimait ? La nuit était fraîche et lumineuse, si paisible... Dans le parc, illuminé par le clair de lune, Lucrezia aperçut une silhouette qui soudain s'immobilisa. Le cœur serré, elle reconnut Giuseppina. Que faisait sa sœur dehors, à cette heure de la nuit ? Sans réfléchir davantage, Lucrezia saisit un châle et sortit précipitamment en évitant de faire du bruit. Quelques instants plus tard elle était auprès de Giuseppina, qui ne parut pas surprise de la voir.

— Ah !... dit-elle seulement. C'est toi ? Tu ne peux pas dormir ? Je suis contente que tu sois venue me rejoindre. Moi non plus je ne peux pas dormir... Viens. On pourrait nous surprendre...

Elles marchèrent quelques minutes en silence dans le parc humide de rosée. Soudain Giuseppina agrippa le bras de sa sœur.

— Je voudrais te parler.

— Qu'y a-t-il ? répondit Lucrezia, inquiète.

Giuseppina avala sa salive, puis lâcha brutalement :

— Je vais avoir un enfant...

Anéantie, Lucrezia resta silencieuse. Dans un amalgame confus de souvenirs, elle se remémora la nuit du Palio et l'appel de Giuseppina.

— ... Benvenuto... Benvenuto..., dit-elle enfin à voix haute.

— Comment le sais-tu ? dit Giuseppina.

Sa voix était lasse, brisée. Elle semblait indifférente à tout.

— Veux-tu en parler à maman ? demanda Lucrezia.

Giuseppina sursauta.

— Es-tu folle ?... Promets-moi que tu n'en diras pas un mot. Promets !

— Mais... mais que vas-tu faire ?

Une crainte envahit Lucrezia. Cela aurait pu lui arriver à elle. Elle aussi aurait pu avoir un enfant du comte Vernio. Que se serait-il passé ? Qu'aurait-elle fait ?...

Mais elle se força à se calmer. Elle étreignit les épaules de Giuseppina et la serra contre elle.

— Bianca et Giovanni ?... demanda-t-elle simplement.

— Ils savent..., répondit Giuseppina brièvement. (Elle fixa Lucrezia d'un air inquiet.) Ils ne voulaient pas que je t'en parle ; ils pensent maintenant qu'il n'y a pas d'autre solution...

— Quelle solution ?... demanda Lucrezia.

Giuseppina ne répondit pas.

— Que vas-tu faire ? Quelle solution ? répéta Lucrezia d'une voix blanche.

— Lauretta...

— Lauretta ? questionna Lucrezia intriguée.

Giuseppina haussa les épaules.

— Mais oui, Lauretta... Cela lui est déjà arrivé. Son... amant lui a donné l'adresse d'une matrone... C'est Lauretta qui m'a dit de t'en parler.

Mais Lucrezia n'écoutait plus les explications de sa sœur.

— Mon Dieu, Giuseppina... ne fais pas cela ! On peut en mourir... Je t'en prie !...

Lucrezia était épouvantée. Tout ce qu'on lui avait raconté lui revenait en mémoire. Elle supplia en vain Giuseppina qui s'obstinait :

— Que faire d'autre ?... Dire à maman et à papa que j'attends un enfant du fils du jardinier ?...

— Il sera un peintre en renom..., Messer Cosimo de Médicis l'a pris sous sa protection, dit Lucrezia.

Giuseppina haussa les épaules.

— Il n'en restera pas moins fils de jardinier. Papa le tuera, et me tuera...

— L'aimes-tu ?

— Je n'aimerai jamais que lui... Mais la question n'est pas là. Je ne dois pas garder cet enfant. Après-demain, quand tout le monde sera parti, Lauretta m'emmènera chez cette matrone. Pour cela il faut que je passe une autre nuit ici, au couvent, avec toi. Je vais faire semblant d'avoir une indigestion et de me trouver mal...

Lucrezia savait que Giuseppina allait courir un grand danger, mais comment l'éviter... Elle-même avait frôlé le drame, le frôlerait encore pour peu qu'elle revoie le comte Vernio.

— Ce n'est pas facile de te donner un conseil..., dit-elle à Giuseppina. T'es-tu confessée ?

— Es-tu folle ? Pour que le prêtre me dénonce ?

— Et le secret de la confession ?

Giuseppina ricana :

— Je n'ai confiance en personne... Ecoute-moi, sœurette... C'est un mauvais moment à passer. Je serrerai les dents... Je suis courageuse, n'est-ce pas ?

C'était vrai. Des quatre enfants Tornabuoni Giuseppina était sans doute la plus dure à la souffrance physique.

Jusqu'au départ de Giovanni et de Bianca, Giuseppina fit comme elle l'avait dit. Elle garda le lit, se plaignit de nausées et de douleurs au ventre et se fit admonester par une nonne qui lui reprocha d'avoir mangé plus que de raison.

Lucrezia et Lauretta ne quittèrent pas la chambre de Giuseppina de toute la journée. Lauretta décida d'emmener la jeune femme dès la nuit tombée, dans une petite carriole couverte d'une capote et de se munir de linges et de couvertures. Elles passeraient par la porte dérobée qui donnait sur le presbytère, et de là gagneraient sans encombre la maison de la Signora Maria.

« Giuseppina va faire quelque chose de terrible..., se disait Lucrezia. Mais puis-je l'en empêcher ? Si je parle à papa et à maman, c'en est fait de Giuseppina... Et si je garde le silence... Mais puis-je garder le silence ?... Dois-je l'empêcher de commettre cette chose affreuse... Et si tout se passe mal ? »

Giuseppina somnolait. Dans son sommeil elle gardait quelque chose de l'enfance perdue.

Vint enfin le moment pour Lauretta et Giuseppina de partir. Lucrezia la supplia de la laisser l'accompagner, mais Giuseppina répondit :

— Non, ma Lucrezia. Reste ici ! Il faut que tu répondes de moi si jamais une nonne passait... Reste ! D'ailleurs je serai de retour bientôt, et demain tout sera oublié. Allonge-toi sur mon lit et repose-toi un peu... Allons, adieu...

Quelques instants plus tard, de sa fenêtre, Lucrezia vit deux ombres étroitement enveloppées dans de grandes capes noires traverser en courant le parc, sous la timide clarté des étoiles de cette nuit sans lune, sombre et fraîche.

A bout de forces et d'angoisse, Lucrezia s'allongea sur le lit qu'occupait Giuseppina et s'endormit d'un mauvais sommeil peuplé de cauchemars.

Alors que l'aube pointait, Lucrezia fut réveillée en sursaut par Lauretta :

— Lucrezia... Lucrezia, vite ! Je t'en prie... Viens, habille-toi tout de suite... vite ! Dépêche-toi...

En un clin d'œil, Lucrezia comprit que c'était grave. Sitôt prête, elle suivit Lauretta dans un dédale de couloirs et d'escaliers où elles ne rencontrèrent heureusement personne. Dès que les deux jeunes filles eurent atteint le parc encore obscur, noyé dans les brumes de cette fin de nuit, elles se mirent à courir.

Dix minutes plus tard, hors d'haleine, elles arrivaient chez Signora Maria.

Celle-ci logeait dans une petite maison basse, bien tenue,

entourée d'un grand jardin potager. Un chien aboya lorsque Lucrezia et Lauretta franchirent la grille... Une énorme femme de trente ans environ, au visage triste et las, les attendait dans sa cuisine. Elle dévisagea Lucrezia sans rien dire et l'entoura de ses bras. Puis elle fit signe aux deux jeunes filles de la suivre dans une chambre attenante.

Une chandelle brûlait sur une petite table près du lit où reposait Giuseppina. Celle-ci était tout habillée, blanche, cireuse, les paupières closes. Au bruit que fit la porte en se refermant, elle ouvrit les yeux et fixa Lucrezia.

— Je vais mourir... mais je ne veux pas mourir ici !... (Elle s'interrompit et grimaça de douleur.)... Il était trop tard, comprends-tu ? trop tard !... L'enfant était déjà formé... Mon enfant...

Soudain elle fut prise d'un spasme qui la fit se redresser sur son lit, et elle éclata en sanglots, prononçant des paroles incohérentes où Lucrezia, horrifiée, crut discerner : « Mon petit !... Je veux qu'on me rende mon petit !... »

Les mains de Giuseppina étaient brûlantes, et la fièvre séchait ses lèvres tremblantes. Désespérée, Lucrezia essuyait le front trempé de sueur de Giuseppina. D'une bassine recouverte d'un linge ensanglanté, se dégageait une atroce odeur de sang. Prise de nausées, Lucrezia dut faire un effort pour ne pas vomir. Ses yeux dilatés par l'horreur étaient fixés sur cette bassine. « O Dieu, pardonnez-moi ! pardonnez-nous !... Qu'avons-nous fait ? Oh Dieu... je vous en prie !... Je vous en prie... » Elle priait en silence, appelant à son secours ce Dieu dont elle avait douté quelques semaines auparavant.

La grosse femme s'approcha de Giuseppina et posa doucement une compresse d'eau fraîche sur son front.

— ... Il ne faut pas vous lever, mon petit... Vous saignez encore... Pourquoi m'avoir menti ? Pourquoi ne pas m'avoir dit la vérité ?

— Quelle vérité ?... balbutia Lucrezia la voix rauque.

— Giuseppina était enceinte de plus de trois mois..., dit alors Lauretta. Jamais la Signora Maria ne serait intervenue si elle avait su la vérité.

Chancelante, Lucrezia s'agrippa aux barreaux du lit pour ne pas tomber.

Lauretta reprit, d'une voix hachée par l'émotion :

— Il faut emmener Giuseppina avant que le jour ne soit levé. Si... si elle... Il ne faut pas que la Signora Maria soit arrêtée... Elle serait pendue... Et puis Giuseppina pense... qu'il vaut mieux arranger... Tout le monde croit qu'elle est malade, qu'elle a mangé un mets peut-être gâté... Il faut l'aider, Lucrezia! Tes parents... s'ils apprenaient la vérité... et la Signora Maria... Il ne faut pas qu'elle soit pendue! Ce n'est pas sa faute, Lucrezia...

Progressivement, ce que l'on demandait à Lucrezia se fit jour dans son esprit. Et d'abord ce fut un refus de tout son être. Elle secoua la tête en signe de dénégation. Non!... on ne pouvait pas lui demander cela! c'était inhumain... c'était... Il fallait chercher un médecin, un guérisseur, quelqu'un qui pouvait sauver Giuseppina. Puis elle se rendit à l'évidence. Il suffisait de regarder la malade pour se rendre compte que ses heures étaient comptées... L'odeur infecte se dégageait maintenant de tout son corps et son visage paraissait se rétrécir de l'intérieur. Ses yeux immenses, cernés de sombre, se fixaient suppliants sur sa sœur.

Alors sans plus tergiverser, Lucrezia, aidée par la matrone et Lauretta, souleva Giuseppina dont le visage se tordait de douleur, et elles la transportèrent dans la carriole attelée à un gros cheval de labour. Il fallait faire vite, revenir au couvent alors que le ciel bleuissait déjà et que le soleil dardait ses premiers rayons.

Lucrezia et Lauretta arrêtèrent la carriole devant l'entrée secrète du couvent. Entrée tant de fois franchie pour rejoindre un amant, pour se faire conter fleurette, pour se laisser couvrir de baisers, de caresses...

Lucrezia et Lauretta soulevèrent Giuseppina et la traînèrent jusqu'à la chambre qu'elle avait occupée quelques heures plus tôt. L'odeur, l'affreuse odeur de pourriture, de sang séché qui émanait de Giuseppina envahissait la pièce. Lucrezia luttait contre l'envie de vomir, de sangloter, de crier sa révolte et son chagrin... Mais elle serra les dents, et aida Giuseppina à se dévêtir et à se coucher dans le petit lit.

Après un bref conciliabule, les trois jeunes filles convinrent de dire que l'état de Giuseppina s'était brusquement aggravé après l'absorption d'un mets qu'elle avait consommé la veille.

Puis Lauretta courut chercher du secours. Durant l'absence de Lauretta, Giuseppina s'agrippa à Lucrezia :

— ... Ecoute-moi... Jamais ni papa ni maman ne devront connaître la vérité... Jamais !... Le promets-tu ?

Lucrezia hocha la tête. Elle évitait de parler. Si elle ouvrait la bouche, elle était sûre qu'elle vomirait, qu'elle sangloterait....

Giuseppina délirait :

— ... Mon petit... je veux qu'on me le rende... Trop tard. C'était trop tard... J'ai mal... Je ne veux pas mourir... je ne veux pas... maman, je veux maman... Lucrezia... promets-moi... ne fais jamais ça ! jamais !... Jure-le, Lucrezia, jure-le-moi... C'est trop horrible... Jure-le...

Lucrezia jura tout ce qu'elle voulait. Elle souffrait avec sa sœur, elle souffrait dans sa chair, dans son cœur. Elle maudissait le sort qui imposait une telle torture. « Pourquoi ?... pensait-elle. Au nom de qui ? au nom de quoi ?... »

Giuseppina haletait. Ses forces déclinaient à vue l'œil. La mort était déjà en elle. Soudain elle cessa de haleter. Giuseppina souriait. Elle prit la main de Lucrezia et la pressa doucement.

— ... Ceux qui s'aiment assez fort, rien ne peut les séparer... Tu le diras à Benvenuto, n'est-ce pas ?...

Elle s'éteignit quelques minutes plus tard.

C'est à cet instant que Lauretta, accompagnée de deux sœurs clarisses, arrivèrent. Les deux sœurs ne posèrent aucune question et se contentèrent de l'explication que donna Lucrezia. Giuseppina avait sans doute mangé des champignons vénéneux, s'était plainte de violents maux de ventre, avait eu une hémorragie, et s'était éteinte...

C'est l'explication qui fut donnée à Selvaggia.

Celle-ci réagit tel un fauve à qui l'on a arraché son petit. Tout à sa douleur, Selvaggia allait de pièce en pièce comme folle. « ... Ma petite... ma petite... on me l'a tuée... »

On apprit un peu plus tard qu'on avait repêché dans l'Arno le corps du fils du jardinier, ce jeune Benvenuto au talent si prometteur.

Quinze jours après les obsèques de Giuseppina, Francesco Tornabuoni décida d'aller chercher Lucrezia. Qu'au moins la présence de la dernière de ses enfants pût rendre un peu de paix à Selvaggia. Elle avait beaucoup maigri et elle paraissait dix ans de plus que son âge. Ses cheveux avaient blanchi et sa bouche était maintenant cernée d'un pli amer. Le jour où Francesco se mit en route pour aller chercher Lucrezia, elle le rejoignit sur le perron et l'agrippa par le bras.

— Francesco Tornabuoni..., dit-elle d'une voix rauque et cassée. Ma petite Giuseppina est morte parce que tu voulais la marier à Andrea Martelli... Ne me dis pas le contraire... Francesco... qu'as-tu fait de notre enfant? qu'as-tu fait de nos enfants?... Tu as tué Giuseppina...

Epouvanté Francesco secoua Selvaggia avec fureur, puis la gifla à toute volée pour la faire taire.

— ... Tu peux... me battre... oui, tu peux me battre... mais cela ne me rendra pas ma petite Giuseppina... ma petite fille...

Elle sanglotait, éperdue de douleur. Puis elle s'écarta de Francesco avec horreur :

— Que Dieu te damne si jamais tu me touches encore, Francesco Tornabuoni. Je ne veux plus de toi dans ma couche. Ce soir tu dormiras où tu voudras, mais pas dans ma chambre... et si tu forces la porte, je te tuerai comme un chien.

Francesco resta hébété, les yeux exorbités, fixés sur sa femme. Puis il tendit la main vers elle.

— Selvaggia..., murmura-t-il. Selvaggia...

Mais elle se détourna avec haine et rentra dans la maison. Alors Francesco monta dans le carrosse qui l'attendait.

DEUXIÈME PARTIE

Hiver 1438-hiver 1454

I

LE CONCILE DE FLORENCE

C'EST dans une ville à l'apogée de sa magnificence que, sur les instances de Cosimo de Médicis, et grâce à une petite épidémie de peste, fort bienvenue, à Ferrare, le Concile put enfin s'installer à Florence. D'aucuns prétendaient même que pour arriver à ses fins, Cosimo avait semé le vent de la peste, ce qui était stupide, mais la rumeur, rumeur alimentée en sourdine par ses ennemis, persista quelques semaines... Officiellement l'ouverture du Concile avait été prévue pour avril, mais dès le mois de décembre 1438, la ville était en effervescence. Jamais elle n'avait été aussi prospère. Florence dominait l'Europe tant par son expansion commerciale et industrielle que par le rayonnement universel de ses artistes et de ses philosophes.

En dépit des règlements, les Florentins, hommes ou femmes, rivalisaient d'élégance vestimentaire, et c'est tôt le matin que l'on voyait dans les rues des capes de velours rosé, des chausses de satin blanc, de larges bérets de velours sombre, ornés de plumes, des robes surchargées de pierreries, et des décolletés vertigineux.

Le Concile attirait une foule de curieux venus de toute l'Europe, et ces Allemands, ces Français, ces Espagnols, ces Portugais, ces Anglais, ces Slaves découvraient émerveillés une civilisation raffinée, des bourgeois policés, cultivés, et surtout une démocratie sujette à la critique et sans doute imparfaite, mais réelle et suffisamment forte pour résister à l'assaut de ceux qui voulaient la réduire. Certes, beaucoup parmi les Florentins considéraient Cosimo de Médicis comme un dictateur, mais ils se taisaient. Pour l'instant, mieux valait encenser les Médicis et attendre. Le chef de la nouvelle opposition, le prince Neri Capponi, savait qu'il n'était pas encore assez puissant pour lutter contre Cosimo. Il avait beaucoup d'amis, mais encore peu de partisans. En homme fin, lettré, intelligent, il attendait patiemment son heure.

Dès janvier 1439, malgré le froid très vif qui sévissait cette année-là, une foule de Florentins était allée accueillir les personnalités plus prestigieuses les unes que les autres venues prendre part au Concile. Le 24 janvier 1439, le pape Eugène IV et plus de deux cents prélats pénétrèrent dans Florence. Le 7 février, le patriarche de Constantinople, Joseph, fit son entrée, et enfin, le 15 février, l'empereur Jean VIII Paléologue, qui eut droit à un accueil particulièrement chaleureux. Les Florentins savaient en effet que Jean VIII venait implorer le pape Eugène IV de prêcher la croisade, qui seule pouvait, en sauvant la civilisation byzantine, éviter sans doute à l'Europe des siècles de guerres.

Ce ne fut une surprise pour personne d'apprendre que l'empereur Jean VIII Paléologue trouva asile au palais Médicis. Il est vrai que Cosimo avait été fasciné par l'esprit, la culture, la foi sincère qui l'animaient. Personne ne s'étonna non plus que Cosimo de Médicis reçût dans la République de Florence, « sa » République, les rois, les princes, les papes, venus du monde entier. Le maître de Florence c'était lui, et nul autre. Lui, le « grand marchand, le banquier de l'Europe », qui accueillait cet empereur, ces rois, ces princes, ce pape.

Cosimo allait sur sa cinquantaine. Il s'efforçait de faire bon visage à ces invités de marque mais une angoisse diffuse qui le tenait parfois éveillé toute la nuit le minait chaque jour plus profondément. Il ne comprenait pas, il ne comprenait plus. Des questions sans réponses se pressaient dans son esprit. Pourquoi se sentait-il à ce point séparé de la liesse commune ? Pourquoi cette liesse populaire qui était son œuvre, qu'il avait voulue par-dessus tout depuis des mois et des mois le laissait-il à ce point indifférent ? Et il ne pouvait empêcher ces pensées de naître, de prendre leur place, de s'imposer dans son esprit. Quelle barrière était-il en train de franchir ? quel seuil ? Vers quoi allait-il ? Qu'en était-il de son étrange destinée, de ses responsabilités d'éducateur du peuple, sans doute attendait-il confusément de la présence de Gémiste Pléthon, dont on lui avait signalé l'arrivée, une réponse à ses incertitudes. Ses articulations douloureuses lui rappelaient sans merci que sa jeunesse était passée, parfois une violente douleur le pliait en deux, et lui coupait le souffle. Le vieux docteur Elias venait le voir. Ils commençaient d'abord, invariablement, par une partie d'échecs, et ensuite ils parlaient philosophie ou religion. Alors Cosimo disait d'un ton bougon :

— Je deviens paresseux avec l'âge. Je suis de plus en plus fatigué...

Le docteur Elias soupirait.

— Pourquoi vous démener ainsi ? Le Concile de Florence est une réussite, et le peuple vous admire et vous respecte...

L'angoisse de vieillir ne le quittait plus. Il se désolait de ne plus se mouvoir sans gémir de douleur, il imaginait sa mort avant que Piero ne fût marié. « ... Cette petite sotte, se disait-il alors durement lorsqu'il songeait à Lucrezia. Ce mariage doit se faire ! Il me faut un petit-fils... Dès que le Concile aura pris fin, ce mariage aura lieu, dussé-je traîner la mariée moi-même par les cheveux jusqu'à l'autel...

Plus que les déchirements de l'Eglise, qui laissaient les Florentins indifférents, c'était l'extraordinaire théâtre qui s'offrait à eux qui les excitait. Esclaves noirs, singes, chameaux, tout les amusait, les enchantait. Les Byzantins avaient apporté leurs splendides joyaux, leurs somptueux vêtements et leurs parfums rares... Il régnait dans la ville une telle effervescence que dès les premiers bourgeons et les premiers jours ensoleillés, les citoyens passèrent la plus grande partie de leur temps hors de chez eux. Les rues, jour et nuit, étaient noires de monde. On s'y bousculait, on s'y disputait, on s'y embrassait, le tout avec bonhomie et gaieté.

La République était riche et prospère, et le gouvernement, sous l'égide de Cosimo, s'occupait fort intelligemment des plus démunis. Le florin dominait toutes les monnaies européennes et les richesses s'accumulaient dans les coffres des grandes demeures dont la construction avait été confiée aux plus éminents architectes. Le peuple jouissait en ces années médicéennes d'une douceur de vie sans précédent, et les nombreux jours fériés qui émaillaient les mois lui permettaient de profiter des heures paisibles de ce printemps conciliaire. Le plus grand plaisir des Florentins, hommes ou femmes, était le clabaudage. Ils aimaient se retrouver sur l'agora ou sur les remparts et là, assis sur les murs, sur des bancs, sur des chaises, buvant jusqu'à plus soif les vins frais d'Italie, ils parlaient, intarissables, sur tout et sur tous... Et bien sûr, sur les Médicis, l'empereur, le pape, et de nouveau sur les Médicis, et Lucrezia. Lucrezia Tornabuoni. Joueurs dans l'âme, les Florentins avaient ouvert des paris : on misait gros et avec des rires graveleux sur l'époux présomptif. Qui donc obtiendrait la main, la fortune et le cœur de la dernière-née des Tornabuoni ?

— Pour le cœur et le corps, on sait déjà, ricanait une commère, entre deux vins. L'une de mes nièces qui est nonne au couvent de Monticelli a vu rôder le comte Vernio de Bardi autour de l'église...

— Ah bah ! répondait l'un des badauds. C'est là pure calomnie ! Qui donc aurait laissé un homme pénétrer dans un couvent de nonnes ? Et d'ailleurs, le comte Vernio est en France !

— Qu'est-il allé faire en France ?

— Pour les affaires bien sûr !... On dit que la France va se doter d'une armée permanente ! Et c'est nous qui allons fournir les armes ! Le comte Vernio est allé négocier tout ça avec le roi de France... Alors vos racontars ne sont que pure calomnie ! D'ailleurs le comte Vernio serait fiancé à Franca Martelli.

— Les fiançailles sont-elles officielles ? demanda une jeune personne vivement intéressée.

— Pas encore, ma jolie, vous avez toutes vos chances ! Le comte Vernio n'est pas regardant quant à la bagatelle.

— Vous voyez bien ! triompha la commère. Il en a après Lucrezia ! D'ailleurs la petite Lucrezia Tornabuoni, elle a le feu au derrière... Déjà à douze ans, elle est allée se faire déniaiser par un galopin de son âge !...

— C'est vrai, renchérit une autre commère. Le petit Filippo de Médicis... Il est mort le pauvre garçon...

— Eh bien, ça ne sortira pas de la famille... C'est ce Piero de Médicis qu'il faut plaindre. Après son frère, puis le comte Vernio, ce sera enfin à son tour de passer sur le corps de Lucrezia... Je lui souhaite bien du plaisir !

— On dit qu'il en est fou ?

— On le dit en effet. Mais une femme qui a déjà couché couchera encore ! Piero de Médicis se mariera peut-être avec Lucrezia Tornabuoni, mais il l'épousera cornu et restera cornu toute sa vie. Je vous le dis et le redis... La petite a le feu au derrière ! Dès qu'elle voit le comte Vernio, c'est comme si plus rien n'existait pour elle...

— Bah ! Elle est encore au couvent et le comte Vernio est en France ! Avant qu'il ne revienne à Florence, Cosimo aura déjà marié son fils à cette petite putain.

— Tut... tut !... Qui vous dit que le comte Vernio restera en France le temps qu'il faudra ? Qui vous dit que, sachant Lucrezia de retour, il ne fera pas des pieds et des mains pour revenir ?

— Eh bien, où serait le mal ? S'il revient, c'est qu'il veut la demander en mariage !... Et j'espère que ce sera un beau mariage ! Après tout le comte Vernio de Bardi est d'excellente noblesse. Sa famille est au moins aussi ancienne que celle de Lucrezia Tornabuoni... Je ne comprends pas Francesco !

— Francesco est ambitieux. Et il sait que Cosimo va monter encore... Jusqu'où ? Un trône... voilà ce dont rêve Francesco, un trône non pour lui, mais pour sa fille, ou ses petits-enfants... C'est pour cela qu'il veut cette union avec Piero... Piero serait tombé amoureux de Bianca ou de Giuseppina, il aurait donné l'une ou l'autre... Peu importe la fille pourvu qu'on ait le fils !

II
LE RETOUR DE LUCREZIA

LUCREZIA revint chez elle vers la fin du mois de mars 1439. Elle trouva la ville en effervescence. Même la maison paternelle regorgeait de monde qu'on avait logé là, faute de place dans les auberges. Du reste celles-ci étaient si mal tenues que les hôtes d'honneur étaient reçus dans les grandes maisons patriciennes. Malgré l'agitation continuelle, les cris et les rires qui résonnaient du matin au soir, la maison sembla vide à Lucrezia. Giuseppina, Bianca et Giovanni lui manquaient. Elle ne parvenait pas à se réadapter à une vie où tout lui parlait d'un passé proche et heureux. Ce passé, ces jours d'insouciance et de gaieté, tout avait été brisé. Pourquoi Giuseppina était-elle morte ? Pourquoi avait-on obligé Bianca à un mariage désastreux ? Pourquoi Giovanni était-il parti à Rome ?... Dans le jardin, chaque recoin, chaque bosquet, chaque chemin lui rappelaient des voix, des rires, des chants... Giuseppina déclamant des vers, ou menaçant ses sœurs d'une baguette si jamais Bianca ou Lucrezia rapportaient l'une de ses nombreuses incartades... Bianca si belle, si blonde, rieuse, tendre et innocente, dont le rire perlait à chaque mot... Et Giovanni... Deux ans et tout s'était évanoui, tout s'était perdu... Elle rentrait de ses promenades désespérée, incapable de manger, évitant le regard de sa mère.

Dès les premiers jours de son retour, Lucrezia, constatant que ses parents ne partageaient plus la même chambre, avait deviné que quelque chose de grave s'était passé entre eux. Interrogé, le vieux grand-père Tornabuoni avait simplement hoché la tête avec tristesse.

— Giuseppina..., dit-il simplement. Ta mère pense que si ton père n'avait pas manigancé un mariage entre elle et Andrea Martelli, peut-être que notre pauvre petite vivrait encore ? Pourquoi mon imbécile de fils a-t-il voulu ce mariage ?

Un instant Lucrezia fut tentée de dire la vérité sur la mort de sa sœur, mais elle se tut devant le visage ridé du vieil homme, ce visage que le chagrin avait creusé et pâli. Elle comprit que ce secret-là, elle ne devrait jamais le divulguer. Tous ceux qui avaient aimé Giuseppina verraient leurs souffrances avivées s'ils apprenaient les causes réelles de sa mort. Nul ne devait jamais savoir.

Sans un mot Lucrezia embrassa son grand-père et descendit rejoindre ses parents. Elle tenta à plusieurs reprises de saisir ce qui se passait entre eux, sans y parvenir. Ils ne se disputaient pas, et lorsqu'ils échangeaient quelques mots c'était toujours avec politesse et amabilité. Exactement comme l'eussent fait de parfaits étrangers éprouvant l'un pour l'autre une amitié superficielle et courtoise. Si Lucrezia souhaitait que tout s'arrangeât entre eux, elle ne pensait qu'au comte Vernio, espérait sa venue tous les jours. Et d'ignorer où il se trouvait et avec qui la maintenait dans une tension douloureuse qui allait grandissant. Les semaines succédaient aux semaines. Une fête, une de plus, allait être donnée au palais Médicis. Obscurément, Lucrezia savait que quelque chose allait se passer au cours de cette soirée, et désespérément, elle cherchait un prétexte pour n'y point paraître. De nouveau elle fut victime de ce mal étrange qui l'avait déjà frappée deux ans plus tôt. Elle pâlissait, maigrissait, et sa langueur était telle que bientôt elle refusa toute promenade, incapable de se tenir debout.

Peu de jours avant la fête de l'ouverture du Concile fixée au 26 avril, Selvaggia vint trouver sa fille encore couchée, alors que toute la maison était déjà en mouvement. Il était assez tard dans la matinée et la chaleur se faisait déjà sentir.

— Ecoute, ma Lucrezia..., commença Selvaggia d'un ton qu'elle s'efforçait d'affermir. Maintenant que j'ai perdu Giuseppina... le reste... je veux dire les ragots, les calomnies... tout cela m'importe peu. Tu sais cependant que les lois qui gouvernent notre société ne permettent pas à un homme de tourner autour d'une jeune fille sans en avoir, d'abord, reçu l'autorisation de ses parents... Tu le sais, n'est-ce pas ?

Lucrezia inclina la tête en signe d'assentiment.

— Je veux te l'entendre dire ! insista Selvaggia, irritée par son silence.

— Je sais... Bien sûr que je le sais ! maugréa Lucrezia avec lassitude. Nulle jeune fille ne peut se permettre d'aimer un homme sans en avoir d'abord reçu agrément de ses parents... Et elle doit manifester plaisir et douceur avec le fiancé choisi par ses parents et dont, elle, ne se soucie absolument pas...

Elle se tut. Son regard se posa distraitement sur la fenêtre largement ouverte sur le jardin.

— ... Pourquoi me torturer ainsi, maman ? Je sais tout cela...

— On a vu le comte Vernio du côté du couvent..., murmura Selvaggia, radoucie. Est-ce vrai, Lucrezia ?

Lucrezia regarda sa mère bien en face.

— Oui, dit-elle simplement.

Selvaggia sourit tristement.

— ... Ma pauvre enfant... Tu te prépares des jours bien sombres. Tu aimes un homme qui n'a pas l'agrément de ton père...

— Papa a promis de me laisser libre choix !... Aurait-il oublié sa promesse ? cria Lucrezia en se redressant sur ses oreillers avec violence.

Effarée, Selvaggia lui saisit les épaules et la serra contre elle.

— Mon Dieu, mon enfant... Calme-toi ! Ton père, quelles que soient ses promesses, ne te donnera pas au comte Vernio... quand il a appris qu'on l'avait vu rôder autour du couvent, il est devenu fou furieux. Je lui ai dit que c'étaient des racontars et il a bien été obligé de me croire... Que s'est-il passé entre toi et le comte Vernio ?... Il faut me le dire, Lucrezia... (Elle hésita devant les mots qu'elle allait prononcer, comme si ceux-ci risquaient de l'entraîner vers un gouffre où tout ce qui faisait sa vie s'engloutirait à jamais.)... As-tu... été avec lui au-delà de la décence ?... Dis-moi ?

Et, comme Lucrezia restait silencieuse, Selvaggia continua d'un ton précipité :

— Le comte Vernio a demandé ta main... je le sais. Peu de jours avant son départ pour Avignon. Mais si ton père apprenait qu'il s'est conduit envers toi comme il se conduit avec toutes les traînées qu'il a connues, je sais que Francesco préférerait le passer au fil de son épée plutôt que d'accepter ce mariage... Dis-moi la vérité, Lucrezia. Jusqu'où as-tu été avec le comte Vernio ?

Mais Lucrezia n'entendait plus rien. Vernio avait demandé sa main ! Il avait tenu parole ! Elle savait. Elle avait toujours su... Dieu était bon et miséricordieux ! Dieu l'avait exaucée ! Vernio l'aimait et elle serait sa femme. Elle allait le revoir, l'épouser. C'en était fini du long cauchemar. Vernio ! Demain peut-être ?

— Quand vient-il maman ?... Quand ?...

Gênée par le regard de sa fille, Selvaggia détourna la tête.

— Il sera là début juillet, pour assister aux cérémonies de clôture du Concile. (Egarée, Lucrezia fixa sa mère d'un air de doute. Quelqu'un pouvait-il vraiment attacher de l'importance à ce Concile ? L'important, c'était son futur mariage avec Vernio ! Il serait là, il avait demandé sa main, donc elle aurait l'autorisation de le revoir, de se promener à son bras, de danser avec lui... Elle aurait l'autorisation de lui permettre de l'embrasser, de la serrer contre lui. Un immense souffle de bonheur l'envahit tout entière. Une exaltation puissante et vivifiante qui lui fit rejeter ses couvertures d'un geste brusque.

— J'ai faim, maman ! Je meurs de faim !... Je dois grossir un peu pour qu'il me trouve belle... Je suis si heureuse !... (Elle se tut devant l'expression de Selvaggia.)... Que se passe-t-il, maman ? Dis-moi ? Que se passe-t-il ? Le comte Vernio a bien demandé ma main ?... Réponds-moi, maman, je t'en prie !...

— Si... si, bien sûr... mais...

— Mais ?... Mais quoi ?...

— Mais ton père n'a pas accepté... Il n'a pas répondu non ! ajouta précipitamment Selvaggia. Il a simplement dit que tu lui avais promis d'observer quelques mois de réflexion et de laisser des chances à Piero.

Selvaggia s'embrouillait dans ses explications. Lucrezia devint si pâle que Selvaggia prit peur.

— Mais... mais c'est un mensonge, maman ! Jamais... jamais je n'ai dit... je n'aurais pu promettre une telle chose... J'ai... j'ai seulement...

— Qu'as-tu dit, mon enfant ? Dis-moi.

— J'ai simplement dit que si le comte Vernio ne se conduisait pas comme un homme d'honneur, j'accepterais alors le fiancé que papa me choisirait...

— Ah ! tu vois bien !... Le comte Vernio ne s'est pas conduit en homme d'honneur...

— Je l'aime, maman. Et il m'aime. C'est cela qu'il est venu me dire! Cela! Et qu'il m'épouserait dès qu'il le pourrait. Je ne céderai pas, maman! Je ne céderai jamais! Papa peut me menacer du couvent, de tout ce qu'il veut. Jamais je ne céderai...

La messe donnée à Santa Maria del Fiore, célébrée par le pape Eugène IV, ouvrit officiellement le Concile. Le soir même, dans la grande salle de la Seigneurie, une grandiose réception était donnée. Les musiciens accordaient violes, harpes et luths... On danserait après le banquet. Des nouvelles danses venues d'Espagne, de France et d'Allemagne, qu'attendaient impatiemment les belles Florentines. Nul ne s'y trompait, ce n'était pas la Seigneurie, ni même le gonfalonier de la ville de Florence, Andrea Minerbetti, qui recevaient cet empereur, ces papes, ces princes. C'était l'instigateur de ce Concile, celui qui par sa ruse, ses exigences, ses conseils, sa volonté opiniâtre, calculatrice et jamais mise en défaut avait pu obtenir le transfert du Concile de Bâle à Ferrare, puis enfin à Florence. Jamais la ville n'avait été aussi somptueusement décorée et fleurie qu'en ces journées d'avril 1439, et cette réception donnée au palais Vecchio n'était que la première d'une succession de fêtes prévues jusqu'aux cérémonies de clôture du Concile. Jamais les Florentines n'avaient été aussi élégantes. Les plus jeunes osaient des décolletés qui ne laissaient rien ignorer de la perfection de jolis seins blancs et fermes à peine recouverts d'une légère mousseline de soie transparente. Et cependant il fallait des aunes et des aunes de soies lourdes, richement brodées d'or et de perles fines, pour la robe de la plus simple apparence... Certaines parmi les plus raffinées, comme la ravissante Bianca Tornabuoni-Datini, dissimulaient leur début de grossesse sous d'amples manteaux de damas richement brodés, nouveauté française importée par Cosimo de Médicis et que les Florentines un peu rondes s'arrachaient avec fureur...

Contessina de Médicis fit sensation dans une toilette superbe de soie blanche, aux manches si larges et si longues qu'elles allaient jusqu'au sol, à la manière d'une cape... La robe, brodée de fil d'or et de perles fines et de pierres précieuses — au moins une centaine de rubis, émeraudes et saphirs parsemés sur les manches et la jupe —, avait une rigidité pesante qui allait bien aux trente-neuf ans épanouis de Contessina. C'est sur sa cassette personnelle que

Cosimo payait le coût fabuleux de ces multiples cérémonies et réceptions. Il avait refusé que la Seigneurie dépensât un ducat des recettes prélevées sur le peuple :

« ... L'argent du peuple doit retourner au peuple... Je suis assez riche pour payer toutes ces folies... » Ce qu'il ne disait pas, mais que tous comprenaient, c'est que faisant face seul à ces dépenses somptuaires, nul ne pouvait s'offusquer de la place prépondérante que d'office il s'octroyait. Avec l'âge, son visage avait pris une séduction singulière et poignante. Sa minceur confinait à la maigreur et lui donnait une allure aristocratique qui n'était pas sans charme. Toujours vêtu de velours noir à peine égayé de quelques fines broderies d'or, son visage mélancolique et sévère ne s'adoucissait d'un léger sourire que lorsqu'il se trouvait à proximité d'un être cher.

Il accueillit avec gravité l'empereur de Constantinople Jean VIII Paléologue, entouré d'une suite si nombreuse qu'il fallut au moins une demi-heure avant que Cosimo et Contessina pussent les saluer tous.

Parmi toutes les personnes présentes ce soir-là, Cosimo et Contessina comptaient, outre leur parentèle, quelques vrais amis, fidèles et sûrs et beaucoup d' « amis » de dernière heure, dont ils savaient qu'il fallait se méfier. Comme ce Neri Capponi dont Cosimo redoutait l'influence croissante sur la nouvelle opposition. Cependant, les deux époux avaient tout lieu d'être satisfaits. Cette société élégante et raffinée qui leur faisait ces courbettes onctueuses, ces compliments ampoulés, tout cela confortait Cosimo sur le bien-fondé de ses décisions. Ce pouvoir presque absolu, il l'avait toujours âprement désiré, convaincu que lui seul pouvait apporter plus de justice, plus d'égalité au peuple de Florence... « ... Je ferai de Florence la Cité de Lumière, la Ville Elue, et le Lys Rouge sera le sceptre de la beauté-reine », disait-il parfois plaisamment. Et tous savaient qu'il parlait sérieusement, du plus profond de son être.

Lorenzo de Médicis observait son frère d'un air amusé. Il devinait tout ce qui se passait derrière le visage de Cosimo. Et ce qu'il devinait ne l'irritait plus. A peine une ombre d'agacement parfois... Les rêves de leur jeunesse étaient bien finis. « Pourquoi tant d'orgueil et d'ambition ? pensait-il souvent. Croit-il vraiment que sa fortune et son pouvoir le protégeront de la mort ? Que l'on soit duc, prince, pape ou simple manant, lorsque celle-ci a fait son œuvre, tous les cadavres ont la même odeur, et il faut peu de place en vérité pour les ensevelir... » Soudain il sentit venir cette sensation de lassitude extrême et de malaise qui lui donnait si souvent envie de pleurer. Depuis peu il ne crachait plus le sang, mais il savait que ce mieux était passager et ne signifiait rien. Il respirait toujours aussi difficilement, et la moindre émotion provoquait de très désagréables battements de cœur.

Lorenzo restait d'une beauté exceptionnelle. Son visage pâle, émacié, ses cheveux blonds et son allure frêle attiraient les regards. Beaucoup de jeunes personnes tentaient de séduire cet homme menacé dans sa vie et dont le passé tumultueux et romantique excitait les imaginations...

Au cours de la soirée, les deux frères eurent un moment le loisir d'échanger quelques phrases. Cosimo regardait avec satisfaction ces hommes et ces femmes qui se pressaient dans ses jardins.

— Eh bien, mon Lorenzo, que penses-tu de tout cela ? dit-il en souriant à son frère qu'il avait entraîné dans l'embrasure d'une fenêtre. L'élite de l'Europe est là, prête à me manger dans la main. Que de chemin parcouru depuis le jour de mon mariage...

— L'élite ?... répondit Lorenzo, un petit sourire au coin des lèvres. ... Est-ce cela l'élite de l'Europe ?... Ces princes imbus d'eux-mêmes, dépensant des dizaines de milliers de ducats pour venir parader dans une réception ?

Amusé, Cosimo serra l'épaule de son frère d'un geste affectueux.

— Le peuple a besoin de rêver, de se divertir, d'être ébloui... l'élite, pour lui, ce ne sont pas nos philosophes, nos savants, nos artistes... Non. L'élite, pour le peuple, c'est cela. Cet empereur, ces princes, ces marquis, ce pape qui sait qu'il ne tiendra aucune des promesses faites à cet empereur aux abois qui sait lui, qu'il va perdre son empire... C'est cela l'élite de notre monde. Le peuple veut cela, il a besoin de cela. C'est sa part de rêve. Il peut se dire : « ... Un jour, peut-être, ce sera mon tour... Vois Sforza ! Sforza s'assiéra sur le trône des Visconti... Et pourtant, il est né pauvre et bâtard... » Je fais en sorte de nourrir le rêve des Florentins, et ma fierté est de pouvoir le faire sans que cela coûte un florin au peuple.

— On dit de toi que tu es un tyran, dit Lorenzo avec douceur.

— Qui le dit ? Neri Capponi ? Ceux-là mêmes qui veulent prendre ma place, et qui entraîneraient Florence dans des guerres sans fin. A peine sortons-nous d'une guerre avec Lucques, avec Milan... Avec eux tout peut recommencer ! Quand donc comprendront-ils que la guerre est la ruine d'un pays ? On est toujours perdant, même si on la gagne !

Lorenzo écoutait son frère avec ce sourire tendre et ironique qu'il avait lorsqu'il entendait son aîné discourir. Mais Cosimo ne prêta pas ce jour-là une attention particulière à Lorenzo. Il parlait avec l'assurance et l'ardeur d'un homme qui tient en main non seulement sa destinée, mais aussi celle des siens. Et lorsque ses yeux se posèrent sur Francesco et Selvaggia Tornabuoni qui s'avançaient vers lui, son regard exprima son mécontentement devant l'absence de Lucrezia.

— Ma fille est souffrante. Elle garde la chambre..., s'excusa Selvaggia.

— Comme c'est triste, dit Cosimo d'un ton sec. Piero va être désappointé. Il espérait tellement revoir Lucrezia après une aussi longue absence... Ne peut-elle faire un effort et venir pour le bal qui suivra le banquet ?

— Je ne sais pas, dit Selvaggia dont le visage se ferma. Elle était vraiment très lasse...

— Alors laissez-la se reposer. Les réceptions ne manqueront pas dans les jours à venir ! Mes deux petites jumelles vont se fiancer le mois prochain et j'espère que nous fêterons les fiançailles de « nos » enfants peu après. Qu'en pensez-vous, Francesco ?

— Lucrezia est bien capricieuse..., murmura-t-il en soupirant. J'aurais dû la laisser encore quelques mois dans ce couvent pour lui apprendre à vivre...

Cosimo hocha la tête.

— Cela n'aurait pas été une bonne idée, mon ami. Dieu sait ce qui peut se passer dans une jeune cervelle, lorsqu'elle est loin de la tutelle de son père... Mais parlons de choses sérieuses. Venez donc avec moi quelques instants...

Après avoir salué brièvement Selvaggia et adressé un sourire d'amicale complicité à son frère, Cosimo s'éloigna, s'appuyant sur Francesco. Lorenzo eut le temps d'entendre : « ... Alors vient-il ? Il ne faut pas qu'il se montre trop gourmand... sinon il n'y aura rien de fait... »

Lorenzo et Selvaggia, restés seuls, échangèrent un regard mi-indigné, mi-amusé.

— Ah !... si je comprends bien, le bonheur ou le malheur de ma fille n'est pas à ranger dans les affaires sérieuses, dit Selvaggia avec rancune. Il est plus important de savoir combien le Signor Martelli veut de florins pour céder les deux tiers de ses entreprises ?

— Les affaires de Cosimo sont plus importantes pour lui que tout le reste. Du moins le croit-il... Mais je suis persuadé qu'il pense beaucoup au bonheur de son fils.

— Sans doute, dit aigrement Selvaggia. Mais c'est au prix du bonheur de ma fille.

De nouveau ils échangèrent un long regard chargé de complicité.

— Je ne pense pas que le comte Vernio de Bardi soit fait pour rendre votre fille heureuse, dit Lorenzo doucement, ... quelle que soit la sincérité de ses sentiments.

Selvaggia inclina la tête.

— Je le sais..., dit-elle. Moi, je le sais. Mais elle ne le sait pas. Lucrezia pense que l'amour est suffisant. Elle refuse d'admettre que l'on ne peut vivre heureuse avec un homme sans honneur. Et il est bien que le comte Vernio soit encore en Avignon, pour ma part je souhaite qu'il y reste le plus longtemps possible... Et même ! s'il pouvait ne jamais revenir, cela m'irait tout à fait...

III
GÉMISTE PLÉTHON

Dans les premiers jours du mois de juillet 1439, un vieillard presque octogénaire allait sous le chaud soleil de midi, dans les rues de Florence encombrées de personnages tous plus extravagants les uns que les autres, demandant à chaque passant si le palais de Médicis où demeurait Messer Cosimo de Médicis était encore loin. Il émanait de ce vieil homme une telle puissance d'intelligence et de gaieté malicieuse que les personnes interpellées s'empressaient de lui indiquer sa route et s'offraient même à lui tenir compagnie. L'homme refusait toujours poliment, de telle manière que personne ne s'offusquât de son refus, et il allait son chemin, parlant seul, riant en lui-même, s'arrêtant pour souffler un peu et profitant de ces pauses pour admirer la ville, Florence la Belle, qui se mirait dans l'Arno. Ainsi immobile sur la berge, les yeux fixés sur le fleuve qui charriait ses eaux légèrement boueuses, le vieillard paraissait jouir de chaque seconde de son existence. Puis il reprenait sa marche, avant de s'arrêter de nouveau, humant l'odeur d'un lilas en fleur ou contemplant une jeune mère et son enfant.

Enfin le vieillard arriva devant le palais Médicis et, à l'aide du heurtoir, frappa à plusieurs reprises. Un hallebardier ouvrit la porte et s'enquit sans courtoisie excessive du désir du visiteur.

— Messer Cosimo de Médicis est-il là ? demanda le vieil homme en souriant aimablement.

Le hallebardier le regarda froidement, d'un air soupçonneux. Visiblement, il se demandait si l'inconnu n'était pas l'un de ces innombrables miséreux qui venaient quémander un secours.

Pourtant le vieillard ne ressemblait en rien à ceux qui venaient habituellement. Bien que sans recherche, son vêtement était décent.

— Qui êtes-vous ? éructa en guise de réponse le garde, prêt à fermer la porte au nez de l'intrus.

— Ah ! mon ami !... Le sais-je moi-même ? répliqua le malicieux bonhomme en riant de tout son cœur. Et toi, sais-tu qui tu es ? ce que tu es ?... Sais-tu seulement d'où tu viens ? où tu vas ? quelle est ta destinée ?... Qui peut savoir ce que l'on est, qui l'on est ? Celui qui peut donner une réponse logique à cet illogisme qu'est la vie d'un homme ne peut être que Dieu... Qu'en penses-tu, mon ami ?

Eberlué, le garde resta un moment bouche bée, puis bégaya, d'un air menaçant :

— Hein ?... Qu'est-ce à dire ? Vous vous moquez ?

— Allons... allons, pas d'inutile fâcherie ! Va dire à ton maître que mon nom est Giorgio Gémiste, mais que m'étant rebaptisé moi-même Gémiste Pléthon, c'est sous ce nom que je désire être admis auprès de lui... Allons, mon ami, ton maître me connaît ! De nom, j'en suis sûr ! Conduis-moi donc à lui !

Interloqué le garde dévisagea l'étonnant vieillard. Pourtant il céda, et sa mauvaise grâce disparut. Le visiteur était si sympathique et si drôle qu'il parvint même à lui arracher un semblant de sourire.

Messer « Pléthon » n'attendit pas longtemps. Dès qu'il connut sa présence, Cosimo de Médicis se précipita à sa rencontre :

— Ah ! quel honneur et quel bonheur... Depuis le temps que je souhaitais vous voir !... On m'avait dit que vous faisiez partie de la suite de Jean Paléologue, mais quand je m'informais de vous, nul ne pouvait me donner des renseignements exacts... Où étiez-vous donc ? Avez-vous fait bon voyage ?

— J'étais à Rome, Messer de Médicis... A Rome ! Et me voici à Florence. Enfin...

Les deux hommes se dévisagèrent un instant, puis s'étreignirent avec chaleur. L'expression malicieuse qu'arborait le visage de Messer Pléthon se mua en un air sévère et pénétrant, comme si le vieillard voulait scruter jusqu'au fond l'âme de son hôte.

— Comment est Rome en ce moment ? demanda Cosimo.

— A feu et à sang pour ne pas changer, répondit Pléthon le visage grave.

Puis Cosimo l'entraîna dans son cabinet de travail et lui demanda s'il avait pris logement en ville.

— Non, pas encore, répondit Messer Pléthon.

— Alors faites-moi l'honneur de rester ici. Je suis sûr que vous vous plairez chez moi.

Messer Pléthon eut un sourire.

— J'accepte avec plaisir. A dire vrai j'espérais que vous m'inviteriez... J'ai grand besoin de votre soutien !

— Il vous est acquis d'avance..., dit Cosimo en agitant vigoureusement une petite clochette de bronze.

Au serviteur qui se présenta, il demanda que l'on préparât un appartement pour Messer Pléthon, qui devait être traité au palais à l'égal des princes. Devant le désarroi manifesté par le serviteur, Cosimo comprit qu'il n'y avait plus une chambre libre au palais. Pris au dépourvu, Cosimo s'exclama :

— Messer Pléthon... puis-je vous proposer de me suivre à Careggi chez mon frère Lorenzo qui vous hébergera aussi longtemps que vous le désirerez ? C'est à une heure de Florence... Une promenade fort agréable par ce temps. En chemin vous me direz ce que vous attendez de moi...

Pour la première fois depuis de longs mois, Cosimo se sentait tout ragaillardi. Il éprouvait un sentiment de joie, de liberté, de vitalité, et cela l'étonnait. Il décida sur-le-champ de rester quelques jours avec ce vieillard charmant dont il venait de s'enticher, et descendit aux cuisines où l'agitation était à son comble.

Contessina manifesta quelque contrariété pour ce qu'elle considérait comme un enfantillage.

— Quitter Florence en ce moment ? C'est de la démence ! Es-tu devenu fou ?

— Allons, ma toute belle... Tu sais bien que tout ce monde m'ennuie... Messer Pléthon est enfin à Florence, mais pour si peu de temps ! Et nous avons tant de choses à nous dire.

— Et ici il y a tant de choses à faire ! coupa Contessina. Ce soir nous serons plus de quarante personnes à table ! Et toi tu ne trouves rien de mieux à faire que de t'en aller !...

— Je ne ferai que l'aller et retour, ma mie... Juste le temps d'installer Messer Pléthon à Careggi... Piero pourrait me remplacer. Il se tient avec beaucoup d'élégance et sait parfaitement recevoir... Allons, ne restons pas ici, il y a trop de bruit. Accompagne-moi dans le jardin, nous pourrons y parler à notre aise... Pourquoi me faire si mauvais visage ?

Câlin, il l'entoura de son bras et l'entraîna hors de la cuisine.

La lumière blonde de l'été acheva de convaincre Contessina.

— Vois comme il fait beau, ma mie..., chuchota Cosimo tout contre son oreille en laissant glisser sa bouche le long de son cou.

A le sentir penché sur elle, Contessina frémissait de bonheur. « ... Cosimo..., pensa-t-elle, ...de si vieux époux, maintenant vingt-quatre ans... et combien d'années encore ?... »

— Au moins, veille à prendre un serviteur et à me faire rapporter des volailles, des fruits et des légumes de la ferme, dit-elle avec mauvaise grâce.

Mais un sourire étincelait déjà dans ses yeux.

Deux heures plus tard, Cosimo et Gémiste Pléthon chevauchaient sur la route de Careggi. Durant tout le trajet, Cosimo expliqua à Messer Pléton ses projets d'hôpitaux gratuits pour les enfants, de bibliothèque ouverte à tous. Il se sentait, à côté de ce vieillard qui l'observait avec malice, rempli d'une puissance créatrice prodigieuse. Tout était à faire et il était prêt à tout faire.

« Cet homme possède toute la connaissance humaine dans son crâne..., songeait Cosimo en observant Messer Pléthon qui manifestait une joie enfantine devant la beauté des paysages toscans. ... Et il est d'une simplicité, d'une bonté que je n'ai rencontrées nulle part... Il est pauvre. Que dis-je ? ... probablement misérable... Mais peut-on dire d'un homme qui possède le savoir universel qu'il est pauvre ?... Que sont quelques florins de plus ou de moins devant cette richesse-là ?... Une richesse à la portée de tous... »

Devant le philosophe, à cinquante ans, Cosimo de Médicis avait autant d'enthousiasme et de flamme qu'un jeune homme de vingt ans. Les menaces de guerre entre Milan et Florence étaient oubliées ; qu'Eugène IV fût déposé en faveur de l'antipape Félix V lui devenait indifférent.

Lorenzo de Médicis accueillit le vieux philosophe avec chaleur et serra affectueusement Cosimo contre lui. Puis il demanda des nouvelles de Piero qui devait lui rendre visite.

— Ah, il est en plein désarroi, dit Cosimo. Lucrezia Tornabuoni est revenue et ne veut recevoir personne... La mort de cette petite Giuseppina a reporté tous nos projets à l'année prochaine.

Une petite toux fit sursauter Gémiste Pléthon qui se tenait un peu à l'écart. C'est ainsi que le vieux docteur Elias, dans l'embrasure d'une fenêtre, manifestait sa présence.

Cosimo, les mains tendues, alla vers lui et le salua avec un mélange de chaleur et d'inquiétude.

— Quel plaisir de vous voir ici, Messer Elias ! Vous venez disputer encore une partie d'échecs avec mon frère ? Ou bien peut-être voulez-vous convertir Lorenzo et faire de ce mauvais chrétien un bon juif ?

— On naît juif, on ne le devient pas..., répondit avec malice Messer Elias en dévisageant avec curiosité Messer Pléthon qui lui rendit regard pour regard, malice pour malice...

Lorsque les deux vieillards se furent présentés l'un à l'autre, ils échangèrent un sourire complice et rusé.

« Ah ! pensa Gémiste Pléthon, voilà donc ce vieux médecin philosophe dont on me rebat les oreilles depuis mon arrivée à Florence... »

« Ah ! pensait à son tour Messer Elias, voilà donc le fameux Gémiste Pléthon, le seul homme au monde qui connaisse assez bien l'hébreu et le grec pour remarquer les fautes grossières des premières traductions de la Bible... »

— Je ne suis pas ici pour jouer aux échecs..., dit Messer Elias à mi-voix, les yeux fixés d'une manière significative sur Lorenzo qui discutait avec ses serviteurs au sujet d'une chambre à aménager au plus vite pour Messer Pléthon.

Cosimo crut que son cœur le lâchait.

— Mon frère ?... demanda-t-il à voix basse.

Messer Elias inclina la tête en signe d'assentiment, et posa un doigt sur ses lèvres : Lorenzo, souriant, venait vers eux.

— Tout est arrangé, dit celui-ci gaiement. Je me réjouis de la présence de Messer Pléthon... Docteur Elias, quelles insanités contiez-vous donc à mon pauvre Cosimo pour qu'il soit soudain si déconfit ?

— Je l'ai convaincu de ne pas insister pour notre dernière partie d'échecs... Le mat était inévitable en quatre coups... Et cela, mon cher ami, est beaucoup moins digeste que le merveilleux chapon aux pommes que vous m'avez fait goûter ce midi.

Cosimo s'efforça de sourire et de prendre un air détaché. Il savait maintenant que les mois de Lorenzo étaient comptés.

— Nous reprendrons cette partie plus tard, dit-il d'une voix naturelle et presque gaie. Je ne m'estime pas encore battu! Lorenzo, mon frère, puisque nous voici enfin entre hommes, que vas-tu nous proposer pour le souper? Je meurs de faim!

Lorenzo ne répondit pas tout de suite. Son regard allait du vieux docteur Elias, qui fixait obstinément le sol, à son frère qui ne parvenait pas à se forger un sourire qui eût l'air d'en être un. Lorsqu'il parla, au bout d'un instant, ce fut avec douceur et lenteur, en détachant bien ses mots, comme pour leur donner leur pleine signification :

— Tu as tort, Cosimo. Il faut savoir quitter une partie. Surtout quand on sait qu'elle est perdue. (Puis il ajouta d'un ton gai :) Nous souperons dans une heure... et je vous promets une cuisine dont vous vous souviendrez... Mon cuisinier est un Français qui sait mieux que personne accommoder viandes et sauces... Et j'ai ouvert un tonneau de vin de Trebbio dont vous me direz des nouvelles!

Le calme qui régnait en permanence dans la villa de Careggi contrastait étrangement avec la folle animation qui depuis le début du Concile bouleversait le palais Médicis à Florence. La villa était délicieusement fraîche et apaisante dans la chaleur de ces journées de juillet 1439.

Après deux jours de repos, de promenades et de lecture, Messer Pléthon marchait de longues heures dans la campagne écrasée de soleil. Parfois, Messer Elias l'accompagnait et les frères Médicis s'amusaient de leurs violentes querelles dont le sujet bien évidemment était la religion.

Un soir, peu de temps après l'heure crépusculaire, les quatre hommes assis à même les marches encore tièdes de la chaleur du jour, prenaient le frais sur la terrasse. Tout était si calme, si paisible qu'aucun ne parlait. L'ombre était douce, et le ciel encore clair, à peine parsemé de l'éclat de quelques étoiles. Le paysage dégageait une majesté étrange, pleine de mystère et de parfums dans cette demi-obscurité d'un mauve foncé, irréel.

— Ah ! les catholiques sont de bien curieuses bêtes ! soupira comiquement Messer Pléthon, coupant le silence pensif, plein de souvenirs dans lequel les quatre hommes étaient plongés... Les uns penchent pour Platon, et j'en suis !... D'autres pour Aristote... et ceux-là veulent nous détruire... « Dieu nous juge ! hurlent-ils. La créature humaine est responsable devant Dieu !... » et Platon pense que l'univers a un sens caché, qu'il faut en chercher le sens à travers les doctrines d'Hermès Trismégiste. Le monde s'enlise dans la décadence morale, et le christianisme est un échec...

— Un échec ? Vraiment ? ironisa Cosimo. Un échec dans quel sens ? Pas un échec commercial ! L'Eglise rivalise avec ma banque !...

— Un échec dans son projet d'améliorer l'homme et d'instaurer l'amour universel ! dit Gémiste Pléthon avec gravité. Il faut revenir vers les dieux grecs...

Un tollé général salua cette profession de foi. Le vieux docteur Elias, qui vidait un gobelet de vin, faillit s'étouffer.

Lorenzo s'exclama :

— Etes-vous devenu fou, Messer Pléthon ?... Les dieux de l'Olympe ? Le paganisme, Ouranos et sa tribu ? Chronos, Zeus, Héra, Gaïa ?

Sentencieux, Pléthon leva le doigt et déclama :

— Ouranos a fécondé Gaïa, et les hommes sont nés... Avez-vous jamais réfléchi sur la mythologie grecque ? Cette religion que vous baptisez « païenne » est la seule qui vous enseigne la tolérance et la diversité. Qu'importe le dieu que vous vénérez, que ce soit Zeus, Aphrodite ou Eros, du moment que vous vénérez un dieu nul ne viendra vous chercher chicane... Les juifs, les chrétiens ou les musulmans ont ceci de détestable qu'ils pensent détenir seuls la vérité et qu'ils sont prêts à massacrer quiconque ne pense pas comme eux ! Personne n'écoute ce qu'a à dire son prochain. Ce que chacun exige, c'est que ce prochain pense comme lui...

— Permettez !... s'exclama le docteur Elias. Nous autres juifs ne cherchons à convaincre personne ! Nous ne sommes pas prosélytes, loin de là !

— Vous êtes de sacrés égoïstes, oui ! s'exclama Cosimo en riant. Non seulement vous vous déclarez peuple élu par Dieu, mais vous refusez que d'autres peuples vous suivent dans la voie divine...

— Mon cher Cosimo, si vous étiez dans votre état normal et non pris de boisson, je vous répondrais de la bonne manière..., dit Pléthon interrompant le docteur Elias qui allait répliquer... Toutes les religions, je dis bien toutes les religions — il insistait avec emphase —, ne sont que des morceaux du miroir brisé d'Aphrodite.

— Que de bavardages inutiles ! grognait le docteur Elias. Vous me faites penser à ce Concile où tout le monde parle et discourt sans retenue, et pourquoi ? je vous le demande ! Vous voici bien avancés, vous autres chrétiens ! Que de subtilités inutiles... de bavardages ! Et quelle est donc la préoccupation essentielle du clergé ? De quoi parlent-ils donc, grands dieux ?

— La théologie de la Sainte-Trinité..., dit lentement Messer Pléthon, un petit rire narquois plissant ses yeux... Depuis le Concile de Nicée en 325, où, à l'unanimité moins deux voix, Jésus-Christ fut décrété Dieu : « Le Fils est Dieu comme le Père », ils en ont fait du chemin, nos chers prélats... Une Seule Substance pour Trois Personnes...

— Ah ? dit Messer Elias, les sourcils relevés, et cela est-il bon pour l'humanité souffrante ?

— Non, répondit Messer Pléthon en riant franchement. Cela est bon pour nos prélats ! Ce Concile ne servira à rien. Je dois prochainement assister aux débats. Et je serai au milieu de savants docteurs qui me haïssent et ne rêvent que de me voir griller sur un bûcher ! Mais ils ont trop besoin de moi ! Ils ne peuvent se débarrasser de moi !

— Et pourquoi donc ?

— Parce que je suis le seul capable d'analyser un manuscrit ancien, de déceler un palimpseste. Et la semaine prochaine, je dois annoncer en public que le manuscrit sur lequel s'appuie la thèse romaine qui prétend que l'Eglise grecque s'est éloignée de la tradition et de la pure interprétation des Evangiles est un faux grossier... Il faudra assister à ce débat, mes amis ! Je vous y convie avec joie...

— Bien sûr, nous y assisterons... il promet d'être houleux. Mais je crains fort que Jean VIII Paléologue ne soit pressé d'en finir et ne cède sur toute la ligne... Il sera du côté des ecclésiastiques romains.

— Pourquoi cela ? s'étonna Lorenzo.

— Il a reçu de fort mauvaises nouvelles de Byzance et doit repartir au plus tôt.

— Alors ce Concile, il aura servi à quoi ?

— A rien, dit Cosimo avec une soudaine lassitude. L'union des Eglises ne se fera pas... Mais nos commerçants florentins se sont considérablement enrichis ! Tout cela n'aura donc pas été tout à fait inutile...

Les trois hommes glosèrent encore longtemps sur le Concile et sur le débat stérile des prélats qui ratiocinaient sur tel ou tel passage des Evangiles.

— Avant peu d'années, une seule religion sera enseignée et universellement adoptée, affirma, toujours sentencieux, Gémiste Pléthon. Ce ne sera ni la religion du Christ ni celle de Mahomet, mais une autre, peu différente de celle des anciens Grecs...

Ses auditeurs éclatèrent de rire.

— Buvons à la gloire de Zeus dieu de l'Olympe, de Platon et de son serviteur, notre auguste Gémiste Pléthon...

— A Constance en 1415, Jan Huss aussi disait déjà : une seule religion ! ajouta Cosimo. Pourquoi tant de papes, d'évêques, de cardinaux ? Dieu n'a jamais demandé cela.

Pléthon le regarda avec attention.

— Vous avez connu Jan Huss ? Je l'ai connu aussi. Il partageait ma philosophie sur l'humanité, sur la vie... Il faut retrouver les sources de la religion. La Bible des juifs. On a brûlé Jan Huss comme hérétique.

Messer Elias eut un petit rire brisé.

— La Bible des juifs... Notre Bible... La seule. Et pourtant, que de haine elle nous a valu et nous vaudra encore. (Il se racla la gorge et s'adressa à Cosimo :) Il paraît que vous avez fait venir des banquiers juifs à Florence ?

— C'était nécessaire pour le développement économique de Florence, confirma Cosimo. Vous autres juifs connaissez mieux que personne les lois du marché... Les juifs sont bien traités à Florence ! Vous le savez bien, vous que je considère comme un ami...

— Peut-être. Peut-être en effet... Pour combien de temps ?

— Comment cela, pour combien de temps ? demanda vivement Lorenzo.

Le docteur Elias fit un geste apaisant de la main.

— Ne vous échauffez pas, mon ami... Et regardez l'histoire... Voyez l'Espagne, la France, les principautés germaniques ou hongroises. Chaque fois qu'un roi ou un prince a fait venir des juifs dans son royaume ou sa principauté, c'est qu'il en avait besoin pour développer soit l'économie, soit les sciences, soit les arts... Ensuite la haine du juif a été la plus forte. Plus forte que la nécessité du juif.

— Que voulez-vous dire ? murmura Cosimo.

— Vous autres chrétiens, vous nous haïssez depuis la nuit des temps et vous nous haïrez toujours...

Gémiste Pléthon protesta :

— Et voilà ! Il recommence ! Est-ce que je vous hais ? Est-ce que Cosimo ou Lorenzo vous haïssent ? Vous vous « voulez » persécutés, voilà la vérité, vous souhaitez cette persécution...

— Ah ! vous répétez les mêmes sottises que tout à l'heure, s'écria le docteur Elias avec irritation. Les chrétiens nous haïront toujours parce que nous sommes la négation de la chrétienté.

Pléthon, pour se faire entendre, hurla plus fort :

— Et revoilà les insanités...

Le docteur Elias l'interrompit à son tour :

— Oh ! laissez-moi donc vous expliquer !

Chacun des deux philosophes s'époumona à réclamer à l'autre le silence afin qu'il pût s'expliquer. Et bientôt des mots voltigèrent : « Ane bâté... », « Vous êtes aussi sot qu'une cruche qui est vide... », « Je vais vous arracher la langue par la nuque ! vieux bavard... », « Votre parole c'est comme piler de l'eau dans un mortier ! vieil imbécile ! », « Vous êtes un âne !... Un âne fieffé ! »

Malgré le fou rire qui le tenait plié en deux, accroché à Lorenzo qui lui aussi pleurait de rire, Cosimo dut donner de la voix pour calmer les deux vieillards qui menaçaient d'en venir aux mains :

— Allons, Messer Pléthon !... De grâce ! Laissez le docteur Elias s'expliquer. Vous prendrez la parole ensuite... N'est-ce pas là bonne philosophie que d'abord écouter ce que votre prochain a à vous dire ?

Tout en bougonnant, Gémiste Pléthon acquiesça.

Pour ramener la paix parmi ses hôtes, Lorenzo commanda à son serviteur d'apporter encore quelques cruches de vin « et du meilleur !... »

Quelques instants plus tard, après avoir trinqué à plusieurs reprises, Cosimo demanda au docteur Elias de reprendre son discours.

Le docteur Elias avala d'un trait un gobelet de vin, et regarda autour de lui, vérifiant si l'attention de ses auditeurs était bien entière. Satisfait de son examen, il fit quelques « hum hum ! » pour s'éclaircir la voix et dit, l'esprit légèrement embrumé :

— Je répète ce que je disais à l'instant, avant d'être grossièrement interrompu par Messer Pléthon... Nous autres juifs, sommes la négation de la chrétienté. Ou Yeshou, dit Jésus, a véritablement existé, et si l'on admet ce postulat, il a existé en tant que juif, a fêté la Pâque juive, et a célébré Dieu dans la foi juive comme le lui ont appris son père Joseph ou sa mère Myriam... Et dans quelle langue pensez-vous qu'il s'exprimait ? En araméen ou en latin ? Et que disait-il, Jésus ? « Notre Père qui êtes aux Cieux... » ou bien : « Shema Israel Adonaï Elohenou, Adonaï Erat[1]. » Savez-vous ce qu'était le latin pour Jésus ? Une langue haïe, détestée, la langue d'un peuple qui occupait son pays... Et si Jésus est né juif, a vécu juif, est mort juif... que viennent faire vos prélats là-dedans ? Que signifient vos cardinaux, votre munificence ecclésiastique, vos messes en latin ? Si Jésus a existé, il est issu de notre peuple, et votre religion, la religion chrétienne, n'a aucune signification, aucun sens, aucune raison d'être sinon par la volonté des prélats qui veulent s'octroyer des privilèges qu'en aucun cas la Bible des juifs ne leur reconnaît. En résumé, vous nous haïssez parce que nous sommes les témoins des mensonges de votre religion...

— Et si, comme le disent certains érudits, Jésus n'avait pas existé ? demanda Lorenzo.

— Eh bien, même si Jésus n'avait pas existé, vous nous accuseriez encore de l'avoir crucifié... Vous comprenez ? Le peuple élu c'est nous... Quoi que vous fassiez, quoi que vous pensiez, nous sommes les premiers, et les chrétiens seront toujours seconds... Pour être les premiers, il vous faudra nous détruire jusqu'au dernier. Il faudra que vous détruisiez jusqu'aux racines du judaïsme et par voie de conséquence que vous détruisiez Dieu.

1. « Ecoute Israël — Dieu est notre Dieu — Dieu est Un. »

Puisque c'est nous qu'il a choisi comme peuple élu... Vous me direz que nous détruire c'est ce que vous cherchez à faire depuis la nuit des temps... Bien sûr, c'est difficile de venir à bout du peuple élu... Peut-être y parviendrez-vous ? Mais comment ferez-vous pour détruire Dieu, et Son Fils. Ils sont juifs eux aussi !

La voix du vieux docteur Elias s'enroua et il but un autre verre de vin.

Cosimo tenta de se lever et se rassit prudemment. Se tournant vers le docteur Elias, il lui donna une bourrade amicale.

— Vous êtes un vieux fou, mais il y a du vrai dans ce que vous dites... (Puis pensif il ajouta :) ... Jan Huss... Jan Huss était un chrétien qui voulait revenir à la pureté originelle. On l'a brûlé pour ça... Brûlé vif... Je l'aimais et je l'estimais, car il était surtout un honnête homme, il voulait que l'homme ait la belle part dans l'univers. Les hommes ont le droit de se faire la vie belle, bonne, et ce qui importe le plus... heureuse. Parce que c'est dans la nature des choses que les hommes tendent tous vers le même but : vivre heureux...

— L'homme enfin maître de sa destinée..., soupira Lorenzo.

— Il ne sera maître de sa destinée que lorsqu'il possédera le savoir. Tout homme maintenu dans l'ignorance est un esclave, dit Elias.

— Vous devriez écrire vos pensées, dit Cosimo à Pléthon. Je me chargerai de les faire connaître.

— Ah !... Et pourquoi pas ? répondit en riant le vieillard. Un petit traité sur les différences entre la doctrine d'Aristote et celle de Platon serait certainement nécessaire. Et ce vieux fou, ajouta-t-il en désignant le docteur Elias, ce vieil imbécile qui nous sert sans arrêt une querelle religieuse, là où elle n'a que faire, pourrait écrire aussi quelques livres sur l'existence ou la non-existence du Christ. Voilà qui serait intéressant ! Prenez donc exemple sur Philon le juif qui a laissé quelques œuvres d'envergure... Ce qui peut encore donner à penser... Pourquoi ce philosophe a-t-il pu laisser une trace écrite du judaïsme alors que le fondateur de la chrétienté n'a rien laissé d'écrit ? Mais je n'irai pas plus loin dans l'hérésie... Cela ne ferait qu'envenimer encore la haine que l'Eglise me porte ! Ils sont si ignorants, si confus dans leur pensée... Allons j'ai soif ! Buvons encore un peu...

Tous approuvèrent avec vigueur et remplirent les gobelets, puis ils burent à la santé de chacun d'eux d'abord — ce qui était déjà une bonne chose en soi —, puis à la santé de Dieu, car la vie était somme toute une bonne et fort agréable chose. Après quelques instants de réflexion, le docteur Elias proposa de boire à la santé de Jésus, fils de Joseph et de Myriam et, après tout peut-être, et accessoirement, fils de Dieu. Consciencieusement, à l'unanimité, l'assemblée déjà passablement grise but à la santé de Jésus...

— Il conviendrait..., articula avec peine Cosimo, la bouche pâteuse. Oui, ce serait sans doute nécessaire... de créer une Académie où serait enseignée la pensée de Platon... Celle de Pléthon aussi... et celle du docteur Elias...

— Une Académie qui réunirait tout ce que le monde compte de philosophes, d'écrivains, de poètes, qui discuteraient de toutes les connaissances humaines, ouverte à tous..., renchérit le docteur Elias, qui leva son gobelet d'argent vers le ciel avant de le vider. Chrétiens, juifs, musulmans... tous unis dans la même recherche de la vérité humaine, de la science, une Acad... Acc... une...

Incapable d'achever son discours, le vieil Elias regarda sombrement les cruches vides qui s'amoncelaient sur le sol, et dit d'un air sévère :

— Qui... qui a bu tout ce vin ?...

Lorenzo regarda les cruches et constata qu'en effet elles étaient vides, ce que constatèrent tour à tour les autres convives, consternés. Il n'y avait plus rien à boire...

Méditatif, Cosimo suggéra qu'il serait bien qu'un serviteur leur apportât une autre cruche bien pleine et bien fraîche...

— Ap... après tout... nous allons... ce soir... créer une Grande... Académie...

Lorenzo frappa dans ses mains et commanda au serviteur qui se présenta aussitôt d'apporter de quoi boire... « Toute la nuit s'il le faut !... Ce que nous allons créer ce soir... ce sera une aube nouvelle sur la terre... Tous... les hommes seront frères... »

Le serviteur considéra son maître et les hôtes de ce dernier, hocha la tête avec inquiétude et resta un moment partagé entre son devoir de serviteur qui était d'obéir à son maître, et celui de prendre celui-ci par les épaules et de le coucher séance tenante.

Bien qu'aussi ivre que ses compagnons, Lorenzo, plein de joie et d'espérance, conservait toute sa lucidité.

— Va... va ! Ne crains rien, mon ami, dit-il. La vie est belle ce soir...

Il lisait sur le visage de Cosimo la même ardeur, le même enthousiasme qu'autrefois dans leur jeunesse, quand les deux frères s'étaient juré dans un grand élan de générosité : « Nous créerons un monde meilleur, un monde où la Connaissance, le Savoir seront pour tous, un monde où l'Art et le Bonheur de l'homme auront plus d'importance que l'argent ou la puissance... » Bien sûr Cosimo avait changé. Il n'avait jamais assez d'argent. Il était fou de pouvoir absolu. Mais Lorenzo savait aussi que son frère était aimé du peuple. Aimé, parce qu'il était resté simple et accessible à tous, qu'il était dépourvu de morgue et que nul ne faisait appel à lui en vain. Sa générosité était connue. Il prêtait et donnait avec une libéralité qui stupéfiait... Oui, Cosimo était tout cela. Orgueilleux, avide de pouvoir, d'autorité, de puissance, fou de rage lorsqu'on s'opposait à lui. Mais aussi, un homme foncièrement bon et affable, soutenant les savants, les écrivains, les peintres, aidant les orphelins, protégeant les pauvres contre les riches...

— Cosimo..., dit doucement Lorenzo, si vraiment un jour cette Académie existe... j'aimerais... Je te donnerai ma villa de Careggi. Ce sera là un lieu privilégié pour y réunir tous ces hommes de culture...

Cosimo ne répondit pas tout de suite. Lorsqu'il le fit, seule sa voix légèrement enrouée trahissait son émotion :

— ... Il faudra la remplir de quelques livres cette Académie ! Qui donc a jamais entendu parler d'un lieu de culture sans livres ?... Je donnerai tous mes manuscrits, toutes mes œuvres d'art...

Pléthon, qui jusqu'à cet instant se bornait à écouter les deux frères en souriant d'un air béat, prit la parole :

— Dans la suite de Jean VIII Paléologue, il y a avec nous quelques savants byzantins prêts à négocier de fabuleuses collections de manuscrits grecs, arabes, syriaques et même chaldéens... Ils en veulent, je le sais, beaucoup d'argent, et ils sont pressés et inquiets... Cosimo ! mon fils, il faut acheter tout cela avant que ces œuvres inestimables ne tombent en des mains impies... Il faut faire vite !

— Tiens donc ? dit Lorenzo étonné. Pourquoi ?

Maintenant les quatre personnages étaient presque dégrisés, et à peine touchèrent-ils à la cruche de vin que le serviteur apporta.

— Cela va mal à Constantinople, dit Gémiste Pléthon gravement. La pression ottomane se fait de jour en jour plus durement sentir. Si la croisade promise par le Saint-Père, et que doit conduire Sigismond Malatesta, n'a pas lieu, les chrétiens vivant dans l'Empire ottoman ont tout à craindre de Mahomet II, qui a de qui tenir quant à la cruauté et à la soif de pouvoir. Son père a fait massacrer ses trois frères pour que l'Empire ne soit pas partagé. Et lui-même a la réputation d'être un homme particulièrement vindicatif...

— La croisade n'aura pas lieu..., dit lentement Cosimo. Eugène IV a fait là une promesse inconsidérée... Il l'a faite pressé par les événements, parce qu'il est lui-même menacé d'être déposé en faveur de l'antipape Félix V. La croisade pour Jean VIII Paléologue n'aura pas lieu... Et cela vaudra mieux. Les chrétiens se sont conduits comme des pourceaux durant les précédentes croisades... Tant de vols, de massacres, de viols au nom du Christ-Roi ! Pourquoi voulez-vous que les musulmans oublient ce qu'ils ont supporté et se montrent cléments ?

— Alors le pire est à redouter, dit tranquillement Pléthon. L'empereur Jean VIII Paléologue peut s'attendre à un déferlement des musulmans sur Constantinople. Ils se vengeront de ce que les croisés leur ont fait subir. Et ils se vengeront comme ils savent le faire. Peut-être dans dix ou vingt ans ? Mais cela se produira...

Cosimo n'écoutait plus. Sa pensée s'envolait vers ses nouvelles manufactures. « Les Turcs auront sans doute besoin de nouvelles armes... Les chrétiens aussi. Il faudra dépêcher quelques bons négociateurs chez chacune des parties... »

— Bah ! dit-il à voix haute, avec un petit rire qui démentait le cynisme de son propos. Tout n'est pas mauvais dans une guerre ! Cela fait marcher le commerce, les manufactures... Il y a du travail pour tous, l'argent rentre dans les tiroirs.

— Il y a aussi des morts, des estropiés, des blessés, des orphelins ! s'écria Lorenzo horrifié. Comment peux-tu parler ainsi ?

— Même sans guerre, il y a des misérables, des malades, des orphelins..., rétorqua durement Cosimo. Je ne suis pas hypocrite.

Je ne dis pas qu'une guerre entre chrétiens et musulmans me donne plaisir ou joie. Bien au contraire ! A toute cette boucherie inutile, où tant de malheureux vont laisser la vie pour la satisfaction orgueilleuse de quelques puissants prélats ou sultans, je préfère et de beaucoup la paix. Qu'y puis-je si cette paix n'existe pas ? Qu'y puis-je, si pour quelques vagues promesses d'éternité dans un paradis supposé, au côté d'un Dieu jaloux et sectaire, une multitude de pauvres ignorants vont s'entre-brocher mutuellement, les uns au nom du Christ, les autres au nom d'Allah !... Mon rôle se borne à leur vendre les armes dont ils ont besoin pour gagner leur part d'éternité... Ce commerce-là en vaut un autre... D'ailleurs quelqu'un a-t-il pu jamais empêcher une guerre ? Non, n'est-ce pas ? Il faut croire que la guerre est nécessaire à l'homme, aussi nécessaire que le pain qu'il mange ou l'air qu'il respire...

Lorenzo secoua la tête avec désespoir. Il détestait Cosimo lorsqu'il parlait ainsi. Il ne pouvait supporter ce langage cru, précis, si vrai... Trop vrai. Mais il ne lui était pas possible d'entendre ces paroles atroces sans répliquer.

— Non ! non, tu te trompes, dit Lorenzo. Tu te trompes !... C'est toi, c'est moi, nous tous, les puissants qui sommes prêts à corrompre, à détruire, à réduire à néant des vies humaines pourvu que nous ayons nos aises, nos grandes maisons, nos richesses...

Longtemps il continua sur ce ton enflammé. Parfois son discours était entrecoupé de violentes quintes de toux. Puis sous les regards peinés et pleins de compassion de Cosimo, de Messer Elias et de Gémiste Pléthon, il reprenait son discours, son hymne à la vie et à l'amour, lui, le condamné, le mourant.

Le vieillard dévisageait Lorenzo avec un étonnement émerveillé. « ... Cela existe-t-il donc ? pensait-il. Un être bon, sensible, plus soucieux d'autrui que de lui-même ? Il se trompe peut-être. Il faut être réaliste dans la vie, et Cosimo l'est, ô combien... L'argent que Cosimo gagne, peu importe comment, il le dépense aussitôt en hôpitaux, en studi [1], en aides financières à des artistes. » Il aurait aimé parler longuement à Lorenzo, lui prêter des livres, le consoler, calmer ses peines... « ... Je suis un vieil homme aux portes de la mort, se disait-il, mais lui me devancera devant l'Eternel... C'est trop tard pour le sauver... Quel enfant ! »

1. Les « studi » (pluriel de « studio ») étaient des écoles, des universités.

Alors Gémiste Pléthon soupira et serra la main de Lorenzo.

— Vous êtes un homme de bien, mon ami, et je suis heureux de compter parmi vos amis.

Cosimo reprit d'un ton un peu sec, sans regarder son frère :

— L'empereur Jean VIII Paléologue n'obtiendra pas satisfaction des Eglises d'Occident, bien trop occupées à s'entre-déchirer, plutôt que de songer à se protéger des dangers qui nous menacent tous ! On peut dire que les jours de Constantinople sont comptés...

— Et tu veux vendre des armes aux Turcs ! s'écria Lorenzo entre deux quintes de toux.

Cosimo haussa doucement les épaules.

— Ils les achèteront ailleurs. En France, Messer Jacques Cœur est le plus grand fournisseur d'armes aux Turcs musulmans. Et il vend aussi des armes aux chrétiens. Pourquoi laisser à ce Français les bénéfices fabuleux qu'une telle guerre va rapporter ? Ce serait de la démence... Cela empêche-t-il Messer Jacques Cœur d'être un honnête homme ? Rassure-toi, je ferai payer comptant... et très cher, aux musulmans, les armes qu'ils m'achèteront. Ils paieront car ils ont de l'argent à ne savoir qu'en faire. Tandis que l'empereur Jean VIII Paléologue puisera dans ma caisse autant qu'il le voudra, et que je lui ferai crédit pour honorer ses échéances quel qu'en soit le montant. N'est-ce pas équitable ?

— Votre frère a raison, dit Pléthon. Il faut aider Jean VIII Paléologue. Et ce n'est pas le pape qui le fera. Il faut sauver Constantinople... Constantinople n'est pas seulement le dépositaire des connaissances et de la culture de l'ancien Empire grec et romain, c'est aussi la plus vieille et la plus grande capitale de l'Europe chrétienne...

Le docteur Elias, qui jusqu'alors se taisait, attentif, dit :

— Il se prépare des jours bien sombres pour l'Empire byzantin. Oui, bien sombres en vérité. Et pourtant il suffirait de s'unir contre l'ennemi commun...

De nouveau Cosimo eut un haussement d'épaules désabusé.

— Les nations occidentales pensent trop à se diviser et à se quereller pour se soucier du sort de Constantinople. Voyez la France et l'Angleterre qui s'entre-déchirent depuis des décennies. Ce sont pourtant deux nations chrétiennes qui obéissent aux mêmes lois divines, qui respectent le même Dieu et récitent les mêmes prières dans le même latin... Fasse le Ciel que l'Europe n'ait pas à supporter un jour le déferlement des Turcs musulmans et à pleurer sous la férule de la Djihad... Ah ! ce Concile ne me donne pas satisfaction ! Tout y est faux-semblant, obscurantisme, hypocrisie et lâcheté. Rien n'apparaît de ce qui est nécessaire pour transformer la condition humaine, pour unir les hommes plutôt que les diviser. Nos prélats s'épuisent en commentaires sur le sexe des anges, mais se soucient fort peu des peuples misérables, ignorants et affamés... Et toute cette richesse de l'Eglise ! cet apparat outrancier ! Le clergé et le pape lui-même ne doivent-ils pas souscrire au vœu de pauvreté ?... Qu'en pensez-vous, Messer Pléthon ?

— Faire vœu de pauvreté, de charité et de bonté, c'est en principe la base même de la religion chrétienne... Mais il y a autre chose, Messer Cosimo, autre chose que je vous demande de ne jamais oublier.

— Et c'est ?

— Votre frère a raison. Il exprime mal ses pensées, mais celle-ci est juste !... le peuple est la source de toute puissance, et s'il délègue son pouvoir au Prince, celui-ci est toujours subordonné à la volonté populaire. Il ne faut pas laisser le clergé s'emparer des rênes de l'Etat. L'Eglise n'est en aucune manière une puissance temporelle. Elle doit se soumettre à l'Etat laïc...

Stupéfait Cosimo murmura :

— Je crois entendre Jan Huss... à Constance en 1415. Mais il a été brûlé pour avoir tenu en public de tels propos...

— Vous serez brûlé vif pour hérétisme, Gémiste Pléthon ! dit le docteur Elias. Moi je serai brûlé comme juif, Cosimo sera brûlé... pour nous avoir écoutés, vous et moi... Et Lorenzo ?..

Lorenzo eut un petit rire sec.

— Ils n'auront pas le temps de me brûler... je serai mort avant !

Le vieux Pléthon hocha la tête, tout en serrant les mains de Lorenzo.

— Je ne serai pas brûlé vif. Je suis bien trop vieux pour cela... Et puis, je n'exprime ma pensée qu'en cercle fermé. L'exemple que vous me donnez, ajouta-t-il à l'adresse de Cosimo, prouve, ô combien ! que toute idéologie, qu'elle soit religieuse ou politique, est néfaste... Car elle engendre l'intolérance, le refus de l'autre, le refus de laisser vivre et penser différemment...

— Il reste l'Amour qui conduit à la paix, dit Lorenzo, pensif.

Aimer son prochain comme soi-même, n'importe quel prochain... quelle que soit sa race, sa religion ou sa pensée politique... un jour, cela sera !

— Balivernes ! s'exclama Cosimo à la fois irrité et attendri. Mon frère est un incorrigible idéaliste. Cela n'arrivera jamais ! Entre le bien et le mal, la paix et la guerre, les hommes choisiront toujours la guerre et le mal.

— Peut-être... et peut-être pas..., rétorqua Pléthon en souriant. L'homme depuis sa naissance est partagé entre la crainte et l'espoir, et il faut savoir qu'entre la crainte et l'espoir, il y a l'amour...

Le docteur Elias hocha la tête.

— La crainte, l'espoir, l'amour... quelle signification ces trois mots peuvent-ils avoir pour l'homme ignorant, à la merci des lois de la nature ? Sa crainte vient de l'ignorance... Et vous autres chrétiens...

— Encore ! s'exclama Lorenzo en riant. Messer Elias, prenez donc un verre de vin et laissez votre rancœur dans l'oubli.

Le vieil homme vida son gobelet, mais reprit aussitôt :

— Si le patriarche Théophile d'Alexandrie, en l'an 391, n'avait pas pris la tête d'une bande vitupérante de chrétiens fanatiques, ils n'auraient pas mis le feu à la bibliothèque d'Alexandrie qui contenait des ouvrages inestimables !... Et plus tard ! trois siècles plus tard, c'est Omar Ier qui brûle à son tour la bibliothèque d'Alexandrie... Et pourquoi ? Je vous le demande ! Pour imposer un seul livre... un livre pour toute l'humanité : le Coran... Il a brûlé des centaines de milliers d'ouvrages !... Brûler des livres, c'est le pire des crimes ! Mais pour ces fous furieux, c'était un acte agréable à Dieu ! Stupidités que tout cela ! Ce jour où ont brûlé huit siècles de travaux qui auraient fait progresser l'humanité est un jour de deuil universel... Au lieu de la lumière et la liberté du savoir, nous avons eu l'obscurité et la prison de l'ignorance...

Gémiste Pléthon approuva d'un signe de tête.

— Ce vieux radoteur a raison... Si nous réussissons à créer notre Académie...

— Vous pouvez considérer qu'elle existe déjà...

— Alors il faudra la protéger contre les fanatiques de toute espèce qui n'auront de cesse que de brûler le savoir...

— Pour cela, j'aurai les hommes nécessaires à la protection de ces lieux... Songez que nous aurons les manuscrits les plus anciens jamais écrits dans l'histoire de l'humanité. Mais il faut faire vite ! Dès demain, que dis-je, dès aujourd'hui je fais partir quelques hommes sûrs, sous la tutelle de mon cher Leone Alberti. Ils iront à Constantinople acheter tout ce qui s'achète. Cela au moins sera sauvé de la destruction...

Le ciel commençait à blanchir et aucun des quatre personnages ne songeait à se retirer pour prendre quelque repos. Ils en étaient à leur énième cruche de vin, et les voix se faisaient de plus en plus pâteuses. Cependant, leur pensée était encore précise, déliée. Ils parlaient de la future Académie platonicienne, des dernières découvertes scientifiques. Cosimo évoqua un certain Gutenberg qui faisait des recherches sur l'imprimerie.

— Dès que mon fils sera marié et capable de prendre la direction des affaires, je partirai pour un long voyage à travers l'Europe, et je m'arrêterai dans chaque ville pour voir ce qui se fait, les dernières trouvailles dans tous les domaines... Puis je m'arrêterai à Mayence... On m'a rapporté beaucoup de bien de ce Gutenberg...

Le docteur Elias eut un petit rire.

— Hé, hé... J'ai entendu parler de ce Gutenberg... Il n'est pas encore prêt, mais son travail est déjà bien avancé... Eh bien, nous vous aurons tout donné, n'est-ce pas ? Dieu, la Bible, et bientôt les moyens, pour le plus grand nombre, d'étudier la Bible... Mais quelle Bible ?

— Toute la question est là, dit Pléthon dont les yeux se fermaient de sommeil.

Mais ce n'est que lorsque Lorenzo se mit à chanter d'une voix légèrement avinée :

Ah, nous les pauvres humains
Que serons-nous demain ?
Plus rien que des os hideux
C'est pourquoi soyons joyeux
Verse à boire mon frère,
Verse à boire
Et soyons heureux

que l'assemblée déclara qu'il était peut-être temps de se séparer et d'aller dormir — ce qu'ils firent, heureux et légers comme des enfants.

A Florence, le Concile traînait. Tout était prétexte à interrompre, à ajourner le travail des évêques. Les discussions s'enlisaient dans des subtilités théologiques. « Est-ce que le Saint-Esprit procède seulement du Père et est transmis par le Fils ? », cette importante question posée après tant de siècles d'interrogations sans réponses irréfutables, ne pouvant être résolue rapidement, de même que les questions fort épineuses du Purgatoire et de l'Eucharistie, le Concile décida de n'étudier que le problème concernant la primauté romaine.

Ces discussions stériles n'étaient pas du goût de Jean VIII Paléologue qui s'impatientait. Excédé, pressé d'en finir avec ce Concile décevant, il donna l'ordre aux prélats de céder sur tout : oui, l'Eglise romaine domine l'Eglise orthodoxe, oui, encore oui, pourvu que l'Union des Eglises se fasse et que le Vatican accepte d'envoyer une armée pour défendre l'Eglise grecque contre la menace de plus en plus précise des Ottomans musulmans.

Pour en terminer rapidement et d'une façon satisfaisante, Jean VIII et le pape s'entendirent sur ce point d'alliance, qui serait pourtant dénoncée plus tard et, avec l'aide financière particulièrement efficace de Cosimo, les deux papes se chargèrent de convaincre et de rallier les récalcitrants. Jamais prébendes, charges et honneurs ne furent distribués avec autant de libéralité qu'en ce mois de juillet 1439. La cérémonie de l'Union se déroula dans un faste inouï le 6 juillet 1439, dans la basilique Santa Maria del Fiore.

Tout Florence était là. Le pape chanta une messe solennelle, puis on lut avec la plus grande solennité le texte qui scellait l'Union des Grecs et des Latins. Jean VIII promit en public de ne plus jamais être en discorde avec l'Eglise de Rome... Et tous signèrent ce document qui les engageait à se soutenir mutuellement. Le 26 juillet 1439, le Concile se sépara après quelques cérémonies.

IV

COSIMO

CONTESSINA DE MÉDICIS se disait souvent qu'elle était la mère de quatre êtres radicalement différents de ce qu'elle était.

Physiquement ses enfants étaient essentiellement Médicis... Par leur squelette épais, leur visage très dessiné, soit grossièrement comme chez Piero, soit finement comme chez le jeune Giovanni ou les deux jumelles, ses enfants reproduisaient exactement le schéma des Médicis. Elle les aimait avec passion sans trop les comprendre, et souhaitait leur « bonheur » sans trop savoir ce que pouvait être pour eux cette notion abstraite et si nouvelle, importée par ce Pléthon dont s'était entiché Cosimo... De voir Piero se consumer d'amour pour Lucrezia Tornabuoni la chagrinait beaucoup. Elle savait que son fils n'était pas aimé. Certes, depuis son retour, Lucrezia était charmante avec lui. Affectueuse, amicale, elle acceptait la présence de Piero sans réticence, allait se promener avec lui, jouait aux échecs, ou faisait de la musique. Lucrezia était irréprochable. Mais de chacune de ses visites, Piero revenait sombre, d'humeur chagrine, allant jusqu'à rabrouer méchamment Giovanni ou les deux jumelles. Plus que l'attitude de Lucrezia envers son fils, c'était celle de ce dernier qui éclairait Contessina sur les sentiments réels de la jeune fille. « Un amant qui se sait aimé... le ciel lui appartient ! Il danse, chante et pleure dans la même seconde... Celui qui sait qu'il n'est pas aimé, c'est comme si l'enfer s'ouvrait sous ses pas... » Contessina se souvenait trop bien des transports qui l'agitaient autrefois. A quel point son existence à elle gravitait autour de Cosimo, illuminée par un regard, un baiser, ou, si Cosimo regardait une autre femme ou se montrait froid, totalement anéantie...

Contessina savait ce qu'était aimer. Et cet amour, elle l'avait deviné dans le regard que portait Lucrezia sur le comte Vernio de Bardi, au hasard d'une de ces nombreuses fêtes familiales qui les réunissaient dans l'une ou l'autre de ces maisons amies. Le malheur de Piero était inscrit dans ce regard, et Contessina se demandait souvent pourquoi son fils ne s'en était jamais aperçu.

Peu avant la Toussaint, les fiançailles des deux jumelles Nannina et Giulietta avec les deux frères Alessandro et Luca, fils du gonfalonier Niccolo Soderini, furent ajournées pour diverses raisons. Cosimo voulait surtout et d'abord régler le mariage de Piero, et ce soir-là il était décidé à brusquer les choses.

C'était une charmante soirée. Contessina avait fait préparer un petit souper fin, accompagné de vins capiteux. Pour la première fois depuis des semaines, elle allait passer enfin une soirée tranquille, sans invité, sans intrus, auprès de son époux... Et surtout, du moins l'espérait-elle pour la première fois depuis des mois, Cosimo passerait la nuit auprès d'elle. Emue, elle posait sur Cosimo un regard languissant auquel celui-ci répondait avec tendresse. L'un et l'autre se réjouissaient de cette soirée en tête à tête, de ces moments volés à la vie publique...

Cosimo tenait entre ses mains le visage de sa femme et le scrutait en souriant. Elle était si charmante encore, si désirable malgré l'âge qui maintenant griffait ses tempes, blanchissait la chevelure noire qu'il avait toujours plaisir à brosser longuement. Lui aussi grisonnait. Et sa maigreur s'accentuait de jour en jour.

« Quel âge a-t-elle maintenant ? » se demanda-t-il, troublé par cette épouse encore si fraîche et jeune dans sa robe de soie pourpre largement drapée et ouverte sur du linge blanc d'une finesse qui laissait entrevoir ses seins bien ronds, pleins, dont les bourgeons presque bruns se dressaient avec arrogance. Comme toutes les Florentines, ses oreilles, ses bras, ses doigts étaient ornés de pierres précieuses. C'était une belle femme, une très belle femme dans sa maturité, aux hanches pleines et arrondies, dont le ventre avait enfanté, mais qui cependant — et cela ajoutait encore à son charme — gardait ce quelque chose d'anxieux et d'inachevé propre à l'extrême jeunesse. Et c'était ce quelque chose d'indéfinissable et ténu qui émouvait Cosimo plus que ce corps resté mince et ferme (Contessina était une adepte forcenée des thermes de Padoue et des bains froids).

Pour retarder un peu le moment de se coucher, et le rendre plus intense encore par cette attente même, Cosimo lui parla des récentes nouvelles qu'on venait de lui faire parvenir de Milan.

— C'est décidé, Francesco Sforza épousera Bianca Maria de Visconti dès que celle-ci sera pubère. Peut-être dès le début de l'année prochaine. Elle vient d'avoir treize ans. Francesco est très amoureux ! C'est un homme vigoureux et un excellent soldat, mais je pense qu'il manque un peu de patience. Il veut précipiter le mariage tant il lui tarde de posséder cette petite fille... Ah ! vivement que le duc de Milan meure et laisse la place ! Cette rivalité entre Milan et Florence existera tant que Sforza n'occupera pas ce trône et nous aurons toujours des risques de guerre ! Une fois Sforza maître de Milan, nous aurons un allié là où nous n'avons que des ennemis.

— Treize ans..., soupira Contessina. Ton Francesco Sforza attendra un peu... Il ne faut jamais forcer une enfant. Ce serait la rendre malheureuse pour le restant de ses jours... Bianca Maria est-elle contente de ce projet de mariage ?

Surpris, Cosimo la dévisagea.

— Hum ?... Sans doute. Je ne sais pas... Pourquoi ne le serait-elle pas ? Où trouvera-t-elle un homme aussi puissant que Francesco ? un soldat courageux qui se révélera certainement un chef d'Etat remarquable...

Devant le regard de Contessina, il s'interrompit et sourit.

— Mais tu n'es pas en accord avec moi..., dit-il en couvrant de la main celle de Contessina, posée, immobile, sur le bras de sa chaise. Qu'y a-t-il qui te préoccupe ?

— Pauvre petite Maria Bianca..., soupira Contessina troublée par le contact de cette main dure et ferme sur la sienne et ne pouvant songer à autre chose.

Cosimo accentua sa pression et dit d'une voix un peu irritée :

— Ah ! ne parle pas ainsi ! Ne dirait-on pas que l'on va sacrifier Iphigénie aux dieux ?... Puisque nous sommes sur le sujet, ne penses-tu pas, à propos de Piero et de Lucrezia Tornabuoni que la comédie a assez duré ? Il est grand temps que Lucrezia se décide enfin à dire oui !... Piero est un sot d'exiger son consentement ! Sans cela, il y a longtemps que Lucrezia serait sa femme et que nous aurions, toi et moi, des petits-enfants... Jamais on n'aurait dû perdre deux ans à envoyer Lucrezia au couvent ! Il s'en passe des choses dans un couvent... Enfin, j'ai vu tout à l'heure Francesco Tornabuoni et nous avons pris une décision.

— Laquelle ? demanda Contessina le cœur serré.

— Le mariage aura lieu trois semaines après Noël, que les enfants le veuillent ou non !

— Cela ne me satisfait pas..., dit Contessina d'une voix ferme. C'est injuste et néfaste. Lucrezia, j'en suis convaincue, ne veut pas de notre fils... Je m'oppose à cette union forcée qui ne peut qu'être malheureuse...

— Comment ?... tu... quoi ? Tu t'opposes, dis-tu ?... (Cosimo retira sa main d'un geste brusque et fixa sur sa femme des yeux froids soudain hostiles.) Je te signale, Signora, que le chef de famille c'est moi !...

Devant le visage pâli de Contessina, il se contint et reprit plus calmement :

— Et puis, pourquoi tout de suite supposer que cette union sera malheureuse ? Lucrezia Tornabuoni oublie ses devoirs, voilà tout. Elle a la tête farcie de livres qui ne sont pas faits pour les femmes... Est-ce Piero qui t'a parlé ?

— Non.

— Lucrezia ?

— Non.

Incapable de soutenir le regard scrutateur de son époux, Contessina détourna les yeux.

— Contessina, ma chère, dit Cosimo froidement, tu mens très mal ! Je suis sûr que Lucrezia est venue ici... J'en suis certain. J'en parlerai à son père !

— Non ! cria Contessina. Tu n'en as pas le droit ! C'est vrai, il y a deux jours, Lucrezia est venue me voir. Elle sanglotait la pauvre, parce que son père lui avait fait part de votre intention de la marier au plus tôt à Piero. Elle n'aime pas Piero ! Elle ne l'aimera jamais...

— Le comte Vernio !... murmura Cosimo.

Contessina baissa la tête sans répondre. Puis il reprit :

— Inutile de dissimuler avec moi... Toute la ville de Florence fait des gorges chaudes sur leurs rencontres secrètes. Mais il n'aura pas Lucrezia Tornabuoni ! Cela je te le garantis...

— Pourquoi ? balbutia Contessina. Pourquoi ?

— Parce que cela n'arrange pas mes affaires, Signora, et tiens-le-toi pour dit ! Je veux le bonheur de mon fils...

— En lui imposant ce mariage dans de telles conditions, tu lui briseras le cœur !

L'espace d'un instant Cosimo parut ébranlé. Il se leva, marcha de long en large, puis se planta devant Contessina.

— Si l'on t'avait demandé ton avis au sujet de nos noces, qu'aurais-tu dit ?

Contessina répondit trop vite :

— Non. Bien sûr ! je... Elle se mordit les lèvres.

Cosimo arborait un large sourire.

— Et maintenant, le regrettes-tu ?

— Non, murmura-t-elle dans un souffle. Jamais un seul instant je n'ai regretté de t'avoir épousé !

Triomphant, Cosimo s'approcha d'elle, la souleva de son fauteuil et l'étreignit contre lui.

— Tu vois bien !... Si l'on t'avait écoutée, tu serais passée à côté de ton propre bonheur ! Il en sera de même pour Piero et Lucrezia ! Je t'en réponds !

Parce qu'elle ne voulait pas s'opposer à Cosimo, parce qu'elle souhaitait passionnément le bonheur de Piero, Contessina acquiesça. Peut-être, après tout, Cosimo avait-il raison ? La voyant faiblir, Cosimo l'embrassa d'abord avec douceur, puis il l'entraîna, consentante, vers le lit où bientôt haletante, elle laissait échapper le cri rauque d'un plaisir partagé. Elle aimait cet homme, son mari. Elle ne l'avait pas choisi, mais dès qu'il l'avait possédée pour la première fois, elle avait été à lui.

Quelques instants plus tard, reposant entre les bras de Cosimo, elle murmura :

— Cosimo, je voudrais que tu fasses quelque chose pour moi... pour Piero, pour Lucrezia... et aussi pour Vernio de Bardi... Laisse-les, laisse-les décider d'eux-mêmes. Je te promets pour ma part que je parlerai à Lucrezia. Je lui dirai ce que pourrait être Piero pour elle si seulement elle lui accordait une chance. Qu'elle l'examine sans préjugés et qu'elle s'efforce de découvrir ses qualités. Je ne souhaite rien d'autre que son bonheur...

Comme chaque fois que Contessina lui faisait une demande alors qu'elle reposait, nue, contre lui, Cosimo était incapable de discuter ou de refuser :

— ... C'est bon, c'est bon..., dit-il. Si cela doit te satisfaire, je laisse trois mois à Lucrezia et à Piero pour se décider... et je te promets de ne pas intervenir dans ces histoires. Du moins pour le moment... Maintenant n'en parlons plus...

Il lui ferma la bouche d'un baiser et la nuit passa en joutes amoureuses comme en leurs plus vertes années.

La maison du Signor Andrea Martelli était située non loin de Fiesole. C'était une maison sobre, élégante, à deux étages, mais dont nul n'aurait pu deviner que c'était là la demeure d'un homme riche et influent. Le Signor Andrea Martelli était veuf depuis longtemps et passait pour être un père fort attaché à sa fille Franca, qu'il gâtait outrageusement. Il habitait avec elle, et souhaitait vivement qu'elle se mariât enfin, afin de pouvoir lui-même songer à s'unir en secondes noces avec une jeune fille, qui pourrait lui donner le fils dont il rêvait. Il avait violemment désiré se remarier avec la petite Giuseppina Tornabuoni si tristement morte, et il se remettait mal du décès de la jeune fille. Parfois lorsqu'il songeait à elle, il se surprenait à essuyer une larme et se disait alors qu'il avait aimé Giuseppina plus qu'il ne voulait l'admettre... Mais plus que l'amour, c'était l'amitié et la confiance de Cosimo de Médicis qu'il recherchait. Bien que son imagination ne fût pas des plus développées, ses instincts étaient très puissants et il flairait vite un danger lorsque celui-ci le menaçait... Or le danger qu'il sentait avait à voir d'une manière ou d'une autre, avec sa fille Franca, le comte Vernio de Bardi, Lucrezia Tornabuoni et Piero de Médicis. Il démêlait mal en quoi ces quatre êtres étaient liés, mais il comprenait que si Lucrezia Tornabuoni n'épousait pas Piero de Médicis, la bonne marche de ses affaires serait compromise.

Ce matin-là, il s'était installé de bonne heure dans son cabinet de travail et se frottait les mains de satisfaction. Ses livres « noirs » étaient ouverts devant lui, et chaque colonne chiffrée lui arrachait un petit rire heureux. « Voilà autant dont la Seigneurie ne verra pas la couleur... », pensa-t-il avec satisfaction. La double comptabilité était devenue une absolue nécessité en ces jours de gloire florentine où les impôts frappaient les hommes riches comme jamais auparavant.

Un bruit de carrosse l'arracha à sa contemplation. Par la fenêtre il aperçut un équipage aux armes des Médicis. Il rangea précipitamment la comptabilité secrète, sortit d'un tiroir les livres de caisse rouges, officiels, et prit un air pensif et grave lorsque les hallebardiers ouvrirent la porte sur Cosimo.

— Messer Cosimo... quel bon vent vous amène de si bon matin ?

Cosimo eut un large sourire.

— Je suis venu vous parler de votre fille Franca...

Stupide d'étonnement, Martelli bégaya :

— Ma fille ? Franca ?... Que vous importe Franca ?

Cette impression vague, qui le talonnait depuis quelque temps, que sa fille était liée d'une manière mystérieuse au destin des Médicis devint plus forte. Le destin des Médicis l'intéressait au plus haut point. C'était aussi de « son » destin dont il était question...

— On dit votre fille Franca fort éprise du comte Vernio de Bardi, n'est-ce pas ?

Andrea Martelli hocha la tête.

— Sans doute. Mais elle n'a aucun espoir de ce côté-là. Vernio est amoureux de la dernière des Tornabuoni et, si l'on en croit les rumeurs, il ira demander sa main... Sans doute attendait-il la fin de son deuil ?

— Précisément. Mais moi, je ne désire pas qu'il épouse la petite Lucrezia... J'ai d'autres projets pour elle.

Martelli haussa les sourcils. Il allait répliquer « Etes-vous son père pour parler de la sorte ? », lorsque Cosimo le devança :

— Francesco Tornabuoni est d'accord avec moi. Ce mariage ne nous convient pas... Francesco a fait part de son souhait au comte Vernio, mais Lucrezia est entêtée, volontaire, prête à faire un esclandre. Nous voudrions éviter cela... Et surtout nous aimerions que la rupture vienne d'elle. Si cette... séparation lui est imposée par son père, nous pourrions alors redouter bien des choses pénibles... voire un enlèvement...

Martelli le fixa un long moment.

— Mais en quoi puis-je vous être utile ?... Francesco et moi sommes en pourparlers d'affaires... Vous êtes de la partie je crois ? Voyez-vous, Messer Cosimo, quand il est question de participation à des bénéfices, je suis votre homme et je parle votre langage... Mais pour ce qui est des affaires de cœur... je n'y connais rien. Ma fille refuse tous les partis. Elle s'est mis en tête d'épouser le comte Vernio. Et lui seul. Voilà ce que je sais, Messer Cosimo. Vous dire que cela me réjouit... Non. Pourtant je reconnais que le comte Vernio est un parti des plus acceptables ! N'est-il pas parent de votre épouse ?... un proche cousin, n'est-ce pas ?...

— Oh ! je n'ai rien à reprocher à Vernio personnellement, dit Cosimo tranquillement. C'est un homme remarquable, fin, c'est même un érudit... Un peu léger avec les femmes, mais qui peut lui en vouloir ? C'est la séduction faite homme. Même cela n'est pas contre lui, ni même son manque de fortune... Pour ma part, encore une fois je n'ai rien à lui reprocher... Sinon que sa présence et sa... comment dirais-je ? lubie amoureuse pour la petite Lucrezia n'arrange pas nos affaires... Comme vous le savez, Tornabuoni et moi allons fonder une compagnie de fabrication d'armes, aussi avons-nous besoin de réunir ses mines de fer, vos fabriques de poudre et ma banque... Si mon fils Piero épouse Lucrezia, Francesco donnera à sa fille la totale propriété de ses mines... et nos petits-enfants hériteront en totalité de la plus importante manufacture d'armes d'Europe... Si...

— Si ?

— Si vous vous mettez de notre côté, vous aurez votre part du marché. D'ailleurs, nous ne pouvons rien faire sans votre poudre. Les essais de Francesco ne sont pas encore concluants. Une association entre nous est donc nécessaire. Allons, vous voulez le bonheur de votre fille, n'est-ce pas ? Le comte Vernio serait pour elle un parti inespéré ! Voyons ! vous êtes marchand comme moi. Que votre fille épouse un Bardi et elle met le pied dans l'une des plus vieilles familles de Florence. Songez-y. Toute l'Europe à fournir en armes, boucliers, munitions...

Andrea Martelli était ébranlé. Un marché mirifique se dessinait devant lui, à portée de main. Cosimo lui en offrait les moyens... Pourquoi pas après tout ? Franca épouserait le comte Vernio.

— Il n'a pas de fortune..., grommela Andrea Martelli en regardant Cosimo droit dans les yeux.

— Cela peut s'arranger, dit Cosimo. S'il épouse Franca, il

pourrait travailler avec vous... Il a fait de l'excellent travail en Avignon. C'est là que nous avons, sous la direction du Signor Datini, l'une de nos places fortes commerciales. Le comte Vernio pourrait avoir la direction de toutes nos opérations en France. C'est là une belle position qui permet de faire rapidement fortune... Je prends l'engagement que personne d'autre n'aura cette position si ce mariage se fait.

Les regards des deux hommes se croisèrent. Ils se comprenaient.

— Je n'aurai aucun mal à convaincre Franca de la nécessité d'épouser le comte Vernio, dit enfin Andrea Martelli. Elle me rebat les oreilles du matin au soir... de l'affection qu'elle lui porte. Elle le voit presque quotidiennement, au risque de se compromettre. Mais lui ?...

Cosimo soupira :

— Là réside la difficulté. La seule difficulté. Tornabuoni peut décider pour sa fille, je peux décider pour mon fils : nous sommes pères, et nous avons l'autorité... Mais qui peut décider pour le comte Vernio ? Nul n'a pu l'approcher depuis son retour de France en juillet dernier, et Tornabuoni craint qu'il ne cherche à revoir Lucrezia.

Andrea Martelli détourna légèrement la tête :

— Il me vient une idée... Laissez-moi faire...

Les deux hommes se séparèrent avec chaleur, en se promettant de se revoir au plus tôt. Resté seul, le Signor Andrea Martelli réfléchit longuement. Puis il agita une petite sonnette en bronze jusqu'à ce qu'un page se fût présenté devant lui, tout essoufflé.

— Va chercher ma fille, et dis-lui de venir ici au plus vite... File ! Tu devrais déjà être auprès d'elle...

V

CONFRONTATIONS

En cette radieuse matinée de décembre 1439, le comte Vernio prenait son premier repas de la journée dans son cabinet de travail. Le prince et la princesse Caffarelli, ses beaux-parents, s'étaient retirés dans une de leurs villas de la campagne florentine.

Il mangea avec appétit et passa quelques minutes charmantes avec sa petite Bianca. Il rêvait dans le silence de son cabinet de travail, son enfant sur les genoux, lorsqu'un serviteur annonça que Messer Francesco Tornabuoni demandait à le voir. Le comte Vernio ne put réprimer un sentiment de crainte. Une crainte diffuse, irraisonnée et une irritation. Ne pouvait-on le laisser en paix un moment ? Soudain l'idée lui vint que Lucrezia avait avoué à ses parents leur liaison, afin de précipiter les événements. « Elle en est parfaitement capable, songeait-il, partagé entre l'agacement et l'amusement, ... et son père vient me demander raison... » Déjà il imaginait le duel, le scandale, la mort de Tornabuoni. N'était-il pas imbattable aux jeux de l'épée ? « Tuerais-je le père de ma bien-aimée ? » Il caressa cette éventualité avec un plaisir non dissimulé. Lucrezia orpheline lui appartiendrait corps et âme ; il pourrait enfin l'épouser, et mettre fin à ces rencontres secrètes, à ces étreintes trop rapides, qui les laissaient l'un et l'autre insatisfaits.

Il en était là de ses réflexions, quand Francesco entra, souriant, et il se laissa embrasser sur les joues, comme si les deux hommes eussent encore éprouvé de l'amitié l'un pour l'autre.

— Eh bien ! dit Francesco toujours souriant. Où diable vous cachiez-vous ? Pourquoi n'être pas venu à la Seigneurie depuis près d'un mois ? Puisqu'on ne peut vous voir nulle part, force m'est de venir à vous. Quel temps superbe n'est-ce pas, pour un mois de décembre ! Dire que nous allons fêter Noël dans moins de huit jours ! On se croirait à Pâques... Alors, ce voyage ?...

Le comte Vernio dévisagea son interlocuteur. Que cachaient ces paroles pleines d'aménité, ce regard franc et chaleureux ? Quelqu'un les avait-il aperçus, Lucrezia et lui, dans cette grange où la veille encore ils s'étaient retrouvés, où il l'avait étreinte, convaincu qu'elle était sienne, que jamais personne ne viendrait la lui disputer ?

Francesco Tornabuoni voulait connaître ses intentions, c'était évident. Le comte Vernio prit tout son temps avant de répondre. Il fit porter du vin frais, des pâtisseries, des pâtés, des viandes rôties, évoqua le Concile et ce qu'il en restait, le temps qu'il faisait... « ce climat de Florence à nul autre pareil... ». Puis enfin, devant l'impatience de son hôte, il évoqua ce Français, Messer Jacques Cœur, qui allait travailler avec Florence, par l'intermédiaire de Datini.

— Messer Jacques Cœur est un homme remarquable, aussi riche sans doute que Cosimo. Il a la confiance du roi de France. S'il travaille avec nous, cela ne peut que nous être fort profitable...

... Les armes fabriquées par Martelli étaient ce qu'il y avait de mieux sur le marché... Le duc de Bourgogne prévoyait une importante commande de bombardes et de canonnières... Longtemps le comte Vernio exposa les résultats de son récent voyage... Mais, tout le temps que dura son discours, il resta sur ses gardes, évitant farouchement les seules phrases qu'il avait envie de prononcer, sachant que certains mots amènent fréquemment à la lumière des choses qui auraient dû rester dans l'ombre. Ne pas prononcer le nom de Lucrezia ni le mot de mariage...

Son désarroi, lorsqu'on lui avait annoncé la visite de Francisco, s'était totalement évanoui. Il trinqua avec lui, rit de certaines de ses aventures, et deux heures passèrent ainsi, assez agréables. Soudain, il dressa l'oreille lorsque son hôte évoqua avec détachement Franca Martelli.

— Je ne l'ai pas encore vue depuis mon retour... cela va faire deux mois maintenant ! dit le comte Vernio. Dès les prochains jours, j'irai faire quelques visites... (Il s'interrompit, marqua un temps et précisa :) J'irai chez vous demain, mon ami. Votre femme et votre... charmante Lucrezia pourraient prendre ombrage de mon silence prolongé. Et je serais trop désolé de leur donner une mauvaise opinion de moi.

Que fallait-il faire d'autre ? Ne pas aller rendre visite au palais Alessandri, c'était entériner les ragots qui circulaient en ville. Ces ragots qui laissaient entendre que les deux amants se rencontraient régulièrement depuis le retour du comte Vernio. Ce qui d'ailleurs, était l'exacte vérité.

Le visage de Francesco se durcit, mais il continua de sourire.

— Vous serez toujours le bienvenu dans ma demeure, comte Vernio. Et je suis sûr que ma femme et mes enfants vous accueilleront avec joie. Vous ai-je dit que ma Bianca a eu une petite fille ? Elle et son mari Luigi vivent chez nous. Quant à Giovanni, il a trouvé une épouse délicieuse, qui appartient à la famille des Pitti, des proches cousins de ma femme. Le mariage sera célébré dans quelques semaines...

L'image de Giuseppina se dressa soudain entre les deux hommes, et le visage de Francesco se contracta de douleur.

Il reprit d'une voix sourde :

— Ma petite fille me manquera toujours...

Le comte Vernio inclina la tête, ému. Pour la première fois depuis le début de la visite de Francesco, il eut un élan d'amitié sincère pour lui. Mais il se ressaisit aussitôt.

— Et Lucrezia ?... demanda-t-il enfin. Comment va-t-elle ?

— C'est une vraie dame maintenant... J'espère qu'elle me donnera toute satisfaction..., ajouta Francesco d'un ton lourd de sous-entendus.

— Elle est de bonne naissance..., poursuivit le comte Vernio. Les origines de votre famille et celles de Selvaggia sont des plus aristocratiques. Et Lucrezia est un être unique...

Flatté, Francesco sourit, mais son regard se fit perçant et de nouveau l'expression de son visage se durcit.

— Vous vous souvenez d'une conversation que nous eûmes juste avant le départ de Lucrezia au couvent ?

— Je m'en souviens, dit froidement le comte Vernio. Je m'en souviens très bien. Je vous avais demandé un prêt d'argent, et vous m'avez conseillé d'épouser Franca Martelli.

— Et il est regrettable que vous n'ayez pas suivi mon conseil ! A l'heure qu'il est, vous seriez associé à part entière dans les affaires de Martelli, affaires dont vous auriez l'entière succession... à sa mort ! Martelli n'a pas de fils !... Franca Martelli n'est toujours pas mariée... Et pourtant elle va avoir vingt-deux ans ?... Et ce n'est pas faute d'être demandée ! Reconnaissez que c'est une fort jolie personne.

— Sans doute. Une très jolie femme en vérité, dit sèchement le comte Vernio. Il est en effet étonnant qu'elle ne soit pas encore mariée.

— A qui la faute ? questionna malicieusement Francesco. On la disait fort éprise de vous.

— Elle l'était. Mais ce n'était pas réciproque. Et cela, elle le savait.

— Oh ! c'est bien dommage. Dommage et si triste pour cette pauvre enfant que vous avez pourtant compromise, n'est-ce pas ? Ne l'avez-vous pas compromise ? Comme vous avez compromis tant de femmes !

Maintenant Francesco Tornabuoni avait laissé tomber le masque souriant qu'il s'était efforcé de plaquer sur son visage. Ses yeux haineux ne quittaient pas le comte Vernio.

— Peut-être, dit nonchalamment celui-ci. Toute femme vue en ma compagnie est compromise, ne le saviez-vous pas ?

— Si, répliqua Francesco avec dureté. Toute femme vue à vos côtés est perdue de réputation. Même... (sa voix se fit basse et ses yeux se détournèrent).

— Même ?

— Même ma fille Lucrezia... Vous vous rencontrez souvent, n'est-ce pas ?

Stupéfait le comte Vernio balbutia :

— Je n'ai... Qui vous a dit ?...

Mais Francesco n'écoutait pas ses protestations. Il haïssait avec une telle violence le comte Vernio qu'il aurait pu le tuer là, tout de suite, et en éprouver un soulagement indicible, une joie féroce. Seul, sans doute, le fait qu'il n'avait ni dague ni épée à portée de main sauva la vie du comte Vernio.

— Toute la ville en jase, dit-il enfin. Et peut-être y a-t-il du vrai dans ce qu'on dit. Mais je ne veux pas le savoir. Je veux croire que ce ne sont que des racontars, je veux croire que vous n'avez pas revu ma fille en cachette, je veux croire qu'il n'y a jamais rien eu de grave entre ma fille et vous !... Mais... Vous n'aurez jamais Lucrezia, comprenez-vous cela ? Car je sais bien qu'elle est compromise. Même si elle attendait un enfant de vous, je ne vous la donnerais pas. Je vous tuerais plutôt... Donner ma fille à un homme qui n'a pas su la respecter? qui a souillé son honneur? Ne comptez pas sur cette union, comte Vernio! Je m'y opposerai de tout mon pouvoir... Ne venez pas me demander sa main, je refuserais. Ne cherchez plus à revoir Lucrezia car je vous ferais abattre et j'aurais le droit de le faire. Vous... vous avez déshonoré ma fille et vous savez que la loi m'autorise à laver l'affront dans le sang... Songez-y, comte Vernio. Lucrezia n'est pas pour vous et ne sera jamais pour vous...

— Vous la gardez toujours pour Piero de Médicis? Elle refusera. Vous le savez?

— Je... je n'ai pas à répondre. Lucrezia fera ce que je veux, sinon...

— Sinon?

— Je suis son père. J'ai tout pouvoir sur elle... Je peux la faire enfermer dans un couvent jusqu'à la fin de ses jours.

Pensif, le comte Vernio l'observa en silence.

— Oui, dit-il enfin. Vous avez tout pouvoir sur Lucrezia. Et si je veux l'épouser, vous me ferez jeter en prison ou tuer... Je le savais... Je l'ai toujours su... L'avez-vous dit à Lucrezia?

— Non.

— Que lui avez-vous dit?

— Qu'elle réfléchisse... qu'elle laisse... Mais que vous importe?

— Il m'importe. De toutes les femmes... c'est la seule... et pourtant...

— Vous ne l'aurez pas. Jamais! Elle épousera Piero de Médicis! La date du mariage reste encore à fixer, mais Cosimo et moi avons déjà tout arrêté. Vous n'y pourrez rien changer, comte Vernio... Que décidez-vous?

En entendant ces mots, le comte Vernio crut qu'il allait tomber. Ce vertige ne dura que quelques secondes, mais l'intensité de ses émotions l'effraya.

Il s'efforça de reprendre son calme, essuya son front en sueur, et ne put que penser, incapable de prononcer un mot : « Lucrezia... Je l'aime... Je n'ai jamais cessé de l'aimer... » Son regard troublé s'efforça de déchiffrer ce que pouvait exprimer le visage glacial de Francesco Tornabuoni. Non. Il ne mentait pas. Tout était arrêté. Lucrezia épouserait Piero de Médicis, qu'elle le voulût ou non.

« Oh ma chérie... ma chérie... », se disait le comte Vernio avec désespoir. Il haussa les épaules. Son regard erra par-delà les fenêtres.

Cette délicieuse journée de décembre, douce, lumineuse et tiède, se transformait en cauchemar. Longtemps le comte Vernio devait se souvenir de ce moment, de cette heure précise où il prit la décision qui allait faire basculer son destin... Seule la crainte de fondre en larmes ou de massacrer à coups de poing l'homme qui lui faisait face l'obligeait au silence. De longues minutes s'écoulèrent avant qu'il pût prononcer un mot.

— ... J'épouserai Franca Martelli..., dit-il enfin. Je l'épouserai aussitôt que possible. Mais faites-moi une faveur.

— Laquelle ?

— N'en dites encore rien à personne... ni à Lucrezia. Je veux lui parler. C'est moi qui dois lui dire...

Méfiant Francesco le fixa un instant.

— Pourquoi ?... Que s'est-il passé entre vous ? Qu'y a-t-il eu qui vous autorise à me demander cela ?

Un instant le comte Vernio eut envie de hurler : « Vous le savez, vieil hypocrite, vous le savez que Lucrezia est ma maîtresse, qu'elle est à moi, qu'hier soir elle pleurait de plaisir dans mes bras, que je vais la prendre ce soir encore pour la dernière fois et que personne au monde ne pourra m'en empêcher... » Mais il s'imposa silence.

— Que vous importe ? dit-il enfin. Puisqu'il n'y aura plus rien !

— Comme vous voudrez..., répondit Francesco de mauvaise grâce, dissimulant mal son soulagement.

— Au revoir, Francesco. Nous nous verrons plus tard.

Alors prenant sans ménagement Francesco Tornabuoni par le bras, il le conduisit aussi rapidement et aussi civilement que possible vers la porte.

Ce n'est que lorsqu'il fut certain que Francesco s'était assez éloigné pour ne pas l'entendre que le comte Vernio poussa un hurlement sauvage qui secoua tous les habitants du palais Caffarelli. Le cri d'un homme qui va mourir. Puis il s'affaissa sur lui-même et baissa la tête. Son serviteur, qui s'était précipité vers lui, crut un instant que le comte Vernio avait été blessé à mort, ou qu'il avait consommé quelque poison. Mais quand, abasourdi, il vit son maître sangloter comme un enfant, il ne sut quelle attitude prendre. Puis il souleva son maître et l'aida à se coucher.

Le comte Vernio resta longtemps prostré. Rigide comme un cadavre, il regardait le plafond, s'efforçant de se souvenir de Lucrezia, de son parfum, de son rire enfantin. Il ne vit venir ni les jours ni les nuits qui se succédèrent. Il n'était qu'une immense souffrance qui ne trouvait de soulagement nulle part. Sa tête le faisait souffrir, mais quand il reprenait vaguement conscience, c'était toujours la même pensée qui hantait son esprit. Cette maison qu'il occupait n'était pas la sienne... Il n'avait pas de fortune et la femme, la seule femme qu'il aimait, était à jamais perdue pour lui...

Parfois il entendait des voix. De retour de leur villégiature, le prince ou la princesse Caffarelli venait s'informer de sa santé. A plusieurs reprises, une main fraîche se posa sur son front... Et puis un matin il sentit des lèvres douces sur les siennes. « Lucrezia... », pensa-t-il en ouvrant enfin les yeux.

Franca Martelli lui souriait.

— Mon pauvre ami... vous revenez de loin ! Le docteur Elias a parlé d'un transport au cerveau...

Il fit un effort pour comprendre...

— Il y a longtemps... que je suis malade ?

— Plus de trois semaines..., dit Franca. Vous avez beaucoup de fièvre.

— Que faites-vous ici ? dit alors le comte Vernio. Ne restez pas... ma présence ne vous vaut rien...

Mais Franca Martelli ne répondit pas. Elle posa un linge humide sur son front, lui servit la médecine au goût fade, légèrement écœurant, ordonnée par le docteur Elias. Puis elle dit enfin :

— Dans votre délire, vous n'avez pas cessé de réclamer Lucrezia... S'agit-il de Lucrezia Tornabuoni ?

Fatigué, le comte Vernio ferma les yeux, ce qui pouvait passer pour un signe d'assentiment.

— Eh bien, il va falloir que vous l'oubliiez, Vernio ! Dès que son deuil sera terminé, elle épousera Piero de Médicis... Tout Florence ne parle que de ce prochain mariage.

Le comte Vernio eut un petit sourire triste.

— Je le savais, Franca, je le savais... Bah, peu importe... Laissez-moi, voulez-vous ? J'aimerais me reposer...

Quinze jours après cet entretien, Franca Martelli, revêtue de ses plus beaux atours, s'annonça chez les Tornabuoni et demanda à voir la Signorina Lucrezia.

Lucrezia, à l'annonce de cette visite, ressentit une crainte mêlée de fureur jalouse. Lors des réceptions qui avaient réuni les grandes familles florentines au cours des années passées, elle avait observé le manège de Franca auprès du comte Vernio. Elle était là, présente, toujours en lice, avec des gestes jolis, des sourires caressants, des regards coulés, prometteurs et tendres, et parfois Lucrezia avait les larmes aux yeux, de rage impuissante. Elle était forcée de reconnaître que Franca était infiniment plus jolie qu'elle, et elle se souvenait qu'autrefois, lorsque les yeux du comte Vernio se posaient sur Franca, ils s'allumaient d'une bizarre lueur.

Et ce jour-là, démoralisée par la brusque indisposition du comte Vernio, indisposition dont elle ignorait encore l'origine, elle sentait l'angoisse l'envahir. Elle savait que son père était allé le voir. Que s'était-il passé entre les deux hommes ? Pourquoi le comte Vernio ne lui avait-il fait passer aucun message ?

Au bout d'un instant elle demanda à la servante de faire entrer la Signorina Martelli. Et elle attendit, ses mains crispées l'une contre l'autre, regardant, au-dehors, le jardin trempé de pluie et de neige fondue. Janvier s'annonçait froid, maussade et pluvieux...

Rayonnante, Franca Martelli entra ; elle avait l'allure et le visage d'une femme qui aime et se sait aimée. Que ce visage et cette allure fussent le résultat d'une longue préparation, d'une attention minutieuse de sa part, Lucrezia était trop préoccupée pour s'en rendre compte. Le cœur mordu par la jalousie, elle admira les cheveux roux clair, abondants et soyeux, la silhouette élancée si conforme à la mode florentine, cette silhouette souple et sensuelle, mince et arrondie, si gracieuse en vérité... De sa mère, une Vénitienne de bonne naissance, Franca Martelli avait hérité un joli port de tête, un cou fin, bien dégagé et fièrement posé sur des épaules droites. Ses yeux bruns, grands, rieurs, se fixaient par instants sur Lucrezia, et se détournaient aussitôt sans accrocher le regard de la jeune fille.

— Bonjour..., dit-elle enfin. Je suis venue... (elle s'interrompit un instant, puis reprit très vite :) ... Il fallait que je te parle...

Lucrezia pâlit et ne tendit ni la joue ni la main. Elle restait debout, le regard posé distraitement sur le velours vert sombre, les dentelles et les fourrures qui composaient la toilette de Franca. « Elle est belle, pensa Lucrezia. Elle a une petite bouche, elle... Et comme elle est gracieuse... Et quelle confiance, quelle arrogance même... Elle se soucie de la critique et de l'opinion d'autrui comme d'une guigne... » Lucrezia ne pouvait se défendre d'une sorte d'amitié et de respect pour cette jeune personne qui, par le caractère, lui ressemblait beaucoup plus qu'elle ne voulait l'admettre. Franca Martelli était une Florentine émancipée, cultivée, qui n'aspirait qu'à l'amour-passion, et ce, en toute liberté. En cela — et surtout en cela — les deux jeunes filles étaient sœurs. Elles se moquaient des savants, des docteurs en philosophie, personnages aux mœurs douteuses auxquels le corps d'une femme ne suscitait que dégoût, et qui faisaient l'éloge du platonicisme dans les relations amoureuses. Sœurs, elles l'étaient aussi par l'amour qu'elles éprouvaient pour le même homme.

Franca ne savait comment rompre le silence. Lucrezia debout, immobile, ne l'invitait pas à s'asseoir et la regardait toujours fixement, d'un air morne.

— Lucrezia..., répéta Franca à plusieurs reprises, il fallait que... je te parle. Je voulais te dire... D'abord, le comte Vernio va mieux. Beaucoup mieux.

Lucrezia grimaça un sourire.

— Est-ce seulement pour me donner des nouvelles de Vernio que tu es venue me voir ?... Dans ce cas c'est fort aimable à toi... Mais il n'était pas nécessaire de te déranger...

Franca hésita. Une onde de compassion passa dans son regard lorsqu'il se posa sur Lucrezia. Elle eut soudain envie de lui tendre la main. Mais elle se ressaisit, et dit précipitamment :

— Non. Oui... enfin pas seulement... Tu comprends, je sais ce que le comte Vernio est pour toi, et...

Lucrezia l'interrompit d'une voix blanche :

— Et ce que je suis pour lui... le sais-tu aussi ?...

Franca baissa la tête, et la redressa presque aussitôt, une lueur méchante dans les yeux... Puisqu'il fallait frapper, mieux valait le faire tout de suite sans atermoyer. Elle se remémora les paroles de son père. Son union avec le comte Vernio était au prix de ce qu'elle allait faire.

— Ce que tu étais... Lucrezia... Ce que tu étais ! Le comte Vernio a demandé ma main. Il m'a dit qu'il m'aimait. Pas plus tard qu'hier. Sa maladie lui a ouvert les yeux sur les sentiments qu'il éprouvait pour moi. Nous nous marierons en Avignon et resterons absents deux ans... C'est convenu ainsi... Il est parti ce matin... Tu peux aller vérifier si tu le désires...

Lucrezia ne répondit pas. Au bout d'un moment Franca posa les yeux sur elle et s'épouvanta de sa pâleur... De nouveau elle eut envie de prendre Lucrezia contre elle, de la consoler, de lui dire que tout cela n'avait en somme que peu d'importance, que Vernio lui-même ne méritait sans doute pas tant de souffrance. Mais elle ne bougea pas.

— Ecoute..., dit-elle seulement, tu connais le comte Vernio ! Toutes les femmes de Florence ont connu ses faveurs... Il t'a aimée, il m'aime aujourd'hui, demain ce sera une autre... Il est ainsi, Lucrezia, incapable de s'attacher sérieusement à une femme, incapable d'un sentiment réel.

— Tu l'épouses cependant..., dit Lucrezia.

— Oui. Je suis sûre que je lui apporterai ce qu'aucune autre femme ne lui donnera jamais... L'insouciance peut-être, mais aussi l'acceptation sans réticence de toutes ses maîtresses... Tu l'aimes trop, Lucrezia... Tu l'aimes trop et tu l'aimes mal... Tu le veux pour toi seule, tu l'enfermerais dans ton amour comme dans une prison... Tu es jalouse, possessive... Moi, je lui ressemble. Et parce que je lui ressemble, nous pouvons nous entendre. Il ira chercher auprès des autres femmes des jouissances qu'il croira nouvelles parce qu'elles seront données par d'autres... Je l'attendrai. Parce que moi, Lucrezia, je me moque éperdument qu'il couche ou non avec d'autres femmes... J'attendrai qu'il se calme... Il vient toujours le moment où un trousseur de jupons se calme... Alors, il sera à moi.

Lucrezia la fixait sans répondre. Elle eut à ce moment une pensée pleine de mépris. « Belle possession, en vérité, qu'un trousseur de jupons fatigué de courir la donzelle ! » Mais elle aimait le comte Vernio. Elle l'aimait à en perdre la vie, et dans le même instant, humiliée, honteuse, furieuse, elle confondait cet homme et Franca dans une haine féroce, abominable, qui lui broyait le ventre. Parce qu'elle savait que Franca avait raison. Que Vernio était ainsi. Instable, léger, superficiel même... Mais cela lui importait peu. Elle avait besoin de lui, de sa peau, de son odeur, de sa présence... Elle aurait pu tuer Franca sur place, mais se ressaisissant, elle murmura en lui désignant la porte :

— Va-t'en ! Va-t'en tout de suite et ne te présente plus jamais dans cette maison !

Longtemps après le départ de Franca, Lucrezia resta ainsi immobile devant la fenêtre. Elle s'étonna des arbres dénudés, de la neige fondue qui tombait en rafales discontinues, du ciel plombé, et de cette douleur sourde qui s'était emparée d'elle. « Il faut que je lui parle... », pensa-t-elle soudain. Alors elle devint comme folle. Sans prêter attention à ce qu'elle faisait, elle saisit le premier vêtement qui lui tomba sous la main, une mante doublée d'hermine, qu'elle jeta sur ses épaules sans réfléchir davantage. Elle avait perdu toute notion du temps, de l'espace. Puis elle se précipita dans les escaliers, gagna la porte. Sa course la conduisit, haletante, jusqu'au palais Caffarelli. Elle se suspendit au heurtoir et frappa avec violence. La porte s'ouvrit devant un hallebardier qui confirma que le Signor comte Vernio de Bardi, rétabli depuis peu, venait de partir en Avignon et que le Signor Andrea Martelli et la Signorina sa fille devaient le rejoindre dès que possible.

Lucrezia passa ses mains sur ses tempes moites de sueur. Puis elle reprit le chemin du palais Alessandri.

L'odeur d'un étal de boucherie ouvert lui souleva le cœur et elle se mit à vomir sur la chaussée sans avoir pu contrôler cette brusque nausée. Blême, incapable de bouger, elle se félicitait que personne ne soit passé dans la rue à ce moment précis. Qu'aurait-on pensé ? De nouveau l'odeur de la boucherie lui monta à la tête et elle crut qu'elle allait s'évanouir, là, dans la rue.

Jamais elle ne s'était sentie ainsi. Alors la vérité se fit jour dans son esprit. « Vernio ne peut pas partir..., dit-elle à voix haute,... il ne peut pas ! Je vais avoir un enfant... »

Le souvenir de leur dernière étreinte, juste avant qu'il ne tombât malade, lui revint en mémoire. Jamais elle n'avait senti comme à ce moment-là combien Vernio lui était cher, combien elle lui appartenait. Avec quel bonheur elle s'était glissée contre lui dans cette grange abandonnée où nul jamais ne viendrait les surprendre. Elle l'avait enlacé avec tant de force que Vernio l'avait prise presque sans un mot. Une longue étreinte, où elle s'était donnée avec autant de passion que si elle avait vendu son âme pour lui.

Chancelante elle reprit sa marche. De nouveau des vomissements la secouèrent. Elle pensa qu'on pouvait mourir ainsi, et un moment elle le souhaita... Elle était enceinte. Il n'y avait plus l'ombre d'un doute... Que devait-elle faire ? Courir derrière Vernio ? Le lui dire ?... « Impossible... impossible... Giuseppina, ma chérie, viens-moi en aide... que dois-je faire... » Dans son ventre l'enfant de Vernio... Elle reprit sa marche. Elle hoquetait, sans larmes.

Dans les rues de Florence, tristes, balayées par des bourrasques qui lui giclaient au visage, Lucrezia affrontait tant bien que mal les éléments déchaînés. Elle n'avait ni froid ni peur. Elle n'était plus qu'une loque humaine, blessée à mort par ce qu'elle venait d'apprendre... Il fallait qu'elle se venge... mais de qui ?... de quoi ?... Hébétée, elle se répétait ces mots que Franca avait prononcés et qu'elle avait écoutés sans broncher. « Le comte Vernio de Bardi m'aime. Il me l'a dit. Il m'aime. Il m'aime. » « " Il m'aime... " Moi aussi il m'aime... il m'aime... » Oh ! Dieu ! A combien de femmes, à combien de jeunes filles avait-il dit ces mots ? Tout ce que l'on avait dit sur lui était donc vrai ! C'était un homme vil, un menteur qui l'avait déshonorée, et elle... elle attendait un enfant de lui. Une violente nausée la saisit dans sa course et elle dut s'arrêter pour vomir encore et encore. Chancelante mais plus calme, elle reprit sa marche.

Jamais elle ne sut exactement comment elle arriva devant chez elle... Du perron elle pouvait voir les lumières qui répandaient leur éclat dans la grande salle du rez-de-chaussée... Il y avait du monde. Qui donc avait pu venir durant sa courte absence ? Quelqu'un l'avait-il aperçue dans sa fuite éperdue ? Doucement, elle s'approcha d'une fenêtre. Des bribes de musique, des éclats de voix, des rires parvenaient jusqu'à elle. « ... Je n'aurai pas la force..., pensa-t-elle incapable de bouger. Je n'aurai pas la force... », se répéta-t-elle.

Selvaggia était assise auprès du feu, pensive, avec ce visage déserté par la joie de vivre, ce visage si triste qu'elle avait depuis la mort de Giuseppina. Plusieurs personnes parlaient gaiement... Lucrezia aperçut les deux petites Médicis, Nannina et Giulietta qui dansaient avec Giovanni Tornabuoni et un autre jeune garçon inconnu de Lucrezia... Et puis son père et Piero de Médicis. Elle resta là un long moment, immobile, les yeux fixes, devant cette fenêtre close.

Son père l'attendait, son père et Piero de Médicis. Elle tremblait. Maintenant la peur la gagnait tout entière, une terreur sans nom. Comme un animal pris au piège, elle se débattait encore, sachant instinctivement que son père et celui de Piero avaient tout manigancé pour que leurs enfants se marient enfin... Rien en apparence ne pouvait confirmer cette impression. Lucrezia n'avait aucune preuve, aucun élément susceptible de la conforter dans ses certitudes. Et pourtant elle savait. Elle savait aussi sûrement que si les preuves avaient été là devant elle, irréfutables...

Elle retroussa ses jupes et fit en courant le tour de la maison et frappa contre la porte de service. Des hallebardiers, stupéfaits, ouvrirent. La cuisine était chaude, faiblement éclairée par les grands feux qui brûlaient dans les deux énormes cheminées se faisant face. Plusieurs servantes s'empressèrent, se récriant quand Lucrezia entra trempée de neige, ses cheveux plaqués contre son visage, les yeux rougis d'avoir pleuré et affronté le vent.

— Bonsoir, balbutia-t-elle faiblement en esquissant un sourire. Il y a des visites, je pense, et je ne veux pas me montrer ainsi... Ne dites rien à mon père... je ne suis pas très bien... J'aimerais me coucher tout de suite...

L'une des servantes prit, sans mot dire, une lampe à huile et en silence précéda la jeune fille. Lucrezia tremblait toujours et feignit ne pas voir le regard de compassion que la servante posait sur elle. Arrivée dans sa chambre, Lucrezia, sans force, se sentit prise de vertige. Toujours silencieuse, la servante l'aida à retirer ses vêtements crottés de boue. Puis elle aida sa jeune maîtresse à se vêtir de linge sec, et l'obligea à rester auprès du feu jusqu'à ce qu'elle se fût réchauffée.

Quelques instants plus tard, allongée dans son lit, Lucrezia s'efforçait de rassembler ses idées, lorsque la porte s'ouvrit sur Selvaggia.

Elle considéra sa fille en s'efforçant à la sévérité, mais son regard était chargé d'une interrogation triste et anxieuse.

— Eh bien... Lucrezia. Où étais-tu passée ? Tu sais bien pourtant que nous t'attendions... Piero de Médicis est ici. Il sera déçu de ne pas te voir...

Affolée soudain par quelque chose qui la dépassait, elle pensa : « Francesco Tornabuoni, s'il arrive malheur à notre enfant, puisse Dieu ne te pardonner jamais... »

Elle s'approcha du lit, aperçut le visage pâle et tiré de Lucrezia.

— Qu'y a-t-il ? s'écria-t-elle alarmée. Es-tu malade ?

Lucrezia secoua négativement la tête... De grosses larmes coulaient sur ses joues blêmes. Selvaggia s'assit sur le lit et prit les mains de sa fille entre les siennes. Malgré elle, elle ne pouvait s'empêcher de ressentir un certain soulagement. Elle n'avait jamais vu d'un bon œil la possibilité d'une union entre le comte Vernio et sa fille. « C'est un homme trop peu sûr pour que je lui remette ma Lucrezia entre les mains... », se disait-elle. Puis, parfois, une autre pensée terrible la bouleversait : « Jusqu'où sont-ils allés ?... Le comte Vernio n'est pas homme à s'arrêter à une amourette platonique... Et si Lucrezia attendait un enfant ? » Mais elle n'osait jamais aller au-delà de cette pensée.

— Sais-tu bien, mon enfant, que rien ni personne ne te forcera jamais... Si tu ne veux pas épouser Piero, dis-le... Ton père sera sans doute déçu, mais cela n'est pas grave... Personne au monde ne peut te forcer à épouser quelqu'un dont tu ne veux pas...

— Mais si !... papa le peut ! dit Lucrezia en pleurant. Et tu sais qu'il le peut ! Je ne veux pas finir mes jours au couvent ! Maman, je t'en prie ! Fais quelque chose ! aide-moi... aide-moi !...

Remuée, Selvaggia serra sa fille contre elle. Aider Lucrezia ? Comment ? Convaincre Francesco ? Allons donc... Jamais Francesco ne se laisserait convaincre ! Les intérêts qui désormais le liaient aux Médicis étaient trop importants pour qu'il pût céder sur ce qu'il appelait un caprice d'enfant gâté. Elle berçait Lucrezia contre elle. « C'est ma petite fille, pensait-elle, et elle a mal... et moi qui pourrais me jeter au feu pour elle, je ne peux rien contre ce mal... » Son impuissance la désolait et renforçait sa colère contre son mari, contre Cosimo de Médicis... Cette colère englobait toute la gent masculine : « Pour qui... pour quoi se prennent-ils ?... »

— Voyons ma petite..., disait-elle d'une voix consolante, ne te monte pas ainsi la tête... Je suis sûre que nous trouverons un moyen de tout arranger... Ecoute... Je vais descendre dire à nos invités que tu es couchée, un peu souffrante... Dors. Et demain nous prendrons une décision te concernant. Et nous ne la prendrons qu'avec ton entier accord... Cela te convient-il ?

Le visage blême de Lucrezia reprit quelques couleurs. Les paroles réconfortantes de sa mère l'apaisèrent assez pour lui faire retrouver ses forces. Elle allait parler lorsque sa mère mit un doigt sur ses lèvres.

— Il ne faut plus parler..., dit encore Selvaggia. Essaie de dormir...

Dès que la porte se fut refermée sur Selvaggia, Lucrezia bondit hors du lit. Comme toujours après un choc, elle réagissait dans un second temps. Fiévreusement elle marchait de long en large, et maintenant c'était la rage, la colère qui succédaient à son abattement... Elle haïssait le comte Vernio avec la même violence qu'elle l'aimait. Son humiliation grandissait de seconde en seconde... Elle s'en voulait à mort de la faiblesse qu'elle venait de manifester. L'orgueil, la fierté lui donnèrent une force surhumaine, et désormais elle n'éprouvait plus qu'un âpre désir de vengeance, de blesser le comte Vernio de Bardi, de rendre coup pour coup. « Si ce n'avait été avec Franca, c'eût été avec une autre... Même si nous nous étions unis devant Dieu, il aurait agi ainsi. » La légèreté du comte Vernio, elle avait toujours refusé de la voir, mais elle ne l'avait jamais niée... Elle savait. Un instant l'idée l'effleura que tout cela n'était peut-être que mensonge. Qu'il n'y avait pas eu de demande en mariage. Que Franca avait tout inventé, que jamais Vernio... que jamais son père... Mais elle rejeta bien vite cette pensée. « ... Papa n'aurait pas osé ! Non ! papa n'aurait jamais pu faire cela... » Et sa fureur contre le comte Vernio s'en accrut davantage.

Comme elle avait été sotte de croire en l'amour de ce coureur de jupons ! Comme elle avait été naïve de penser un seul instant que pour le comte Vernio elle avait été différente de ses autres conquêtes ! Elle s'était ridiculisée en lui manifestant son amour, en lui disant qu'elle l'aimait. Ridiculisée, et abaissée au niveau de toutes ces sottes qui se pâmaient devant lui... Il fallait qu'elle se venge. Mais que sa vengeance fût éclatante, définitive, que jamais le comte Vernio de Bardi n'ose lever les yeux sur elle... et que sa future épouse, Franca Martelli, s'inclinât devant elle, Lucrezia Tornabuoni. Et pour que ce couple haïssable entre tous fût obligé de la respecter, de s'incliner devant elle, il fallait qu'elle accepte de devenir une Médicis. Devenir une Médicis c'était devenir l'égale d'une reine. Lucrezia le savait. Tout Florence était à genoux devant eux. Lorsqu'elle imagina une nuit de noces passée entre les bras de Piero de Médicis, elle frissonna de dégoût et s'en voulut aussitôt de cette sensation. « ... Je serai pour lui une bonne épouse..., pensa-t-elle. J'en fais le serment. Je lui serai fidèle et agréable. Et lui m'aime. Il m'aime sans doute comme jamais Vernio ne m'a jamais aimée... Et je ferai mon possible pour lui manifester de l'affection... »

Elle ferma les yeux, oppressée. Les pensées roulaient et se pressaient en désordre dans son esprit. L'avenir se dessinait devant elle. Elle serait une épouse, elle serait fidèle, mais elle savait qu'une partie vivante et chaude d'elle-même mourrait... Quand elle pensait au comte Vernio, elle respirait quelque chose comme les premières odeurs des terres au printemps, après la pluie ; elle entendait une musique particulière dans le chant d'un oiseau ou d'un pâtre ; et son cœur se gonflait d'exaltation pour l'humanité tout entière...

Toute cette sève chaude allait mourir au moment précis où elle serait devant l'autel avec Piero de Médicis. Mais sa décision était prise.

Le lendemain matin, Piero de Médicis se préparait tout juste à quitter le palais Médicis pour se rendre au palais Vecchio où l'attendait son père, lorsqu'un hallebardier annonça la visite de la Signorina Lucrezia Tornabuoni. Ravi et stupéfait par cette visite inattendue à cette heure matinale, Piero se précipita maladroitement... Lucrezia attendait emmitouflée dans sa mante. Il la regarda avec incrédulité, incapable de prononcer une parole, intimité par l'expression déterminée qu'arborait, sous l'ombre de la capuche, le visage de la jeune fille.

— Messer Piero de Médicis... je vais aller droit au but. Je sais que vous avez demandé ma main. Je vous suis reconnaissante de la demande que vous avez faite auprès de mon père... Et je suis venue moi-même vous apporter la réponse... Je sais que cela ne se fait pas, mais ce qui se fait ou ne se fait pas, ne m'importe plus... Il faut d'abord que je vous parle, et ensuite, en toute connaisance de cause, vous me direz s'il vous agrée ou non de maintenir votre demande...

— Signorina..., balbutia Piero qui avait retrouvé sa voix. Signorina, répéta-t-il, incapable d'en dire davantage.

Lucrezia sourit. Le sourire était plaqué sur son visage comme s'il y avait été gravé de force. Piero lui trouva un air farouche et triste, et il se sentit envahi par une curieuse impression faite de pitié, de compassion, de folle tendresse...

— Parlez, Signorina, dites-moi tout ce qui vous chagrine...

Il prit les mains de la jeune fille entre ses paumes tièdes et malhabiles. Lucrezia parla d'une voix légère, enfantine presque, en détachant chaque syllabe :

— Je ne veux rien vous cacher, Messer... J'ai aimé... peut-être aimé-je encore, qui sait... un autre homme... aimé comme jamais sans doute je ne pourrai vous aimer... Comme sans doute je n'aimerai plus jamais... Oh non ! Dieu me préserve d'une telle torture... Je... cet homme est votre ami le plus cher... le comte Vernio de Bardi...

En prononçant ces derniers mots, la voix de Lucrezia faiblit, mais elle se ressaisit et reprit plus fermement :

— Je l'ai aimé. Voilà. Je voulais que vous le sachiez... Je veux aussi que vous sachiez que... que...

Incapable soudain de continuer, Lucrezia dut serrer les dents pour ne pas s'effondrer en sanglotant. Piero serra les mains de la jeune fille.

— ... Que quoi ? dit-il à voix basse.

— Que... le comte... que Vernio. Il paraît qu'il s'est passionnément épris de Franca Martelli. C'est elle-même qui me l'a dit, acheva Lucrezia dans un souffle. Sans doute l'épousera-t-il, en Avignon... sans doute... Mais ce n'est pas tout, Piero... Il faut que vous sachiez... tout... toute la vérité. Je... je crois que je vais avoir un enfant... Je ne suis pas sûre... mais...

Elle s'efforçait de sourire encore, mais dominant son sourire, les larmes jaillirent, trahissant sa volonté et son orgueil. Le regard pénétrant de Piero ne quittait pas Lucrezia, et son expression était à la fois sombre et grave.

— Etes-vous sûre de ce que vous dites ? demanda-t-il d'une voix incertaine.

Piero lâcha les mains de la jeune fille et se détourna. Il savait, lui. Il connaissait la vérité... Il avait surpris le conciliabule entre Francesco Tornabuoni et Cosimo ; il savait qu'Andrea Martelli était prêt à beaucoup de choses pour cette manufacture, et aussi, il fallait le reconnaître, par amour pour sa fille. Frappé d'horreur et de pitié... Piero eut un frémissement de dégoût. « Comment ont-ils osé ? » se demanda-t-il. Il lui paraissait impossible que des hommes aussi estimables que Cosimo et Francesco eussent ourdi une telle machination ! Et lui, ce sot... cet imbécile de Vernio, incapable de résister à une femme qui s'offre, incapable de comprendre qu'il allait perdre la seule femme que, sans doute, il avait aimée... « Grand Dieu ! pensait Piero. Comment Francesco Tornabuoni a-t-il pu agir ainsi contre sa propre fille ? C'est inhumain ! C'est monstrueux... »

Il allait parler, ouvrir les yeux de Lucrezia, lui dire de ne pas ajouter foi aux paroles de Franca, que jamais sans doute il n'y avait eu de demande en mariage... que même si Franca avait été la maîtresse du comte Vernio, elle n'avait pas eu plus d'importance que n'importe quelle autre jeune femme. Pour son bonheur, pour sa joie future, Lucrezia devait pardonner et oublier un moment de faiblesse... Et puis soudain il entrevit ce qui l'attendait s'il se taisait. Lucrezia serait à lui de son plein gré ! Elle l'épouserait, il en était sûr, elle l'épouserait, passerait sa vie auprès de lui... et il saurait tant la chérir, l'adorer qu'en fin de compte elle oublierait le comte Vernio... Un instant qui parut durer des siècles, il hésita. Parlerait-il ? Un mot, un seul, et l'espoir renaîtrait dans le cœur de Lucrezia. L'espoir et le pardon... Mais lui la perdrait à jamais... Il l'aimait tant... Jamais il ne l'avait autant aimée qu'en cet instant où elle venait à lui, si fragile et si forte. Il revint vers Lucrezia et pencha vers elle sa haute taille.

— Cela... cela...

Il s'exprimait avec difficulté. Les mots avaient peine à franchir ses lèvres ; chacun d'eux allait l'enfoncer, le condamner soit au malheur, soit à l'abjection.

— ... Etes-vous sûre, Lucrezia, de ne pas vous tromper?...

— Oui... je suis sûre, répondit-elle, raffermissant sa voix par un énorme effort de volonté. Messer Piero..., chuchota-t-elle, il faut... avant que vous preniez une décision, il faut que vous sachiez que... que... je ne vous aime pas d'amour... J'ai pour vous beaucoup d'estime et de tendresse... Mais...

— Je vous aimerai pour deux! s'exclama Piero sans réfléchir.

C'en était fait. Leur sort était désormais lié.

Il ne pensait plus qu'à une chose. Il tiendrait enfin Lucrezia dans ses bras! Tant de mois, tant d'années maintenant, qu'il ne vivait que pour cela, que pour le moment précis où il pourrait enfin la serrer contre lui, l'embrasser, la posséder... Plus rien d'autre n'avait d'importance ou de signification. Il pressait les épaules de Lucrezia et luttait contre le désir qui montait en lui, le désir de l'embrasser, de l'écraser contre lui.

— ... Je vous aimerai pour deux! Lucrezia!... répétait-il comme une litanie, d'une voix altérée. Vous ne pouvez savoir combien vous me rendez heureux... Je vous aime... Vous êtes une merveille... Si vous saviez quelle merveille vous êtes! si vous saviez... Puis-je... puis-je vous embrasser? demanda-t-il humblement.

Lucrezia lui tendit sa bouche, qu'il saisit goulûment, sans pouvoir se rassasier. Elle se dégagea.

— Vous ne le regretterez pas, Messer, dit-elle faiblement. Je serai une bonne épouse, je vous le promets... Vous pouvez l'annoncer à vos parents. Je vais faire de même avec les miens.

Piero dévisageait avec avidité Lucrezia. Après son baiser, elle avait une expression si étrange, son visage pâle était empreint d'une telle expression de tristesse farouche et d'orgueil blessé qu'il en eut le cœur déchiré. Mais il ne pouvait ni ne voulait revenir en arrière. Ce baiser qu'il venait d'obtenir avait scellé son silence.

A peine l'acceptation de Lucrezia fut-elle connue de Cosimo et de Francesco que d'un commun accord ils décidèrent de hâter le mariage. Cosimo ne souffla mot à Contessina du complot qu'il avait ourdi. « C'est pour le bonheur de Piero mon fils! » se justifiait-il quand parfois, rarement, le remords le prenait. Il se borna à manifester un étonnement de bon aloi devant la soudaineté de la décision du comte Vernio d'épouser Franca Martelli.

« Bah ! ce diable d'homme a bien choisi finalement ! Il savait que jamais Francesco ne lui aurait donné sa fille !... Après tout Franca Martelli est une jeune personne fort belle et de bonne naissance. » Et, comme cadeau de noces, il fit parvenir à celle-ci un superbe collier d'émeraudes et de perles fines.

Quinze jours plus tard, les fiançailles officielles de Lucrezia Tornabuoni et de Piero de Médicis furent annoncées et il fut décidé que le mariage serait célébré dans les trois semaines qui suivraient.

VI
UN MARIAGE FLORENTIN

Au milieu du mois de février 1440, Piero de Médicis épousa Lucrezia Tornabuoni. Ce fut un mariage extrêmement coûteux et qui, malgré le froid, déroula des fastes inconnus jusqu'alors à Florence. Certes, il y avait eu déjà bien des mariages chez les Médicis, et ces fêtes étaient réputées parmi les plus somptueuses, mais le mariage de Piero et de Lucrezia offrait un attrait supplémentaire. On avait beaucoup jasé sur sa liaison avec le comte Vernio de Bardi. Des paris avaient été ouverts. Qui de Piero ou du comte Vernio serait l'élu ?... On lorgnait la ceinture de l'épousée, dont la minceur ne laissait rien deviner, et l'on se perdait en conjectures sur les raisons de ce mariage.

Jamais Lucrezia ne put se souvenir exactement comment elle vécut ces dernières semaines. A peine sa décision prise, elle se trouva jetée dans un tourbillon, qui durant les jours qui précédèrent son mariage, l'empêcha de penser à la folie de sa décision.

Le palais Alessandri ne désemplissait pas de marchands de toutes sortes. Il fallait que la future première dame de Florence fût digne de l'honneur qui lui était échu. Bijoux, vêtements, lingerie fine, coffres s'empilaient dans la chambre de Lucrezia. Des étoffes précieuses venues de France, entièrement brodées de fil d'or, furent choisies pour la toilette nuptiale, qui allait s'orner d'une ceinture d'or tressée, garnie de huit magnifiques rubis.

Vers la mi-janvier, au cours des cérémonies des fiançailles et du contrat de mariage devant notaire qui eurent lieu le même jour, au moment de la remise de l'anneau de fiançailles orné d'un sceau, elle eut un dernier sursaut de refus qu'elle réprima très vite.

C'était fait désormais. Son destin était scellé d'une manière irrévocable. Elle souriait. Ce fut une fort belle fête intime où l'on servit des pâtisseries blanches. Le palais avait été décoré de fleurs blanches et toutes les jeunes filles et les jeunes gens à marier furent conviés au bal qui suivit. Cette charmante cérémonie d'engagement volontaire à s'unir, trois semaines avant le mariage, n'était qu'une faible préfiguration des festivités qui allaient faire danser tout Florence en liesse durant huit jours... Lucrezia vivait dans cette effervescence comme si elle eût été privée de son âme. Chaque jour on lui apportait de nouveaux présents offerts par sa future belle-famille. Ces présents soulevaient des cris de stupéfaction et d'enthousiasme, mais ne parvenaient pas à lui arracher le moindre sourire.

La veille de ses noces, Lucrezia était si maigre et si pâle que sa mère affolée par une terrible intuition, après lui avoir souhaité le bonsoir, n'eut de cesse que d'avoir une explication avec son époux. Que s'était-il passé ? Il fallait qu'elle sache !

Dans ce qui autrefois avait été leur chambre conjugale, Francesco déambulait de long en large, d'un air maussade. La porte s'ouvrit et Selvaggia entra.

C'était la première fois qu'elle se trouvait dans cette pièce depuis la mort de Giuseppina. S'il fut surpris, il n'en laissa rien paraître, et il la contempla sans dire un mot. Elle restait debout, calme en apparence, le regardant avec une expression haineuse et froide.

— Francesco, il y a trente ans maintenant que je suis ta femme et je ne te connais pas. Tu as tué Giuseppina, tu as détruit la vie de Bianca, qui n'est plus que l'ombre de ce qu'elle était autrefois, tu as exilé notre fils à Rome, et maintenant Lucrezia... demain Lucrezia... Francesco... (sa voix se brisa)... Francesco qu'as-tu fait à notre petite fille ?... Qu'as-tu fait de nos enfants ?...

Elle se tut un instant. Mais le visage pâle et stupide de tristesse de Lucrezia lui revint en mémoire, et elle insista :

— Tu m'as laissé croire que Lucrezia était heureuse, mais c'est faux. Elle ne l'est pas !... Je suis sûre qu'elle aime toujours le comte Vernio ! J'en suis certaine ! Pourquoi a-t-il décidé si vite d'épouser Franca Martelli ? Que s'est-il passé ?... Es-tu aussi responsable de cela ? Est-ce toi qui as manigancé tout cela ? Pourquoi ? Pour satisfaire ton ambition ? Que te faut-il de plus, Francesco ? hein ?

dis-le-moi, que te faut-il de plus ? Je veux la vérité, Francesco ! Qu'as-tu fait à notre enfant ?... Lucrezia est malade !... malade !... Si elle mourait de chagrin, tu en serais coupable...

— Lucrezia ?... malade ? murmura Francesco avec lenteur.

Puis il secoua la tête, tourna le dos à sa femme et s'approcha de la fenêtre. Elle s'avança d'un pas.

— ... Ecoute-moi, Francesco, s'il arrive malheur à Lucrezia, je te jure que je te tuerai comme tu as tué notre enfant...

Francesco secoua la tête d'un air buté.

— Allons ! ce ne sont que balivernes ! Demain Lucrezia sera heureuse ! J'en suis sûr !... Il est regrettable qu'elle se montre si peu docile, si peu consciente du bonheur qui lui échoit... Elle m'avait promis que si le comte Vernio avait un comportement vil, elle se plierait à mon bon vouloir. Elle tient sa promesse, voilà toute l'histoire... Quant au comte Vernio, il doit se trouver fort heureux de sa charmante Franca Martelli, et il fait route pour la France sur ordre de Cosimo de Médicis, en mission secrète auprès du roi Charles VII, et bien content du voyage, je te prie de le croire ! Il y a des achats d'armements importants à négocier, et qui peuvent rapporter des sommes colossales ! Il touchera sa part. Tu penses bien qu'il a autre chose en tête que Lucrezia ! De toute manière, je t'ai déjà dit qu'en aucun cas je n'aurais accepté une telle union ! Vernio est sans fortune, et je ne veux pas faire des Médicis mes ennemis... Tiens-le-toi pour dit, et ne m'en parle plus jamais...

Le jour du mariage, dans un carrosse somptueusement décoré, Lucrezia fut conduite à Santa Maria del Fiore. Elle était assise entre sa mère et Contessina de Médicis. Aucune d'entre elles ne souriait... Malgré elle, Contessina ne pouvait s'empêcher de condamner Cosimo :

— Même pour le bonheur de mon fils bien-aimé, il ne fallait pas encourager une telle union ! Cette pauvre enfant est sacrifiée ! Pourquoi avoir accepté cela ? Et Piero ? Comment pourra-t-il être heureux ?...

La foule en liesse qui saluait et criait de joie lui rappela son propre mariage vingt-sept ans plus tôt... Alors sa pensée s'égara sur ces longues années d'amour, de joies, de deuils... Elle n'avait jamais vu Cosimo avant le jour de ses noces et cependant comme elle l'avait aimé ! Peut-être que Lucrezia connaîtrait le même bonheur ? Qui peut prévoir l'avenir ? » Elle peut aimer mon Piero ? pensa Contessina. Certes, elle a dans le cœur cette passion pour le comte Vernio... Ont-ils été amants ? Certains le chuchotent... Ah ! qu'importe, si elle se montre une épouse fidèle, docile, aimante... si elle rend mon fils heureux, je la chérirai comme ma propre fille. Mon pauvre enfant est si épris d'elle ! Et cela depuis tant d'années... Six ans qu'il attend... Six ans ! »

« Ma petite fille ! songeait Selvaggia le cœur étreint par une tristesse sans bornes. Ma petite Lucrezia ! Qu'avons-nous fait de toi ? Comment est-il possible que ton père, qui prétend t'aimer, ait pu agir ainsi ? Que va-t-il advenir maintenant ? Comment réagiras-tu cette nuit, et toutes les nuits que tu seras obligée de passer dans la couche de ce pauvre Piero ! Comment accepteras-tu qu'il te prenne alors que tu ne l'aimes pas, que tu en aimes un autre ? »

Sur le parvis de Santa Maria del Fiore, les pages jouèrent de leurs trompettes au pennon carré orné du lys rouge sur fond blanc, ou du pennon octogonal portant les armes des Médicis.

Quand Lucrezia descendit du carrosse, il y eut des exclamations admiratives sur la beauté de sa toilette. Sa robe blanche à la mode vénitienne, garnie d'hermine, laissait son cou découvert. Elle portait ses cheveux noirs répandus sur les épaules, des perles serties d'or aux oreilles, et en guirlandes ornées de brillants formant des fleurs de lys sur le front.

Il faisait froid, mais le soleil brillait et le ciel était pur. C'était une belle journée de février. Avant de pénétrer dans la cathédrale Lucrezia marqua une légère hésitation. Elle était si pâle et paraissait si triste que les acclamations cessèrent. Et ce fut dans un silence déroutant qu'elle avança vers les portes largement ouvertes.

Dès qu'il l'aperçut, Piero s'avança vers elle et lui tendit la main. Un instant, de nouveau Lucrezia hésita devant l' « impalmamento[1] », qui allait définitivement l'engager. Puis elle tendit sa main que Piero serra avec transport avant de la porter à ses lèvres, sous les vivats de la foule.

1. L' « impalmamento » resta en usage jusqu'au XVIIe siècle. Ce serrement de main précédait la bénédiction nuptiale et parfois la remplaçait.

Les gardes, les gentilshommes s'écartèrent, et le couple se dirigea vers l'autel. Lucrezia marchait lentement comme dans un rêve. Elle prononça le « oui » sacramentel et s'étonna du timbre de sa voix. Comme l'étonna le prêche du pape Eugène IV qui avait tenu à donner la bénédiction nuptiale ; comme l'étonnait, et davantage encore peut-être, cet homme qui disait « oui » d'une voix enrouée par l'émotion, cet homme qui broyait sa main avec un tel bonheur qu'elle en fut touchée.

Puis vint le moment des festivités. Lucrezia fut conduite au palais des Médicis sur une jument blanche, harnachée d'or. Plus de cinq cents personnes suivaient le cheval, qui allait au pas... C'est ainsi qu'elle traversa la ville sous les acclamations. Tous étaient vêtus d'habits somptueux, éclatants, et les bijoux qui ornaient les femmes brillaient sous le soleil. Deux douzaines de pages vêtus aux couleurs des Médicis, les uns portant une banderole, les autres soufflant dans une trompette, précédaient le cortège. Lorsque la nouvelle épousée mit pied à terre, Cosimo de Médicis, entouré de ses parents et de ses amis les plus chers, tendit, selon la coutume romaine fort à la mode à Florence en cette année 1440, une tasse de miel et une petite cuillère. Lucrezia attendit quelques minutes, et ce n'est que lorsque Piero fut à ses côtés que le jeune couple sacrifia à cette tradition. A la manière dont ils allaient déguster la tasse de miel, on pouvait augurer du mariage. Tandis que Lucrezia mangeait sa part, Piero de Médicis maintint au-dessus de sa tête son épée, nue, affilée... Il y eut des murmures dans la foule.

— Cette coutume est barbare ! lança une voix de femme. Pourquoi menacer une femme en cas d'infidélité, et pas un mari ?...

Le reste de sa protestation se perdit parmi les quolibets, les rires et les applaudissements... Alors il y eut l'interminable banquet, les habituelles distractions : musiciens, jongleurs... La nuit venue, le palais fut illuminé. Des dizaines de pages se promenaient à travers la ville tenant des torches allumées, offrant aux citoyens des friandises, des pièces d'or, des fleurs par milliers... Florence dansait sous les confettis... Ce fut un merveilleux mariage. Vers minuit, Piero entraîna Lucrezia dans la chambre nuptiale.

Epouvantée, Lucrezia regardait Piero. Dans la maigre lumière mouvante de la seule lampe à huile laissée allumée, il lui paraissait énorme, terrifiant... L'état de semi-hébétude dans lequel elle avait vécu ces dernières semaines s'était brutalement dissipé et maintenant elle était tout à fait éveillée, et complètement anéantie. Sa décision d'épouser Piero avait été prise dans une crise de désespoir et d'humiliation tels que rien d'autre ne comptait que de panser les plaies à vif... Mais maintenant... Des salles du bas parvenaient des échos de la fête : musique, rires, éclats de voix... Lucrezia avait aimé dans sa chair. Sa courte passion pour Filippo avait été pour elle pleine de tendresse, d'ardeur maladroite qui l'avait déflorée sans souffrance, sans grand plaisir, mais avec une joie profonde et sincère... Jeux dangereux, pleins de charme, de deux enfants épris l'un de l'autre... Le comte Vernio avait été sa passion. Cette passion absolue, celle qui comble le cœur et les sens, et que peu de femmes éprouvent dans leur vie. Et de l'avoir perdue faisait mieux ressortir ce qui attendait Lucrezia, là, dans cette chambre inconnue, avec cet homme qui la dévisageait avec une expression curieuse, inquiétante même. Cette façon qu'avait Lucrezia de rester immobile, sur ses gardes, bouleversait Piero mais ne l'embarrassait pas. Il avait peu d'expérience des choses de la chair. Quelques années auparavant, le comte Vernio l'avait entraîné chez une charmante courtisane de ses amies afin d'initier le jeune homme au commerce des dames. Jusque-là, épouvanté par ses instincts puissants qui lui vrillaient le ventre, il avait fui les femmes. Son propre corps était pour lui-même un objet de honte et de répulsion, et lorsque ses yeux se posèrent pour la première fois sur celui d'une femme nue, Piero en avait été scandalisé. Cependant il lutta contre son dégoût, reconnaissant qu'il valait mieux qu'il fût averti lorsqu'il tiendrait Lucrezia dans ses bras pour en faire sa femme. C'est en pensant à Lucrezia qu'il se laissa déniaiser sans y prendre aucun plaisir, écœuré par cette chair tendre et rouge, par l'odeur de sueur aigre qui s'échappait des aisselles sombres et poilues de la courtisane qui l'initiait. Longtemps il garda une répugnance invincible du corps de la femme. Mais lorsqu'il pensait à Lucrezia, malgré lui, malgré la honte puissante qu'il éprouvait, il ne pouvait s'empêcher d'évoquer le corps nu et offert de Lucrezia... Alors ses mains devenaient moites, il tremblait de désir, la bouche desséchée, et à plusieurs reprises, il retourna chez les courtisanes.

Et maintenant, Lucrezia allait être sienne, comme dans ses rêves... Il eut cette pensée amère que dans ce mariage la jeune épousée était certainement plus experte que le jeune marié qui venait à elle sans autre expériences que celles, ratées, avec les courtisanes. Un flot de colère haineuse et jalouse lui monta à la gorge. Son regard glissait sur Lucrezia, sur ses seins légers, si petits, palpitants, à peine recouverts de soie blanche et transparente.

Il s'approcha d'elle et perçut son parfum. Une odeur fine, pénétrante, faite de racines d'iris de Florence, de pétales de rose, qui se mêlait à celle, plus chaude, plus suave, que dégageait la peau de la jeune fille.

Et puis brusquement, comme pris de folie, Piero s'empara de Lucrezia, l'entraîna vers le lit, et elle se retrouva étouffée, écrasée par ce corps lourd et chaud qui s'agitait sur elle. Les grosses mains malhabiles de Piero déchiraient la superbe robe de mariée, et il forçait ses genoux à s'ouvrir. Elle tenta de se débattre, mais la main puissante de Piero saisit ses cheveux, et elle sentit sa bouche humide sur la sienne, puis glisser sur ses seins... Alors elle lutta avec plus d'acharnement encore. Un refus de tout son être, un refus tel que Piero, malgré ses efforts ne put pénétrer la jeune femme. Alors il se mit à pleurer. A pleurer comme un enfant. Il demandait pardon, suppliait Lucrezia de ne plus résister, il lui jurait qu'elle serait heureuse. Epuisée par l'émotion, bouleversée par ce qui venait de se passer, Lucrezia se leva, acheva de se dévêtir, et rafraîchit son visage enflammé dans une cuvette pleine d'eau de rose. Puis, lentement, elle retourna vers la couche nuptiale et elle s'allongea entre les draps de lin blanc, doux et frais sur sa peau brûlante. Piero, effondré dans un fauteuil, pleurait et la regardait avec une expression qui rappela à Lucrezia celle d'un chien affamé à qui elle avait fait donner une jatte de soupe. D'un geste elle lui fit signe de venir la rejoindre, et lorsque, hoquetant de sanglots mal réprimés, il posa sa tête endolorie contre sa gorge, elle lui caressa doucement les cheveux... Petit à petit, Piero se calma. Mais il avait vingt-cinq ans et ses sens enflammés ne pouvaient se satisfaire de cette anodine caresse. Le désir de posséder enfin Lucrezia s'accrut, plus violent que jamais...

— S'il te plaît..., gémit-il d'une voix rauque. S'il te plaît, laisse-toi faire...

Alors Lucrezia se souvint des conversations qu'elle avait autrefois avec ses sœurs, et une réflexion de Giuseppina lui revint en mémoire. « ... Tu ouvres les jambes... et tu penses à autre chose ! » Elle ouvrit les jambes et dut serrer les dents pour ne pas hurler de douleur et d'humiliation lorsque Piero la força sans plus attendre... Ce fut long — une longue souffrance harcelante, rendue plus insupportable encore par le halètement de Piero, ses lèvres humides sur les siennes, et cette langue épaisse qui fouillait sa bouche, l'empêchait de respirer, jusqu'à lui donner des nausées... Soudain le rythme de Piero s'accéléra, puis il s'arc-bouta dans un long gémissement qu'il ne put dominer. Sa jouissance le faisait souffrir. Enfin, à bout de forces, heureux, il s'abattit sur Lucrezia. Elle était à lui. Totalement et à jamais à lui.

VII
LORENZO

QUELQUES semaines s'écoulèrent avant que Lucrezia ne prît vraiment conscience que désormais elle était Madonna Lucrezia de Médicis, et qu'elle vivrait sous le même toit que Cosimo et Contessina. Mais si elle s'entendait bien avec sa belle-mère, elle haïssait Cosimo de toute son âme... Elle savait qu'il était à l'origine de son malheur et elle ne pouvait pardonner les nuits qu'elle était obligée de passer auprès de Piero. Parfois, compatissante envers son mari, elle s'efforçait de se montrer agréable et souriante, mais Piero décelait vite la mascarade et lui faisait des scènes désolantes où la jalousie y avait la plus grande part. Il lui reprochait et l'aventure qui autrefois l'avait unie à son frère Filippo, et celle, plus profonde, qui la liait sans doute encore au comte Vernio. Ces scènes se terminaient à l'aube dans les cris et les larmes... Alors pour le faire cesser, pour arrêter ce flot de souffrance haineuse, Lucrezia s'abandonnait à des étreintes rapides, désagréables, qui se succédaient sans jamais lui apporter autre chose que lassitude et dégoût.

Incapable de dissimuler son aversion envers Cosimo, lorsque la nécessité de la cohabitation l'obligeait à se montrer courtoise, elle quittait la table sous prétexte d'un malaise, ou bien, si elle se trouvait en compagnie de Contessina et que Cosimo venait faire un brin de conversation avec sa femme, Lucrezia quittait la place sans même chercher de motifs plausibles. Cosimo s'était parfaitement rendu compte de cette aversion, mais comme il en connaissait l'origine, il ne cherchait ni à s'imposer, ni à s'expliquer, ni même à gagner sinon la sympathie de Lucrezia, du moins son respect ou son attention. Il comptait sur l'intelligence de sa belle-fille et sa fierté naturelle pour tenir son rang. Enfin, satisfait par le mariage de Lucrezia et de Piero, et espérant un héritier, Cosimo put enfin se consacrer à son frère Lorenzo qui maintenant ne quittait plus le lit.

Exsangue, squelettique, Lorenzo était à la dernière extrémité. Mais il avait été déjà si souvent aux portes de la mort que toute la famille croyait encore à un sursis. Février et mars passèrent sans apporter ni aggravation de son mal ni soulagement, et le docteur Elias, qui venait quotidiennement, dit un jour en hochant la tête, les yeux fixés sur le sol :

— Cosimo, mon fils, maintenant il faut vous attendre à voir disparaître Lorenzo.

— D'ici combien de temps?...

— Ce soir... cette nuit... demain au plus tard... A-t-il reçu la visite d'un prêtre?

— Il n'en veut pas..., dit Cosimo s'efforçant au calme. Il veut voir...

Il s'interrompit, incapable de parler davantage.

— Qui demande-t-il?

Cosimo hésita.

— ... Il aimerait voir Simonetta Datini pour qui il a eu beaucoup de tendresse, mais lorsque la fièvre est très forte, il lui arrive de réclamer sa femme, Ginevra.

— Ah!... Et pensez-vous qu'elle accepterait de venir le voir? On la dit aussi très malade. La phtisie aura raison des deux époux.

— Je demanderai à Contessina et à ma belle-fille Lucrezia d'intercéder pour Lorenzo... Peut-être Ginevra acceptera-t-elle de venir passer une heure ou deux auprès de lui?

— Alors, faites le nécessaire au plus tôt... Aujourd'hui même. Je vous l'ai dit, Cosimo. C'est désormais une question d'heures.

Cosimo raccompagna le docteur Elias jusque chez lui. Le vieux philosophe-médecin vivait dans un quartier un peu à l'écart du centre de Florence, un quartier où se regroupaient quelques familles juives, soucieuses de maintenir entre elles leurs traditions, leurs langues, leurs coutumes, ignorant résolument qu'un autre mode de vie que le leur avait cours à quelques pas de leurs demeures closes. Bien qu'il fût encore très tôt dans la matinée, à peine huit heures, de nombreuses juives, fichu sur la tête, emmitouflées de capes de laine, faisaient leur marché.

Cosimo, malgré le vent froid qui soufflait en rafales, revint à pied vers le palais Médicis. Il avait besoin de marcher, de lutter contre le vent, contre le froid. Cette lutte contre les éléments l'aidait à dominer ses larmes, à refouler ses sanglots. Il pensait à son frère, à leur enfance... La vie de Lorenzo avait jeté une lumière éclatante et éphémère dans la famille Médicis. Jamais Lorenzo ne s'était opposé à Cosimo dans la façon dont celui-ci dirigeait la maison Médicis. Même quand cela allait contre tout ce qu'il aimait, ce qu'il croyait... « C'était un homme de bien et de bonté... plus soucieux d'autrui que de lui-même... », pensa Cosimo. Puis soudain il se rendit compte qu'il parlait de son frère au passé, comme s'il était déjà mort. Alors il éprouva un moment de souffrance intense, comme si effectivement Lorenzo n'était plus. Des larmes perlèrent à ses yeux et les rares passants qui par une nécessité impérieuse se trouvaient dans les rues, et qui reconnaissaient Cosimo de Médicis, furent stupéfaits de le voir sangloter comme un enfant, accoudé sur le mur qui bordait le fleuve. Il resta là prostré, incapable de bouger.

C'est Contessina qui l'accueillit lorsque enfin deux heures plus tard, il pénétra dans le hall du palais Médicis.

— ... Lorenzo est mort..., dit-elle à voix basse, les yeux remplis de larmes. Il s'est éteint il y a une heure à peine...

Cosimo resta sur place, sans voix. Son frère était mort. Ces mots étaient dépourvus de signification. La mort était une chose hideuse qui ne pouvait avoir eu raison de cet être doux et bienveillant qu'avait été Lorenzo, incapable même d'imaginer que le mal pouvait exister. « Personne ne le comprenait..., pensa Cosimo. Personne, et moi, moins que quiconque... » Le remords l'envahissait. Il avait entraîné Lorenzo vers un but que celui-ci n'avait jamais ni accepté ni compris... Cosimo avait été trop avide, trop possessif pour comprendre la souffrance de Lorenzo. Contessina dévisagea son époux. Elle comprenait si bien ce qui se passait sous ce front ridé.

— Lorenzo est mort en te bénissant..., dit-elle en pleurant. Il n'a jamais douté de toi...

Toujours immobile Cosimo parut ne pas comprendre.

— ... Il est mort sans moi..., dit-il enfin, hébété.

Avec Lorenzo c'était toute sa jeunesse qui disparaissait à jamais.

— Il est mort sans moi..., répéta-t-il à plusieurs reprises, en proie au désespoir.

Dans la chambre mortuaire, l'arrivée de Cosimo troubla à peine les femmes qui procédaient déjà à la toilette du mort. Auprès du lit, le fils de Lorenzo, le jeune Pierfrancesco, sanglotait. Lucrezia, Piero, Nannina et Giulietta étaient là, les yeux rougis par les larmes. « Qu'ils pleurent..., pensa Cosimo, qu'ils pleurent... Moi je ne le peux pas... » Il en voulait à Lorenzo d'être parti. Il s'approcha de la fenêtre. La matinée était maintenant très avancée. C'était une belle journée froide et venteuse. Dans la rue, des chevaux allaient d'un pas lent, tirant des charrettes surchargées de sacs de farine, de bois, ou de diverses denrées, leurs sabots glissant parfois sur les pavés inégaux. Des hommes se querellaient avec violence, une buée de vapeur sortant de leur bouche à chacune de leurs paroles... D'autres les regardaient, moqueurs, et riaient de leurs obscénités. Des femmes, traînant des enfants avec elles, papotaient, marchant vite pour lutter contre le froid et le vent. Elles étaient gaies, vivantes et animées. Leurs paroles parvenaient jusqu'à Cosimo qui les percevait sans en comprendre le sens. Et le soleil, froid, le soleil éclatant de ce midi de fin d'hiver éclaboussait de lumière ces êtres faits de sang, de chaleur, de haine et d'amour... ces êtres promis à la mort et qui ne voulaient pas le savoir. Toute la vie bouillonnait, là, devant lui, toute la vie, inutile et superbe, donnée à profusion, faite pour la joie et l'amour, et pourtant consacrée à tant d'imbécillités que l'on pouvait se demander si l'homme vraiment était à l'image de Dieu. Lorenzo avait été arraché à la beauté des choses. Plus jamais, plus jamais Cosimo n'entendrait le rire léger de son frère, plus jamais il ne le verrait marcher à grands pas dans la rue animée, se réjouir de la splendeur d'un coucher de soleil, s'amuser du rire des enfants, écouter la voix d'un pâtre menant ses brebis, là-bas sur les collines bleutées qui cernaient Florence... Plus jamais. Plus jamais les passants ne l'aborderaient avec un « Bonne journée, Messer Lorenzo, que Dieu vous protège... »

« Bonne journée, Lorenzo... que Dieu te protège. » Alors

seulement Cosimo éclata en pleurs. Il pleurait à gros sanglots pressés, comme un enfant que rien jamais ne viendra consoler.

Plusieurs semaines après la mort de Lorenzo, vers la fin du mois d'avril 1440, quand le testament de celui-ci fut ouvert, Cosimo découvrit avec soulagement qu'il héritait de tout. A part quelques legs assez conséquents pour l'hôpital des Innocents qui, d'ailleurs, appartenait à la famille Médicis, et en faveur de quelques familles nécessiteuses que Lorenzo recommandait aux bons soins de Cosimo, tout revenait à son aîné. A charge pour lui d'élever son neveu Pierfrancesco et d'en faire un Médicis digne de ce nom, et plus tard si cela lui paraissait opportun, de lui restituer la totalité de ses biens, si Pierfrancesco désirait se retirer de la Compagnie bancaire ou des autres compagnies médicéennes. A la fortune de Lorenzo s'ajoutait celle de sa femme Ginevra Cavalcanti, morte de tuberculose huit jours après son époux. Fortune dont leur fils Pierfrancesco héritait et qui tomba tout naturellement sous la coupe de Cosimo, tuteur légal de son neveu. Ginevra avait apporté en dot les mines de Volterra, et par une curieuse ironie du sort, ces mines, que voulait garder jalousement le marquis Cavalcanti, revenaient aux Médicis. Le plus étrange était que conformément à sa dernière volonté, Ginevra fût enterrée aux côtés de ce Lorenzo qu'elle n'avait jamais compris, ni même aimé. Du moins était-ce l'avis général, surtout pour ceux qui avaient été les témoins des scènes violentes qui autrefois avaient déchiré le couple. Aussi, tous furent surpris par cette dernière requête, et nul ne put apporter le moindre éclaircissement à cela.

Cosimo était satisfait. Tout ce qui auparavant était au marquis Cavalcanti était désormais à lui. Les nouvelles mines de fer, d'alun, de soufre, de charbon, les bois, les manufactures d'armes blanches de Lucques qu'il allait pouvoir développer à sa guise. Certes Lucques n'appartenait pas encore à Florence, mais les nouvelles industries d'armes étaient entièrement financées par les Médicis, et Lucques ne pourrait résister plus longtemps à la mainmise de Cosimo. Lorsque le moment serait venu de rendre des comptes, il ne manquerait pas un florin, pas un ducat à son neveu qu'il chérissait comme un fils. Mais il savait que Pierfrancesco resterait avec lui. Il savait que son neveu avait hérité des

Médicis le goût du pouvoir et de la richesse. Parfois même, Cosimo pensait que Pierfrancesco était un meilleur « héritier » que Piero, toujours malade et de plus en plus sourd et aveugle à ce qui n'était pas Lucrezia, ou même meilleur héritier que Giovanni qui, lui, bien que brillant, intelligent, beau et en bonne santé, entendait jouir de la vie et de ses amours toujours interdites avec la Signorina Ginevra des Albizzi. « Toujours les mêmes histoires qui recommencent ! toujours, éternellement... Mais pourquoi ne font-ils pas comme moi ? pensait-il avec une outrecuidante mauvaise foi. Pierfrancesco, lui ne se laissera danser sur la tête par aucune femelle, eût-elle le diable sous ses jupes... Ah ! si mon fils pouvait ressembler à son cousin ! » Il lui suffisait d'observer le visage du jeune garçon. Ce visage au front têtu, au regard obstiné, point dépourvu de beauté. Pierfrancesco avait déjà demandé à Cosimo de lui chercher une épouse qui lui convînt. Cosimo avait en vue l'héritière, unique et fort jolie, de la famille Acciaioli, la petite Laudonia, qui bien qu'âgée de douze ans seulement passait pour une petite personne fort réfléchie, et qui ne disait pas non à ce projet d'union. « Cela nous changera de cette péronnelle de Lucrezia Tornabuoni », songeait Cosimo toujours irrité lorsqu'il pensait à sa belle-fille. Il allait s'occuper du mariage de son neveu. Il savait qu'il n'y aurait jamais de drames ni de règlements de comptes de ce côté-là. Bizarrement il retrouvait davantage de lui-même chez le fils de son frère que chez ses propres enfants. Son neveu avait hérité du physique de Lorenzo, mais de sa force et de sa pugnacité à lui, Cosimo. Pierfrancesco, qui vivait en permanence dans le palais Médicis qu'il considérait à juste titre comme sa maison, au même titre que Piero, Giovanni, Nannina ou Giulietta, marcherait toujours avec son oncle.

Cosimo connut un moment de griserie. Il était désormais l'homme le plus riche de Florence, l'homme le plus puissant de tout le nord de l'Italie, l'homme que les rois et les princes du monde entier allaient serrer sur leur cœur et traiter en frère, en père, en ami... « Si je n'étais pas marié et fou amoureux de ma Contessina, du diable si l'on ne me proposerait pas une princesse royale comme épouse ou comme maîtresse !... Tout ! je peux tout ! Je suis l'homme du destin... Je suis le destin !... »

Cette euphorie dura quelques jours. Sa peine était sincère, mais son sens pratique et son goût du pouvoir dominaient tout autre sentiment. Des perspectives séduisantes se dessinaient à l'horizon. L'Espagne, l'Aragon, le sud de l'Italie d'abord, ensuite l'Angleterre et la France toujours en guerre (et si Dieu le voulait, cela pouvait durer encore plusieurs décennies), puis l'Allemagne, les Sudètes, jusqu'à la lointaine Russie, et puis les Turcs... Oui, même les Turcs musulmans auraient besoin de ces nouveaux canons fabriqués à Florence, à Lucques, à Milan... ces nouveaux canons qui pouvaient désormais lancer des boulets de plus de mille livres jusqu'à dix brasses — progrès magnifiques sur les anciennes lombardes dont le pouvoir était infiniment moins destructeur. Ses négociateurs allaient expliquer à travers toute l'Europe les avantages des nouveaux canons, et les commandes ne se feraient pas attendre. Cosimo reçut du pape Eugène IV un mot qu'il lisait et relisait souvent : « ... Tu es l'arbitre de la paix, de la guerre et des lois. De la royauté, il ne te manque que le nom... »

Cela, Cosimo le savait depuis longtemps. Il était un roi sans titre, sans royaume... Mais un roi incontesté, et que nul, roi ou prince légitime de n'importe quel royaume, n'affronterait et ne destituerait jamais. C'était lui, Cosimo de Médicis, qui par son pouvoir occulte achetait, vendait, instaurait ou maintenait en place tous ces rois, tous ces princes, tous ces prélats qui venaient lui quémander avec des courbettes la seule denrée dont ils eussent besoin. Des florins. Ces merveilleux florins d'or que Cosimo de Médicis fabriquait à foison.

VIII
MATERNITÉ

Huit mois après ses noces, Lucrezia mit au monde la petite Maria, tout de suite rejetée par son père putatif, mais adorée par sa mère, et bizarrement par son « grand-père » Cosimo, qui feignit toujours ignorer l'illégitimité plus que probable de l'enfant. Seule Contessina, subodorant une naissance pour le moins douteuse, mit quelque temps à accepter le bébé.

Dès qu'elle sentit l'enfant peser sur son sein, toute fripée et criant de tout son cœur, Lucrezia fut submergée par un immense flot de tendresse pour ce petit être si fragile, encore relié à elle par ce cordon ombilical que les matrones étaient en train de couper. « Ma petite... à moi... », pensa-t-elle étonnée de la puissance de cette émotion nouvelle. Du sang tiède coulait encore sur ses jambes, mais elle ne souffrait plus. Molle, heureuse, elle se laissait soigner, laver, changer par les matrones, envahie par une paix indicible, et le sentiment que désormais rien jamais ne pourrait l'effrayer.

Lucrezia aurait aimé donner le nom de Giuseppina à sa petite fille, mais Selvaggia la supplia de n'en rien faire :

— Il n'y a eu qu'une Giuseppina... il ne peut y en avoir deux... Chaque fois que tu appelleras ta fille, je croirai voir ta pauvre sœur... Il ne faut pas donner le nom d'une morte à un enfant vivant ! C'est cruel pour elle, ton enfant a besoin d'un nom qui soit le sien.

Lucrezia céda, et c'est ainsi qu'elle se décida à nommer sa fille Maria.

Maria naquit en août 1440. Et l'année suivante, juste au moment où Francesco Sforza célébrait enfin ses noces avec Bianca Maria Visconti, Lucrezia fit une fausse couche qui faillit lui coûter la vie. Nul ne soupçonna que cette fausse couche avait été provoquée par Piero qui, ivre de jalousie et de vin, l'avait menacée d'une bûche. Affolée, enceinte de six mois, Lucrezia était tombée de son lit.

L'enfant mort en venant au monde était une petite fille. Messer Pagolo, l'astrologue-médecin qui désormais présidait aux destinées de la famille Médicis, conseilla à Piero de ne pas avoir d'autre enfant avant une année révolue. Il fallut au moins trois mois à Messer Pagolo et au vieux docteur Elias pour déclarer la jeune femme sauve, et donner permission à son époux, qui les harcelait de suppliques, de reprendre une vie conjugale normale.

— Votre cher époux pourra reprendre sa place auprès de vous ce soir même, mon enfant..., dit le docteur Elias avec un bon sourire qui plissait toute sa figure. Mais pas d'enfant avant au moins un an !... Je vais avoir une petite conversation avec lui, ajouta-t-il.

Lucrezia s'agrippa à la vieille main ridée qui la recouvrait avec délicatesse.

— Oh ! je vous en prie, Messer Elias... je vous en prie... dites à Piero... à mon mari... que... que je suis encore malade... Encore un mois... juste un mois !... supplia-t-elle.

Messers Elias et Pagolo échangèrent un regard surpris et peiné. Comment une jeune femme aussi saine et robuste que Lucrezia pouvait-elle songer, ne fût-ce qu'un instant, à se soustraire à ses devoirs conjugaux ? Pourtant quelque chose dans les yeux de Lucrezia fit fléchir les deux hommes.

— C'est bon ! bougonna l'astrologue. Je dirai à votre époux que vous ne serez en mesure de le recevoir que d'ici huit semaines...

La jeune femme ferma les yeux et un léger sourire vint affleurer ses lèvres.

Lentement Lucrezia se remit. Elle avait beaucoup maigri, si bien qu'elle paraissait aussi juvénile et délicate que deux années plus tôt, au moment de son mariage.

Bien que très entourée, et malgré les visites fréquentes de Selvaggia ou de Bianca, elle se sentait très solitaire. Un dimanche, peu avant Noël, alors que le ciel gris et plombé annonçait la pluie, elle était assise dans sa chambre, songeant au comte Vernio qu'elle n'avait pas revu depuis deux ans. Elle songeait à lui comme elle le faisait nuit et jour.

Elle était tranquille auprès du feu, les pieds dans une chancelière de fourrure, un livre ouvert sur les genoux, les yeux fixés sur les flammes dansantes, lorsqu'une servante affolée ouvrit la porte et dit d'une voix hachée par l'émotion :

— Madonna... il y a un... Le comte Vernio est ici, Madonna, et il demande à être reçu... Mais il n'y a personne au palais, Madonna...

La petite servante n'acheva pas sa phrase. Le comte Vernio de Bardi était derrière elle et entra dans la chambre.

Lucrezia s'était levée, hébétée.

— ... Je pensais à vous..., dit-elle simplement.

Puis elle fit signe à la servante de se retirer. Un peu hésitante, la jeune domestique s'exécuta, et referma la porte sur elle.

— ... Je pensais à vous..., répéta Lucrezia d'une voix lointaine.

Et puis, soudain, elle réalisa ce qu'elle disait, s'affola, se précipita vers la porte qu'elle ouvrit avec violence.

— Sortez !... Sortez immédiatement...

Le comte Vernio s'avança vers elle et la regarda attentivement. « ... Elle a changé... Comme elle a changé..., pensa-t-il le cœur serré. Deux années ont passé... »

— Eh bien, Lucrezia..., dit-il. En voilà une manière de recevoir un voyageur ! Ma première visite a été pour vous et vous me jetez à la porte ?

— Vous n'auriez jamais dû monter jusque chez moi ! Il n'y a personne pour vous recevoir ici ! Mes beaux-parents Médicis et Piero seront là dans un instant...

Partagée entre une joie terrible, une joie sauvage qui balayait des mois de tristesse, d'attente, de colère, de désespoir et de rancune, dans son affolement elle disait n'importe quoi... Malgré elle ses mains se tendaient vers le comte Vernio, et son regard ne se détachait plus du visage dont le souvenir la hantait depuis tant d'années.

— Pourquoi me mentez-vous, Lucrezia ? Toute votre famille

participe à une chasse à courre à Careggi et personne ne rentrera avant trois ou quatre jours. Vous avez oublié ce qu'est une chasse à courre ?

Et comme elle restait immobile, bouche bée, cherchant à reprendre sa respiration, il poursuivit :

— Asseyez-vous, Lucrezia, je vais partir très vite, je vous le promets...

Elle baissa les yeux et se dirigea vers la chaise qu'elle occupait quelques instants auparavant.

— Pourquoi êtes-vous venu me voir ?... Pourquoi rester avec moi en ce moment ?... Ne craignez-vous pas de vous compromettre ? (Elle ne criait plus. Sa voix était infiniment lasse et triste.) Partez immédiatement. Je ne veux plus vous voir !

Elle se laissa tomber sur sa chaise, et cacha son visage entre ses mains...

Le comte Vernio se pencha vers elle.

— Pourquoi me détester ainsi ? Lucrezia, regardez-moi... Pourquoi ? Parce que j'ose vous aimer ?

Elle s'était entièrement ressaisie et c'est avec une violence incontrôlée qu'elle s'écria durement :

— Non... c'est parce que vous n'avez pas osé m'aimer !

Le comte Vernio redressa la tête, se leva et fit un pas vers elle. Lucrezia le dévisageait avec une telle intensité qu'il sut à cet instant qu'elle l'aimait encore, que quoi qu'il eût fait ou dit, la jeune femme lui était donnée pour toujours.

— Je vois, dit-il avec douceur. Votre père vous a parlé...

Alors un flot de paroles submergea le comte Vernio. Lucrezia parlait, criait, ses mots étaient entrecoupés de sanglots secs :

— Pourquoi avez-vous agi ainsi envers moi ? Pourquoi m'avez-vous fait tant de mal ? Tous ces mois, toutes ces années où j'aurais pu vous oublier... Mais vous êtes venu me voir au couvent... Vous m'avez dit... dois-je vous rappeler vos paroles ? Vous paraissiez tenir à moi... Mais vous avez eu peur... Peur ! Je pourrais en rire si je n'avais été aussi malheureuse... Vous avez eu peur de la misère, de poursuites, voire de la prison ou de la mort... Je risquais ma vie autant que vous-même, comte Vernio !... Autant ? Peut-être plus ! Et pourtant j'étais prête à vous suivre où vous vouliez, quand vous vouliez... n'importe où, n'importe quand !... Je n'avais pas peur. J'étais prête à tenir tête au monde entier pour vous... Etes-vous plus heureux maintenant, comte Vernio? Vous avez épousé un gros sac d'or... Cela vous tient-il chaud au lit? Cela vous remplit-il les bras?...

Elle sanglotait maintenant, en se tordant les mains de désespoir et de jalousie.

— Vous avez été lâche..., reprit-elle, haletante. Vous avez été lâche et avide... Et parce que vous avez été tout cela, j'ai gaspillé des années à vous attendre... J'ai tout perdu... tout... Comprenez-vous? Tout est mort en moi. Je ne sais plus ce qu'est rire et s'amuser... je ne sais plus... Et Maria... Maria...

Mais elle ne put achever. Elle donnait maintenant libre cours à cette souffrance accumulée depuis tant de mois. Eperdue de douleur, elle pleurait sans retenue.

Le comte Vernio l'observait sans un mouvement.

— Je ne peux rien dire pour ma défense, articula-t-il enfin. Que pourrais-je dire? C'est vrai, j'ai épousé Franca Martelli parce qu'elle était riche. Je l'ai épousée parce que je l'avais compromise... Je l'ai épousée parce que votre père avait refusé de vous donner à moi... Je l'ai épousée... parce qu'il n'y avait aucune autre solution, ni pour vous ni pour moi... ni pour elle.

— C'est faux! interrompit-elle avec violence. Mon père avait accepté notre mariage... Il me l'avait promis. Si vous m'acceptiez sans dot!... Mais vous avez refusé, comte Vernio!

Lucrezia ne put continuer et détourna la tête. Le comte Vernio blêmit et chancela sous le coup.

— C'est cela qu'il vous a dit?... Est-ce vraiment cela qu'il vous a dit?

— Oui, fit-elle d'une voix basse. Oseriez-vous insinuer qu'il a menti?

Mais avant même qu'elle eût achevé sa phrase, elle sut que son père l'avait trompée. Que tout était faux... Mais sa rancune demeurait. Pourquoi le comte Vernio avait-il épousé Franca? Pourquoi ne lui avait-il pas proposé de s'enfuir avec lui?

— Le goût de l'argent et du pouvoir peut conduire un homme à de bien singulières décisions, dit lentement le comte Vernio. Il n'a pas été question de dot dans la conversation que j'ai eue avec votre père. Il faut me croire, Lucrezia!... S'il m'avait opposé un tel argument lorsque j'ai demandé votre main, j'aurais passé outre... et j'aurais eu tort...

Anéantie, Lucrezia le dévorait des yeux. Son humiliation était à son comble.

— Que... que voulez-vous dire ? murmura-t-elle.

— Je vous aimais assez pour vous épouser sans dot... et nous aurions été malheureux. Affreusement malheureux. Pensez-vous que j'eusse supporté un instant de vous voir ravalée au rang d'une femme besogneuse ? Pensez-vous que j'eusse supporté de courir de par le monde, fuyant jour après jour, semaine après semaine la juste vengeance de votre famille ?... Pensez-vous que de vous savoir prisonnière d'un couvent était fait pour m'encourager à un acte que j'abomine ? Arracher une jeune fille à sa famille... N'est-ce pas assez de la déshonorer ? Et puis, hors de toute considération morale, pensez-vous que c'eût été une preuve d'amour de ma part que de vous ruiner ? Car ne vous y trompez pas, Lucrezia ! Je n'avais personnellement aucune fortune. Vous déshéritée, de quoi aurions-nous vécu ? Comment ? Vous imaginez-vous que j'aurais pu diriger une compagnie de soldats ? Avec quel argent aurais-je pu l'acheter ?... Et pour être un bon condottiere, il faut des qualités que je n'ai pas. Je hais la guerre, Lucrezia, je hais la violence... En vérité, que puis-je vous dire maintenant pour vous plaire, qui ne soit un mensonge ?

Lucrezia avait cessé de sangloter.

— Rien, murmura-t-elle. Ne dites rien... Je souffre plus que vous ne pouvez l'imaginer. Non, ne dites rien... Que pouvez-vous dire qui ne soit pour moi une autre source d'humiliation et de douleur ? Ne dites rien...

Elle se tut, puis soudain s'agrippant à lui, elle reprit d'un ton suppliant :

— Rien ! si ce n'est de répondre à cette question... Maintenant... maintenant qu'allez-vous faire de nous ? Allons-nous partir ensemble ? M'aimeriez-vous assez pour partir avec moi dans un autre pays ? En France par exemple ? en Avignon ? ou à Paris ?... le feriez-vous, Vernio ?

Elle le regardait avec un espoir presque forcené. Il fallait qu'il mente. Qu'il dise n'importe quoi qui pût lui rendre sa force et son courage. S'il lui disait : « Partons ensemble... Ce soir je vous enlève... », elle ferait semblant de le croire et pourrait reprendre pied. Elle regarderait Piero avec d'autres yeux.

— Voulez-vous que je vous mente, Lucrezia ?... Voulez-vous

que je vous dise une chose que je ne ferai jamais ? Est-ce vraiment cela que vous attendez de moi ? Il faut que vous le sachiez, Lucrezia. Il ne peut rien exister entre nous, si ce n'est le désespoir, la honte... Oui voilà la seule perspective que je peux vous proposer ! Le malheur, la tristesse, la honte...

Il répéta ce dernier mot plusieurs fois, comme pour bien faire comprendre à Lucrezia ce qui arriverait si jamais elle passait outre, si jamais elle se précipitait dans ses bras. Car lui savait qu'il ne résisterait pas à cette bouche, à ce visage.

— Vous êtes toute ma vie, Lucrezia... Toute ma vie... Mais je n'ai rien à vous offrir que la honte et le désespoir...

Il parlait calmement, presque avec indifférence, et cependant il savait qu'il jouait sa vie en cet instant. Il n'osait penser plus loin, espérant contre tout espoir. « ... Dieu ! si elle me repousse... »

Mais elle ne le repoussa pas. Elle l'avait choisi depuis toujours, et ce choix elle l'avait fait chaque jour durant les mois passés au couvent. Amour insensé qui lui faisait trahir la parole donnée à Piero, qui faisait d'elle une femme désormais traître, infidèle et parjure. Elle savait qu'elle préférait le péché, qu'elle choisirait l'enfer pourvu qu'au bout de ce choix il y eût Vernio, les bras de son amant autour de ses reins, son souffle rauque contre ses seins. Elle le retenait entre ses cuisses, sur son ventre avec toute la puissance de son amour. Vernio... Vernio... Dès qu'elle avait pris conscience de cet amour il y avait longtemps déjà, sa vie était devenue comme un fleuve rapide qui franchissait allégrement tous les barrages. Où la conduisait ce torrent impétueux elle n'en savait rien, ne voulait pas le savoir. En cet instant, la seule réalité était Vernio, Vernio qui l'embrassait avec un léger sanglot dans la gorge, qui la serrait contre lui en disant des mots incohérents, où elle décelait pourtant, parfois, « ... pardonne... pardonne... » et « je t'aime ».

Lorsque Franca Martelli de Bardi attendit son second enfant, elle sut par une vague relation que Vernio avait revu Lucrezia. Mais elle était une femme trop intelligente et trop raisonnable pour manifester sa jalousie, et surtout sa douleur. L'image de Vernio étreignant Lucrezia lui fut intolérable. Elle aimait profondément son époux, mais elle savait qu'il ne l'avait épousée que contraint et forcé. Andrea Martelli avait obtenu l'agrandissement de ses manufactures d'armements d'où un enrichissement considérable. Cosimo de Médicis et Francesco Tornabuoni avaient obtenu le mariage de leurs enfants, d'où une extension encore plus considérable des banques Médicis en Europe, et une association extrêmement fructueuse avec Andrea Martelli. Et elle, Franca, parce qu'elle l'aimait depuis tant d'années, parce que c'était lui qu'elle voulait comme époux, et nul autre, avait obtenu le comte Vernio de Bardi. Elle avait souhaité, désespérément souhaité gagner son amour. « Peut-être aimait-il trop profondément Lucrezia pour se détourner d'elle ? pensait-elle amèrement. Et elle ? » Pour la première fois de sa vie, la jolie Franca, si gaie, si courtisée, si gâtée par l'existence, pensa à quelqu'un d'autre qu'elle. Elle évoquait Lucrezia avec haine, et aussi avec beaucoup d'étonnement : « Je sais qu'elle l'aimait au point de provoquer un scandale, et l'enfant, la petite Maria, est bien de Vernio. Tout le monde le dit... S'ils se sont revus... » Et aussitôt, les images se succédaient dans sa tête enfiévrée. Lucrezia dans les bras de Vernio... « Ô ! Dieu..., gémissait Franca. Faites qu'ils ne se revoient jamais... »

Elle savait que si liaison il y avait entre Lucrezia et Vernio, cette liaison avait commencé bien avant son mariage et qu'elle ne parviendrait à la faire cesser, si jamais elle y parvenait un jour, qu'au prix d'un effort incessant. Elle se sentait prête à tous les combats, et l'enfant qu'elle portait, qui s'agitait dans son ventre, n'était jamais que l'un des éléments de ce combat.

« ... Je gagnerai, Lucrezia ! Je gagnerai !... Dussé-je mettre douze enfants au monde ! » se dit-elle avec une haine d'autant plus virulente qu'elle se dissimulait sous un sourire radieux. Et c'est avec ce sourire qu'elle accueillit le comte Vernio qui vint frapper à la porte de sa chambre. Il avait l'air profondément contrarié.

— Je dois partir à Venise avec ton père, pour y surveiller l'implantation d'une nouvelle manufacture de bombardes. Je serai absent quelques mois, deux ans peut-être. Penses-tu être en état de m'accompagner ? Nous devons être prêts à partir d'ici une quinzaine de jours...

Le sourire de Franca s'accentua.

— Mais bien sûr ! s'écria-t-elle tout heureuse. Est-ce Cosimo de Médicis qui t'envoie là-bas ?

— Oui. Il veut que je sois à Venise dès le mois prochain. Lui ne peut venir avec moi. Sa belle-mère, la vieille Adriana de Bardi, est morte et Contessina est hors d'état de voyager ou d'être seule... Comme cela me contrarie ! Voilà un voyage qui dérange tous mes plans ! Mais bien sûr, quelqu'un doit surveiller les travaux ! Pourquoi diable est-ce moi ?... Ce Giovanni de Médicis, tout de même... quel bon à rien...

Longtemps le comte Vernio se laissa aller à sa colère. Deux ans sans voir Lucrezia ! Déjà dans son esprit il s'organisait. Qui donc l'empêcherait de faire quelques escapades secrètes ?... Franca suivait sur le visage de son époux le déroulement de ses pensées, et lorsqu'elle vit l'expression de Vernio se détendre, soudain, en un éclair, elle eut l'intuition, puis la certitude que Cosimo était parfaitement au courant de la liaison de sa belle-fille et de Vernio et qu'il s'ingéniait par tous les moyens à séparer le couple. Cette certitude ne reposait sur rien de précis, mais elle rendit à Franca sa belle confiance en elle. Et, sous l'œil surpris de Vernio, elle se mit à fredonner une ritournelle à la mode. Avec un allié comme Cosimo, elle était sûre de gagner la partie.

Piero, de plus en plus malade, en était réduit à passer ses journées à demi allongé, se consolant de ses déboires conjugaux en mangeant force pâtisseries et chocolats, et en buvant beaucoup de vin fort et sucré. Il ne vivait qu'en fonction de la nuit qu'il allait passer aux côtés de Lucrezia. Jamais rassasié par la présence de sa femme, toujours inquiet dès lors qu'elle échappait à sa vigilance. Violent, hargneux, il se répandait en reproches au moindre retard. Qu'un de leurs amis bavardât avec Lucrezia au-delà des quelques minutes qu'autorisait la bienséance, et aussitôt Piero éclatait en scènes atroces, qui parfois allaient jusqu'aux coups. Il n'était pas rare qu'il interrompît une séance de travail, quelles que fussent les personnalités présentes, pour aller surveiller les faits et gestes de Lucrezia. Si par hasard la jeune femme était sortie sans préciser ni l'heure exacte de son retour ni l'endroit où elle s'était rendue, alors il plantait là la réunion et tournait dans le palais Médicis, en proie à une colère grandissante de jalousie meurtrière... Secrètement, il envoyait coursier sur coursier pour se renseigner des faits et gestes du comte Vernio qui paraissait s'accommoder de son mariage. Deux fils lui étaient nés, et on le disait toujours aussi coureur.

Lorsque Piero apprit le retour à Florence du comte Vernio, il se mit à épier Lucrezia du matin au soir, la suivant comme son ombre, guettant les moindres mouvements de sa physionomie, renvoyant les servantes qu'il soupçonnait de complicité... Lucrezia opposait à tout cela un front serein et un sourire légèrement teinté d'ironie... Elle avait revu le comte Vernio et elle le reverrait encore. Quand ? Elle ne le savait pas. Où ? Elle ne le savait pas davantage. Mais elle savait qu'elle le reverrait, que nul ne pourrait jamais les empêcher, lui et elle, de se retrouver.

Le comte Vernio vivait avec sa femme et ses enfants dans une fort jolie maison située non loin du palais Médicis, et rien ne pouvait empêcher qu'il rencontrât Lucrezia dans la via Larga, au hasard d'une promenade. Comme rien ne pouvait non plus s'opposer à ce qu'il reprît ses visites, ni à ce qu'il fût invité aux multiples réceptions qui se succédaient.

Cosimo avait beau s'indigner des agissements de folie rageuse de son fils, rien n'y faisait. La passion de Piero était sa raison d'être, son idée fixe, et elle le détruisait. Il ne ressemblait plus au jeune garçon un peu lourd, plutôt laid mais si sympathique avec sa bonté, son amour de la vie, de l'art et de l'amitié, il ne restait rien de ce qui autrefois avait fait son charme. Cette « maladie d'amour » ne laissait pas d'inquiéter Cosimo et Contessina.

— ... Il me fait penser à mon pauvre frère Lorenzo. Comme lui, il y a cette faim insatiable, cette incapacité de penser à autre chose, à se concentrer sur autre chose que sur la femme aimée. Il n'y a que malheur et destruction dans ce cas..., disait Cosimo attristé.

Un mois après que la petite Maria, qui promettait d'être ravissante, eut fêté son cinquième anniversaire, Lucrezia accoucha, en septembre 1445, d'une petite Bianca. Puis, en 1446, alors que tout Florence prenait le deuil pour célébrer dignement la mort de l'architecte Brunelleschi, elle fit une fausse couche, avant de mettre au monde une petite Nannina en février 1447.

Le temps était exceptionnellement beau cette année-là. Certaines journées offraient une douceur printanière, et comme à l'accoutumée, les Florentins profitaient du moindre rayon de soleil pour envahir les rues, les places afin d'y discuter tout à leur aise. Ce peuple de Florence, éloquent, subtil, infiniment sociable, et travailleur comme peu de peuples au monde, profitait des moindres prétextes pour poser là l'outil, le livre de comptes, ou le marchandage avec une pratique, pour s'offrir quelques instants de sa distraction favorite, le bavardage. Quand il faisait beau, comme en ces jours de fin d'hiver, et qu'il était si agréable de respirer l'air vif qui descendait des collines, les Florentins se réunissaient nonchalamment sur le Mercato Vecchio, puis certains allaient colporter ce qu'ils avaient appris vers ceux qui se tenaient sur le Mercato Nuovo et, de là, tous se réunissaient sur la piazza de Santa Maria del Fiore... Alors ils s'adossaient contre les murs, et bavardaient interminablement. Après avoir fait un rapide tour des questions essentielles, affaires et politique, le centre de leurs conversations était, bien sûr Cosimo de Médicis qu'ils adoraient positivement, et Lucrezia de Médicis, l'épouse de Piero, pour laquelle ils éprouvaient des sentiments contradictoires, et que l'on avait vue sur le Ponte Vecchio bavardant avec le comte Vernio. Comme elle était avec ses enfants, nul ne pouvait trouver à redire à cette rencontre. « ... Mais avouez, mon ami, lançait une voix perfide, que le hasard fait bien les choses !... Cela fait au moins la troisième fois que je les croise tous les deux ! »

Cependant les Florentines aimaient et admiraient la jeune épouse Médicis. Lucrezia leur ouvrait une porte. Elles ne savaient pas vers quoi ni vers où cette porte s'ouvrait, mais indéniablement un autre mode de vie existait que celui imposé par la société mâle de la libre République.

Cosimo était fou de ses petites-filles. Il leur manifestait une tendresse passionnée qui stupéfiait et amusait son entourage. Bien qu'à chaque naissance, à l'annonce d' « une fille », Cosimo avait manifesté un désappointement très vif :

— Encore une fille !... Je l'aurais parié... Vraiment, cette petite Lucrezia... Je savais bien que d'une manière ou d'une autre, elle me rendrait enragé !... Des filles ! encore des filles !... Et un fils alors ? Jamais un fils ?...

Alors le cercle familial feignait une indignation dont personne n'était dupe, et ces scènes, ces cris arrachaient un sourire à Lucrezia, qui lentement se rapprochait de son beau-père dont elle ne pouvait se dissimuler plus longtemps les extraordinaires qualités. Un jour elle osa même penser : « Le seul grand titre de gloire de Vernio, c'est le nombre de femmes qu'il a couchées sous lui... Mon beau-père, c'est un empire qu'il va bâtir... »

Parfois sa pensée l'entraînait beaucoup plus loin. A vivre au côté de Cosimo elle se forgea une théorie sur les hommes, théorie dont elle discutait volontiers avec Bianca lorsque sa sœur venait.

Peu de temps après la naissance de Nannina, alors que Lucrezia était encore au lit à peine remise de ses couches, Bianca vint la voir. Onze ans de mariage et quatre maternités (uniquement des fils) l'avaient laissée intouchée. On pouvait se demander par quel miracle cette jeune femme fragile avait pu conserver cet air évanescent, ce visage si pur, si parfaitement dessiné que de nombreux élèves du célèbre Donatello lui demandaient de poser pour eux. Ses quatre garçons (objet de la jalousie non dissimulée de Cosimo qui recommandait journellement à Lucrezia de prendre exemple sur sa sœur) la laissaient perplexe. Elle n'aimait pas ses enfants, et cependant son sens du devoir était tel qu'elle se fût jetée au feu pour eux. Mais ils ressemblaient trop à son époux qu'elle avait en horreur pour qu'elle pût s'attacher à sa descendance.

Après qu'ils eurent embrassé leur tante du bout des lèvres, les quatre garçons, Leone, Niccolo, Francesco Maria et Giuseppe demandèrent la permission d'aller jouer avec leur cousine Maria, considérée, quoique fille, comme assez grande pour participer à leurs jeux. Dès qu'ils eurent disparu, Bianca se répandit en propos amers sur son mari !

— Tu vois, si Luigi tombait raide mort en mon absence, je ne dis pas que cela me réjouirait... je ne suis pas méchante... Mais honnêtement, j'éprouverais un tel soulagement que je rendrais grâce aux dieux de m'avoir délivrée de cet homme... Si encore il se réservait pour ses maîtresses ! Mais non ! je suis obligée d'y passer moi aussi...

— Je ne suis pas mieux lotie que toi, va ! Piero m'est hélas fidèle... ô combien ! et je ne peux me soustraire à son amour... Sais-tu ? Je bénis mes accouchements qui me permettent de dormir tranquille.

Bianca rêva une seconde avant de lancer :

— Mais toi... tu as Vernio.

— C'est vrai. J'ai Vernio...

— Cela ne suffit-il pas à ton bonheur ?

Ce fut au tour de Lucrezia de réfléchir.

— Pas exactement... Tu sais combien j'ai pu haïr mon beau-père ?... Pourtant je dois admettre que je l'admire... (Elle se tut, puis reprit d'une voix plus basse :)... Vois-tu, il y a deux sortes d'hommes...

— Seulement deux ?... s'exclama Bianca en riant.

— Seulement !... Les bâtisseurs et les amants... Cosimo est un bâtisseur, et Vernio... c'est un amant.

— Mon Dieu, que veux-tu dire ?

Mais Lucrezia ne répondit pas tout de suite. La petite Nannina hurlait et manifestait qu'il était l'heure de sa tétée. Lucrezia s'acquittait de cette tâche avec un plaisir évident, presque sensuel, la succion goulue de sa fille lui donnant le sentiment de donner deux fois la vie.

Nannina bien calée contre le sein de sa mère, Lucrezia reprit sa conversation avec sa sœur là où elle l'avait laissée.

— Mon beau-père est un bâtisseur..., dit-elle enfin. C'est un marchand et un banquier, et pourtant sans lui, les peintres, les architectes, les musiciens, les poètes, tous ceux qu'il entretient largement, et avec quelle déférence ! ne parviendraient pas à se consacrer à leurs œuvres... Et sais-tu quoi ?... Il pense très sincèrement qu'il n'est rien !... Il dit que des marchands, des banquiers, il y en aura toujours des milliers de par le monde, mais qu'il n'y aura qu'un Fra Angelico, un Dante, un Giotto... un Cicéron... Il dit que les œuvres des artistes, des écrivains, des musiciens laisseront aux hommes un souvenir meilleur que les hommes de son genre, les hommes d'argent... J'avoue que lorsqu'il parle ainsi, il parle à mon cœur...

— Et... et Vernio ?... demanda Bianca à voix basse.

— Vernio ?... Je l'aime, bien sûr. Je l'aime quand il me prend... Mais que laissera Vernio ? Le souvenir des centaines de femmes qu'il a couvertes ? Belle œuvre en vérité ! Est-ce seulement à cela que doit se consacrer un homme ?... C'est vrai : j'aime Vernio. Je l'aime de toute mon âme, de tout mon corps...

— Surtout de tout ton corps, l'interrompit Bianca en riant.

Lucrezia dévisagea sa sœur d'un air étonné.

— ... Oui, oui c'est cela !... Peut-être pas seulement cela... Mais je dois avouer que lorsque je suis aux côtés de Vernio, c'est mon corps qui exige, qui parle, qui commande, et mon âme ne peut que suivre...

Au fil de ces années, bien des gens et des choses arrivèrent à leur terme. On enterra le vieux grand-père Tornabuoni que l'on trouva mort un matin, le livre d'Epicure sur les genoux et un texte écrit de sa main à l'intention de sa petite-fille préférée, à charge pour elle d'en faire part à son beau-père :

« ... Il faut se libérer de la philosophie de l'Eglise chrétienne pour aller vers l'humanisme à partir de la recherche du plaisir et du bonheur. Premièrement, et en tout premier lieu satisfaire aux besoins essentiels de l'homme. Manger, dormir, procréer, se couvrir, développer son ouïe, sa vue, son sens du toucher... Et deuxièmement, mais deuxièmement seulement, penser à son " âme "... Un homme qui meurt de faim et de froid ne peut en aucun cas penser à son âme. Seul compte pour lui comment remplir son estomac... »

Ces années furent si riches, tant en événements familiaux que politiques, que rares furent les moments où Lucrezia put réfléchir, sur elle-même, sur l'amour qu'elle éprouvait encore pour le comte Vernio. Il y eut le double mariage des deux jumelles Nannina et Giuletta avec les deux frères Alessandro et Luca Soderini, qui donna lieu à des réjouissances qui firent oublier la tristesse dont avait été empreint le mariage de Lucrezia et de Piero. Et puis Cosimo présida à l'inauguration de « sa » bibliothèque de San Marco, la première bibliothèque publique ouverte en Europe. Cosimo, heureux comme un enfant, fit visiter le couvent transformé à tous ceux qui le lui demandaient. Et ils étaient nombreux à vouloir visiter leur « bibliothèque », ces Florentins qui s'extasièrent sur les fresques de Fra Angelico...

Mariages, naissances, morts, c'était cela qui tissait la vie de Lucrezia. Mais cette vie était comme une belle étoffe de soie peinte, dont les couleurs malgré leur beauté ne reprenaient leur éclat que lors de ses rencontres secrètes avec le comte Vernio.

Deux mois et demi après la naissance de Nannina, à la fin du mois d'avril 1447, Lucrezia annonça à sa belle-famille qu'elle était de nouveau enceinte. Malgré l'interdiction formelle de Messer Pagolo, Piero avait usé de son droit conjugal sans tenir compte ni de la fatigue ni des protestations de Lucrezia. En fait, après une journée de beuverie, il était entré dans la chambre de Lucrezia qui nourrissait son nouveau-né. Devant la poitrine gonflée de lait, ces seins lourds, découverts et aux bourgeons brunis, le sang de Piero s'alluma. Il attendit impatiemment que Lucrezia eût fini d'allaiter et, lorsqu'elle eut fini et couché l'enfant dans sa berce, elle se tourna vers Piero : « ... Que veux-tu ?... » demanda-t-elle feignant de n'avoir compris ni les regards chargés de sens qu'il portait sur elle, ni même la raison de sa présence dans cette chambre, où il ne devait en principe pénétrer que quelques semaines plus tard. Sans répondre, Piero s'approcha de sa femme, s'empara goulûment de ses lèvres et la renversa sur le lit. Lucrezia tenta de se débattre, à moitié étouffée, écrasée, mais ce fut en vain. Lui écartant les cuisses de force, Piero prit Lucrezia, et cette étreinte, semblable à un viol, eut pour conséquence la future naissance annoncée d'une voix morne par Lucrezia.

Contessina remarqua in petto que le comte Vernio, absent de Florence depuis plus de trois mois, n'était revenu que de la veille et qu'il y avait donc toutes les chances pour que l'enfant qu'attendait Lucrezia fût bien de Piero... D'ailleurs il n'était que de voir l'air satisfait de ce dernier, sa manière d'enlacer sa femme, de l'embrasser pour se rendre compte que le jeune couple faisait de nouveau lit commun.

De tous les reproches que Contessina accumulait contre Lucrezia, le seul qui fût vraiment grave était surtout de devoir vérifier si, chaque fois, la présence à Florence du comte Vernio pouvait rendre douteuse la paternité des enfants mis au monde par Lucrezia.

Dès qu'il sut sa belle-fille de nouveau enceinte, Cosimo laissa éclater sa joie.

— Cette fois-ci c'est un fils ! hein, petite ? Si ce n'est pas un fils, j'irai noyer l'enfant de mes propres mains !

Sa véhémence arracha un sourire forcé à Lucrezia. Pour elle, cette future naissance qui remplissait de joie son beau-père était le fruit de l'assaut qu'elle avait subi de la part de son mari, suivi de ceux qu'elle subissait encore. Affamé du corps de sa femme, Piero, malhabile, ardent, exigeant, infatigable, imposait à Lucrezia des nuits sans sommeil, quand ce n'était pas des après-midi entiers où il la poursuivait de son désir toujours renaissant.

Bizarrement, jamais Lucrezia ne manifestait de haine ou de dégoût pour son époux. Elle le plaignait sincèrement de tout son cœur et s'efforçait d'être aimable et douce. Mais elle ne pouvait ni l'aimer ni même l'estimer. Lorsqu'elle comparait Piero à son père Cosimo, elle ne comprenait pas comment un tel père avait pu engendrer un tel fils. Au fil des jours, sa haine contre Cosimo se dissolvait, sans qu'elle s'en aperçût. Si la joie de Cosimo la toucha, elle fut encore plus touchée, et ravie, lorsqu'elle entendit son beau-père dire :

— Ah ! il est plus que temps d'envoyer Piero à Rome pour quelques mois. Les nouvelles concernant la santé du Saint-Père Eugène IV sont très mauvaises... Cela te ferait plaisir, hein, petite, d'être un peu tranquille loin de ton mari ?...

Cosimo l'observait d'un œil malicieux. Lucrezia rougit et baissa la tête sans répondre.

— J'ai dépêché à Rome, pour qu'ils m'apportent des nouvelles, plusieurs envoyés très sûrs. Nous prendrons la décision d'un départ dès que nous serons certains qu'Eugène IV est à la dernière extrémité...

Depuis ces paroles, tous les jours, Lucrezia guettait l'arrivée des coursiers, de l'aube au couchant. Elle priait avec ferveur pour la mort rapide et sans douleur du pape Eugène IV, mort qui allait la délivrer pour quelques mois des assauts de son mari, qui allait lui rendre une liberté inconnue depuis le jour de son mariage. Déjà elle imaginait les mille et une choses qu'elle allait faire. Elle irait voir Bianca à Venise, puis elle irait à Careggi. Puis elle trouverait bien le moyen de voir le comte Vernio aussi souvent qu'elle le désirait... Ce voyage à Rome durerait au moins six mois... Peut-être plus...

Par un bel après-midi de mai, chaud et ensoleillé, alors que Contessina, Lucrezia et Cosimo prenaient le frais à l'ombre d'un cyprès, Piero et son jeune frère Giovanni accoururent, en proie à une grande excitation.

— Que se passe-t-il ? s'exclama Contessina, soudain inquiète.

— Les coursiers viennent d'arriver de Rome ! dit Giovanni. Ils t'apportent un message, père... Le pape Eugène IV est au plus mal, et l'on attend sa mort d'un jour à l'autre... Peut-être même d'une heure à l'autre !

Cette nouvelle attendue par Cosimo avec tant d'impatience le laissa un instant stupide. Mais malgré lui, un large sourire éclairait son visage. Il n'avait jamais eu une entière confiance en

Eugène IV. Lorsqu'ils étaient face à face, traitant d'affaires secrètes, les deux hommes devaient sans cesse rivaliser de ruse et d'hypocrisie.

— Nous partirons pour Rome au plus tôt! dit-il enfin. Giovanni, mon fils, va donner des ordres pour préparer deux équipages et tout ce qui nous sera nécessaire pour une longue absence...

Cosimo rayonnait. De nouveau les cartes de l'histoire de Florence, et peut-être celles de Rome, étaient entre ses mains. De nouveau son intelligence, sa volonté, sa puissance incontestée allaient donner leur mesure... Rome... Dans quelques jours, il serait à Rome.

Il voulait être présent lorsque le nouveau pape serait choisi.

— J'ai ma petite idée sur le choix du nouveau Saint-Père... Et quel meilleur pape que mon cher, mon merveilleux ami Thomas Parentucelli ? C'est un érudit, un savant, un artiste !... Voyez ce qu'il a fait dans la bibliothèque San Marco !... Piero ! va donner des ordres pour tes propres affaires ! J'aurai besoin de toi, mon fils... Giovanni, je te confie la maison... Contessina, ma toute belle, tu seras du voyage... Allons ! mes fils ! vous êtes encore là ? Qu'attendez-vous pour aller donner mes ordres ?

Lucrezia, qui écoutait son beau-père sans broncher, un demi-sourire flottant sur les lèvres, attendit que Piero et Giovanni eussent disparu pour dire d'une petite voix teintée d'ironie :

— Je parie tout ce qu'on veut que Thomas Parentucelli sera pape !... Grands dieux ! Père... pensez-vous que la Curie romaine résistera à vos monceaux de florins ?... A-t-on jamais vu quelqu'un vous résister ?... Pour ma part, je parie sur votre ami ! Il sera notre nouveau pape ou je n'aurai pas de fils !

Cosimo éclata de rire. Un rire gai et jeune qui lui donnait vingt ans de moins...

— Petite impertinente ! Bah j'aime assez cela... Viendras-tu à Rome ?... Piero a manifesté le désir de t'emmener avec nous... (Devant le visage soudain fermé de Lucrezia, il s'interrompit et feignit un grand embarras.) Encore qu'un voyage dans ton état me paraisse dangereux. Depuis combien de temps es-tu enceinte ?

— Deux mois...

— Donc pas de voyage... n'en déplaise à Piero. Tu es contente, hein ma fille ?

Lucrezia eut, une seconde, le souffle coupé. Une telle perspicacité... Elle bégaya :

— Rome?... J'aurais, certes, aimé être du voyage... mais je pense plus sage d'y renoncer. Un tel déplacement fera beaucoup de bien à Piero... Il sera heureux de s'éloigner un peu de moi. Songez que cela fait plus de sept ans que pas un jour nous n'avons été éloignés l'un de l'autre... Je suis sûre que Piero sera ravi de cette petite séparation.

— Allons ma fille! pas d'hypocrisie! Tu sais bien que Piero ne fera pas un pas sans toi. C'est tout juste s'il ne te demande pas la permission de respirer! Mais je reconnais que toi, tu as certainement besoin de respirer loin des Médicis. Nous sommes une famille plutôt étouffante, n'est-ce pas?... Je te dispense d'une réponse qui ne pourrait être qu'un mensonge ou une insolence.

Ce disant, Cosimo réprimait son rire et serrait entre ses mains celles de Lucrezia.

Contessina qui jusque-là s'était bornée à écouter l'échange verbal entre son mari et sa belle-fille, demanda à Cosimo d'une petite voix sèche, évitant le regard de Lucrezia :

— Est-ce que tu prendras avec toi le comte Vernio? Hier tu disais encore que c'était l'un des plus habiles négociateurs que tu aies jamais eus?... Je comprendrais qu'il refuse! A peine est-il de retour de son voyage en France.

Lucrezia sentit ses jambes se dérober sous elle. « Elle sait!... pensa-t-elle en observant Contessina du coin de l'œil. Elle sait... C'est pourquoi elle veut l'éloigner de Florence, donc de moi... Mais juste ciel... comment a-t-elle su?... Personne n'a pu nous voir... Comment?... Je suis sûre qu'elle sait... » Elle s'efforça de se concentrer sur sa tapisserie. Mais son oreille était aux aguets, attentive à la moindre inflexion, à la plus petite fêlure dans la voix de sa belle-mère. La chaleur et l'émotion perlaient son front de gouttes de sueur, et ses mains tremblaient légèrement. Indifférent au trouble des deux femmes qui faisaient semblant l'une et l'autre de boire ses paroles, Cosimo continuait :

— Bien sûr que le comte Vernio va venir avec moi!... Il vendrait la mer aux Vénitiens... Je ne peux plus me passer de lui! Il fait la fortune de Martelli, et lorsque je lui confie une mission je suis sûr d'être gagnant à tous les coups... Je vais le laisser se reposer huit jours et il nous rejoindra à Rome plus tard... Songe, ma chère femme, que si nous avons Rome...

Contessina ne put s'empêcher de rire et à son grand étonnement, à ce rire se joignit celui de Lucrezia. Elle s'arrêta net et regarda sa belle-fille en proie au fou rire. Un fou rire si communicatif qu'il gagna Cosimo.

— Eh bien ! protesta ce dernier feignant l'indignation. Est-ce que par hasard, petites coquines, vous vous moqueriez de moi. Qu'avez-vous à rire ainsi ?

— Tu es si drôle ! dit Contessina... Si nous avons Rome !... N'est-ce pas le Saint-Père qui, d'abord, possède Rome ?...

— C'est le Saint-Père, effectivement, dit Cosimo.

— Mais le nouveau Saint-Père va vous manger dans la main ! s'exclama Lucrezia gaiement. Si c'est Thomas Parentucelli, il vous a en si grande amitié qu'il ne lèvera pas le petit doigt avant que vous ne lui en donniez l'autorisation !...

Pour la première fois depuis son mariage, le ton de sa voix était dépourvu de toute aigreur. Davantage encore, l'animosité qu'elle éprouvait pour Cosimo semblait avoir totalement disparu. Surprise, Contessina observa attentivement sa belle-fille. Lucrezia rayonnait d'une sorte de gaieté juvénile absolument inattendue.

Dans le regard ouvert qu'elle posait sur Cosimo, on pouvait y déceler, peut-être, un commencement d'affection, et à coup sûr une franche admiration.

— ... Alors, petite Signora, on ne déteste plus son vieux beau-père..., demanda Cosimo le cœur étreint par une émotion qui le surprit.

Lucrezia rougit légèrement.

— Voilà que vous dites des sottises... Je n'ai jamais eu de haine contre vous... (Elle hésita, puis bégaya un peu plus bas :) contre... contre toi.

— Non ?... dit Cosimo en l'observant attentivement. Alors permets-moi de t'embrasser comme je le fais avec mes enfants...

Le visage empourpré, Lucrezia tendit son front. Elle se sentait mal à l'aise, coupable, et se demandait ce qui la poussait ainsi vers Cosimo. « ... C'est là toute la différence entre mon beau-père et Vernio... C'est mon beau-père qui décide de la nomination d'un pape, qui décide si Vernio viendra avec lui à Rome... qui décide du destin de Florence ou de Rome, et s'il en avait la possibilité de l'Italie tout entière... Tout et tous reposent sur lui, sur ses épaules, sur sa volonté... Et Vernio ? Vernio ne décide rien par lui-même. Jamais. C'est mon beau-père, c'est moi, c'est Franca... tout le monde décide pour Vernio !... A-t-il jamais manifesté une quelconque volonté ? Cosimo, lui, écraserait d'un revers de main quiconque se permettrait de lui donner un ordre... Oui, voilà la différence ! Mon beau-père... c'est... c'est... » Et comme elle ne trouvait pas le mot juste qui pouvait s'appliquer à Cosimo, elle lança à voix haute sans réfléchir davantage :

— Je suis bien sûre que lorsque tu mourras, tu t'arrangeras avec saint Pierre moyennant quelques sacs d'or, et que tu prendras la place de Dieu lui-même pour réorganiser la terre à ta convenance !

Partagée entre l'attendrissement et la rancune que lui inspirait Lucrezia du fait de sa liaison avec le comte Vernio, Contessina eut un petit rire.

« Elle trompe mon fils..., pensa-t-elle. Mais elle ne l'a jamais aimé... Peut-on lui reprocher cela ? Qui est coupable ?... Qui est vraiment coupable ?... »

Lucrezia avait rangé sa tapisserie et, les mains immobiles sur ses genoux, attendait, en silence. Elle pensait que si Cosimo, Contessina et Piero partaient, rien n'empêcherait le comte Vernio de venir la voir. Elle ne l'avait pas encore revu depuis son retour de France, et bien qu'elle eût beaucoup plus changé qu'elle ne voulait l'admettre, elle frémissait toujours d'impatience lorsqu'elle savait qu'elle allait le revoir...

Elle sursauta lorsqu'elle sentit sur son front un baiser de Contessina.

— Tu es une bonne petite..., disait Contessina en souriant, et tu as tout à fait raison en ce qui concerne ton beau-père. Dieu lui-même devra faire attention à lui s'Il ne veut pas être bousculé ! Viens m'aider à la cuisine. Nous aurons sans doute des invités ce soir. Giovanni est allé lui-même avertir tes parents et mes cousins Bardi...

Si l'état de mère comblait Lucrezia, et cela malgré les nombreuses vicissitudes qui venaient avec chaque enfant, celui d'épouse, et surtout celui de maîtresse en second du palais Médicis, lui plaisaient beaucoup plus qu'elle ne se l'avouait. Elle aimait aider Contessina dans l'ordonnance des jours, du choix des menus, des bouquets de fleurs, de la décoration du palais et même, de l'économie journalière. Ce n'était pas une mince affaire que de conduire le palais, des heures de travail répétitif, ingrat, une surveillance continue des servantes... et cependant, lorsque Lucrezia marchait dans ce palais, foulait au pied ces somptueux tapis venus d'Orient, admirait les fresques qui ornaient les murs, elle se sentait envahie par une joie sans cesse renouvelée. Deux de ses filles étaient Médicis. L'enfant qu'elle portait — « peut-être un fils ? Ô Dieu ! faites que ce soit un fils !... Cosimo en serait si heureux ! » — serait aussi un Médicis. L'un de ces hommes qui font les papes, qui enrichissent les princes, qui créent des royaumes... « Mon fils sera héritier de tout cela... » Souvent, au cours de ces derniers mois, elle s'était sentie portée par la joie orgueilleuse d'être considérée à l'égal d'une souveraine, et elle savait que ce plaisir, c'était à Cosimo qu'elle le devait et à Cosimo seul.

Lucrezia mettait son point d'orgueil à ce que sa belle-famille ne pût se douter de ce que Piero lui faisait parfois subir dans le secret de leur chambre conjugale. Tout ce qu'on lui avait inculqué dès l'enfance, patience, courtoisie, souci de l'équilibre et de la forme, garder bonne humeur, et gaieté même lorsque le cœur n'y était pas, elle l'appliquait consciencieusement. Elle avait mis son intelligence au service de ses enfants et se révélait une éducatrice exceptionnelle, aidée en cela par Contessina et surtout par Cosimo. Malgré elle, un curieux attachement la liait à son beau-père. Attachement qui avait éclaté ce jour-là, spontanément.

Au fil des années, la vie de Lucrezia était devenue celle d'une grande dame, vivant au milieu d'une cour digne des royaumes les plus puissants. Francesco Sforza, qui avait enfin épousé sa Bianca Maria, venait régulièrement donner des nouvelles de son beau-père, le duc de Milan. « Il décline, disait Francesco avec un petit rire. Il décline de plus en plus vite... — Fort bien..., répondait invariablement Cosimo avec le même petit rire. Dès que vous aurez enterré votre exécrable beau-père, nous signerons un traité d'alliance entre Florence et Milan... »

A Florence, lorsqu'une nouvelle d'importance arrive dans la matinée, par exemple, on peut à coup sûr parier que dans les cinq heures qui suivent, toute la ville est au courant... Aussi, personne parmi les badauds qui s'agglutinaient autour des grilles du palais Médicis ne fut étonné, en ce beau soir de mai, de voir des équipages s'arrêter devant le porche d'entrée.

— Cosimo de Médicis part à Rome dans deux ou trois jours au plus tard, disait la rumeur. Il reçoit la Seigneurie et sa parentèle pour laisser Florence en mains sûres en son absence !...

— Bah ! rétorquait une voix, que peut-il craindre ? La ville est avec lui, les Albizzi, les Peruzzi, les Pitti, tous sont écrasés, et même il y a fort à parier que Giovanni de Médicis va épouser la petite Ginevra des Albizzi !

Des bruits divers, des exclamations saluèrent cette information, qui malgré les apparences n'étonna vraiment personne. Les rencontres à peine secrètes entre les deux jeunes gens étaient de notoriété publique.

— On le dit ! Mais Cosimo ne le veut pas... Et ce que Cosimo ne veut pas, Dieu lui-même n'y pourrait rien !

— Pas encore... mais Cosimo cédera ! C'est un homme intelligent. Une alliance avec ses pires ennemis, n'est-ce pas les affaiblir ? Il va les attirer dans son clan pour mieux les étouffer.

— Peut-être... N'est-ce pas le comte et la comtesse Vernio de Bardi qui arrivent là ?

L'équipage du comte Vernio s'arrêta devant le porche. La ravissante comtesse Franca descendit avec grâce et dispensa quelques sourires. « Quelle jolie femme ! » firent quelques voix d'hommes.

Une voix de femme s'éleva, vulgaire, sèche et dure :

— Quelle honte !... Cette femme n'a aucune vergogne ! Elle doit savoir que son homme couvre la Médicis comme il le fait avec elle !

— Bah ! Tout cela n'est que ragots...

— Médisances mon cher ! Ni ragots ni calomnies ! De la belle et bonne médisance !

— Voyons mon bon ! Avez-vous jamais vu Lucrezia de Médicis et le comte Vernio de Bardi en situation douteuse ?

— Moi non ! mais je connais quelqu'un...

— ... qui connaît quelqu'un... Je sais ce genre de ragots déplaisants et vils... Laissons donc les gens vivre leur vie sans intervenir par des propos aussi bas... En somme cela nous regarde-t-il ?... Voyez si votre femme vous trompe ou si vous-même en cachette, courez la donzelle, et ne vous préoccupez donc pas de ce qui se passe dans les lits de vos voisins... Lucrezia de Médicis est une femme aimable et fort intelligente... Quant à Piero, pauvre garçon...

— Pauvre garçon... en effet !...

Dans la grande salle de réception qui d'un côté ouvrait sur les serres, et de l'autre sur les jardins, une petite assemblée d'une trentaine de personnes allaient et venaient au milieu d'une agitation gaie et animée due, sans doute, en grande part à l'excès des vins capiteux, mais aussi au départ prochain pour Rome d'une partie de la famille Médicis. Deux groupes s'étaient formés. D'un côté les hommes discutaient du futur pape et des projets d'alliance entre Florence et Rome, et de l'autre, les femmes s'entretenaient des dernières nouveautés venues de France... Sachant Lucrezia enceinte, la plupart des femmes présentes observaient du coin de l'œil Franca de Bardi qui, arborant un ventre de sept mois, offrait un front indifférent aux regards indiscrets. Lorsque, par hasard, Lucrezia et Franca devaient par politesse échanger quelques paroles banales, les conversations s'arrêtaient comme par enchantement et toutes les oreilles se tendaient. Parfois son regard croisait celui de Franca, et les deux jeunes femmes, malgré leur aversion réciproque, échangeaient alors un demi-sourire complice, presque amical. Alors Lucrezia pensait : « C'est tout de même curieux... la seule qui puisse comprendre, c'est Franca ! Elle me ressemble ! Elle aurait agi tout comme moi à ma place ! Si Vernio n'avait pas été son mari... nous aurions sans doute été amies ! » Mais tout de suite elle se souvenait que Franca avait cédé à une conspiration des plus viles pour s'emparer du comte Vernio. Alors le mépris et la haine reprenaient le dessus.

Sur la grande table s'amoncelaient friandises, pâtisseries et vins fins. Lucrezia, consciente de ses devoirs de maîtresse de maison « en second », aidait Contessina à remplir les gobelets d'argent ou les verres de Venise, et surveillait attentivement le ballet des pages qui se faufilaient entre les invités pour présenter les plats. Soudain elle sursauta. Près d'elle le comte Vernio murmurait d'une voix rapide : « ... Viens au plus tôt dans la serre. Il faut que je te voie... cinq minutes ! cinq minutes seulement... »

Le front moite, Lucrezia regarda autour d'elle. Dieu du Ciel ! Si quelqu'un l'avait surpris... Mais personne apparemment ne s'était aperçu de rien. Déjà le comte Vernio riait et plaisantait à l'autre bout de la pièce avec Giovanni de Médicis qui arborait à son bras une Ginevra des Albizzi rougissante et fière. Une heure auparavant, Cosimo avait accepté le mariage de son cadet, et les fiançailles officielles seraient annoncées dès le retour de Rome de la famille Médicis.

Maintenant Lucrezia cherchait un prétexte pour s'éloigner. Par chance, un petit page glissa malencontreusement avec un énorme plateau, et se blessa légèrement. Aussi Lucrezia profita-t-elle de l'incident pour s'esquiver en criant bien distinctement :

— Je vais dans ma chambre chercher un peu d'eau de bleuet... Rien de tel pour les bosses...

Quelques secondes plus tard, elle était dans la serre, pressée contre la poitrine de Vernio qui la couvrait de baisers.

— C'était si long, ces mois passés loin de toi..., chuchotait-il contre son oreille. J'ai soif de toi, de ton corps... et je pars dans la semaine... Laisse-toi faire, ma Lucrezia... laisse-toi...

Mais elle ne se défendait pas. Elle se laissa prendre debout, appuyée contre un mur, envahie par un plaisir foudroyant, si aigu qu'elle ne s'entendit pas crier.

Cela fut si rapide qu'il ne s'était pas écoulé dix minutes lorsqu'elle revint dans la grande salle, à peine décoiffée, les joues pâles et les lèvres trop rouges.

— Eh bien? dit Contessina sèchement. Et l'eau de bleuet?...

— Hein?... euh... je n'en ai pas trouvé...

— Cela ne fait rien, l'enfant n'a rien. Je l'ai envoyé se coucher. As-tu vu Piero?

— Piero?... dit Lucrezia hébétée.

— Mais oui! ton mari, ma fille! Où est-il? Il est allé te chercher. Ne l'as-tu pas croisé?

Lucrezia secoua la tête en signe de dénégation, et mal à l'aise elle s'éloigna de Contessina. Mais ses sens étaient apaisés et c'est avec un sourire radieux qu'elle s'entretint longuement avec ses parents.

Quand Lucrezia s'était échappée pour aller dans la serre, elle ne s'était pas aperçue que Piero, qui ne quittait jamais sa femme des yeux, avait vu son manège et s'était lancé à sa poursuite. Lorsqu'il arriva dans la serre, il s'immobilisa derrière une plante, ne comprenant pas, ne voulant pas comprendre ce que ses oreilles lui donnaient à entendre. Une force plus puissante que sa volonté l'empêcha de voir l'étreinte du couple, et alors que Lucrezia gémissait de plaisir, il eut la force de quitter la place et de se précipiter dans sa chambre.

Piero de Médicis était maintenant en proie à la jalousie la plus atroce, la plus douloureuse qu'un être humain puisse ressentir. Certes, il avait toujours su que Lucrezia ne l'aimait pas. Mais il avait pensé, espéré de toutes ses forces, de tout son amour qu'un jour Lucrezia l'aimerait. Bien sûr, elle était charmante et gentille avec lui. Il ne pouvait rien lui reprocher ! Avec quel art elle savait recevoir les invités de marque, décorer la maison, et même ne venait-elle pas de faire publier des poèmes ?... Pourtant Piero savait que tout cela n'était qu'une façade. Son imagination l'entraînait vers des images d'une intolérable précision, et il puisait dans son délire toutes les raisons de sa souffrance... Une autre Lucrezia se cachait, derrière la Signora de Médicis. Une Lucrezia sensuelle, amoureuse, une Lucrezia qui gémissait d'une voix rauque sous le poids d'un homme. Une Lucrezia qui murmurait « encore... encore... ». Lui, n'avait dans ses bras qu'une épouse docile, attentive à lui plaire, lui prodiguant mille caresses pour qu'il pût jouir enfin, jouir presque avec désespoir, sachant qu'ensuite la jeune femme allait se lever, procéder à sa toilette, rejoindre la couche conjugale et après avoir planté un baiser léger sur le front encore moite de Piero, dire d'une voix nette, gaie, sans trouble : « Bonne nuit, mon ami. Dors bien », le laissant là, si profondément seul, avec cet amour immense qui lui restait sur le cœur. Et le jour se levait ensuite sur ce vide absolu, sur son cœur plein de fiel, avec cette sensation d'appartenir au rebut de l'humanité, de faire à jamais partie de ceux qui ne sont pas, qui ne seront jamais aimés...

Une pensée étrange s'insinua dans son esprit enfiévré. Il aurait aimé « voir » sa femme faisant l'amour avec l'autre. Ce désir s'expliquait par le fait que jamais il n'avait vu Lucrezia en proie au délire voluptueux. Il venait de l'entendre. Il venait d'entendre les mots, mais il voulait voir le visage qui accompagnait ces mots, il voulait voir les yeux se révulser, la bouche s'ouvrir sur cet

« encore... encore... » rauque qui résonnait si douloureusement dans sa tête, il voulait voir le corps mince et souple de Lucrezia s'arc-bouter en un spasme fulgurant sous le corps qui la fouaillait... Voir... Voir, et tout faire disparaître ensuite dans une folie de sang, une folie meurtrière qui les tuerait tous les trois...

Il marchait de long en large dans son cabinet de travail, essayait de s'absorber dans la lecture du « livre noir ». Devant les colonnes de chiffres qui se succédaient, il eut un rictus amer : « Certes, me voici l'homme le plus riche de Florence... le plus riche. Et aussi le plus laid, le plus cornu... Et l'enfant qu'attend Lucrezia est-il de moi ?... La première, je l'ai acceptée et reconnue ! mais celui-ci, jamais !... » Fiévreusement il se mit à compter sur ses doigts... « En avril... Vernio était encore en France, en mars aussi... Donc l'enfant est de moi... »

Un instant il connut un ignoble triomphe, soulagé.

— Hein !... je t'ai bien eu ! lança-t-il à voix haute.

Puis il reprit son livre de comptes, mais son esprit lui refusait le moindre service... Il cessa d'essayer de se concentrer sur son travail et décida de procéder à sa toilette de nuit. Lucrezia resterait dans la salle du bas jusqu'au départ du dernier invité, mais il lui était impossible de la rejoindre. Tant pis si on le taxait d'impolitesse... Il serait incapable de supporter les regards moqueurs qui ne manqueraient pas de l'accueillir. Il en était sûr : tout Florence connaissait certainement son infortune. Sans doute faisait-on des gorges chaudes derrière son dos. Il ne méritait pas ça ! Il fallait que cette liaison prît fin. Il allait l'ordonner, l'exiger... Il était le mari, celui qui pouvait bastonner l'épouse infidèle, la faire jeter en prison, au couvent. Il se montait la tête, imaginait des injonctions, des dialogues qui n'existeraient sans doute jamais, mais qui l'enfiévraient, chauffaient sa colère et sa douleur.

Sa toilette de nuit achevée, il renvoya ses deux esclaves et resta debout, immobile. Il ne pouvait se résoudre à se coucher. Il était partagé entre le désir fou de se précipiter en bas, de saisir Lucrezia par les cheveux, de la rouer de coups, et celui de se jeter à ses pieds, de la supplier, de l'implorer de se laisser adorer, comme il eût pu adorer la Vierge, s'il avait été croyant. « Je vais lui dire de cesser..., se répéta-t-il pour la dixième fois. Cela passe l'entendement. Si j'ai pu la surprendre dans la serre, d'autres encore auraient pu le faire tout aussi bien ! » Et oublieux de leur prochain départ pour Rome, il s'échauffa : « Je vais exiger du comte Vernio son départ de Florence... » Mais comme chaque fois qu'il évoquait le comte Vernio, il ressentait encore plus cruellement l'outrage et la douleur que ce dernier lui infligeait. « Et s'ils riaient de moi, tous les deux ?... C'est que je suis le cornu, le mari ridicule que l'on peut moquer à loisir... » Alors la rage emporta tout. Il se précipita sur sa dague et la brandit comme s'il allait frapper sur-le-champ... Le meurtre, seul, pouvait laver la honte... L'idée que Lucrezia n'appartenait qu'à elle-même, qu'elle avait été loyale avec lui en l'avertissant bien avant le mariage qu'elle en aimait un autre, que l'enfant qu'elle portait était de cet autre lui devenait intolérable. La pensée de vivre sans Lucrezia lui était tout simplement insoutenable. Puis il réalisa que s'il se précipitait pour l'accabler de ses reproches, elle partirait sur-le-champ sans se soucier davantage du scandale, et il eut peur de l'absence de la femme qu'il aimait, et se calma. Il prit le temps de réfléchir encore. Il n'avait aucun droit sur Lucrezia. Son âme, son cœur lui appartenaient. Elle était libre de les donner à qui bon lui semblait ! Qui était-il pour exiger d'elle tout de sa vie et de sa personne ? Que pouvait-il lui apporter ? Rien qui lui convienne réellement. Le comte Vernio pouvait-il, lui, la rendre plus heureuse ? Non. Le comte Vernio ne pouvait rendre aucune femme heureuse... Aucune ! Sans doute lui apportait-il ce plaisir des sens qu'il n'avait jamais su lui donner ?... L'idée de meurtre reprit le dessus. Puissante. Tenace.

Par la fenêtre ouverte, des bruits parvenaient jusqu'à lui : grincements de roues, martèlements de sabots, rires, éclats de voix... Les invités partaient. Quelques minutes plus tard, des pas de femmes se firent entendre dans les escaliers. Piero redoutait le moment où il allait voir Lucrezia, et en même temps, il aspirait de tout son être à cet instant précis.

Lucrezia entra enfin, les yeux brillants, rayonnante. Piero constata alors avec amertume que sa femme était infiniment belle et désirable, mais que cette beauté assouvie ne lui était pas destinée. Deux petites servantes de Lucrezia s'empressaient autour de leur maîtresse.

— Comment ? s'écria Lucrezia avec bonne humeur. Mais tu n'es pas encore couché ? Je te croyais souffrant ! Veux-tu quelque remède ? (Tout en parlant, elle allait et venait, houspillant ses servantes :) Voyons petite, délace mon corsage. Qu'attends-tu ?... Et toi, Marietta, défais ma chevelure... (Puis s'adressant à Piero :) Tu ne réponds pas ?

Piero secoua la tête.

— Non... non. Je vais mieux... Il faut que nous parlions...

Lucrezia l'observa un moment en silence. Comme il était pâle ! Et ce visage contracté, ces yeux qui avaient pleuré... Elle s'installa en silence sur une chaise, devant sa coiffeuse où étaient disposés des flacons en verre de Venise, des coffrets ouverts, des brosses...

— Lucrezia ! répéta Piero d'une voix sourde. Renvoie tes femmes ! J'ai besoin de te parler.

D'un geste, Lucrezia fit signe à ses servantes de se retirer. Elle savait maintenant ce qui agitait Piero. Qu'avait-il vu ? ou entendu ? Comme elle avait été imprudente de s'être laissé entraîner dans la serre ! L'avait-il surprise là ? Elle se souvint soudain qu'au plus intime de ses transports, elle avait vaguement entendu comme un sanglot, un soupir déchirant... Mais à ce moment, le comte Vernio murmurait : « ... Tu m'as manqué... Comme tu m'as manqué... Quatre mois sans te voir ! » Elle avait confondu ce soupir, ce sanglot, avec l'étreinte de Vernio, mais maintenant il lui paraissait plus nettement que quelqu'un était dans la serre. Quelqu'un : Piero ? Elle baissa la tête prête à se battre.

— Ainsi tu sais ?... demanda-t-elle brièvement.

— Oui.

— Depuis quand ?

Piero hésita :

— Je pensais que tu aurais respecté mon nom, ma personne... Je pensais que tu aurais respecté la parole donnée, ton vœu de fidélité... Je savais depuis longtemps que tu ne m'aimais pas, qu'il y avait ce Vernio... Mais, tout à l'heure dans la serre j'ai... j'ai vu... Ou plutôt j'ai entendu... Inutile, n'est-ce pas, de te demander de... de cesser de le voir ? Même si je te menaçais ?

Les yeux rétrécis, Lucrezia fit front.

— Tu peux me battre..., dit-elle à voix basse,.... ou même me tuer... Mon père m'a donné à toi. Ce mariage, je ne l'ai pas voulu. Tu savais que Vernio m'était cher, que jamais je ne l'oublierais.

— ... Oh ! Lucrezia... Lucrezia..., murmura Piero. Ce n'est pas de toi qu'il s'agit en cet instant, c'est de moi ! Je voudrais à la fois cesser de te haïr et cesser de t'aimer... Comprends-le... Je pourrais faire tuer Vernio...

Lucrezia blêmit.

— ... Si jamais tu fais un geste contre lui...

Piero haussa les épaules.

— Je ne ferai rien. Non pas que tes menaces puissent m'effrayer... Mais, même mort, tu ne cesserais de penser à lui, de l'aimer... Je pourrais le tuer en effet, te tuer. Et alors?... Que resterait-il de moi? Que ferais-je de ma vie sans toi?... Si ma vie a un sens, c'est toi... Et si tu existes, si je te laisse vivre, je dois laisser la vie à ton amant...

De nouveau, la succession des jours entraîna Lucrezia. Tout l'été et presque tout l'automne se passèrent à attendre des nouvelles de Rome, qui arrivaient assez régulièrement. Giovanni, qui s'occupait de toute l'administration du palais Médicis, informait sa belle-sœur : « Papa a le nouveau pape dans sa manche. C'est bien Thomas Parentucelli, et il vient de prendre pour nom Nicolas V... Ton frère Giovanni fait merveille à Rome, la banque Médicis est l'une des plus florissantes de la cité... » Mais elle restait sans nouvelles du comte Vernio. Alors elle riait, plaisantait, masquait sa mélancolie comme elle le pouvait, s'occupant de ses trois fillettes, si bouillonnantes de vie qu'on aurait juré, parfois, qu'une demi-douzaine d'enfants couraient dans la maison. Heureusement que les servantes déchargeaient Lucrezia plusieurs heures dans la journée de la présence bruyante de ses « petits cœurs ». Alors, dans la paix retrouvée de sa chambre, sa solitude lui était un plaisir sans fin.

C'était surtout cela qu'elle découvrit au cours de ces mois d'été 1447. La solitude. La merveilleuse, la bienfaisante solitude. Jamais, de toute son existence, Lucrezia n'avait été seule une heure. D'autres qu'elle avaient toujours décidé de l'ordonnance de ses journées... Et cet été-là, c'est d'elle, et d'elle seule que dépendait son plaisir ou son déplaisir, de ce qu'elle ferait ou ne ferait pas, et cela lui était un délice nouveau, inconnu, et qui lui procurait une joie intense. Les premiers jours, un peu désorientée, elle s'en remettait à son beau-frère pour tout décider. Puis, devant l'insouciance de Giovanni, elle décida de l'imiter et s'offrit le luxe suprême de vivre selon sa fantaisie et de faire chaque jour ce qu'elle n'avait jamais osé faire ni chez ses parents, ni au couvent, ni a fortiori au palais Médicis.

Quel souverain plaisir par ces brûlantes journées d'été que de se baigner nue dans l'Arno, loin de Florence, à l'abri des regards, et de revenir ensuite apaisée, rafraîchie, ou bien, lorsque la journée avait été particulièrement chaude et belle, de se promener seule, le soir, dans une petite carriole découverte que tiraient deux beaux chevaux arabes. Les rues de Florence étaient encombrées de badauds, de promeneurs, d'amoureux. La jeune femme découvrait sa ville avec des yeux neufs et, oublieuse d'elle-même, observait ses concitoyens comme elle ne l'avait jamais fait jusqu'alors... Bien qu'elle sût que ses promenades pouvaient susciter des bavardages, elle ne se souciait pas des commérages et souriait à qui voulait recevoir ce sourire. Elle laissait aller les deux chevaux au petit trot et respirait l'air tiède de la nuit. Odeurs nocturnes de Florence, où les senteurs âcres de poussière, de chaleur, d'herbes se mêlaient à celles qui montaient du fleuve... Odeurs douces et fortes, enivrantes comme un vin capiteux, et qui pour Lucrezia avaient nom « liberté ». Cette liberté lui était d'autant plus précieuse qu'elle allait prendre fin dès le mois d'octobre. Ce plaisir dont elle s'enivrait, c'était tout simplement celui de vivre à sa guise. De manger lorsqu'elle avait faim, de dormir ou de ne pas dormir, de se promener des heures entières ou de lire jusqu'au vertige... ou bien, parfois, lorsque ses petites filles le lui demandaient avec insistance, de prendre son luth et de fredonner ces airs mélancoliques et tendres, ces airs que tous les Florentins chantaient depuis la nuit des temps.

Peu à peu, son cœur lentement se détachait des tourments de l'amour, son corps trouvait une paix nouvelle. Comme elle était douce l'heure passée à bavarder avec sa sœur Bianca, la confidente, l'amie de toujours, comme il était agréable le moment passé à rêver sous un cyprès, un livre ouvert entre les mains, les yeux dans le vague. Nulle injonction, nul rappel à l'ordre, nul rendez-vous secret, où se rendre en cachette de tous, les genoux tremblants de désir et de la crainte d'être surprise. Nulle angoisse, non plus. Cette angoisse qui vient de la peur d'être quittée par l'homme aimé...

Seule. Merveilleusement, totalement, absolument seule... De

nouveaux rapports s'étaient établis entre sa mère et elle. Une sorte de complicité. Perspicace, Lucrezia avait compris bien des choses. Notamment ce qui toujours avait séparé ses parents quels que fussent leurs sentiments mutuels. La haine du corps. Chez sa mère, cette haine du corps, des choses de la chair avait pris des proportions telles que Francesco, condamné à la chasteté, cherchait à se consoler dans les bras d'une ravissante et toute nouvelle courtisane.

Vers la fin du mois de septembre, alors que son sixième mois de grossesse s'achevait, Lucrezia apprit que Franca de Bardi avait perdu l'enfant qu'elle avait mis au monde deux mois plus tôt, et elle eut une pensée apitoyée pour sa rivale. Si elle l'avait osé, elle serait allée la voir, mais un reste d'amour-propre l'empêcha de céder à son premier mouvement. Elle fit cependant envoyer à la jeune femme des corbeilles de fleurs, des pâtisseries, une multitude de petits présents, sans donner son nom. Si Franca de Bardi se douta de quelque chose, elle n'en dit jamais rien. Mais durant les longues années où les deux jeunes femmes furent obligées de se côtoyer, Lucrezia, parfois, surprenait le regard songeur et amical de Franca, qui la fixait avec attention.

Le retour de Piero, de ses beaux-parents et du comte Vernio n'était maintenant qu'une question de semaines. Lucrezia allait retrouver les contraintes quotidiennes, son amant et tous les tourments de la passion jalouse qui l'animait. Elle se sentait partagée entre le regret amer de perdre déjà sa précieuse liberté et le désir de se presser contre le comte Vernio. Lucrezia s'étonnait aussi de son impatience à revoir son beau-père. Cosimo lui manquait. Lorsqu'elle pensait à l'enfant qu'elle portait, elle souhaitait que cet enfant lui ressemblât : « S'il pouvait avoir l'intelligence, la force, la puissance de son grand-père... » Puis sa pensée s'égarait vers le comte Vernio. Alors Lucrezia se troublait, une vague de chaleur l'envahissait et elle trouvait le temps de l'absence encore long à supporter.

Elle avait l'impression que ses membres s'étaient glacés pendant ces longs mois de solitude, ces nuits désertées. Parfois, Lucrezia en arrivait à regretter la présence de Piero, ses maladresses, son ardeur désespérée. Mais tout en désirant revoir le comte Vernio, tout en espérant se rassasier de ses baisers, de ses étreintes, elle savait aussi que rien, jamais, n'arriverait à combler sa soif insatiable d'un amour absolu. Et cet amour, ce n'était pas auprès de Vernio qu'elle le connaîtrait. « Mon corps seul connaît la plénitude dans ses bras... Mais je n'ai jamais connu l'apaisement de l'âme... »

Elle avait imaginé l'amour comme un émerveillement, un ravissement de nature à combler et les aspirations du corps et les exigences de l'âme. Lorsque, encore enfant, elle était amoureuse de Filippo, elle pensait que l'amour lui apporterait un bonheur parfait, extatique, que rien jamais ne pourrait troubler. Or elle n'éprouvait rien de tout cela. L'amour qu'elle ressentait pour le comte Vernio était comme une faim douloureuse, un désir jamais assouvi et une jalousie atroce lui déchirait le ventre chaque fois que son amant parlait ou seulement regardait une autre femme. Jamais depuis leur premier baiser, elle n'était allée à lui sans souffrance et un sentiment d'oppression... Non, en vérité, cela ne ressemblait en rien à ce qu'elle éprouvait autrefois, lorsqu'elle était encore cette adolescente rêveuse, plus accrochée à ses rêves qu'aux réalités et aux exigences de la passion. « Mais je n'ai plus quinze ans..., pensait-elle parfois avec regret. ... Plus jamais je ne retrouverai ni l'insouciance ni la légèreté de cet âge béni... Me voici mère de trois enfants, et bientôt d'un quatrième... et Vernio, Vernio va revenir... Pourquoi cela ne me rend-il pas plus heureuse? Et pourtant j'ai tellement envie de le revoir, j'ai tellement besoin de le revoir... »

C'est vers la fin du mois d'octobre que les deux carrosses déchargèrent leurs cargaisons d'hommes, de femmes, de coffres, le tout accompagné de rires, de cris et d'exclamations. Contessina embrassa sa belle-fille avec chaleur, et lui trouva une mine resplendissante. Derrière elle, Piero se tenait debout, immobile, comme pétrifié par la joie de revoir sa femme. Il balbutiait des mots incohérents et, tout en s'approchant de lui pour l'embrasser, Lucrezia songea que c'en était fini de sa belle solitude. Et pourtant, elle fut surprise de la joie qu'elle éprouvait à revoir son beau-père, et elle ne put s'empêcher de rougir lorsque Cosimo, d'un geste tendre, caressa son ventre de sept mois en lui disant :

— Plus que soixante jours avant que je connaisse enfin mon petit-fils !... mon premier petit-fils...

Il l'embrassa sur le front sous l'œil jaloux de Contessina. Celle-ci n'avait jamais apprécié que Cosimo s'intéresse de trop près à une autre femme, fût-ce sa belle-fille.

Lucrezia éclata de rire pour cacher sa gêne.

— D'où tiens-tu que ce sera un fils ? dit-elle à Cosimo. Tu serais bien avancé si c'était encore une fille... Et si cela est, que dois-je faire ?... la noyer ?...

— Et tu feras aussi bien si elle te ressemble ! répliqua Cosimo toujours rieur. Une péronnelle comme toi dans une famille est plus que suffisant, ne crois-tu pas ?... Où sont mes petits cœurs ?

Avant que Lucrezia pût répondre, elle se sentit enlacée brutalement par Piero qui l'embrassa goulûment.

— ... Tu m'as manqué..., balbutia-t-il...

Il pleurait presque de joie, d'émotion, espérant que l'absence aurait changé Lucrezia, qu'elle aurait oublié le comte Vernio, qu'elle l'aimerait enfin, lui, son mari...

Comme il l'étreignait à l'étouffer, Lucrezia se dégagea sans ménagement.

— Attention !... mon ventre !... dit-elle en s'efforçant de dissimuler son irritation et son mécontentement.

Piero s'écarta d'elle, mais retint ses mains entre les siennes. Devant lui flottait comme un brouillard de rancœur et de désespoir. Alors pour la voir sourire, pour voir la lumière revenir dans les yeux de cette femme adorée, il lança d'une traite :

— ... Le comte Vernio sera de retour dans une dizaine de jours... Il est resté à Rome avec ton frère Giovanni. La banque Médicis va prendre un essor extraordinaire... Vraiment, Vernio a été un compagnon de voyage remarquable... remar...

Il s'interrompit. Sa voix se brisa devant le regard incrédule, apitoyé de Lucrezia. Il éprouvait une honte indicible et aurait éclaté en sanglots si Lucrezia ne l'avait pris dans ses bras en murmurant :

— ... Peu importe le comte Vernio. Viens donc te reposer, mon ami. Le voyage a dû être si long, si fatigant... Vraiment je suis heureuse de te revoir... vraiment ! Sais-tu combien tu as manqué à tes petites ? Et... moi aussi j'aspirais à ta présence...

Elle aurait dit n'importe quoi, inventé n'importe quoi pour faire disparaître du visage de Piero cette expression hagarde de souffrance exacerbée...

IX
L'HÉRITIER

C'EST dans la nuit du 31 décembre 1447 que Lucrezia, réveillée par la douleur, bien connue désormais, sut que son enfant allait naître dans les heures suivantes. Mais la douleur cessa presque aussitôt et Lucrezia referma les yeux... « Mon Dieu ! donnez-moi un fils !... » priait Lucrezia. Elle s'endormit, et de nouveau la douleur la réveilla. C'était encore supportable... Devait-elle déjà alerter la famille, ou les laisser dormir en paix ? Deux, trois heures passèrent, puis soudain Lucrezia eut envie de se lever, de marcher dans la chambre glaciale malgré le feu qui brûlait dans la cheminée. Elle marchait de long en large, lourde, lasse, se soutenant les reins de ses mains, guettant la douleur qui pointait, insistante, et qui ne lâchait plus sa proie.

Depuis qu'elle faisait chambre à part, une petite esclave circassienne dormait au pied de son lit. Lucrezia la réveilla.

— Va vite me chercher du lait chaud avec du miel... Je vais bientôt accoucher et il me faut des forces... Avant, tu ajouteras quelques bûches dans la cheminée. Et puis tu iras réveiller Madonna Contessina. Mais ne réveille pas Messer Piero, laisse-le dormir encore un peu... Allons, dépêche-toi !

La petite ne se le fit pas dire deux fois et ralluma le feu avant de sortir. Dans l'heure qui suivit, bien qu'il fît nuit noire, une froide nuit d'hiver, tout le palais Médicis était debout et résonnait des exclamations qui venaient de toutes parts. Contessina avait eu l'idée de dépêcher un messager chez les parents de Lucrezia, celle-ci ayant réclamé la présence de sa mère.

Deux heures passèrent au milieu de la plus folle surexcitation.

Un feu d'enfer brûlait dans la chambre de Lucrezia. Des odeurs de parfums, d'herbes brûlées flottaient dans l'air... Cosimo et Piero faisaient les cent pas dans la pièce, bavardaient à voix basse, puis ils entamèrent une partie d'échecs qui fut bientôt interrompue par l'arrivée de Francesco et de Selvaggia Tornabuoni. Selvaggia se précipita au chevet de sa fille.

Une heure plus tard, salué par une grande clameur, l'enfant tant attendu se présenta. A peine les deux matrones qui procédaient à l'accouchement le reçurent-elles entre leurs mains qu'elles s'écrièrent d'une même voix :

— C'est un garçon !... C'est un fils !... un fils !... Messer Cosimo, c'est un fils !

Cosimo courut vers les matrones qui avaient enveloppé l'enfant dans des linges et, tandis que l'une d'elles nouait déjà le cordon ombilical, il exigea de vérifier par lui-même que c'était vraiment un garçon... Alors il prit dans ses mains tremblantes l'enfant qui criait et s'approchant du lit où, épuisée, Lucrezia reposait, il dit, la voix hachée par une émotion qu'il contrôlait difficilement :

— Lorenzo !... Je voudrais que tu l'appelles Lorenzo en souvenir de mon frère bien-aimé.

Lucrezia tendit les bras où elle reçut son fils. Tendrement elle le berça contre elle jusqu'à ce que l'enfant se calme.

— ... Lorenzo..., dit-elle d'une voix lasse, mais avec un grand sourire. Lorenzo est le nom que j'ai toujours voulu donner à mon fils...

Dans l'euphorie générale, Cosimo décréta que ce 1er janvier 1448 était le jour le plus heureux de sa vie, et que désormais ce serait jour de fête dans la maison, décret qui lui valut mille quolibets de la part de Contessina et de Selvaggia qui décidèrent cependant que leur petit-fils était l'enfant le plus beau et le mieux formé que l'on pût imaginer. Ce qui, dans ce cas précis, n'était pas tout à fait exact. Lorenzo, nouveau-né de quelques heures, était un digne héritier de la dynastie, mais ne promettait pas pour autant d'être particulièrement beau. Dans l'effervescence générale, nul ne prit garde que le père de l'enfant, Piero, restait singulièrement silencieux. Il guettait Lucrezia, une lueur méchante dans le regard, un pli amer au coin des lèvres. Deux jours auparavant il avait subtilisé un message du comte Vernio, toujours retenu à Rome, et partagé entre la haine, l'angoisse et la douleur, il ne savait quel parti prendre. Dénoncer Lucrezia ? Le billet qu'il avait entre ses mains ne laissait aucun doute sur les liens qui unissaient les deux amants. Mais il savait que dès qu'il aurait prononcé les mots infamants, c'en serait fini de son mariage. Ce que tous savaient, mais dont nul, jamais, ne parlait, devait rester secret.

Par moments, il se félicitait de ce pouvoir qu'il avait sur sa femme, de ce pouvoir féroce qui pouvait le venger de la souffrance qu'il endurait... Mais à l'idée de perdre Lucrezia, il frémissait d'épouvante.

Contessina s'approcha de lui et lui tendit l'enfant, le petit Lorenzo. Piero prit le nouveau-né dans ses bras, malgré sa répugnance. Mais quelque chose passa entre l'homme et cet embryon d'homme qui reposait dans ses bras. Une onde mystérieuse, une promesse informulée d'amour, de confiance. Toute la faiblesse et toute la force du monde étaient ainsi réunies entre ses mains. Un instant, le nouveau-né ouvrit les yeux et Piero puisa dans ce regard vague une puissance jamais connue et une joie infinie. Son fils !

— ... Qu'il est laid..., dit Piero les yeux pleins de larmes, en proie à une émotion qui le submergeait totalement. Dieu qu'il est laid ! C'est un vrai Médicis... un vrai petit Médicis. Il est aussi laid que son père...

Il bégayait, soudain délivré de ses tourments. Aucune de ses filles ne lui avait donné autant de bonheur, et il se prit d'une adoration sans bornes pour le petit Lorenzo.

Discrètement, plus tard, beaucoup plus tard, il jeta le billet dans la cheminée et le regarda brûler avec amertume. C'était la preuve tangible de la trahison de Lucrezia qu'il détruisait ainsi.

Au cours des années qui suivirent, Cosimo de Médicis eut la satisfaction de voir son œuvre, tant celle du politique que celle du mécène, prendre un essor prodigieux. De toute l'Europe, des princes, des bourgeois, des marchands venaient à Florence admirer les œuvres des peintres, des sculpteurs, des architectes... La bibliothèque San Marco faisait l'admiration de ceux qui la visitaient, et lorsque le visiteur connaissait la somme que Cosimo de Médicis avait consacrée à cette œuvre, soit la bagatelle de six cent mille florins, qu'il fût prince ou marchand, il s'inclinait bas, prenant alors la mesure de la puissance financière de Cosimo de Médicis. Mais plus encore que ce mécénat munificent, ce qui satisfaisait Cosimo au-delà de tout était la paix retrouvée.

Les troubles sociaux, la lutte entre les partis, les exils et les persécutions avaient presque complètement cessé. A peine assis sur le trône du duché de Milan, en 1451, Francesco Sforza signa un traité d'alliance avec Cosimo, et enfin Florence connut la paix. Une paix bénéfique, qui de Donatello à Fra Angelico, donna lieu à un foisonnement de chefs-d'œuvre tel que jamais l'histoire du monde en connut.

Cosimo avait gagné sur tout. Le palais Médicis était envahi d'ambassadeurs venus de tous les pays d'Europe. Après l'avoir haï et souhaité mille fois sa mort, Lucrezia lui « mangeait dans la main », prétendait en souriant Contessina de Médicis, qui masquait mal son irritation lorsqu'elle voyait sa belle-fille se livrer à des joutes verbales avec Cosimo. Lucrezia se passionnait pour l'œuvre de son beau-père. Elle regrettait amèrement l'indifférence absolue de Piero pour les affaires publiques.

Vers la fin du mois de février 1451, Cosimo décida de partir à Mayence afin de voir où ce diable de Gutenberg en était de son invention. Il parlait sans se lasser des merveilles qu'offrait chaque contrée européenne. Les peintres allemands, hollandais, espagnols avaient déjà reçu la visite de coursiers qu'il leur avait envoyés. « ... Et cette musique français si douce à l'oreille..., disait-il souvent à sa belle-fille. Cela charme le cœur, apaise l'âme... » Lucrezia l'écoutait, elle-même charmée par l'enthousiasme juvénile d'un Cosimo qui avait dépassé la soixantaine... Il voulait créer des centres d'apprentissage artistique et inviter des maîtres venus de toute l'Europe.

« L'art n'est pas un miracle..., disait-il. Le miracle c'est le don... L'artiste le plus doué ne peut rien sans le savoir, sans le respect de la technique, sans de longs, de minutieux apprentissages. Avant de devenir un grand artiste, il faut d'abord être un infaillible artisan... » Ce culte du beau, Lucrezia aurait aimé que Piero prît exemple sur son père, et s'efforça de le convaincre de l'accompagner dans ses voyages.

— Tu veux que je laisse le champ libre à ton amant? ricana Piero. Comme cela, vous pourrez vous rencontrer à votre aise et me faire cornu plus que jamais...

Lucrezia haussa les épaules.

— Tu es ridicule. Tu sais très bien que si père décide de ce voyage, Vernio l'accompagnera. Ne serait-ce que pour négocier des ventes des nouvelles armes, qu'Andrea Martelli a mises au point, un canon à poudre pyrique qui fait merveille. Ce que tu dis n'a aucun sens. Ce voyage serait pour toi le moyen de connaître l'Europe, tous ces pays... Milan, la Suisse, la Germanie, la France. Ah ! si j'étais un homme !

Son visage exprimait un tel désir que Piero en fut surpris. Jamais il n'avait imaginé que Lucrezia pût désirer être autre chose qu'une femme aimée d'un homme.

— Eh bien ? demanda-t-il en souriant sans méchanceté. Que ferais-tu si tu étais un homme ?

— Je partirais !... Je voyagerais dans le monde entier ! Venise, Byzance, l'Aragon, le Portugal, les Indes lointaines... Mon Dieu ! savoir que tout cela existe et que je ne le verrai jamais...

Pour le coup Piero eut un rire gai et heureux.

— Eh bien ! pourquoi ne partirions pas en voyage ensemble ? Qu'est-ce qui nous retient à Florence ?

Lucrezia soupira.

— Les affaires de l'Etat... Tu ne peux pas laisser ton père seul ! Il n'est plus jeune, ses rhumatismes se sont aggravés, et sa charge devient lourde...

— Et Giovanni ? riposta Piero avec aigreur. Pourquoi Giovanni ne me remplacerait-il pas auprès de père ?

— Parce que Giovanni est un rêveur... Un très beau, très séduisant, mais un charmant, un doux rêveur, qui ne vit que de l'amour et par l'amour... Il n'y a rien chez lui de ce qui fait un homme politique.

— Et moi ? Crois-tu que je sois fait pour être un homme politique ?

Lucrezia le dévisagea.

— Oui. Si seulement tu voulais m'oublier un peu. Si seulement tu acceptais de te consacrer aux affaires de Florence. Je suis sûre que tu as les qualités d'un homme politique ! Toutes les qualités nécessaires. L'intelligence, l'opportunisme, le sens de l'argent et des affaires... Et même si tu es droit et honnête, tu sais fort bien aussi te montrer retors et rusé ! Toute l'énergie que tu déploies avec moi, emploie-la à des fins d'homme d'Etat, et tu verras ! Mais je suis là. Malheureusement pour toi j'existe dans ta vie... Dans ton cœur, dans ta tête, et dans ton corps, il n'y a rien d'autre que moi !

— Et tu t'en plains ? s'écria Piero douloureusement. Tu es aimée comme aucune femme au monde... Tu as sur moi tous les pouvoirs, je suis réduit à néant devant toi ! A Rome, durant ces longs mois sans toi, je n'en pouvais plus de ne pas te voir... de ne pas t'entendre, de ne pas respirer le même air que toi... L'esprit libre pour participer aux affaires politiques ? Mais pour cela il eût fallu que je ne te connusse point !

— Ta mère est aimée par Cosimo autant que je puis l'être par toi... Cela empêche-t-il père d'être l'homme le plus important de Florence, peut-être même de l'Italie tout entière !... En Europe, rien ne se fait sans lui !

— Père est aimé... lui, dit Piero avec amertume.

Réflexion que Lucrezia ne releva pas.

— ... Tout de même, reprit-il, à te voir si enthousiaste au sujet de mon père, je me demande si tu n'es pas en train de tomber amoureuse de lui !

— Grands dieux ! s'écria Lucrezia en riant... Vois où la jalousie te mène !... Tu devrais avoir honte !... J'ai pour ton père une affection toute filiale, et... je l'avoue, une admiration sans bornes...

— Et le comte Vernio ? enchaîna Piero.

— Quoi... le comte Vernio ?...

Le ton de Lucrezia ne souffrait aucune réplique, et Piero se tut. Ils se regardèrent fixement, chacun d'eux attendant que l'autre baissât la garde pour porter le coup final. Puis lentement, Lucrezia reprit sa tapisserie, et Piero feignit de s'absorber dans un livre de comptes.

Il se remémorait la minute précise où son existence avait basculé, il y avait maintenant onze ans. « ... Comme c'est curieux..., pensa-t-il tout en observant Lucrezia qui brodait, le visage fermé. J'ai fait mon malheur par mon propre choix, de ma propre volonté... Si j'avais dit la vérité, Lucrezia épousait le comte Vernio... Je ne suis pas responsable de la machination montée par père, Martelli et Tornabuoni pour jeter Franca dans les bras du comte Vernio et forcer Lucrezia à m'épouser... Savaient-ils qu'elle attendait un enfant ? Je ne crois pas. Ils sont ambitieux... mais ils ne sont pas cruels. Moi je savais... tout ! Et pourtant, si c'était à refaire, en toute connaissance de cause, je le referais encore !... Je ne pourrais pas, je ne pourrais jamais vivre sans Lucrezia... Comme c'est étrange... »

Soudain une porte s'ouvrit, il y eut un babil d'enfants, des cris aigus, et les trois fillettes suivies de la nourrice portant Lorenzo qui trois mois auparavant, avait fêté ses deux ans, entrèrent en se chamaillant. C'était là un fort charmant spectacle. Maria venait d'avoir dix ans. C'était une jolie petite fille mince et vive, aux cheveux noirs, à la peau blanche, grande pour son âge et qui fuyait Piero, son père adoptif, autant qu'elle le pouvait. Avec un instinct très sûr, elle savait que celui qu'elle appelait « père » ne l'aimait pas et tolérait tout juste sa présence. La menace du couvent pesait sur elle depuis quelques mois et elle savait qu'elle ne trouverait appui et défense qu'auprès de sa mère, et parfois de Cosimo, son grand-père. La seconde, Bianca, était Médicis des pieds à la tête. Tout le charme de l'enfance ne parvenait pas à dissimuler que les traits du visage seraient plus tard lourds, grossiers, que le corps manquerait d'élégance, que pataude elle était, pataude elle resterait. Et pourtant son sourire faisait fondre le cœur de quiconque l'approchait. Elle était douce, gentille et possédait un heureux caractère dont ses sœurs profitaient sans vergogne. Quant à la troisième, Nannina, qui courait sur ses petites jambes de quatre ans, elle promettait d'être beaucoup plus attrayante. Déjà coquette, son visage ressemblait d'une manière stupéfiante à sa grand-mère Contessina, et l'on pouvait supputer que plus tard, elle aurait l'allure aristocratique et gracieuse des Tornabuoni. Des trois petites, c'était sans doute la seule qui eût des yeux farouches, coléreux, intolérants, révélateurs d'une forte personnalité qui ne se laisserait jamais dominer. Des Médicis elle avait hérité le goût du pouvoir et déjà, elle régnait sur son entourage avec une férocité implacable. Ce qu'elle ne pouvait obtenir par la ruse ou la douceur, elle l'obtenait par ses cris, et les coups qu'elle distribuait avec équité. « ... Charmante nature !... » disait souvent Lucrezia en prenant le fouet, seul argument qui avait le pouvoir de lui faire entendre raison. Piero n'aimait pas ses filles. Il les accusait de toutes les duplicités, de toutes les hypocrisies. Toute la rancœur qu'il éprouvait à l'égard de Lucrezia, il la reportait sur ses filles et bien évidemment sur l'aînée, Maria, Maria qui ressemblait d'une manière si évidente au comte Vernio, qu'il faudrait bien un jour ou l'autre s'en débarrasser, sous peine de ridiculiser tous les Médicis. Même Cosimo commençait à admettre que c'était là un argument défendablc.

Les enfants revenaient de promenade. Les joues rougies par le froid, emmitouflés de laines et de fourrures, ils se précipitèrent sur Lucrezia et se chamaillèrent à qui serait le premier sur ses genoux.

— Maman ! criait Maria d'une voix aiguë. Maman, il neige !... Pourquoi Nounou ne veut-elle pas me laisser jouer avec la neige ?... Et pourquoi je ne peux pas aller faire des glissades sur les ruisseaux avec nos cousins Leone et Niccolo ? Tante Bianca a permis, elle ! Après tout, Leone et Niccolo sont à peine plus âgés que nous !

— Tu es encore trop petite pour aller jouer avec des garçons...

Devant le regard ironique de Piero, Lucrezia se mordit les lèvres. Elle devinait les pensées dissimulées sous le front obtus de Piero. Aussi reprit-elle avec fermeté :

— Allons, mes enfants... Allez vite vous changer, vous voilà trempés ! (Et elle ajouta à l'intention de Maria :) ... Plus tard, quand tu seras plus grande, tu pourras aller jouer dans la neige avec qui tu voudras...

Elle attira contre elle sa fille aînée et l'embrassa tendrement.

— C'est quand... quand je serai plus grande ? insista Maria.

— C'est bientôt... Allez, va maintenant... Si tu es sage, je monterai te raconter une histoire.

Elle prit le petit Lorenzo des bras de sa nourrice et le dévora de baisers. Mais l'enfant s'agitait déjà, et s'échappa pour s'agripper à la main de Nannina qui visiblement était sa sœur préférée. Pour le punir de se laisser embrasser sans sa permission, la petite le gifla, ce qui arracha des pleurs au petit garçon, puis les uns tirant les autres, ils disparurent. Le silence s'abattit dans la chambre.

Sans regarder Piero, Lucrezia s'approcha de la fenêtre. Il neigeait. Une neige sèche et légère qui allait certainement tenir plusieurs jours. Soudain, du fond de sa mémoire surgit un souvenir précis... C'était un jour semblable à celui-ci. Il y avait Bianca, Giuseppina, Giuliano... Tous trois voulaient à toute force lui faire manger de la neige... Comme elle aimait l'hiver en ce temps-là... Comme elle aimait se jeter dans la neige froide et molle... Ce jour-là, ce jour où tout avait commencé, elle riait. Bianca et Giuseppina la maintenaient et déjà Giuliano tentait de lui faire avaler une boule de neige... Alors Vernio apparut. Vernio... Les souvenirs s'enchaînèrent : maintenant c'était la nuit du Palio... Une tiède nuit de juin... Puis le couvent, et Lauretta Agnelli... Lauretta s'était sauvée comme elle l'avait dit, et plus jamais Lucrezia n'avait eu de ses nouvelles. Qu'était-elle devenue?... Qu'étaient devenus les jours anciens? Un chagrin puissant au goût amer lui serrait la gorge. Elle n'avait pas oublié la plus grande de ses douleurs : Giuseppina... « Ô Dieu! Giuseppina... »

Egarée, Lucrezia se retourna et fixa Piero.

— Que s'est-il passé? demanda-t-elle d'une voix rauque.

— Comment cela? Que veux-tu dire?

Inquiet Piero la dévisageait.

— Oui... je veux dire... qu'ai-je fait de moi? Qu'avons-nous fait?... Je n'ai pas voulu cela...

Piero secoua la tête.

— Je ne comprends pas ce que tu veux dire...

Si. Il comprenait. Il comprenait si bien qu'un instant la pitié l'emporta sur la haine jalouse qui l'animait encore. Il eut l'envie soudaine de consoler Lucrezia, de l'étreindre non pas avec sa sauvagerie habituelle, mais avec la compassion d'un ami, d'un frère...

Lentement, Lucrezia se détourna et posa le front sur la vitre glacée. Vernio! Il fallait qu'elle voie Vernio le plus rapidement possible... Sinon tout cela n'avait aucun sens, ni ce palais ni cette neige, ni ce semblant de bonheur qu'elle s'efforçait de créer autour d'elle... Vernio!... Oh! si seulement elle pouvait partir, quitter cette chambre... courir chez Vernio, se précipiter dans ses bras... Mais cela était impossible... Elle allait le revoir bientôt, sans doute dans quelques jours. Il lui ferait remettre un message énigmatique, du genre : « A Trebbio, un peintre attend de Madonna Lucrezia une visite qui le comblerait d'honneur... » Le peintre existerait sans nul doute, mais juste à côté de son atelier, une chambre accueillante et silencieuse offrirait pour quelques heures un abri sûr aux deux amants. C'était cela désormais leur amour. Des rencontres secrètes, ou qu'ils s'imaginaient tenir secrètes, car malgré toutes leurs précautions, les langues marchaient bon train à Florence.

— A quoi penses-tu?...

La voix sèche de Piero fit sursauter Lucrezia.

— ... ou plutôt, à qui penses-tu ?... D'ailleurs ma question est stupide ! Comme si je ne savais pas à qui tu penses !

La jeune femme ne répondit pas tout de suite. Et quand elle le fit, ce fut pour dire :

— ... Il neige... vois comme il neige... J'aime la neige. C'est si rare en nos contrées... Dès le printemps prochain, j'aimerais aller aux eaux de Bagno a Morba. Je me sens lasse.

De nouveau les deux époux se firent face et s'affrontèrent du regard. Les villes thermales étaient fort à la mode. Hommes et femmes se baignaient ensemble, et cela donnait souvent lieu à des aventures fort agréables. De nouveau, une vague de jalousie envahit Piero. Son visage se contractait tandis qu'il dévisageait Lucrezia. Il savait que lorsqu'elle partait aux eaux, surtout dans cette station thermale qu'elle avait financée sur les conseils du comte Vernio, c'était pour rencontrer son amant. Là, ils n'avaient nul besoin de se cacher. Les couples illicites s'en donnaient à cœur joie : qui aurait fait attention à un couple enlacé dans les vapeurs soufrées quand chacun était fort occupé avec son partenaire ? Bien qu'elle eût bientôt la trentaine, elle était, songeait-il, plus ravissante que jamais, avec cette expression de tristesse rêveuse, cette allure de femme inachevée, d'adolescente, derrière laquelle se dissimulaient une force de caractère et une détermination sans pareilles. « Elle n'en fera toujours qu'à sa tête..., se disait-il ulcéré. Rien ne peut la faire fléchir... Ni les coups, ni les larmes, ni les prières ni les ordres... »

— ... Ce sont des lieux de perdition..., dit lentement Piero.

Mais Lucrezia feignit ne pas l'entendre.

X

LES THERMES DE BAGNO

COSIMO était encore à Mayence, lorsque vers la fin du mois de septembre 1451 la nouvelle de la mort de Mourad II de Constantinople parvint à Florence.

L'empereur Constantin (successeur de son frère Jean VIII Paléologue) avait fait envoyer une supplique à toute la chrétienté. La mort de Mourad II allait sonner le glas des orthodoxes. Déjà Mohammed II, successeur de Mourad, faisait édifier aux portes mêmes de la ville une tour immense qui en gardait l'accès. Aux protestations de l'empereur, Mohammed II fit répondre : « En dehors des murs de Constantinople, l'Empire m'appartient... »

Réponse parfaitement exacte et logique : tout l'Empire byzantin appartenait aux Turcs. Sauf Constantinople. Mais pour sauver sa ville, l'empereur Constantin était prêt à combattre jusqu'à sa dernière heure.

Mohammed II avait une telle réputation de cruauté qu'aussitôt, la Seigneurie de Florence décida de dépêcher un courrier à Mayence pour en faire revenir Cosimo en toute hâte. Simultanément, d'autres courriers furent envoyés à Venise, à Milan, puis à Rome... Pour la première fois de sa vie, Giovanni de Médicis sut prendre une responsabilité et oublier quelques jours la douceur des bras de son épouse Ginevra. En accord avec Piero, trop malade pour se déplacer, il décida d'aller au-devant de son père et, au passage, de s'arrêter à Milan pour voir avec le cher Francesco Sforza ce qu'il convenait de faire. Un peu surprise par cette initiative, Lucrezia félicita son beau-frère et aida sa belle-sœur dans les préparatifs de voyage. Elle n'aimait guère cette jolie

Ginevra des Albizzi, très douce, malléable, qui sortie des mille agaceries amoureuses dont elle comblait son mari, n'avait pas une once d'idée personnelle, du moins était-ce là l'avis de Lucrezia. Pourtant, parfois, lorsqu'elle voyait ensemble les deux époux qui occupaient tout un étage du palais Médicis, Lucrezia ressentait un léger pincement au cœur. « Est-ce là le bonheur ?... pensait-elle avec une pointe d'envie. Peut-être... Heureuse au bras de l'homme aimé, heureuse à la face du monde... Sans autre souci que de le savoir là, présent, toujours... » Mais elle chassait vite ces pensées et reprenait le fil de sa propre existence qui lui réservait aussi sa part de joie. Cette part qui lui était nécessaire, essentielle, et sans laquelle elle ne voulait pas vivre. Même le départ de Maria, que l'on avait arrachée de force de ses bras impuissants, ne pouvait la faire souffrir autant que la rumeur que l'on avait vu le comte Vernio au bras d'une jolie femme. Ou, plus atroce encore, de savoir Franca encore enceinte.

Giovanni parti, Lucrezia songea que la mort de Mourad II et l'avènement de Mohammed II mettait une bien curieuse animation dans la vie publique de Florence. Absorbée par ses devoirs de maîtresse de maison et de mère, elle ne suivait plus que de loin les événements politiques... Et puis, elle ne pouvait pardonner à Piero ce qu'il venait de faire à Maria. Chaque fois qu'elle se remémorait la scène déchirante qu'elle avait vécue avec sa fille aînée, la haine qu'elle éprouvait alors la submergeait. Les pleurs et les cris de Maria, Lucrezia ne pouvait ni les oublier ni les pardonner. Aussi, depuis près de quinze jours, n'adressait-elle plus la parole à Piero et se barricadait-elle chez elle, comme l'avait fait sa propre mère, Selvaggia, avec Francesco à la mort de Giuseppina.

Malgré l'importance de la nouvelle qui risquait de bouleverser toute la politique étrangère de Florence, Lucrezia décida d'aller dans « sa » ville d'eau...

— ... pour en surveiller un peu les nouveaux thermes et aussi pour ma santé...

Ce fut le comte Vernio, venu la rejoindre aux eaux de Bagno a Morba, qui lui en fit comprendre la gravité. Bien évidemment, ce n'était pas pour lui parler politique que le comte Vernio avait décidé de retrouver Lucrezia... S'il voulait la voir comme n'importe quel amant désire voir sa maîtresse, il voulait surtout lui faire part d'une décision qu'il avait prise. Décision qu'il jugeait infiniment plus importante que la mort de Mourad II, bien que cette mort le forçât à remettre cette décision à plus tard. Il était las de feindre, de dissimuler, de ne voir la femme dont il était follement épris qu'en cachette, dans des lieux souvent abjects... Il avait l'impression que la fausseté de leur situation allait les conduire tôt ou tard à la rupture. Déjà, il sentait quelque chose de différent en Lucrezia, quelque chose d'imprécis, d'impalpable, mais qui le remplissait de crainte. « ... Et si un jour elle cessait de m'aimer ?... » Cette pensée lui fut intolérable, et c'est ainsi qu'il prit la fameuse décision. « ... Nous devons vivre ensemble... » Voilà ce qu'il voulait dire à Lucrezia, et il se sentait prêt à braver le monde entier, à partir, à s'exiler si cela s'avérait nécessaire.

Aussi quand il se rendit aux thermes, se sentait-il heureux et gai comme un jeune homme. Elle vint vers lui, souriante, visiblement heureuse de le voir. Tout autour d'eux, dans le parc à l'italienne imaginé par Lucrezia, une foule disparate, animée et bavarde allait et venait, indifférente à ce couple qui se serrait les mains et se regardait avec amour. Il n'y avait pas grand monde d'ailleurs, la saison étant presque terminée.

Les thermes de Bagno a Morba avaient connu dans l'Antiquité une très grande célébrité. Après une longue décadence, ils avaient retrouvé leur éclat grâce au comte Vernio, qui était venu s'y reposer et s'en était fort bien trouvé. A l'idée des gains que l'exploitation d'un tel endroit pourrait rapporter, il en avait parlé longuement à Lucrezia qui, enthousiaste, avait mis une grande partie de sa fortune personnelle dans l'opération... C'est elle qui avait fait exécuter les travaux d'aménagement et elle y venait aussi souvent que possible, trouvant les eaux soufrées excellentes pour la fraîcheur du teint, et le « vaporium », un merveilleux adjuvant pour conserver sa silhouette mince et nerveuse.

— Je ne t'attendais pas si tôt..., dit Lucrezia à mi-voix. Comme je suis contente de te voir.

— Dès que j'ai su que tu te rendais aux eaux, je n'ai eu de cesse de venir t'y rejoindre... J'ai une chose importante à te dire.

Le regard qui accompagnait ces mots était éloquent. Un flot de tendresse envahit Lucrezia.

— Eh bien?... demanda-t-elle avec le sourire d'une amante écoutant les mots qu'elle veut entendre.

Il la taquina.

— Mourad II est mort... Et Mohammed II prend tous les pouvoirs... Et puis, j'ai reçu des nouvelles ce matin de Cosimo. Il m'a dépêché les plans de l'invention de ce Gutenberg de Mayence, avec mission pour moi de lui faire envoyer une cassette de florins... « Dès que cette invention sera absolument au point, nous l'exploiterons à Florence... », m'a-t-il écrit.

Lucrezia fit mine de fulminer :

— ... Et c'est pour cela que tu as fait deux heures de cheval?... Eh bien, retourne d'où tu viens... Que m'importent Mohammed II et l'invention de... de... comment dis-tu?... Gutenberg?

Le comte Vernio cessa de plaisanter et dit avec gravité :

— Ecoute... La mort de Mourad II va certainement retarder les projets que je formais... des projets nous concernant... Je suis las de cette vie de mensonges, de dissimulation... je veux vivre avec toi... Nous allons partir ensemble.

Lucrezia sursauta. Vernio devenait-il fou? Que lui arrivait-il, se rendait-il compte de ce qu'il disait? Elle l'écoutait, stupéfaite. « ... Que se passe-t-il?... Que lui est-il arrivé? Sait-il que ce qu'il demande est impossible... Je l'aime. Je mourrais pour lui... Mais mes enfants? Laisserais-je mes enfants pour suivre mon amant?... et... Mais pourquoi maintenant? »

Pour détourner la conversation, elle demanda :

— En quoi la mort de Mourad II vient-elle compromettre tes projets?... N'est-ce pas son fils Mohammed II qui va succéder à son père?...

— Mohammed II ne ressemble en rien à son père. Autant Mourad II était un homme pacifique, un érudit épris d'art, de culture, autant son fils est un homme sanguinaire, un fanatique religieux pour qui le mot de tolérance et de respect des croyances est considéré comme une insulte punissable de mort... J'ai toujours craint l'avènement de cet émir! Nous pouvons nous attendre au pire... Et nous aurons le pire parce que nous autres chrétiens n'avons pas agi autrement envers les musulmans... Ils sont bien décidés à se venger des atrocités que les Croisades leur ont fait subir ! Il faut absolument que les chrétiens de Rome, de Florence ou de France envoient une armée pour soutenir les orthodoxes byzantins, sinon... (Il soupira, s'épongea le front et reprit :) ... Et comme un malheur n'arrive jamais seul, on m'annonce à l'instant que le financier français Jacques Cœur vient d'être failli !... Et je vais devoir aller à Bourges voir si nous pouvons sauver quelque chose de nos investissements. Nous avions placé beaucoup d'argent dans ses entreprises. Donc il faudra remettre à plus tard l'espoir de notre vie commune... T'avouerai-je que je n'aspire plus qu'à cela... Mais il me faut partir à Bourges et je resterai absent six mois au moins !

Lucrezia frémit. Partagée entre le désir de s'enfuir avec le comte Vernio, et celui qui la retenait à Florence auprès de ses enfants, elle craignait d'être obligée de choisir. Ce qu'elle ne voulait à aucun prix. Aussi s'efforça-t-elle, encore une fois, de détourner la conversation :

— Eh bien !... n'as-tu rien de plus agréable à me dire ?... Tu viens me rejoindre aux eaux où je suis censée préserver ma jeunesse et ma beauté, et voilà que tu viens m'annoncer une nouvelle fort désagréable qui risque de les mettre à mal ! Je vais vieillir et devenir laide à faire peur ! Cela te permettra de courir les donzelles et de m'oublier...

Le comte Vernio la dévisagea avec tendresse.

— Voyons, tu seras toujours belle ! Même lorsque tu auras des cheveux blancs et le visage tout ridé, tu seras ma petite Lucrezia... Tu n'as pas changé... On dirait que le temps n'a pas de prise sur toi...

Mais il mentait, et il le savait. Lucrezia était là, devant lui, encore toute rose du bain de boue qu'elle venait de prendre, simplement vêtue de linge blanc, ses longs cheveux noirs dénoués jusqu'à la taille, et telle qu'elle était en cet instant, on aurait pu, en effet, jurer que rien en elle n'avait changé au fil des ans. Mais la tristesse de son regard, l'amertume qui cernait sa grande bouche un peu plus pâle qu'autrefois, les lignes fines, déjà perceptibles, qui barraient son front trop haut, tout indiquait que Lucrezia avait mûri. Elle était beaucoup plus vieille que l'adolescente innocente que le comte Vernio avait étreinte par une belle nuit de juin 1436, il y avait quinze ans de cela. « Quinze ans ! Quinze ans déjà..., pensait-il effaré. Je vais sur ma cinquantaine, et Lucrezia ?... Elle va sur ses trente ans... » Tant d'années avaient passé sur leur amour. Et il l'aimait toujours avec autant de force ! « Avons-nous connu le bonheur ? pensa-t-il. Non, sans doute... Mais nous avons pu sauver l'essentiel... » Il eût aimé emmener Lucrezia avec lui en France, il eût aimé vivre avec elle. Ce désir, bien que né de la crainte que Lucrezia ne se détachât lentement de lui, était sincère. Et cependant, dans le même instant, force lui était de reconnaître que sa vie avec Franca lui était, somme toute, agréable. Jamais elle ne lui avait fait le moindre reproche au sujet de ses rencontres avec Lucrezia. Pourtant elle savait. Au début de son mariage avec Franca, sa discrétion avait surpris le comte Vernio. Puis il s'était accoutumé à ce silence. Parfois il se demandait si Franca souffrait. Mais comme elle ne manifestait rien d'autre qu'une joie constante, sereine, un peu forcée, il ne s'était jamais vraiment interrogé sur ce qu'elle éprouvait. Une seule fois en dix ans de mariage, il avait surpris des larmes dans ses yeux. Alors qu'il venait de la posséder, tandis qu'il reprenait son souffle, encore sur elle, il vit des larmes couler le long des joues de sa femme. « ... Mais..., avait-il demandé décontenancé. Mais qu'as-tu donc ?... » Franca avait détourné la tête sans répondre, puis s'était dégagée assez brusquement. Quelques instants plus tard, elle avait eu cette réfexion : « Evite de penser à d'autres... personnes lorsque tu me prends... Bonne nuit... » Qu'avait-il dit au plus fort de ses transports ? Avait-il murmuré le nom de Lucrezia ? Il n'en avait pas vraiment le souvenir. De toute manière cela ne s'était plus jamais reproduit. Il s'efforçait toujours de garder la tête froide lorsque l'envie lui prenait de faire l'amour avec Franca. Il ne l'aimait pas, mais faire l'amour avec elle était loin de lui déplaire, et il lui était reconnaissant des enfants qu'elle lui donnait régulièrement, tous les deux ans. Cinq enfants gambadaient maintenant dans la grande maison de la via Larga. Lorsque sa fille aînée, Bianca, acceptait de quitter le palais Caffarelli où elle était restée auprès de ses grands-parents, cela faisait six enfants au comte Vernio, et il n'en était pas peu fier. Somme toute, lui aussi était plutôt satisfait de la tournure qu'avait prise son existence. Pourtant, parfois, il détestait Franca de l'avoir séparé de Lucrezia... et cette haine le submergeait avec une violence insoupçonnable. Mais, toujours, la compassion l'emportait... Franca l'aimait tellement !

Le comte Vernio avait pris les mains de Lucrezia entre les siennes et les serrait avec tendresse.

— Je n'ai jamais cessé de t'aimer, Lucrezia..., dit-il enfin. Tu peux m'accuser de tous les maux, des crimes les plus abjects, de t'avoir parfois trompée... et c'est peut-être vrai, mais tu es et tu resteras pour moi l'unique, la très précieuse, l'irremplaçable...

Il se tut et baisa les paumes tièdes de la jeune femme, avant de demander à voix très basse :

— Pourquoi a-t-on enfermé Maria dans un couvent ?

Lucrezia baissa la tête, les yeux pleins de larmes.

— Sa présence était intolérable à Piero. Elle te ressemble de plus en plus. Cela risquait de faire scandale... Mais le pire... c'est que Piero a déjà décidé de son mariage. Songe ! Elle n'a pas onze ans ! Dans quatre ans elle sera mariée !

— Sait-elle qu'elle..., commença le comte Vernio hésitant.

— Non ! s'écria Lucrezia... Et je te l'interdis bien !

— Il faudra qu'un jour elle sache la vérité. Je l'ai mise sur mon testament à part égale avec mes autres enfants. Et puis... il ne serait pas bon qu'elle apprenne la vérité par d'autres que toi... Parfois les langues sont mauvaises, Lucrezia... Et les êtres humains, hommes ou femmes, aiment faire le mal... On dirait que cela les amuse... les excite... (Il s'interrompit, puis d'une voix changée, il ajouta :) ... Bianca va bientôt se marier.

Lucrezia sursauta.

— Bianca, ta fille... Mais... elle n'a ?...

Le comte Vernio sourit.

— Elle a seize ans... C'est l'âge pour prendre époux. Dès mon retour de France elle épousera le fils d'Antonio Soderini... C'est là son choix, Lucrezia, c'est elle qui a décidé de ce mariage...

Lucrezia sourit.

— Ainsi ce bébé est devenu une jeune personne qui a choisi un époux. Un jour tu seras grand-père, et moi grand-mère... Dans quelques années, ce sera le tour de Maria.

— Oui... Et grâce à Maria nous serons les grands-parents des mêmes petits-enfants... Heureusement que Maria existe.

— Oui, heureusement... Est-il absolument nécessaire que tu

partes en France ?... D'autres que toi ne peuvent-ils s'occuper des affaires de Messer Jacques Cœur ?

— Cosimo serait fort désappointé si je ne prenais cette affaire en charge moi-même. Peut-être me rejoindra-t-il à Bourges ? Cette ville est sur la route du retour...

Le comte Vernio paraissait soudain distrait, soucieux. Cela n'échappa pas à Lucrezia qui ne le quittait pas du regard.

— Que se passe-t-il ? demanda-t-elle. Tu me caches quelque chose...

Il eut un petit rire triste.

— Ma proposition de fuir afin de vivre ensemble ne semble pas t'avoir transportée de bonheur, ma douce...

Lucrezia détourna la tête.

— Tais-toi..., dit-elle les larmes aux yeux. Oh ! je t'en prie, tais-toi ! On dirait que tu refuses de te souvenir que j'étais prête à cela... j'étais prête lorsque c'était encore possible... lorsque Maria était encore dans mon ventre... Nous aurions dû fuir ensemble... et nous avons manqué de courage...

De nouveau le comte Vernio eut un petit rire triste.

— Nous ?... Quelle générosité, ma douce ! Non. Toi tu avais tous les courages, toutes les audaces... Moi seul suis coupable... J'avoue que j'ai eu peur... Le plus grand regret de ma vie c'est cela. Etre passé à côté de toi, sans t'avoir à moi, aux yeux de tous...

Lucrezia eut un élan vers lui.

— ... Vernio... Merci. Merci pour ce que tu viens de me dire... Viens. Allons chez moi... Nous y serons tranquilles...

Lucrezia avait fait construire pour son usage personnel une ravissante villa. Cette maison, bâtie autour d'un patio, d'un style vaguement mauresque, toute de plain-pied, était d'une simplicité reposante. Seuls quelques tableaux de peintres locaux jetaient sur les murs blancs des taches de couleur. Deux esclaves suffisaient amplement à l'entretien de cette villa, qui semblait avoir été construite pour y abriter en toute impunité les amours de Lucrezia et de Vernio. Cela se savait, encore que nul ne pût prétendre avoir jamais vu les deux amants dans cette maison. Les esclaves restaient muettes, le comte Vernio était discret, et le reste de la famille Médicis avait choisi d'ignorer ce qui se passait dans cette demeure lorsque Lucrezia se rendait aux eaux...

Au milieu de la nuit, les deux amants reposaient dans les bras l'un de l'autre, échangeant des propos anodins. Le comte Vernio allait partir dès que l'aube aurait blanchi l'horizon... Et puis soudain, sans que rien ne l'eût laissé prévoir, il en vint au sujet qui le préoccupait depuis plusieurs jours. Mohammed II et le danger que ce monarque représentait pour l'Occident.

— Je ne savais pas que Mohammed II était si redoutable..., dit Lucrezia. Serait-ce un autre Tamerlan ?

— En quelque sorte.

Lucrezia eut un frémissement d'horreur. Elle se souvenait des histoires qui avaient hanté son enfance. Lorsqu'elle n'était encore qu'une toute petite fille capricieuse et têtue, sa mère, Selvaggia, la menaçait du vilain Tamerlan, ce monstre qui avait fait enterrer vivants des milliers d'Arméniens, des petites filles, désobéissantes et insolentes comme elle...

— ... Je ne saurais te dire combien Tamerlan m'a effrayée lorsque j'étais enfant. Au point qu'il m'était impossible de dormir dans une chambre sans avoir une bougie allumée... En revanche, j'avais beaucoup de sympathie pour Bajazet que je plaignais de tout mon cœur...

— Je crains fort que l'Occident n'ait un jour à payer durement son indifférence devant les visées islamiques. Tamerlan a très bien mené son combat. Il a su attiser la haine entre les héritiers de Bajazet, qui ont fini par s'entre-tuer... Soliman fut tué par son frère Mourad Ier, lui-même fut tué par son frère Mohammed Ier, qui pour distraire son peuple d'une révolte certaine, l'entraîna dans une guerre où il fut tué à son tour, laissant sa place à Mourad II, prince plutôt porté sur les petits garçons mais infiniment plus pacifique que ses prédécesseurs, celui-là même qui vient de mourir en laissant sa succession à son fils Mohammed II.

— Et lui ? lui aussi n'aime que les petits garçons ?

— Oh... sans doute. L'amour grec est très bien porté chez les Ottomans. Leur mépris de la femme est tel qu'ils ne trouvent de véritable jouissance que dans les bras d'un homme... Cela est vrai d'ailleurs, de tous ceux qui préfèrent la compagnie de leur semblable à celle des femmes...

— On ne peut guère dire cela de toi, n'est-ce pas ?... J'ai ouï-dire que tu préférais, et de beaucoup, la compagnie des femmes.

— Jalouse ?

— Et pourquoi pas ?

— Tu n'as aucune raison d'être jalouse... Pour moi aucune femme n'a jamais eu, et n'aura jamais la place que tu as dans mon cœur...

Il l'observa en silence et l'attira contre lui.

Lucrezia resta à Bagno a Morba encore deux jours après le départ du comte Vernio. Elle n'avait nulle envie de rentrer à Florence et se prenait à rêver. « Partir... m'enfuir avec lui... dans une contrée où nul ne nous connaîtrait... Tout recommencer... au grand jour... »

Mais au fond d'elle-même, Lucrezia savait que rien ne pouvait être recommencé.

XI
CONSTANTINOPLE

Peu de temps avant les fêtes de Noël 1452, la Seigneurie décida d'entériner la proposition de Cosimo d'envoyer une délégation auprès de Mohammed II. Cosimo avait reçu de l'empereur Constantin XI une véritable supplique, au nom de l'Union conciliaire de Florence. Constantinople était encerclée par les Turcs et n'avait à opposer à des dizaines de milliers de guerriers entraînés, surarmés, qu'une population profondément croyante, chez qui le sentiment national était quasi inexistant. Seule leur foi comptait. Si bien qu'ils avaient longtemps préféré les Turcs aux Latins, qui voulaient les faire plier sur ce qu'ils avaient de plus cher.

— Ils se laisseront massacrer..., dit Cosimo sombrement, se souvenant de Jean VIII Paléologue mort quatre ans plus tôt, de sa douceur, de sa culture, de Pléthon qui avait préféré retourner à Byzance, mais qui était mort avant d'avoir pu atteindre Constantinople... Mohammed II est jeune, à peine a-t-il dix-neuf ans, il est ambitieux, froid, calculateur. Il fera main basse sur les richesses de Byzance, sur les manuscrits... Il faut sauver ce qui peut encore être sauvé...

Durant plusieurs jours, les réunions se succédèrent au palais Médicis. Cosimo se démenait aussi énergiquement que sa santé le lui permettait. Malgré les objurgations de Contessina qui le pressait de prendre quelque repos, il refusait de quitter son cabinet de travail avant d'avoir mis sur pied une délégation et une armée à même de porter secours à l'empereur Constantin. Son fils Giovanni, à sa grande stupéfaction, assistait à toutes les réunions et paraissait prendre un vif intérêt à tout ce qui se disait.

— Est-ce un caprice de sa part, demanda-t-il un soir à Contessina à l'heure douce où le couple se retrouvait dans l'intimité de la chambre conjugale, ou bien commence-t-il à prendre au sérieux son rôle de fils Médicis ?

— Peut-être ?... dit Contessina. Tu t'es toujours montré hostile à Giovanni... Peut-être l'avais-tu mal jugé ?

— Il m'a souvent déçu... Voyons ce que réserve l'avenir...

Quelques jours plus tard, Giovanni demanda à son père de participer à la délégation florentine. Aussitôt non sans une certaine fierté, Cosimo fit part du désir de Giovanni au comte Vernio, qui manifesta une très grande surprise. Le jour même, il apostropha Giovanni :

— Votre père m'a fait part de votre décision. Mais... savez-vous quel danger cela représente ?

— Est-il dans vos intentions de me traiter de lâche ? répliqua vertement Giovanni pâlissant de colère.

Le comte Vernio retint un petit rire.

— Grands dieux, non !... Mais vous avez la guerre en horreur... Vous n'avez jamais, de votre vie, tenu une épée.

— Pour le moment nul ne se bat à Constantinople. Peut-être Mohammed II acceptera-t-il d'entendre raison ?... Et si cela ne se peut, alors rien ne nous force à rester sur place... Nous sommes florentins... les Turcs ont besoin de nous et de nos manufactures d'armements...

Ce genre de discours était si inhabituel chez Giovanni que le comte Vernio, profitant d'une rencontre fortuite avec Lucrezia dans les couloirs du palais, lui demanda :

— Qu'arrive-t-il à ton beau-frère pour qu'il veuille partir ainsi, malgré le danger ?

— Je ne sais pas..., répondit Lucrezia. Giovanni et moi parlons bien peu ensemble... Nous verrons ce qu'en pense Cosimo et s'il donnera son accord... Après tout, peut-être a-t-il en tête de faire de Giovanni son héritier, surtout depuis que Giovanni a eu un fils...

Le comte Vernio allait de surprise en surprise.

— Tiens ! je pensais que jamais il n'aurait pardonné à Giovanni d'être l'époux d'une Albizzi, et que l'idée qu'un descendant de cette famille puisse hériter de la maison Médicis lui était intolérable.

Lucrezia haussa les épaules avec humeur.

— Il faut croire qu'il a changé d'avis...

— Cela te peine-t-il ?...

— Non. Je ne crois pas... Ecoute, il ne faut pas que l'on nous voie ensemble. Quelqu'un pourrait nous surprendre... Demain... demain à l'endroit habituel.

Lucrezia mentait lorsqu'elle affirmait que le choix de Cosimo ne la touchait pas. La rage au cœur, elle en voulait de plus en plus à son époux de s'avérer incapable de s'occuper des affaires de Florence. Pour Lucrezia, son fils, Lorenzo, était le seul héritier de Cosimo. L'enfant allait fêter son cinquième anniversaire le 1er janvier 1453 et promettait d'être une intelligence hors du commun.

Cosimo exultait. Son fils cadet Giovanni jusqu'alors l'avait toujours déçu. Surtout dans le choix de son épouse. Cette Ginevra des Albizzi était la fille de Luca, un ami de longue date. Mais c'était une Albizzi, et cela était rédhibitoire. Giovanni, alors âgé de trente-deux ans, n'avait aucun sens politique, le pouvoir le faisait rire, et l'argent le laissait indifférent. Seuls l'art et l'érudition comptaient à ses yeux. Pourtant, c'était un homme habile, plein de bon sens, et il était extrêmement populaire à Florence. Souvent Cosimo se désolait : « C'était lui l'héritier de mon choix... Lui ! Et il a fallu qu'il s'amourache de cette petite Ginevra des Albizzi... » Contessina, dans le secret de son cœur, préférait Ginevra, sincèrement éprise de Giovanni et qui venait d'être mère d'un chétif petit Filippo qu'elle adorait. Elle n'aurait vu aucun inconvénient à ce que Giovanni fût l'héritier des Médicis. Et souvent elle intervenait auprès de Cosimo, craignant l'influence de plus en plus grande du comte Vernio sur Lucrezia. Mais à l'idée que les descendants de son fils seraient aussi ceux de ses pires ennemis, Cosimo frémissait de colère. Et il refusait d'écouter les objurgations de Contessina. Force lui était de prendre Piero comme héritier, un Piero de plus en plus malade, incapable de se mouvoir sans aide, et dont la santé donnait maintenant toutes les inquiétudes. S'il mourait, que ferait Lucrezia ? Elle ne manquerait pas de se remarier. Avec un cynisme à peine dissimulé, Francesco Tornabuoni se mettait déjà en quête d'un second époux pour sa fille. Mais la vraie question était surtout : que ferait le comte Vernio si Piero venait à disparaître ?

Lorsque Giovanni parut soudain prendre conscience de ses responsabilités publiques, Cosimo ne put contenir sa joie. Il appelait son fils cadet tous les matins pour le mettre au courant des affaires, s'entretenait de longues heures avec lui, et bien que ses rhumatismes le fissent de plus en plus souffrir, il rayonnait, rajeuni d'au moins dix ans, prétendait Contessina, enchantée par la tournure que prenaient les événements.

Cette attitude nouvelle n'était guère appréciée par Pierfrancesco qui voyait d'un très mauvais œil son cousin prendre une place que lui-même convoitait. Si Pierfrancesco avait hérité de la beauté de son père et de l'ambition de sa mère, Ginevra Cavalcanti, il avait aussi hérité de sa mauvaise santé. Ses traits harmonieux dissimulaient une âme fermement décidée à imposer son ambition. Il voulait le pouvoir, et surtout il voulait hériter de Cosimo. Il s'estimait tout désigné pour ce rôle. Ne réunissait-il pas la prestance physique, l'intelligence des affaires et l'érudition? Jusqu'alors il n'avait eu comme rival que ce pauvre Piero, ce cornu dont tout le monde se gaussait, et qu'il était sûr de vaincre sans trop d'efforts. Mais si Giovanni se réveillait, si Giovanni revendiquait sa place, alors cela devenait une tout autre affaire. Aussi, le regard qu'il portait maintenant sur son cousin était-il désormais plus haineux qu'amical. Au début de l'automne 1452, un somptueux mariage l'avait uni à Laudonia Acciaiuoli, assez insignifiante, mais immensément riche, et déjà la nouvelle Signora de Médicis montrait à qui voulait le voir un ventre de deux mois qui n'était gonflé que dans son imagination. Ce qui faisait rire Contessina et Lucrezia qui taquinaient la jeune future mère : « Voyons, petite ! cela ne commence à se voir que vers la fin du troisième mois, et encore !... » Vexée, la jeune femme se retirait dans ses appartements, affectant la démarche pesante et majestueuse de la femme sur le point d'accoucher...

Bien que la vie au palais Médicis fût agréable et gaie, avec tous ces jeunes couples qui vivaient sous le toit de Cosimo, il n'en était pas moins vrai qu'une forte tension régnait entre ces derniers. Les ambitions s'étaient réveillées, dans le secret des âmes, les armes se préparaient et le combat qui s'annonçait allait être sans merci. Lorsque, fier et heureux, Cosimo fit part à toute la famille de la décision de Giovanni, il ne fut pas sans remarquer le regard désappointé de Piero et de Pierfrancesco. Piero, surtout, se sentait dépouillé. Il aimait son frère, mais que son cadet vînt le frustrer de l'héritage paternel le rendait amer, même s'il se savait incapable d'assurer une tâche qui l'aurait détourné de Lucrezia.

Cosimo, ignorant la déception de son fils aîné et de son neveu, imposa le silence à la petite assemblée familiale, réunie pour la circonstance autour de la grande table à manger, et s'adressa à Giovanni :

— Les princes européens n'ont pensé qu'à s'entre-déchirer durant des décennies..., sans prêter la moindre attention à ces Turcs qui ont envahi tous les territoires de la Serbie aux Balkans. Maintenant ils vont s'attaquer à ce qui reste de l'Empire byzantin... Un seul prince avait prévu ce qui allait se passer : Sigismond de Hongrie... Mais il est mort, et comme Cassandre, personne ne l'a cru. Bajazet n'avait qu'un geste à faire pour s'emparer de l'Empire... Ce qu'il n'a pas fait, son petit-fils Mohammed II le fera, et sans ménagement.

La famille se tenait dans une grande salle, peu après le repas du soir. Parfois, le regard de Cosimo s'attardait sur les siens.

Assises côte à côte, les femmes : Contessina, jolie dame vieillissante, au regard vif, chargé de malice, Lucrezia, si séduisante en sa maturité, Ginevra qui s'efforçait d'imiter l'aînée de ses belles-sœurs en se tenant droite et en affectant un visage altier, et la dernière venue, Laudonia, encore une enfant, et dont les seize ans n'avaient d'autre séduction que la fraîcheur de l'extrême jeunesse... Et de l'autre côté, les hommes : Piero, à demi allongé sur une banquette spécialement aménagée pour lui, Giovanni, dont le visage s'illuminait lorsque le regard de Cosimo se posait sur lui, et Pierfrancesco, dont la jeunesse disparaissait sous une expression dure et obtinée... Ils étaient là, unis par les liens du sang ou du mariage, et aussi par une féroce ambition et le goût du pouvoir. Tous. Même Contessina, Lucrezia, ou Giovanni, malgré leur amabilité souriante, leur droiture et leur générosité. Car on ne pouvait vivre avec un Médicis, et a fortiori être un Médicis, sans être atteint par cette obsession, contagieuse, d'être le premier et le plus fort. Tous. Et Lucrezia, malgré sa passion pour le comte Vernio, n'en était pas moins devenue Médicis jusqu'au bout des ongles. L'idée que la première place, qui normalement devait lui revenir à la mort de Contessina, risquait de lui échapper à cause d'une lubie de Giovanni, lui était intolérable. C'était son fils à elle, son Lorenzo, qui devait hériter de son grand-père... Elle lutterait jusqu'au bout pour cela. Oui. Elle était devenue une vraie Médicis, parlant d'amortissements du capital, d'intérêts, de mécénat, de corruption... En ce sens, elle avait complètement évincé Piero, et par une ironie du sort dont parfois Cosimo s'amusait, c'est avec elle qu'il discutait affaires, à elle qu'il expliquait ses projets et, Contessina excepté, elle qu'il admirait plus que quiconque. Ce qu'elle avait fait des thermes de Bagno a Morba était en tout point digne des Médicis. Parfois Cosimo regrettait qu'elle n'eût point épousé Giovanni. Mais il chassait vite ce regret stérile. « ... Si l'on n'avait pas provoqué un peu les choses, Lucrezia épousait le comte Vernio, et nous perdions une perle d'une qualité rare... » Non, il n'avait aucun regret. C'était une belle et bonne chose que Lucrezia fût devenue une Médicis...

Cosimo expliqua longuement le plan qu'il avait forgé pour tenter d'éviter le massacre que tous prévoyaient. Une délégation officiellement constituée par la Seigneurie et qui réunirait les représentants des grandes familles florentines irait offrir à Mohammed II un pacte de paix et un traité commercial.

— ... Ce qui nous permettra d'éliminer les Vénitiens qui tiennent encore tout le marché de l'Orient. Les Ottomans haïssent les Vénitiens, et nous ont en grande estime. Si Venise perd les marchés, qui peut nous empêcher de nous proposer pour les remplacer ? Mohammed II aura besoin de tout ce que les Vénitiens lui procuraient. Si nous pouvons mener cette négociation à son terme, cela sera une fort bonne chose pour la prospérité de Florence. La France et l'Angleterre vont cesser de s'entre-déchirer, et la paix peut rapporter autant d'argent que la guerre si l'on sait discerner où se trouve notre intérêt... De toute manière nous n'avons aucune crainte à avoir pour la vente de nos bombardes : j'ai ouï dire qu'une sorte de guerre[1] civile vient d'éclater en Angleterre. Je n'ai pas beaucoup d'informations, mais il paraît que l'on s'y tue avec une grande férocité...

Longtemps Cosimo expliqua son plan. La délégation conduite par le vénérable Luca des Albizzi serait constituée par le comte

1. La guerre des Deux-Roses.

Vernio de Bardi, le jeune prince Caffarelli (frère puîné de la malheureuse Lisetta, la première femme du comte Vernio), le marquis Giuseppe Guidicelli revenu d'exil, assagi et désormais tout prêt à soutenir Cosimo (du moins aussi longtemps que ce dernier aurait le pouvoir), Giovanni Tornabuoni, revenu de Rome pour prêter main-forte à Cosimo, et les deux gendres de Cosimo, Antonio et Luca Soderini, et enfin, Giovanni de Médicis et son cousin Pierfrancesco.

Quelques jours plus tard, en prenant connaissance du nom des personnes qui devaient l'accompagner, le comte Vernio eut une réminiscence. Lui revenait en mémoire une scène qui avait eu lieu peu avant le retour, à l'automne 1434, de Cosimo. Il se souvenait que c'étaient les mêmes qui, dix-huit ans plus tôt, avaient ri et plaisanté lorsque lui, comte Vernio de Bardi, alors à peine âgé de trente ans, avait parlé de la menace que représentait l'islam : Luca des Albizzi, maintenant un vieillard, le marquis Guidicelli qui arborait maintenant un embonpoint digne de l'homme de trente-quatre ans qu'il était devenu... Certains étaient morts, d'autres vivaient encore en exil, et dans le souvenir du comte Vernio, si vivace, retentissait, moqueur, le rire qui avait salué sa sombre prophétie. Qui donc avait ri? Selvaggia... Selvaggia qui se consacrait à présent à ses petits-enfants et qui depuis quinze ans n'adressait plus la parole à son mari, Francesco Tornabuoni... « Nous avons bien vieilli... », pensa le comte Vernio, le cœur étreint par une soudaine mélancolie. Puis les pensées du comte Vernio l'entraînèrent, par un curieux cheminement, vers Lucrezia. L'idée qu'il allait sans doute la quitter une fois de plus pour de longs mois lui était extrêmement pénible. Pour la première fois de sa vie, l'aventure ne le tentait plus, il n'avait envie que d'une chose. Se promener le long de l'Arno au bras de Lucrezia. Rêve impossible sans se défaire, au préalable, et de Piero et de Franca. Il caressa un instant cette éventualité, tout en sachant que jamais il ne pourrait faire de mal à sa femme. L'envie de voir Lucrezia une dernière fois avant son départ était si puissante que négligeant toute prudence, le comte Vernio lui fit parvenir un billet qui, s'il était tombé dans des mains malveillantes, eût pu lui coûter la vie. « ... Je viendrai te voir cette nuit. Ensuite il ne sera plus temps... »

Au reçu de ce billet, Lucrezia eut un sourire. Il y avait beau temps qu'elle faisait chambre à part et une fois barricadée chez elle, les murs du palais Médicis étaient si épais qu'on aurait pu y hurler et s'y entr'égorger sans que nul entende le moindre son.

Peu après la minuit, seule dans sa chambre, Lucrezia attendait auprès de la cheminée dont elle entretenait le feu avec force bûches. Vers une heure du matin, on gratta à une porte dérobée qui donnait sur un escalier de service. Lucrezia bondit, courut ouvrir et fut dans les bras du comte Vernio.

— Fou... fou... fou! balbutia-t-elle à voix basse. Sais-tu ce que tu risques si l'on te découvre ici?

— Il fallait que je te voie cette nuit... Dans moins d'une semaine nous serons loin. Notre voyage va durer des mois, et cela fait des jours que je n'ai pu te serrer contre moi.

Le comte Vernio la pressait contre lui et la dévorait de baisers. Avec une pointe de tristesse voluptueuse, il étreignait la seule femme au monde qu'il lui avait été donné d'aimer véritablement, et dans son cœur se trouvaient réunis les rêves de l'adolescent qu'il avait été et ceux de l'homme aux portes de l'âge mûr qu'il était devenu...

— Je ne partirai qu'à l'aube..., dit-il. Je veux me griser de toi, me repaître de toi pour pouvoir, durant les longues heures où je serai loin, me souvenir de ces moments passés ensemble...

Puis tous deux se turent et cédèrent à l'assaut de leur désir.

La nuit s'achevait et l'aube froide de cette nuit de décembre éclaircissait déjà le ciel. Blottie dans les bras de Vernio, Lucrezia, le visage défait, les yeux cernés, reposait sans dormir. Des bruits légers, étouffés, indiquaient que le palais Médicis s'éveillait. Le comte Vernio savait qu'il était plus que temps de partir, sous peine de faire courir à Lucrezia un danger mortel. Si Piero les surprenait, il les tuerait tous les deux, et avec l'aube naissante, qui pouvait empêcher un mari de venir saluer sa femme?

— Mes gens ne vont pas tarder à venir..., dit doucement Lucrezia.

— Il faut que je parte..., dit le comte Vernio resserrant son étreinte. Si on me surprend ici, tu risques ta vie...

— Que m'importe ? dit Lucrezia. Demain tu ne seras plus là... Et je n'aurai rien... plus rien de toi.

— Si. Tu as Maria. Protège notre petite fille, ma Lucrezia... Protège-la. Ne la laisse pas dépérir dans un couvent. C'est la seule preuve de notre amour, la preuve tangible, que nous nous sommes aimés...

Lucrezia acquiesça. Maintenant elle se sentait de taille à braver la fureur de Piero. Elle irait elle-même retirer sa fille du couvent. Au besoin elle menacerait de quitter le palais Médicis.

XII
A QUOI SERVENT LES ARMES...

Les deux caravelles génoises frétées par la République de Florence atteignirent Constantinople à l'aube du 3 avril 1453. Le débarquement se fit sans encombre, bien qu'une formidable flotte turque croisât non loin du port d'Heptakaïon. Les rues de Constantinople étaient noires de monde, et les membres de la délégation florentine, commandée par le comte Vernio de Bardi, furent accueillis par Giovanni Giustiniani, chef des quelque sept mille mercenaires génois arrivés deux mois plus tôt afin d'organiser la défense de la ville.

Après les civilités d'usage, plus un mot ne fut prononcé avant d'arriver au grand palais impérial, l'Augustion assez proche de la basilique Sainte-Sophie, et très éloigné des lignes de défense.

La petite troupe s'enfonça dans les rues de la ville, traversa le quartier juif et longea les remparts maritimes qui bordaient les rives du Bosphore.

— Voyez..., dit Giovanni Giustiniani. La flotte chrétienne protège l'accès de la Corne d'Or... Une chaîne en barre l'entrée et si un navire ennemi veut la forcer, il se fera couler par nos soldats...

En effet, devant la chaîne qui obstruait le détroit, une cinquantaine de navires grecs, bâbord contre tribord, se tenaient prêts à la bataille.

— Jusqu'à ce jour la flotte chrétienne a su résister aux attaques turques..., dit encore Giovanni Giustiniani. Mais pour combien de temps ?...

L'empereur Constantin accueillit la délégation florentine avec soulagement.

— Florence m'envoie une armée ? demanda-t-il aussitôt qu'il eut salué les nouveaux arrivants.

Puis, sans même leur laisser le temps de préciser les raisons de leur présence à Constantinople, il expliqua que les choses allaient très mal pour les Byzantins. Les Turcs tenaient la ville au nord, côté terre par des dizaines de bombardes installées, et côté mer par une centaine de navires et de galères, également dotés de bombardes et de canonnières perfectionnées, fabriquées par Florence, Milan et Lucques : cent trente canonnières capables d'envoyer les plus gros projectiles jamais vus. « ... Les dernières sorties des manufactures de Lucques... », pensa le comte Vernio, en regardant du coin de l'œil Giovanni de Médicis. Les deux hommes échangèrent un regard. Les armes vendues par les manufactures florentines étaient massées à quelques centaines de brasses, prêtes au massacre. Mohammed II les avait payées fort cher, et comptant, à Francesco Tornabuoni et à Andrea Martelli chargé de la transaction. « ... Avec ces canons, je me fais fort de détruire Constantinople en moins de huit jours !... » avait dit en riant Mohammed II. Les deux Florentins, alors, avaient fait semblant de ne pas le croire.

Dans la grande salle du grand palais impérial où se tenait le Conseil, l'empereur Constantin XI s'épongeait le front. Epuisé par des jours et des jours de siège, blême, sale, ne prenant plus la peine de s'alimenter, il cherchait un moyen, n'importe lequel, de sauver sa ville. C'était un homme d'une cinquantaine d'années, doux, cultivé... Il avait hérité du trône à la mort de son frère Jean VIII, et cet héritage lui pesait lourdement sur les épaules.

Devant la faiblesse des renforts envoyés par les Florentins, l'empereur sut faire bonne composition.

— Nous payons la rupture de l'union de nos deux Eglises..., dit-il seulement au comte Vernio. Les orthodoxes ont été intransigeants. Ils n'ont voulu rien céder à Rome. Mon frère Jean avait tout fait cependant pour que l'Eglise romaine vienne à notre secours... Pour cela il avait cédé sur toutes les exigences du défunt pape Eugène IV... Grands dieux ! Voyez un peu ce qui nous entoure ! Ces milliers de Turcs... Qu'allons-nous faire ? Que pouvons-nous faire ? C'est là tout ce que Rome nous envoie ?... Les Turcs nous encerclent, ils ne laisseront pas un seul d'entre nous vivant... Vous venez vous jeter dans la gueule du lion, mes amis ! Il faut repartir au plus vite... Le sacrifice de votre vie est tout à fait inutile ! Repartez ! Allez supplier le pape Nicolas V d'envoyer des renforts. Ce ne sont pas de deux caravelles génoises dont nous avons besoin, mais de cent, mais de mille...

Si un instant les membres de la délégation florentine furent fortement tentés de faire demi-tour, aucun n'en laissa rien paraître, et ils protestèrent âprement de leur désir de rester auprès de Constantin XI et de l'aider à négocier la paix avec les Turcs.

— Accepteront-ils ? dit seulement l'empereur en hochant la tête d'un air sceptique. Mohammed a juré que Constantinople lui appartiendrait.

Vers le milieu du mois d'avril, les Turcs tentèrent un premier assaut. Au cours de la nuit, le plus silencieusement du monde ils arrivèrent à proximité immédiate des remparts sans s'être fait surprendre. Les troupes chrétiennes se défendirent avec acharnement et réussirent à repousser l'ennemi qui compta beaucoup de morts. Cette petite victoire redonna courage aux Byzantins. Dieu ne les abandonnait pas. Mais au palais, ni l'empereur ni les membres de la délégation florentine ne partageaient l'allégresse générale.

— Nous avons pu résister à ce premier assaut... Peut-être résisterons-nous au second ?... Mais que se passera-t-il au troisième ?... s'inquiétait Constantin XI. Les musulmans ont une multitude de guerriers. Un mort est immédiatement remplacé par dix vivants enragés et sanguinaires qui en valent mille... Voilà des jours et des jours que des centaines de musulmans sont tombés sous les remparts, et toujours des troupes fraîches ont remplacé les disparus ! Sans compter les Serbes, les Germains et les Barbares qui se sont ralliés à Mohammed II... Dieu permettra-t-il de nous laisser ainsi massacrer ?...

Parfois, l'empereur, qui s'était pris d'amitié pour le comte Vernio, l'emmenait avec le grand-duc Notaras, son beau-frère, et les trois hommes marchaient dans les jardins qui entouraient le grand palais impérial. Et l'empereur parlait longuement, expliquait, cherchait surtout à comprendre comment et pourquoi les orthodoxes en étaient arrivés là...

— ... J'ai fait ce que j'ai pu pour fortifier et restaurer la ville, disait-il. Mais, hélas, je n'ai pu empêcher les Turcs musulmans de s'approprier le détroit du Bosphore... Ni Constantinople d'être devenue autre chose qu'une enclave chrétienne au milieu de territoires islamiques...

Invariablement il achevait son discours par un soupir puis ajoutait :

— Nous avons le dos à la mer... Nous devons périr. Massacrés ou noyés, mais périr... L'Occident nous abandonne, et ce n'est plus qu'une question de jours...

Le mois de mai n'apporta aucune amélioration de la situation. Les vivres et l'eau commençaient à manquer. En dehors des rumeurs qui parvenaient jusqu'au palais, personne ne pouvait dire ce que préparaient les Turcs. Aussi le comte Vernio, Giovanni et Pierfrancesco décidèrent-ils d'aller glaner des renseignements sur le port et aux alentours de la ville. L'aube se levait et déjà la chaleur était accablante. L'atmosphère était oppressante, mais plus oppressant encore était le silence qui régnait sur le port. La plus grande partie des navires ennemis avaient disparu.

— Je ne comprends pas..., murmura le comte Vernio.

Il se tourna vers les deux jeunes Médicis qui, médusés, contemplaient la baie et les quelques bateaux qui se balançaient, mollement bercés par les vagues.

Les trois Florentins reprirent la route du palais impérial quand soudain, l'attention de Giovanni fut attirée par un spectacle étrange. Les trois hommes étaient à ce moment sur la partie la plus élevée de la ville et la vue s'étendait très loin sur l'horizon, jusque vers la côte opposée à Constantinople, sur les collines de Galata, de l'autre côté de la Corne d'Or...

Des centaines de chevaux, des milliers d'hommes transportaient les caïques chargés de leurs bombardes et gravissaient les collines. On eût dit une marée humaine sur laquelle toutes voiles dehors, se balançaient les caravelles... En une seule nuit, les galères turques avaient été halées, à l'aide de cordes, de haubans, sur des rondins de bois soigneusement rabotés, huilés...

— Mon Dieu!... dit Giovanni en blêmissant. Ils font passer toute l'armée et la marine par la terre...

Pierfrancesco, incrédule, s'exclama :

— Cela ne se peut!...

Le comte Vernio prit sa longue-vue et observa le mouvement.

— Quels capitaines! murmura-t-il partagé entre la terreur et l'admiration... Constantinople est perdue.

Tous trois se regardèrent, puis à tour de rôle fixèrent ces milliers de points mouvants qui descendaient les collines et s'engouffraient dans les flots de la Corne d'Or accompagnés par les clameurs des équipages turcs ivres de joie.

C'était là un spectacle fascinant.

— A l'allure où ils vont, dans moins de deux jours ils auront fait passer toute la flotte turque, dit Giovanni.

Lorsque les trois Florentins eurent mis au fait l'empereur Constantin, celui-ci baissa la tête. Des larmes mouillèrent ses joues...

— ... Nous mourrons tous!... Après cinquante-deux jours de siège, il ne reste pas grand-chose dans nos magasins de vivres et nos arsenaux... Vous, mes amis, mon cher comte Vernio, Messers Tornabuoni, Guidicelli, Albizzi, Caffarelli... partez tant qu'il en est encore temps! Les Turcs vous laisseront passer sans dommage : Mohammed II a besoin de Florence... Si par malheur vous restez durant le sac de la ville, les guerriers musulmans ne vous feront pas de quartier...

Aucun des Florentins présents n'accepta de fuir.

— Peut-être que les renforts que nous avons fait demander arriveront à temps..., dit Giovanni Tornabuoni, la gorge serrée.

— Si les galères vénitiennes arrivent à temps, nous sommes sauvés, dit seulement l'empereur.

A cet instant un homme très basané portant un turban, et qui avait tout l'air d'un Turc musulman, fut introduit dans la grande salle où se tenait le Conseil. Il fut reçu avec tous les égards dus à un éminent personnage.

— Mon cher Isaak, demanda l'empereur. Alors?... qu'avez-vous appris?

L'homme enleva son turban, puis dévisagea à tour de rôle tous les membres du Conseil.

— Ces hommes sont des Florentins venus en amis, dit l'empereur. (Puis il se tourna vers les membres du Conseil.) Isaak est un ami qui se fait passer pour musulman et qui espionne pour mon compte. Je sais que Mohammed II compte également des espions dans ce palais...

Le sourire mince et ironique du dénommé Isaak s'accentua :

— Plus peut-être que vous ne le supposez... (Puis se tournant vers les Florentins :) Votre fabrication d'armements est remarquable... Jamais il ne m'a été donné de voir d'aussi près de si belles canonnières, catapultes ou bombardes... Je reviens du camp du sultan Mohammed II... Les nôtres, quoique de même provenance, sont loin de les égaler...

Il y eut un long silence embarrassé que rompit l'empereur Constantin :

— Eh bien, mon ami, que se passe-t-il dans le camp ennemi... Que dit Mohammed II ?

— Les mots exacts ?

— Si possible.

— La dernière phrase était assez significative : « ...Si les vingt-sept mille prophètes d'Islam m'eussent affirmé que ces maudits chrétiens étaient encore capables de se défendre ainsi, je ne les aurais crus. » Il n'a qu'une crainte, c'est la venue des renforts latins. Quand doivent-ils arriver ?

— Nous attendons d'un jour à l'autre des galères vénitiennes, et Florence doit envoyer encore une vingtaine de caravelles...

— Ce sera insuffisant et surtout trop tard. Il y a cent cinquante mille Turcs qui encerclent Constantinople et vous savez maintenant comment leurs navires sont passés dans la Corne d'Or. Mohammed II a juré sur l'âme de son père Mourad II, sur la tête de ses enfants et sur son épée qu'en cas de victoire, les guerriers pourront mettre à sac la ville de Constantinople. Trois jours et trois nuits de pillage leur sont promis.

Cette dernière phrase fit frémir l'auditoire. Le comte Vernio murmura, plus pour se rassurer lui-même que par conviction :

— ... Un pillage ? Le pillage est normal pour les guerriers. C'est ainsi qu'ils sont récompensés en cas de victoire. Cela ne signifie pas nécessairement meurtres et viols.

Il y eut un silence, puis l'empereur dit simplement :

— Allons voir si toute la flotte musulmane a gagné la Corne d'Or.

Alors, entraînant tous les membres du Conseil, il monta sur la plus haute tour du grand palais impérial. De là on pouvait distinguer avec netteté tout ce qui se passait. Et c'était là un spectacle extraordinaire. Quelque cinquante navires étaient à présent sur le point le plus haut de la colline. On voyait les guerriers danser autour des bateaux. Puis les marins grimpèrent dans les navires et hissèrent les voiles; ensuite, les bateaux descendirent les collines en direction de la Corne d'Or... Derrière les bateaux, les hommes couraient, riaient en poussant des exclamations de joie.

— ... Que faire?... Que pouvons-nous faire?... Rien..., dit Constantin XI. Nous nous battrons, nous serons vaincus, et nous mourrons... Il ne nous reste plus qu'à prier...

Mais ni Pierfrancesco, ni Giovanni de Médicis, ni d'ailleurs personne de la délégation florentine n'avait spécialement envie d'en finir avec la vie... En restant au grand palais impérial, ils couraient des risques certes, mais dès que Mohammed II aurait vu leurs lettres de créance, il les protégerait... du moins l'espéraient-ils. Chacun d'eux donna son point de vue sur la situation. Et la conclusion fut qu'il fallait attendre. D'ailleurs, qu'auraient-ils pu faire d'autre?

Les deux semaines qui suivirent l'exploit des musulmans furent employées à dépêcher des messagers porteurs de suppliques à Venise, Florence, Rome. Des renforts, il fallait des renforts pour sauver la chrétienté byzantine.

Le commandant des forces grecques, Giovanni Giustiniani, travaillait activement à renforcer les défenses des remparts. Avec l'aide de la petite délégation florentine, il passait régulièrement en revue les guerriers qui manœuvraient jour et nuit. Ces derniers fourbissaient leurs armes, et nettoyaient cottes de mailles, cuirasses, gantelets, jambières et casques... Ensuite ils vérifiaient les arcs et les flèches, ainsi que les javelots et les glaives. Les Turcs, qui avaient su profiter au maximum de l'invention de la poudre, disposaient de pièces d'artillerie autrement plus efficaces.

Souvent, un des membres de la délégation florentine évoquait la possibilité d'un départ, immédiatement rejeté par l'ensemble de la petite troupe. Pourquoi restaient-ils ? Nul n'aurait pu répondre exactement à cette question... Mais le vieux Luca des Albizzi admonesta sévèrement le jeune marquis Guidicelli lorsque ce dernier approuva l'idée d'un départ. Pourtant, les risques étaient terribles. Pour peu que les guerriers musulmans envahissent le palais impérial avant le sultan, c'en était fait de leur vie. Leur seule chance de survivre reposait sur l'espoir que dès le premier assaut, le sultan s'emparerait du grand palais impérial. Espoir très mince, mais très vif qui, au soir du 28 mai 1453, fut ponctué par une abrupte déclaration lancée par Giovanni de Médicis qui, encadré de son beau-frère Giovanni Tornabuoni et de son cousin Pierfrancesco de Médicis, paraissait prêt à défier le monde entier :

— Ce soir mangeons et buvons, mes frères. Demain verra peut-être notre dernière heure.

Un peu surpris, le comte Vernio observa le beau-frère de Lucrezia et se dit que chaque être humain était une source continuelle de surprise.

Le crépuscule de cette journée du 28 mai s'annonçait paisible. La canonnade s'était tue et seuls les muezzins appelant à la prière du soir troublaient le silence. « Allah Akbahr... », entendait-on parfois avec netteté.

— ... Dieu Tout-Puissant venez à notre aide..., répondaient *mezza voce* quelques-uns parmi les plus croyants des nombreuses personnes qui entouraient l'empereur.

Après le souper qui se termina fort tard, le comte Vernio, incapable de dormir, suivit l'empereur Constantin pour son ultime veille.

A cheval sur deux superbes alezans arabes, secs et nerveux, les deux hommes gagnèrent les hautes murailles où, anxieux, les guerriers grecs fourbissaient leurs armes. L'un d'entre eux désigna les camps ennemis qui paraissaient paisibles.

— Ils ont festoyé fort tard dans la nuit, dit-il. Et maintenant ils reposent. A coup sûr l'assaut est prévu pour demain, dès l'aube... C'est là leur coutume...

Plusieurs centaines de guerriers grecs et byzantins se pressèrent autour de l'empereur Constantin XI et du comte Vernio de Bardi, comme pour puiser un réconfort.

— Je vous supplie d'être vaillants..., commença l'empereur d'une voix ferme. Il nous faut résister à ces Turcs de toutes nos forces. Il faut lutter pour sauver vos femmes, vos enfants, vous-mêmes... Mieux vaut mourir que de céder à la force, que de vivre en esclavage, que de renier notre foi... Si Dieu venait à donner la victoire aux infidèles... (Sa voix fléchit, mais il se ressaisit et reprit avec vigueur :)... Mais cela est impossible !... Mieux vaut perdre la vie que de perdre son âme, car si nous perdons notre âme, nous perdons aussi la liberté... Je sais bien que nos ennemis sont nombreux, superbement armés, et que ce sont des guerriers courageux qui méprisent la mort... Montrons-leur que sur ce dernier point nous ne leur sommes pas inférieurs...

Depuis longtemps le comte Vernio n'écoutait plus. « ... Dieu..., pensait-il avec amertume. Ils sont prêts à s'entre-tuer pour Dieu. Sont-ils sincères ? Sans doute... Savent-ils qu'ils vont mourir pour le même Dieu qui sans doute ne leur en demande pas tant ?... Pourquoi suis-je ici ? Qu'ai-je à faire de tout ceci ? Rien. Des mots m'ont amené dans cette ville. Des mots comme ceux d'honneur, de courage, de parole donnée... Et je vais mourir pour ces mots inventés par d'autres hommes qui vont tirer profit de tout ce massacre... Combien de morts pour que les manufactures d'armements de Florence, de France, de Venise continuent à fabriquer leurs armes qui seront vendues au plus offrant, même si ces derniers sont des fous sanguinaires qui ne rêvent que massacres, viols, destructions ?... »

Comme cette nuit de mai était lumineuse, paisible et douce. La brise s'était levée, agitant mollement les voiles des navires, les oriflammes des guerriers, et les feuilles des milliers d'arbres qui grimpaient le long des sept collines de la Nouvelle Rome, ainsi qu'on appelait Constantinople. Mille parfums flottaient dans l'air. Roses de Bulgarie, lauriers, buis, acacias, tubéreuses. Un splendide bouquet d'odeurs grisantes. « Lucrezia..., pensait le comte Vernio. ... Lucrezia. » Et il était au désespoir. Jamais plus il ne reverrait la femme aimée. Il pensait à la souffrance de Lucrezia lorsqu'elle apprendrait sa mort. « ... Je ne lui aurai rien épargné... Rien ! La honte, l'humiliation, l'adultère, la trahison, la jalousie, elle aura tout connu avec moi. Même la douleur de me perdre...

Lucrezia ! que Dieu me damne si je ne te revois pas une dernière fois ! »

Alors il sut, avec une conviction étrange, plus forte que la raison, plus puissante que la réalité des choses qui se présentaient à lui, qu'il reverrait Lucrezia... Et il en fut soulagé au point de sourire. Il aspira longuement les parfums de la nuit qui lui rappelaient la nuit du Palio, il y avait si longtemps déjà, et d'autres nuits aussi douces, aussi merveilleuses, ces nuits volées, si précieuses, si inoubliables, passées dans les bras de Lucrezia.

Soudain des chants montèrent vers le ciel étoilé. Une procession de jeunes filles vêtues de blanc se dirigeait vers l'église Sainte-Théodosie. Selon la coutume, chaque année, la nuit du 28 au 29 mai une quinzaine de jeunes vierges se réunissaient ainsi, parées de leurs plus beaux atours, un cierge à la main... Malgré lui, le comte Vernio fut gagné par la douceur du chant, la beauté de cet instant. « Merci... », murmura-t-il sans bien comprendre à qui s'adressait ce merci.

L'aube du 29 mai 1453 se leva. Une belle journée qui s'annonçait sèche et brûlante.

Soudain, dominant le chant matinal des rossignols, le son des trompettes turques retentit, immédiatement suivi par le bruit assourdissant des canonnades. Des centaines, des milliers de guerriers turcs donnaient l'assaut. A un contre dix les chrétiens se défendaient, tombaient morts, immédiatement remplacés... Partout l'attaque fut déclenchée. Le premier assaut fut presque repoussé. Déjà on commençait à crier victoire du côté des chrétiens, mais presque aussitôt le deuxième puis le troisième assaut se succédèrent. Les Turcs ne lâchaient pas prise... Ce n'était plus seulement l'appât du gain qui les poussait, mais le fanatisme religieux, au nom duquel il fallait exterminer « les chiens de chrétiens ». Les hurlements, les canonnades remplissaient l'atmosphère. Au bout de dix heures de combats acharnés, la victoire était loin d'être acquise pour les Turcs. Alors Mohammed II donna le signal d'un quatrième assaut, fait de troupes fraîches. Se doutant que cet assaut serait le dernier, les chrétiens s'écrièrent : « ... Dieu du Ciel ! secours-nous pour que les païens ne s'emparent du monde chrétien !... » Toutes les cloches de la ville sonnèrent le glas, tandis que les Turcs s'acharnaient à démolir les portes des remparts... Cette fois, les portes cédèrent sous la pression des guerriers. Et ce fut le déferlement.

« La ville est perdue... » La nouvelle courut de rue en rue, puis gagna le palais impérial, où une résistance acharnée opposait cent guerriers chrétiens à dix fois plus de Turcs. Chevaux et hommes, dans les cris, les coups, le sang et la fureur, tombaient, blessés, morts... Une hécatombe.

Et l'horreur commença. Les soldats musulmans, comme enragés, tuaient tout ce qui bougeait. Les viols succédaient aux viols ; filles ou garçons, enfants ou vieillards, ces fous de Dieu traitaient les chrétiens comme ils l'eussent fait de chèvres ou d'autres animaux dont ils étaient coutumiers. Les femmes et les jeunes gens qui avaient le malheur de leur plaire furent d'abord violés, puis enchaînés pour être emmenés en captivité. L'horreur régnait. L'horreur absolue.

— ... Des brutes !... disait le comte Vernio, bataillant à gauche, à droite, avec l'énergie du désespoir...

C'était la dernière bataille à l'intérieur du grand palais impérial envahi par les janissaires.

Les lettres de créance des Florentins, présentées par Luca des Albizzi, avaient été accueillies avec des grands éclats de rire, et pour fuir devant le regard concupiscent des Turcs, les Florentins durent se barricader dans l'une des tours.

Indemnes, mais pour combien de temps..., le comte Vernio, les deux Médicis, Luca des Albizzi, Alessandro et Luca Soderini, Luigi de Sangallo, Giovanni Tornabuoni, le prince Caffarelli, le marquis Guidicelli... tous ceux qui étaient venus avec l'espoir d'arranger les choses, de sauver un marché important, au besoin de supplanter les Vénitiens dans le commerce maritime oriental, étaient là, blêmes, suant de peur, et ne songeant plus qu'à sauver leur vie. Ils avaient laissé dans la grande salle du palais impérial le corps décapité de Constantin XI.

D'autres encore, parmi les Florentins, gisaient dans le palais, morts après avoir livré bataille pour ne point subir les atroces unions auxquelles les forçaient les Turcs musulmans. L'horreur. Rien jamais ne put égaler en horreur ce qui se passa au cours de ces trois jours et trois nuits, à Constantinople, entre le 29 mai et le 2 juin.

L'aube du quatrième jour se leva sur une ville dévastée, pillée, assassinée... Les cadavres jonchaient les rues ensanglantées, les maisons achevaient de brûler... Des masses de livres sacrés se consumaient à chaque coin de rue. Rien n'avait été épargné...

Respectant la parole donnée à leur sultan Mohammed II, les guerriers cessèrent toutes leurs exactions dès que le soleil pointa à l'horizon. D'ailleurs, qu'auraient-ils pu tuer encore ? Qu'auraient-ils pu détruire qu'ils n'eussent déjà détruit ?

Dans l'une des tours du grand palais impérial, ce qui restait de la délégation florentine pansait ses blessures et comptait ses morts. Luca Soderini, l'époux de Nannina, la fille de Cosimo, avait été tué après avoir été torturé et violé. Luca des Albizzi, malgré son grand âge, avait été roué de coups, jeté par-dessus la rampe de l'escalier... Les os rompus, couvert de sang, il avait agonisé de longues heures avant de rendre l'âme. Le comte Vernio avait reçu un coup de poignard, l'un de ces poignards arabes très effilés qui s'enfoncent dans la chair humaine comme dans du beurre... Sa blessure lui avait ouvert la poitrine jusqu'au poumon. Un énorme bandage fait avec sa chemise déchirée, rougie de sang, enserrait son buste...

Il s'était évanoui et avait été laissé pour mort. Ce bienheureux évanouissement lui avait sans doute sauvé la vie. Lorsqu'il ouvrit les yeux, Giovanni Tornabuoni, lui-même blessé au front, s'efforçait de lui faire boire un peu d'eau.

— Où sont-ils ?... demanda le comte Vernio à Alessandro Soderini dont les yeux rougis par les larmes témoignaient de sa douleur.

Des images insoutenables se pressaient dans sa mémoire, des images qu'il ne parviendrait jamais à oublier. Il avait vu de quelle manière les Turcs musulmans avaient traité son frère.

— Où est Giovanni de Médicis ?... Où sont les autres ?... Qui est mort ? répéta le comte Vernio, brusquement inquiet.

Ce fut Pierfrancesco qui répondit, d'une voix si curieusement détimbrée qu'un instant le comte Vernio se demanda si ce n'était pas un mourant qui s'efforçait d'exprimer ses dernières volontés.

— Il a disparu. Au moment où la bataille faisait le plus rage ici, j'ai vu quatre Turcs qui l'entraînaient... Il criait et se débattait...

C'est tout. Peut-être a-t-il été tué? Peut-être va-t-il être emmené en captivité?...

— Et toi, Pierfrancesco?... demanda-t-il, es-tu blessé? Que s'est-il passé? Lorsque j'ai reçu ce coup de poignard, je crois qu'ils m'ont laissé pour mort...

— Oui... j'ai... ils m'ont..., ils m'ont traité comme une femme...

A ces mots Pierfrancesco éclata en sanglots. C'étaient de longs sanglots rauques, désespérés que rien ne paraissait jamais devoir arrêter.

— ... Ensuite... comme je me défendais, que je voulais me battre... ils... ils m'ont fouetté et brisé les mains à coups de massue...

Giovanni Tornabuoni ne disait rien. Ses vêtements en loques, sa mine hébétée, la honte qui se lisait dans son regard disaient mieux que des mots ce qu'il venait de subir.

Le comte Vernio ferma les yeux.

— Les sauvages!... Aucun animal, même le plus féroce, ne peut avoir ce comportement abject... Et les autres? les autres?... demanda-t-il encore avec insistance.

Mais la seule réponse qu'il reçut fut un silence désolé.

A cet instant précis la porte s'ouvrit sur le sultan Mohammed II lui-même, qui venait de prendre possession du grand palais impérial.

C'était un très jeune homme d'à peine vingt ans. Beau comme pouvaient l'être les hommes du Sud, et dont les traits fins et réguliers, les yeux noirs, la peau basanée étaient encore ennoblis par une allure racée, orgueilleuse, d'une suprême élégance. Entouré de ses janissaires, il se présenta aux fugitifs blessés. Le sultan paraissait bouleversé. Son regard balaya la chambre où s'étaient terrés les Florentins, et ses yeux rencontèrent ceux, pleins de haine, du comte Vernio.

— Je n'ai pas voulu cela..., dit le sultan. Par Allah! je n'ai pas voulu cela...

— Pourtant cela a existé... A cause de vous... pour vous..., répliqua le comte Vernio d'une voix haletante. Ce massacre comptera dans l'histoire du monde et vous sera éternellement imputé... Vous n'avez pas voulu cela, dites-vous?... Ne sont-ce pas vos hommes? N'est-ce pas votre bouche qui a promis à ces hommes le pillage et les viols qui les récompenseraient de leur bravoure ? Je vais vous dire... ce que vous êtes... vous et vos hommes... Vous êtes pires que des pourceaux... vous êtes la lie de l'humanité. Derrière vous il n'y a que haine, meurtre, violence, pillage...

Haletant, le comte Vernio s'interrompit pour reprendre son souffle. Il allait poursuivre, mais le sultan ne lui en laissa pas le temps :

— Taisez-vous !... Vous laisser parler encore serait m'obliger à vous faire taire à jamais, et cela je ne le veux pas... J'ai... je n'ai pas voulu cela..., répéta-t-il, et le comte Vernio comprit que le sultan était sincère. Pourquoi l'empereur n'a-t-il pas accepté une reddition pure et simple ? Byzance aurait été épargnée...

Le comte Vernio ne répondit pas. Il observait Giovanni Tornabuoni, Pierfrancesco de Médicis, Alessandro Soderini... qui restaient silencieux, hébétés, incapables de réagir...

— Trois de nos hommes ont disparu..., dit enfin le comte Vernio. Ils ont été emmenés par vos janissaires. Je voudrais savoir s'ils sont vivants.

— Le fils de Cosimo de Médicis est sain et sauf..., dit lentement le sultan. Il sera pris en otage... de même que le prince Caffarelli et le marquis Guidicelli.

— Ah !... Et pourquoi ?... Pour être livrés à vos hommes ?... A vous-même ?

— N'espérez pas me blesser, comte Vernio de Bardi, et surtout n'abusez pas de ma patience. Il est vrai que nous sont également agréables, jeunes hommes ou jeunes filles : rien n'égale parfois dans les jeux de l'amour un bel adolescent encore imberbe... Ce n'est pas le cas de Giovanni de Médicis. Si nous gardons en otage le jeune Médicis et les autres héritiers florentins, c'est pour signifier à la ville de Florence qu'elle n'a aucun intérêt à nous chercher querelle. Cosimo de Médicis est le maître de Florence. S'il veut revoir son fils vivant, si Florence veut le retour des héritiers Caffarelli et Guidicelli, il est préférable que la Seigneurie accède à ma demande. Un traité de paix...

Anéanti par la douleur, l'horreur, le dégoût, le comte Vernio ferma les yeux. L'odeur, l'odeur fade du sang, qui se mêlait à celle des cadavres, le prit à la gorge, et il s'évanouit.

Mohammed II parlait, expliquait, plus pour lui-même que pour être écouté. Une grande tristesse se lisait sur son visage.

— ... Cette ville était la plus grande et la plus belle des villes d'Orient et nous avons permis qu'elle soit détruite... Pourrai-je oublier cela ?

Il évitait les regards de Giovanni Tornabuoni et de Pierfrancesco de Médicis, et se retournant vers ses gardes, il ordonna :

— Nettoyez ces hommes, soignez leurs blessures, et faites préparer une caravelle pour qu'ils puissent rentrer chez eux dans les meilleures conditions possibles.

XIII
FLORENCE

La République de Venise fut la première à connaître la chute de Constantinople. Un messager avait averti le doge, qui l'envoya aussitôt à Florence. Durant près d'une semaine, Cosimo garda pour lui ses informations, jugeant qu'il serait temps, lorsque les rescapés débarqueraient à Venise, d'avertir les familles. Mais surtout, il conservait l'espoir insensé qu'une erreur s'était glissée dans les nouvelles que le messager avait apportées dans le plus grand secret. Non, son fils n'était pas pris en otage ; non, Luca des Albizzi n'était pas mort ; non, le comte Vernio n'était pas mourant... Tout cela lui serait démenti dans le prochain message qui ne tarderait pas à lui être apporté. Il dépêcha à Venise des envoyés discrets, chargés d'attendre la caravelle turque qui ramenait les Florentins. Alors seulement, lorsqu'il serait sûr de ce que le billet laconique du doge indiquait, il prendrait une décision.

Il se passa quinze jours avant que ses deux envoyés revenus de Venise ne lui eussent confirmé tout ce qu'il savait déjà.

La caravelle frétée par Mohammed II arriva le 2 septembre 1453 et les Vénitiens virent débarquer les restes de la délégation florentine, cette délégation si arrogante qui avait embarqué huit mois plus tôt, convaincue d'apporter la paix en Orient, de conquérir de nouveaux marchés. La foule qui attendait massée sur le port regardait, silencieuse, descendre un à un les rescapés génois, vénitiens, florentins. Parfois des pleurs se faisaient entendre, une veuve apprenait la mort de son époux, une mère celle de son fils... Trois otages étaient restés aux mains du sultan :

Giovanni de Médicis, le prince Caffarelli, le marquis Guidicelli. Trois parmi les héritiers des plus grandes familles de Florence.

Comme il était impensable que le comte Vernio, dont les blessures s'étaient infectées, poursuive son voyage, Alessandro Soderini et Luigi de Sangallo l'avaient laissé à Venise aux bons soins de Giovanni Tornabuoni, qui se rétablissait plus vite, et de Pierfrancesco, qui refusait obstinément de retourner à Florence, ne pouvant vivre avec ce qu'il appelait sa honte, et ils étaient parti pour Florence avertir Cosimo...

— Il y a en nous un certain atavisme de brutalité, de cruauté et de fanatisme qui nous porte à haïr tous ceux qui ne pensent pas comme nous, ou ceux qui ne parlent pas notre langue, ou ceux dont la peau a une couleur différente..., dit Cosimo aux deux hommes qui furent, dès leur arrivée, immédiatement reçus au palais Médicis. Seul l'homme civilisé peut dominer ses instincts et agir avec humanité... Ce que vous me rapportez est horrible ! Sont-ce là des êtres humains ? Mais nous autres chrétiens... avons-nous agi différemment lorsque nos croisés sont allés piller, violer, tuer, détruire tous ceux qui ne croyaient pas au Christ ?...

Allongé sur son lit de repos, Cosimo, en proie à une violente crise de rhumatismes, incapable de se mouvoir, s'efforçait de parler avec sérénité, mais l'inquiétude qui lui poignait le cœur se devinait à son regard. La voix cassée par l'angoisse, il cherchait à percer derrière les visages défaits des deux hommes ce qu'ils pouvaient encore lui dissimuler. Lorsqu'il reprit la parole, sa voix était presque inaudible :

— Avez-vous des nouvelles de mon fils Giovanni ? Et du comte Vernio de Bardi ?...

Alessandro Soderini échangea un coup d'œil avec Luigi de Sangallo. Il s'efforçait à l'impassibilité mais son regard conservait les traces de ce qu'il avait vécu trois mois plus tôt.

— Mon frère est mort..., commença-t-il, mais sa voix s'enroua et il fut obligé de s'interrompre.

Ce fut son compagnon qui reprit :

— ... Le comte Vernio a été gravement blessé... Impossible de savoir s'il résistera au voyage de retour. Il a refusé de demeurer à

Venise comme le doge l'en priait instamment... Il a insisté pour qu'une litière le transporte jusqu'à Florence...

— Et mon fils ?... Et Giovanni ? interrompit Cosimo, la gorge serrée.

Après un silence, Luigi de Sangallo répondit :

— ... Nous n'avons pu avoir de ses nouvelles. Le comte Vernio nous a affirmé qu'il se portait bien. Mohammed II ne sait que trop bien que s'il arrive quelque chose aux otages, la ville de Florence pourra se retourner contre lui...

— Père... je vous jure sur mon honneur que j'ai remué ciel et terre pour savoir ce qu'il était advenu de mon beau-frère, dit enfin Alessandro qui s'était ressaisi.

Soudain, Cosimo parut se souvenir qu'il n'était pas seul à souffrir. Alessandro venait de perdre un frère jumeau qu'il affectionnait particulièrement. Il prit dans ses mains la tête d'Alessandro et lui baisa le front.

— Je sais, dit-il avec une douceur peu coutumière. Ton malheureux frère Luca ? Je ne t'ai pas demandé comment il est mort... Plus tard, lorsque ta douleur sera plus sereine, tu me raconteras. Il ne faut pas garder cela pour toi. Tu viendras me parler et tu me diras tout. Tout, entends-tu ? Tout ce que tu as vu, et entendu. Tout doit sortir, comme une pourriture qui risque de t'infecter l'âme. Cela te sera pénible, mon fils, je le sais. Mais il le faut. Maintenant, mon fils, car tu es mon fils maintenant, va rejoindre ta femme, Giulietta. Moi je dois aller consoler ma fille Nannina de son malheur... Elle a perdu un époux et moi un gendre que j'aimais comme un fils. Et mon cher neveu Pierfrancesco, sera-t-il bientôt guéri ? Quand reviendra-t-il de Venise ?

Alessandro baissa les yeux pour cacher ses larmes.

— Il ne peut encore admettre... que ses mains ne lui serviront plus. Mais ses blessures se referment et grâce à Dieu, elles ne se sont pas infectées... Mais le pire... n'est pas cela... Ses blessures physiques, il les supporte. C'est... ce qu'il a subi comme homme qui... qu'il ne peut oublier... Il est comme fou. Par deux fois il a tenté de se donner la mort... Mais... grâce à Dieu nous sommes arrivés à temps...

— Grâce à Dieu ? dit Cosimo avec une ironie amère. Grâce à Dieu, voilà un homme de trente-cinq ans qui ne pourra jamais serrer sa femme contre lui sans peur ni dégoût. Qui ne pourra plus jamais se considérer comme un homme intact. Grâce à Dieu, ce malheureux comte Vernio crache ses poumons morceau par morceau, et grâce à Dieu, mon fils... mon Giovanni... est peut-être mort. Que Dieu aille au diable ! cria-t-il avec rage. Pourquoi Dieu permet-il cela ?... Pourquoi a-t-il fait l'homme méchant, dur, cruel ?

Puis, aussi soudainement que sa colère avait éclaté, Cosimo se calma... Giovanni ! Pourquoi s'était-il ainsi jeté dans la tourmente de Constantinople ? Maintenant il était nécessaire d'annoncer la nouvelle à Contessina. Il avait envie de pleurer dans les bras de sa femme. « Mon fils !... Mon Dieu, protégez mon Giovanni... Donnez-moi le courage d'annoncer à sa mère... Aidez-moi, mon Dieu ! » A présent il achevait une supplique ardente à Celui qu'il maudissait un instant plus tôt.

Puis il songea à ce qu'il allait falloir annoncer à Lucrezia. Mais là il regimba. « ... Il serait nécessaire d'en parler d'abord à Piero. Nul ne sait ce qui s'est passé... Il sera bien temps d'avertir Lucrezia lorsque le comte Vernio sera à Florence... S'il arrive !... Lucrezia doit d'abord accoucher tranquillement... » Bizarrement il eut une pensée irritée envers Piero. Désormais l'affection qui le liait à sa belle-fille avait le pas sur celle qui le portait naturellement vers son fils. Ce cheminement de sa pensée le ramena vers le sujet actuel de son tourment. Giovanni. « ... Que va dire Contessina si jamais elle apprend ? Mon Dieu ! protégez mon fils... » A cet instant le petit Lorenzo franchit la porte du cabinet de son grand-père et, en se dandinant sur ses courtes jambes potelées, courut vers Cosimo qui lui tendait les bras, toute angoisse envolée.

— ... Mon petit..., dit Cosimo.

Puis, oubliant la présence de son gendre et de Luigi de Sangallo, il laissa couler ses larmes.

Puis doucement il reposa l'enfant, étonné, à terre, et lui expliqua en désignant ses joues parcheminées, humides de pleurs :

— Ton grand-père est un vieux monsieur, et ses yeux pleurent tout seuls ! C'est cela vieillir...

Puis il monta rejoindre Contessina.

Avertir Lucrezia... Qui donc allait s'en charger? Lucrezia de nouveau grosse de cinq mois...

— C'est bien Piero le père..., avait affirmé Contessina lorsqu'elle lui avait appris la nouvelle vers le début du mois de mai. Le comte Vernio est parti depuis plus de quatre mois... et notre bru est enceinte de trois mois...

Puis elle avait explosé :

— Combien de temps cela va-t-il durer? Ne peux-tu faire cesser cette ignominie?... Mon fils est un objet de dérision pour tout Florence... Chaque fois que Lucrezia est grosse, je suis là à m'inquiéter, à calculer... et depuis que Maria est de retour... qui peut encore douter que c'est là la fille du comte Vernio...

Cosimo n'avait pas répondu. Il pensait alors ce que tous pensaient. « Regarder Maria si belle, si gaie, si rieuse en ses bientôt treize ans, c'était comme boire une gorgée d'eau fraîche au cœur de l'été, ou bien respirer le vent chargé d'odeurs au printemps... Maria... »

Puis il avait répliqué, un peu cassant :

— Longtemps encore... Je le regrette autant que toi, mais c'est ainsi. Ces deux-là s'aiment et se sont toujours aimés. Par malheur, ils ont croisé un Médicis sur leur chemin et cela les a détournés du destin qu'ils souhaitaient ensemble... Je ne regrette rien, Contessina, parce que je suis heureux d'avoir une belle-fille comme Lucrezia... et je la remercie des petits-enfants qu'elle m'a donnés. Mais il faut accepter aussi qu'elle cherche un peu de bonheur de son côté... Veux-tu que je te dise?... Notre malchance à nous, c'est que nous avons eu affaire à deux mécréants qui se soucient comme d'une guigne du qu'en-dira-t-on et des foudres divines... C'est pour cela qu'ils ont pu braver l'Eglise, les hommes et Dieu... La seule chose que je puisse faire c'est d'envoyer aussi souvent que possible le comte Vernio me représenter à l'étranger... Pour le moment, il est à Constantinople.

— Quand doit-il rentrer? avait demandé Contessina penaude et regrettant déjà son éclat.

— Qui peut le dire? D'ailleurs rentrera-t-il jamais?

Etranges et prémonitoires, ces paroles lancées au mois de mai alors que tous imaginaient encore que la paix en Orient pouvait être sauvée...

Non, Cosimo ne savait comment dire à Lucrezia que c'en était fini de ses amours avec le comte Vernio. Il se demandait s'il fallait laisser Lucrezia accoucher avant de lui parler, ou l'avertir tout de suite. « Tant que le comte Vernio est à Venise, que peut-elle faire sinon prier pour son rétablissement ?... Si je ne lui dis rien, elle s'inquiétera davantage en voyant Alessandro ou Luigi... Et Giovanni Tornabuoni ? S'il envoie un message à ses parents, ceux-ci n'auront de cesse que de le faire savoir à leur fille... Elle posera des questions auxquelles je serai forcé de répondre... Je vais lui parler... »

Cependant Cosimo tergiversa encore un jour ou deux avant de se décider à affronter Lucrezia. Il menait une garde jalouse autour de la porte de la chambre de sa belle-fille.

— Je ne peux retarder plus longtemps, dit-il à Contessina qui penchait pour garder le silence encore un mois, jusqu'au moment de l'accouchement.

— Impossible..., répliqua Cosimo. Les nouvelles vont et viennent... Et l'atmosphère est si triste dans cette maison depuis l'arrivée d'Alessandro ! Giulietta ne cesse de pleurer... Il est étrange que Lucrezia ne pose aucune question, ne se doute de rien... ne sache encore rien.

— Peut-être feint-elle de ne pas savoir ? Peut-être ne veut-elle pas savoir..., dit Contessina.

— Pourquoi cela ? Rien ne vaut la vérité...

Mais Contessina secoua la tête :

— Non, pas cette vérité-là ! Grands dieux ! non ! Quand on ne sait pas, l'espoir demeure... Tu comprends ? L'espoir qu'il est vivant... qu'il est toujours vivant... En lui disant la vérité, tu assassines son espoir. C'est comme si tu tuais son amant de tes propres mains !...

— Mais, insista Cosimo, elle va forcément apprendre... Déjà l'on sait que mes émissaires sont partis pour Constantinople avec un traité commercial en échange des otages... Si les langues marchent trop vite, Lucrezia va découvrir que le comte Vernio est mourant.

Bizarrement, ce fut Piero qui sut trouver le moment et les mots pour informer Lucrezia. Profondément affecté de savoir Giovanni en otage, il errait dans la maison familiale, désorienté, malheureux, inutile. Un soir d'octobre, alors que les deux hommes achevaient les comptes du jour, il demanda à son père s'il avait pris une décision concernant Lucrezia.

— Non, pas encore, répondit Cosimo, et j'avoue que je ne sais que faire... As-tu une idée ? dit-il sans réfléchir et en se repentant aussitôt de cette dernière phrase.

Mais son étonnement fut grand lorsqu'il entendit son fils répondre simplement :

— Oui.

— Tu dis ?

— Je pense qu'il m'appartient de lui parler. C'est... c'est ma femme et je l'aime. Quoi qu'elle ait pu faire, je n'aimerai jamais qu'elle. Tu sais, père... (il avala sa salive et fixa Cosimo)... je me moque de ce que les gens disent de moi. En cela, Lucrezia et moi nous ressemblons... et peut-être le comte Vernio... Il y a en nous une force qui nous permet de mépriser les médisances ou les calomnies qui nous concernent. Je sais que je suis le plus grand cornu de Florence.

— Tais-toi, mon garçon ! Tais-toi ! Ne parle pas ainsi.

— Pourquoi ? N'est-ce pas la vérité ? C'est la vérité, père, « ma » vérité. Ç'aura été mon destin, ma seule raison d'être sur cette terre.

— Arrête... Ne dis pas cela, Piero... Un homme a forcément autre chose à faire sur terre qu'aimer une femme ?... Tout de même ! il peut se passer des choses plus importantes dans la vie d'un homme que l'amour.

Piero secoua la tête. Un sourire triste, pitoyable, éclaira un instant son visage. Son regard se détourna et erra dans la pièce, comme s'il la découvrait pour la première fois. Cosimo était assis à sa table de travail, recouverte d'une belle tapisserie aux riches couleurs, l'écritoire devant lui, le livre de comptes ouvert.

Tout cela lui était si familier... Les yeux fermés, Piero aurait pu se diriger dans ce cabinet de travail sans en heurter le moindre meuble... Il aimait particulièrement cette pièce un peu sombre, l'odeur de cire, de parchemin, de cuir qui y régnait... Son regard revint se poser sur Cosimo.

— Non, père. Tu te trompes. Pour moi, il ne s'est rien passé... rien d'important pour l'humanité, je veux dire... si ce n'est que j'ai aimé une femme et que cette femme en aimait un autre. C'est cela qui a fait de moi un homme perdu... Elle ne m'aime pas. Son cœur ne m'était pas destiné. J'ai voulu forcer les choses...

Bouleversé, Cosimo ne savait que répondre.

— Que vas-tu faire ? demanda-t-il enfin. Que vas-tu dire ?...

— Je ne sais pas. La vérité, je pense. Je vais dire à Lucrezia que le comte Vernio va mourir. Elle a le droit de le savoir. Mais il faut songer à l'enfant qui va naître... Lucrezia est une bonne mère. Cela, il faut le reconnaître. Tant que ses petits auront besoin d'elle, elle ne portera pas atteinte à sa vie.

— Est-il... l'enfant... es-tu sûr ? commença Cosimo.

— S'il est de moi ?... Peut-être. Certainement même... Mais qu'importe maintenant ? La question de la paternité des futurs enfants de Lucrezia ne se posera plus jamais. Le comte Vernio va mourir...

Malgré lui, et bien qu'il s'efforçât de prendre un ton neutre, il y avait dans la voix des inflexions d'allégresse qui firent frémir Cosimo.

— Cela... cela te rend-il heureux, mon fils ? demanda-t-il avec inquiétude.

Piero réfléchit un instant.

— Oui, répondit-il en regardant son père bien en face. Oui, répéta-t-il. Je me suis damné pour avoir Lucrezia à moi... Pourquoi mentirais-je en prétendant que la mort de son amant... de mon rival... ne me remplit pas de bonheur ?... C'est vrai, j'en suis heureux ! Je ne l'aurais pas tué moi-même, certes non !... Mais que d'autres que moi l'aient fait... je m'en réjouis ! Tu ne sais pas ce que c'est que de s'éveiller chaque jour avec du fiel dans l'âme... Moi je vis cela depuis le jour de mes noces ! Depuis le jour de mes noces ! entends-tu ? (Sa voix s'élevait, frémissante de toute sa rage, de toute sa haine, de toute sa douleur accumulées depuis tant d'années.) Rassure-toi, père... Je ne manifesterai jamais ma joie... Je la dissimulerai toujours. Enfin ! Je vais pouvoir dormir tranquille sans me demander nuit après nuit si ma femme est seule dans son lit...

Quelques instants plus tard, Piero frappa à la porte de sa femme, et entra dans la chambre sans y être invité. Lucrezia était allongée dans son lit, soutenue par des oreillers. Elle était livide, défaite même, et de larges cernes violets accentuaient encore la pâleur de son visage.

— Que viens-tu faire ici ?... J'espère que tu n'as pas l'intention de..., demanda-t-elle d'un ton sec. (Puis désignant son ventre gros de huit mois :) Je ne pense pas te servir à grand-chose en ce moment. C'est pour cela que tu viens me voir ?

Piero secoua la tête. Il eut alors cette expression pitoyable, presque apeurée, qui avait le don d'émouvoir Lucrezia. Aussitôt elle se calma et lui tendit les mains.

— C'est bon... Viens près de moi, dit-elle plus doucement. Tu sais bien que je n'aime pas que l'on entre chez moi sans y être au préalable autorisé... Que se passe-t-il ? Pourquoi venir me voir si tard ?

Piero hésita, puis après s'être assis sur un tabouret bas, tout contre le lit, il murmura :

— Il faut que je te parle, Lucrezia. Ce que j'ai à te dire est très grave...

Doucement Lucrezia posa sa main sur la tête de son époux et lui caressa les cheveux.

— Je sais... Ne dis rien, va... Je sais... Personne ne m'a rien dit. J'ai tout deviné, tout compris... Vernio, mon frère Giovanni, et ton frère... ils sont morts...

— Non ! cria Piero. Non !...

Lucrezia tressaillit. Ses yeux s'agrandirent démesurément. L'espoir la souleva de sa couche.

— Ne mens pas ! Piero ! Pour l'amour de Dieu !...

— Je ne mens pas ! ton frère est vivant ! Il est auprès du comte Vernio... qui, lui, est... blessé. Grièvement à ce qu'on dit... Et Giovanni, mon frère, a été pris en otage... Ils sont vivants. Dieu soit loué, vivants ! Penses-tu que je pourrais te mentir ? C'est la vérité, Lucrezia... je te le jure.

Fermant les yeux, la jeune femme retomba sur sa couche. Un léger sourire flottait imperceptiblement sur ses lèvres.

— Quand reviennent-ils ?

— Dès que le comte Vernio sera en état de supporter le voyage entre Venise et Florence...

— C'est donc... si grave que ça ?

— Oui.

— Ah ! dit seulement Lucrezia.

Elle s'efforçait de rester calme. Après le formidable espoir qui l'avait soulevée un instant plus tôt, elle dut se dominer pour ne pas s'effondrer. Ses mains se serraient contre son cœur qui battait furieusement. Puis elle dit enfin, d'une drôle de voix cassée :

— Il va mourir, je le sais... Il va mourir, et je ne le reverrai plus jamais...

Piero ferma les yeux une seconde.

— ... Vous vous êtes aimés... Depuis si longtemps !... près de vingt ans d'amour... la plus grande richesse... C'est... c'est là un formidable trésor... Rien ne pourra t'enlever cela.

— Oui, parvint à proférer Lucrezia.

— Je n'ai pas... je ne connais pas les mots qu'il faudrait te dire, Lucrezia. Y en a-t-il seulement ?... Je veux seulement que tu saches... Je suis là. Je serai toujours là. Dès que j'aurai des nouvelles du comte Vernio, je te les ferai parvenir. Père va envoyer une délégation à Istanbul — c'est le nouveau nom donné par Mohammed II à la vieille Constantinople... Nous acceptons toutes les conditions du Grand Turc pour que nos otages reviennent sains et saufs... (Puis se levant, il ajouta :) Essaie de dormir, ma douce.

Pour la première fois depuis son mariage, Piero ne se crut pas obligé d'étouffer sa femme sous ses baisers. Il lui baisa tendrement le front et s'en alla, boitant sur ses jambes tordues par les rhumatismes.

Alors Lucrezia se leva lourdement. Son ventre pesait. Elle marcha vers la fenêtre et l'ouvrit largement sur la nuit toute parfumée des odeurs humides de l'automne. Il n'y avait qu'à tendre la main et la vie était là, toute proche, fraîche et chaude, odorante, et si pleine... si pleine, grands dieux !... Pourquoi fallait-il ?... Pourquoi fallait-il que l'homme éprouvât toujours le besoin désespéré du malheur ? Qui le poussait ainsi vers le mal absolu ?

Bientôt tout serait fini pour Vernio. « Mon amour, je n'ai pas su t'aimer comme je l'aurais dû... Tout est ma faute. Je t'ai laissé épouser une autre femme... et j'ai tout perdu en te perdant... J'aurais dû m'enfuir avec toi lorsque tu es venu au couvent. Si j'avais su que tout était si court... que la mort était là toute proche... » Une douleur aiguë lui déchira le ventre. « C'est impossible !... Huit mois ne font pas le compte !... C'est parce que je suis fatiguée... » La douleur cessa aussitôt et Lucrezia retourna s'allonger, s'efforçant de reprendre sa respiration. Dix minutes plus tard, la même douleur familière la fit sursauter. Cette fois-ci il n'y avait plus de doute : le travail de l'enfantement avait commencé...

Dix heures plus tard, quand le nouveau-né fut couché contre sa poitrine, hurlant, et comme indigné du traitement qu'il venait de subir, Lucrezia sentit monter en elle une tendresse presque sauvage. Jamais pour ses autres accouchements, elle n'avait éprouvé cette sensation. Dieu sait qu'elle aimait ses enfants, qu'elle se fût tuée pour chacun d'eux, mais quelque chose d'inexplicable la liait davantage encore à ce petit Giuliano qui manifestait une telle ardeur à vivre... En une seconde l'enfant devint pour Lucrezia tout l'univers. Même sa douleur et son tourment au sujet du comte Vernio s'étaient pour un temps effacés.

Trois semaines plus tard, alors qu'elle allaitait le nouveau-né, Contessina vint la voir dans sa chambre. Elle était pâle, triste, incapable de dissimuler l'angoisse qu'elle éprouvait. Même lorsque Lucrezia lui tendit l'enfant qui avait fini sa tétée, et qu'elle le prit dans ses bras, elle ne put trouver le courage de s'arracher un sourire.

— Giovanni, mon fils, ne sera libéré avec les autres otages que si Florence reprend des relations normales avec Istanbul... Cosimo va céder...

Lucrezia dévisageait attentivement sa belle-mère et attendait la suite. Son cœur battait, lentement... Si lentement et si fort. Elle en sentait les battements puissants sous ses côtes. « Vernio..., pensait-elle. Elle est venue me dire... »

— Il faut que je te parle, ma fille..., continua Contessina.

Elle rendit l'enfant à sa mère et serra ses mains l'une contre l'autre, s'étonnant de les sentir moites.

Lucrezia attendait, droite, adossée à ses oreillers, berçant l'enfant contre elle.

— C'est au sujet... de... du comte Vernio ? je suppose ?... dit-elle enfin. Eh bien, parle, je t'écoute.

Contessina hocha la tête.

— Il est arrivé chez lui hier soir... Son état est... il est au plus mal... Ton frère Giovanni va venir tout à l'heure te voir... Il est d'abord allé embrasser tes parents.

Contessina l'embrassa sur le front.

— Je n'ai jamais approuvé ton attitude, ma fille... Piero est mon fils et sa souffrance est la mienne, mais je te comprends, et peut-être que, si j'y avais été contrainte, peut-être aurais-je agi de même... Dès que j'aurai des nouvelles du comte Vernio, je te les ferai parvenir...

— Combien de temps ?... demanda Lucrezia.

— Quinze jours. Trois semaines. Pas davantage. (Avant de refermer la porte sur elle, Contessina ajouta :) ... Tu as aimé un homme qui t'a aimée. C'est là un bonheur que tu ne dois pas oublier.

Jusqu'au dernier moment, Franca n'avait jamais cru que Vernio allait mourir. La force de l'amour qu'elle éprouvait pour lui était telle que la jeune femme était persuadée que cet amour même maintiendrait son époux en vie. Elle ne voulait voir ni les yeux qui s'enfonçaient de jour en jour dans les orbites, ni la peau qui paraissait se rétrécir autour de l'ossature du visage, ni, surtout, cette fièvre, cette toux épuisante et ces hémorragies de plus en plus fréquentes. « Vernio ne peut pas mourir, parce que je l'aime... », telle était la pensée qui la maintenait, elle, inlassablement, de l'aube à la nuit, au chevet du malade. Elle ne pouvait imaginer sa vie sans lui, et cette idée, un monde sans Vernio, lui était si insupportable qu'elle allait et venait en tous sens, en proie à une douleur sans bornes. Parfois elle s'approchait du lit, s'emparait des mains brûlantes du comte Vernio, les serrait contre son sein, l'injuriait, le suppliait de s'accrocher à la vie. Les gardes-malades, épouvantées par l'état de la jeune femme, pâle, maigre, échevelée, hoquetant en permanence, l'exhortaient au repos. Mais elle n'entendait rien. Ses enfants, désespérés par l'approche de la mort de leur père, s'efforçaient de la consoler, mais elle ne pouvait supporter leur présence. Cependant, après trois jours et trois nuits de veille, force lui fut de prendre quelque repos. Elle s'allongea sur un lit bas, spécialement dressé pour elle dans un coin de l'immense chambre conjugale, où elle avait connu ses joies les plus amères, et ses peines les plus atroces. Non. Elle n'avait jamais été heureuse.

Jamais. Mais même maintenant, avec Vernio au seuil de la mort, elle aurait refait le même chemin à ses côtés. Ce chemin parsemé de pierres, de ronces, ce chemin aride, sans ombre ni douceur, avait été son choix, et elle le revendiquait orgueilleusement.

Etendue sur son lit, les yeux fixés au plafond, sur les sculptures de chêne, elle tenta de se reposer. Et puis parce qu'elle était terriblement lasse, elle se laissa emporter par le sommeil. Une voix la réveilla.

— Signora... Signora de Bardi... réveillez-vous je vous prie...

D'un bond Franca se redressa. Hébétée elle fixa la garde-malade.

— ... Messer Pagolo est là... Signora. Il désire vous parler...

Alors elle se précipita au chevet de son mari. Le Signor Pagolo lui fit signe que c'était bientôt la fin. Le comte Vernio ne dormait pas. Ses yeux brillants de fièvre étaient enfoncés dans leurs orbites ; avec sa peau blafarde, parsemée de poils gris, il offrait un spectacle pénible. Une odeur repoussante, causée par l'infection pulmonaire dont il était atteint, se dégageait de son corps. Malgré cela Franca le baisa sur le front.

— ... Vernio... Vernio mon amour... je t'en prie, regarde-moi...

Il la regarda. Il la regarda intensément, fixement, et avec un certain étonnement, comme s'il était surpris de la voir là, auprès de lui.

— Franca ?... dit-il avec effort.

— Oui... oui mon amour, je suis là... je suis là !

— Franca..., répéta-t-il.

Epuisé, il ferma les yeux, puis d'une voix vibrante, il dit :

— Va. Va chercher Lucrezia ! Va !... Je ne veux pas mourir sans l'avoir revue... Va...

Franca eut envie de vomir. Une envie si violente qu'elle se redressa et courut vers une cuvette. Mais les spasmes qui la secouèrent ne servirent à rien. Elle n'avait rien mangé depuis trois jours, et elle ne rejeta qu'un peu de bile et de glaires aigres qui amplifièrent encore ses nausées... Quelques minutes plus tard, elle retourna vers le lit du malade. « Non ! pensa-t-elle avec tant de force qu'elle crut avoir crié ce mot. Non... Non !... ta mort m'appartient... »

Mais aucun de ces mots ne put franchir ses lèvres. Implacables, les yeux du moribond étaient fixés sur elle et, d'une voix basse mais insistante, il lui ordonnait d'aller chercher Lucrezia :

— Va..., disait-il. Va la chercher...

Alors, obéissant à une volonté qui la dépassait, Franca s'approcha du visage de Vernio, et murmura, haineuse :

— ... Je vais la chercher... je vais la chercher, ta « puttana » ?...

Et sans prendre la peine de se couvrir, elle sortit de la maison en courant. Le froid, et la pluie qui tombait, torrentielle, la transpercèrent. Mais elle ne sentait rien. Plus rien n'avait d'importance. Ni le froid ni la mort... Vernio allait mourir, et jusqu'à son dernier souffle c'était Lucrezia ! Encore et toujours Lucrezia... « Je vais la tuer !... pensait-elle avec une rage froide et déterminée. ... Oui c'est cela. Je vais la tuer ! me débarrasser d'elle une fois pour toutes... »

Lorsqu'elle arriva au palais Médicis, elle était trempée, grelottante de froid et de haine. Elle apostropha durement le hallebardier qui lui ouvrit la porte, et elle lui intima l'ordre d'aller chercher Madonna Lucrezia au plus vite.

— Dis-lui que je l'attends ici, dans cette salle... Allons, dépêche-toi !...

L'homme de garde lui répondit effaré :

— Mais... Signora, la Signora est à peine remise de ses couches... Et il est minuit passé !... Je vais réveiller toute la maison...

— Dieu t'en garde !... N'éveille que la Signora Lucrezia ! Dis-lui que... que c'est très grave ! Allons ! dépêche-toi !...

Dès que le serviteur eut disparu, Franca s'approcha de la cheminée et tendit ses mains glacées aux flammes. Mais plus rien ne pouvait la réchauffer. « ... Toute ma vie... toute ma vie..., pensait-elle. J'ai passé toute ma vie auprès de cet homme qui ne m'a jamais aimée... Dieu m'a-t-il assez punie ?... Oh ! vite... vite !... Qu'attend-elle maintenant ? Pourquoi ne descend-elle pas ? Il ne me pardonnera jamais s'il ne la revoit pas avant de mourir... Non ! cela il ne me le pardonnera pas... »

Il y eut des pas précipités dans le hall, puis la porte s'ouvrit, et Lucrezia, toute pâle, fut devant elle.

— Franca ?... demanda-t-elle hésitante. Franca ?

Les deux femmes se regardèrent. Elles se haïssaient, elles étaient ennemies, et pourtant chacune éprouvait une sorte d'estime pour sa rivale. Des larmes vinrent aux yeux de Lucrezia. Elle savait. Elle savait depuis le retour du comte Vernio que celui-ci était au plus mal. Elle savait qu'il allait mourir, et la présence de Franca confirmait cette certitude. Malgré son aversion, elle eut un élan de gratitude.

— Merci d'être venue me chercher, dit-elle à voix basse.

— Il se meurt, répondit Franca d'une voix neutre. Il se meurt et il veut te voir. Viens. Vite ! Sinon il sera trop tard...

A peine Lucrezia prit-elle le temps de jeter un châle sur ses vêtements de nuit qu'elle sortit en courant derrière Franca.

Aussitôt que les deux jeunes femmes furent entrées dans la chambre du comte Vernio, celui-ci fut pris de suffocations, puis se tordit de douleur, et un flot de sang et de pus jaillit de sa bouche et se répandit sur ses draps et sur le sol.

Les deux femmes se précipitèrent. Oublieuses de leur haine réciproque, Lucrezia et Franca s'activaient, chacune aidant l'autre, occupées à soulager le malade, à le soutenir, à tremper un linge dans de l'eau froide, à le nettoyer...

— Il faut... Mon Dieu !... dit Lucrezia. Il faut appeler un médecin ! vite...

— Où sont passées les gardes ?... criait Franca. Où sont passées les gardes ?...

Maintenant le comte Vernio, épuisé, revenait à la vie. Au regard qu'il posa sur elle, un regard éperdu de terreur et d'angoisse, Lucrezia comprit que Vernio venait d'approcher la mort.

Mais la crise était passée. Le malade peu à peu reprenait son souffle. Son visage se détendait. Une odeur âcre se dégageait du lit souillé.

— Je n'ai plus mal..., dit-il d'une voix faible. ... Cracher cette pourriture m'a soulagé... Ne crie pas, Franca ! C'est moi qui ai renvoyé les gardes ! Les malheureuses tombaient de sommeil... Franca ?

— Oui... oui, je suis là... Je vais changer tes draps. Lucrezia va m'aider.

— Je sais... Merci, dit-il à voix basse. ... Merci...

Son regard se posa sur sa femme. Il lui souriait avec tendresse. Jamais Vernio ne lui avait souri ainsi. Avant... avant, son sourire, même dans les moments les plus intimes, était toujours froid, ironique et maintenait une distance entre eux, distance qu'elle n'avait jamais osé franchir. Et il semblait que maintenant cette distance était abolie. Quelque chose venait de surgir entre eux, quelque chose d'infiniment précieux et qui allait accompagner Franca jusqu'à son dernier jour. Elle recueillit ce premier sourire d'amour avec gratitude.

Aidée par une Lucrezia silencieuse, éperdue de chagrin, Franca essuya son époux, changea les draps, retapa les couvertures. Puis, pour s'éloigner de ce lit et laisser Lucrezia auprès du comte Vernio, elle s'activa autour de la cheminée, ajouta des bûches, relança le feu, et dit à voix haute :

— ... Je vais te chercher du lait chaud et du miel, cela te fera du bien... Et je vais me changer ! Mes vêtements sont trempés de pluie et je n'arrive pas à me réchauffer...

Elle sortit toute droite, la tête haute, sans se retourner.

Maintenant, le comte Vernio regardait Lucrezia. Et c'était bien que Franca fût sortie. Sinon, elle eût pu surprendre ce regard chargé d'amour comme jamais elle n'en avait reçu de toute sa vie conjugale, et sans doute eût-elle alors sauvagement poignardé Lucrezia. Le visage du comte Vernio exprimait plus que l'amour, un amour sans exigences, un amour transcendé par l'approche de la mort. Ses mains brûlantes serraient les mains de Lucrezia.

— ... Crois-tu que la mort puisse séparer ceux qui se sont aimés comme nous nous sommes aimés ? demanda-t-il alors.

Il n'avait plus peur. En même temps qu'avait disparu la peur de mourir, quelque chose d'infiniment grave et joyeux était né en lui. Une impression d'éternité, une curieuse sensation que quelque chose de lui continuerait à vivre à jamais. « ... J'existerai toujours. J'existerai tant que Lucrezia restera en vie, et Maria, et les enfants de Maria... Jusqu'à la fin des temps une parcelle de moi me survivra, têtue, vibrante, indestructible... »

— Même la mort ne peut rien contre nous, reprit-il en souriant.

— Non, balbutia Lucrezia les yeux pleins de larmes.

— Il ne faut pas pleurer... Un peu plus tôt, un peu plus tard l'homme est destiné à mourir. C'est là sa seule certitude... Nous ne vivrons jamais ensemble... C'est cela mon plus grand regret... je te dois tout mon bonheur, Lucrezia... Mais le temps passe si vite... Notre tour est passé... tout est fini.

— Tais-toi ! Ne parle pas... je t'en prie ! Cela te fait du mal.

— Non. Plus rien ne peut m'atteindre... Dis-moi... que je t'ai rendue heureuse et je mourrai tranquille...

— Tu sais que tu es pour moi ce que j'ai de plus cher au monde, dit Lucrezia, collant sa joue contre celle de Vernio.

— Oui, répondit-il. Oui... je sais.

Il se tut, puis reprit d'une voix presque inaudible :

— ... Mais qui donc a jamais prétendu que l'amour rend heureux ?... Sais-tu à quoi ressemble l'amour ?

Lucrezia ne répondait pas, incapable de prononcer un mot.

— ... Cela ressemble à la mort. C'est cela l'amour... On se perd, on se noie dans la vie de l'autre... on n'existe plus... on est envahi par la pensée, par la vie de l'autre...

Stupéfaite, Lucrezia découvrait l'homme qu'elle avait aimé. Elle découvrait aussi qu'elle n'avait jamais connu le comte Vernio — et cela lui fut une douleur supplémentaire —, mais qu'elle ne s'était pas trompée sur la qualité de l'homme qu'elle avait choisi.

— Ne dis pas cela..., protesta-t-elle en attirant contre elle la tête de Vernio. Ne dis pas cela... L'amour c'est la vie... Et j'ai vécu parce que je t'ai aimé. Tu te souviens ? Les vers que récite Shéhérazade l'avant-dernière nuit ? Souviens-toi ! C'est toi qui m'avais fait don de ce livre.

L'amour est le port qui conduit à la vérité,
Il est le compagnon, toujours vivant..
Au coin... au coin du tombeau...

Elle parlait, et des larmes qu'elle ne songeait plus à retenir coulaient sur ses joues. Malgré l'odeur qui se dégageait de la bouche du comte Vernio, Lucrezia l'embrassa avec passion. Elle le serrait contre elle, s'efforçant de mettre dans cette étreinte tout ce qu'elle éprouvait pour lui. Lorsqu'elle sentit les bras décharnés de Vernio l'entourer, Lucrezia crut, l'espace d'une seconde, qu'elle avait vaincu la mort. Mais très vite les bras de Vernio retombèrent sans force. Alors elle le relâcha, gardant seulement entre ses mains celles de son amant.

Entre eux, il y avait maintenant le silence, et se tissait dans ce silence un accord parfait. L'accord d'une longue liaison baignée d'amour et de tendresse réciproques. Avec ce qu'il fallait de jalousie, de disputes et de réconciliations pour éviter la monotonie.

— Tu m'as donné le meilleur de ma vie..., chuchota le comte Vernio.

Ils se regardaient, lui un homme vieillissant, malade, aux portes de la mort, elle, une femme plus toute jeune, et entre eux, cet amour immense, imparfait, mais vécu, et cette joie grave de s'être choisis, aimés, envers et contre tous.

Soudain une violente quinte de toux secoua de nouveau le comte Vernio, et jaillit de sa bouche, de son nez, l'affreux mélange de sang mêlé de pus...

— A l'aide! hurla Lucrezia épouvantée.

Comme si elle se tenait depuis de longues minutes à la porte de la chambre, Franca fit irruption. Elle n'était pas seule. Les gardes-malades et un prêtre la suivaient. Dès que l'ordre et la propreté du lit furent de nouveau rétablis, les femmes quittèrent la pièce laissant le prêtre seul avec le moribond.

Lucrezia ne put retenir davantage ses sanglots. Tout était fini. Fini pour Vernio et pour elle. Finie la douceur des nuits d'été, finis les parfums, finies l'ivresse de l'amour, la lumière de l'existence. Il ne lui resterait bientôt plus que les souvenirs. Et bientôt même ces souvenirs s'estomperaient, ne laissant place qu'à de vagues réminiscences douloureuses. Combien de temps se souviendrait-elle avec exactitude du timbre de la voix, de l'expression d'un regard, d'une odeur sauvage et puissante, non pas l'odeur âcre et nauséabonde qui emplissait encore ses narines, mais celle, sensuelle et douce, qui émanait du corps de Vernio lorsqu'il lui faisait l'amour... autrefois.

Lorsque le prêtre sortit, les deux femmes se précipitèrent et s'agenouillèrent de part et d'autre du lit. Le comte Vernio fixa un instant Franca dont le visage ruisselait de larmes.

— ... Ne pleure pas, Franca, tout est pardonné. Ne pleure pas! Tu m'auras pour l'éternité puisque nous serons enterrés dans le même caveau...

De nouveau il eut ce sourire plein de douceur qui avait déjà bouleversé Franca. Mais le visage caché entre ses mains, elle ne le vit pas.

Puis le comte Vernio saisit la main de Lucrezia et lui ordonna :

— ... Reste. Reste avec moi jusqu'à la fin, ma mie. As-tu prévenu Bianca, ma petite fille? Je veux la voir...

— Oui, mon amour, elle va venir..., dit Lucrezia.

— Et Maria ? Va chercher Maria ! Il faut lui dire que je suis son père. Son vrai père...

— Je vais la chercher...

Le visage de Vernio s'éclaira, et les yeux fixés sur Lucrezia, il sourit. Puis lentement ses mains se détachèrent de celles de la jeune femme. Alors seulement elle se rendit compte que Vernio n'était plus là. Ce qui restait, c'était un corps décharné. « ... Comme il est maigre..., pensa Lucrezia dont l'esprit, un moment égaré, refusa la vérité. Il faudrait le forcer à manger... » Puis elle se rendit compte que Vernio était mort.

— ... Il est parti..., dit-elle. Et sa propre voix l'étonna. Où est-il, Franca ? Où est-il ? Quelqu'un pourra-t-il un jour me dire ce qui existe au-delà de la vie ?... Où est Vernio maintenant ?

Franca la dévisageait avec haine.

— Je pourrais te tuer maintenant, Lucrezia... et je le ferais sans pitié si cela pouvait servir à quelque chose... Tu as ruiné ma vie... A cause de toi jamais Vernio n'a pu m'aimer... Va-t'en ! Va-t'en !...

Sans répondre, d'un geste doux comme une caresse, Lucrezia ferma les yeux du comte Vernio de Bardi et s'en alla. Elle marchait en titubant dans la nuit glaciale de décembre. La pluie avait cessé. La via Larga était déserte à cette heure. Elle marchait, l'esprit hanté par une image intolérable : demain, le trou creusé, et le caveau, où pour l'éternité dormirait Vernio...

Le hallebardier qui gardait l'entrée du palais Médicis lui dit rapidement :

— Signora... Messer Cosimo désire vous parler. Il vous attend dans son cabinet de travail.

Devant Cosimo, Lucrezia n'eut pas besoin d'expliquer.

— Ma pauvre petite... Viens te réchauffer auprès du feu. Je vais te faire apporter du vin chaud aux épices... La mère de mes petits-enfants ne doit pas tomber malade...

Ils se regardèrent en face. Lucrezia avait compris. La mère des petits Médicis ne devait en aucun cas s'effondrer et donner prise aux ragots. Déjà, le simple fait que Franca fût venue la chercher en pleine nuit pour accéder aux dernières volontés du comte Vernio allait faire jaser dans les cuisines, et Dieu sait ce qui pouvait sortir des cuisines pour gagner, de maison en maison, toutes les oreilles florentines.

— Piero dort, et il ignore ton escapade, dit Cosimo... Va dans ta chambre, ma fille, je m'arrangerai avec nos serviteurs pour donner une explication plausible à cela. Contessina se doute de quelque chose, elle savait le comte Vernio au plus mal... Mais jamais elle n'eût pensé que Franca aurait la générosité de venir te chercher... Moi-même j'avoue ma surprise... Les êtres humains seront toujours, pour moi, une source éternelle d'étonnement.

Tandis que Cosimo parlait, Lucrezia buvait le vin chaud et regardait les flammes. Pour elle aussi l'attitude de Franca avait été une surprise. Et elle pensa soudain que, maintenant que Vernio était mort, rien ne les empêcherait de devenir amies. Mais cela, qui aurait pu être possible, le temps portant en lui-même ses remèdes contre les plus tenaces inimitiés, ne lui fut pas accordé.

Huit jours après avoir enterré le comte Vernio, le caveau fut de nouveau ouvert pour y enterrer Franca, morte d'une fluxion de poitrine.

Le 1er janvier 1454, on célébra le sixième anniversaire de Lorenzo. C'était un enfant si précoce et d'une intelligence déjà si pénétrante qu'il avait deviné que sa mère qu'il adorait souffrait d'un mal mystérieux, dont rien ne pourrait jamais la consoler. Cela le rendait très malheureux car il aurait toujours aimé voir sa mère souriante, gaie, comme elle l'avait été avant que tante Bianca ne vienne lui rendre visite, tout éplorée et vêtue de noir. Et depuis, tout avait été différent pour l'enfant. Il n'avait pas compris pourquoi sa mère s'était effondrée en pleurs dans les bras de tante Bianca. Encore moins compris les mots qu'elle avait balbutiés alors : « ... Oh ! mon amour... mon Vernio... mort, Bianca ! Il est mort mon amour... » Le petit garçon avait été choqué. Qui était ce Vernio ?... et qu'est-ce que c'était la mort ? Etait-ce une maladie grave ? Pourquoi n'était-ce plus lui, Lorenzo, à qui sa mère disait toujours : « ... mon amour... mon petit prince... mon cœur à moi... » ? Il était profondément désemparé, malheureux. Le sentiment de jalousie qui le brûlait lorsque Lucrezia donnait le sein au petit frère, cette bestiole qui hurlait sans arrêt, n'était en rien comparable à celui qui le rongeait depuis qu'il avait surpris cette scène. Aussi, n'y tenant plus, laissant là ses sœurs, ses cousins, toute une petite réunion d'amis donnée pour son anniversaire,

Lorenzo quitta la chambre d'enfants, courut dans celle de sa mère et s'approcha de Lucrezia assise, triste, perdue dans ses pensées. Elle tressaillit lorsqu'il mit sa petite main dans la sienne, l'arrachant ainsi à sa rêverie.

— ... Qui c'est... ça... Vernio?... C'est aussi ton enfant?... demanda-t-il d'une voix oppressée.

Epouvantée par ce qu'elle venait d'entendre, Lucrezia sursauta.

— ... Que dis-tu... quoi... qui?...

Devant l'expression de sa mère, l'enfant eut peur et fondit en larmes.

— Ce n'est... pas moi... ton amour?...

Alors Lucrezia le saisit dans ses bras et l'embrassa avec emportement :

— .... Si... oh! si... C'est toi mon amour, mon prince... mon amour à moi...

Elle pleura longtemps, le serrant contre elle, répétant ces mots qui résonnaient comme un glas dans le cœur de Lorenzo. Mais il sentait qu'il apportait une consolation que nul autre que lui n'aurait pu donner.

Quelques instants plus tard, Lucrezia, tenant Lorenzo par la main, se rendit dans la salle où avait lieu la fête. Lucrezia avait compris qu'il lui était interdit de s'abandonner à sa douleur. La nuit, seule dans sa chambre, elle pouvait pleurer, gémir, se révolter à loisir, mais là, dans la journée... elle appartenait à sa famille...

Un cœur brisé. Une lassitude infinie, des poumons qui n'assumaient plus leur travail. Combien de temps lui restait-il à vivre? « Pas trop longtemps, Seigneur... je vous en prie... Laissez-moi élever mes enfants. Pas plus... Pas plus, mon Dieu, s'il vous plaît... »

Dormir. Dormir longtemps. Dormir enfin pour l'éternité. Oublier dans le sommeil de la mort que Vernio l'avait quittée... qu'elle ne le reverrait plus jamais.

« Vernio... Vernio... » Chaque bosquet, chaque place, chaque rue de Florence étaient peuplés pour l'éternité du rire de Vernio... Demain elle irait se promener le long de l'Arno... puis elle irait sur les remparts, jusqu'à l'endroit où, il y avait longtemps déjà, au cours de la nuit qui avait suivi le Palio, tout s'était décidé pour eux... Aussi longtemps qu'elle vivrait, Vernio vivrait. Elle seule conserverait dans sa mémoire vigilante l'image de Vernio à cheval, Vernio rieur, Vernio jaloux, querelleur, puis cajoleur, Vernio inquiet, Vernio amant, Vernio... toujours, éternellement vivant.

NOTE DE L'AUTEUR

Bien des historiens ont fait naître Lorenzo de Médicis, dit « le Magnifique », le 1er janvier 1449. Mais dans ses Mémoires, Lorenzo écrit :

« (...) Je trouve dans les livres de Piero notre père que *je suis né le premier janvier 1448,* et aux dires de notre père, il a eu de Madonna Lucrezia di Francesco Tornabuoni notre mère, sept enfants, quatre garçons et trois filles, dont quatre [1] nous restent à présent, deux garçons et deux filles, à savoir Giuliano mon frère âgé de (...) et moi, âgé de 24 ans, et Bianca femme de Giuglielmo de' Pazzi et Nannina femme de Bernardo Rucellai. »

L'auteur de ce roman en a conclu que Lorenzo connaissait sans doute mieux sa date de naissance que les historiens. Dont acte.

Par ailleurs, son père, Piero de Médicis, ne revendique dans ses propres Mémoires que *deux* filles : Bianca née en 1445, et Nannina née en 1447, passant sous silence la *troisième* fille de Lucrezia et l'aînée.

Comme Lorenzo écrit vers 1472 et mentionne Bianca et Nannina dans les quatre enfants qui « restent à présent », on peut supposer que la *troisième* fille, Maria, est vraisemblablement née en 1440 et a été conçue avant le mariage.

Ainsi s'expliquerait le silence du père pour ce premier enfant de Lucrezia considérée comme « morte » pour la famille, conformément aux coutumes de l'époque, pour les enfants illégitimes venant de la mère. Eloignée du palais Médicis, où son nom n'est plus jamais prononcé, Maria sera mariée à un banquier des Médicis, à Lyon — Lionetto de' Rossi — et aura pour fils un futur cardinal.

1. Au moment où Lorenzo écrit ces lignes, ces quatre enfants vivent à Florence. Tandis que Maria, mariée, vit à Lyon, loin des Médicis.

NOTE DE L'AUTEUR

TABLE

La composition de ce livre
a été effectuée par Bussière à Saint-Amand,
l'impression et le brochage ont été effectués
sur presse CAMERON
dans les ateliers de la S.E.P.C. à Saint-Amand-Montrond (Cher)
pour les Éditions Albin Michel

Achevé d'imprimer en septembre 1992.
N° d'édition : 12591. N° d'impression : 1824.
Dépôt légal : septembe 1992.